Eine ziemlich unmögliche Liebe

MAJA KEATON

1. Auflage September 2014

ISBN-13: 978-1502445032
ISBN-10: 1502445034

Deutsche Erstausgabe.

Hinweis
Sämtliche in diesem Roman erwähnten Personen und Handlungen sind frei erfunden. Ähnlichkeiten mit lebenden oder verstorbenen Personen sind rein zufällig und nicht beabsichtigt. Markennamen gehören ihren rechtmäßigen Eigentümern.

Gewidmet den wunderbaren Kinderdorfmüttern und ihren Kindern. Und außerdem den Nichten und Neffen dieser Welt.

MAJA KEATON

Eine ziemlich unmögliche Liebe

Roman

1. Auflage September 2014

Deutsche Erstausgabe.

Hinweis
Sämtliche in diesem Roman erwähnten Personen und Handlungen sind frei erfunden. Ähnlichkeiten mit lebenden oder verstorbenen Personen sind rein zufällig und nicht beabsichtigt. Markennamen gehören ihren rechtmäßigen Eigentümern.

Gewidmet den wunderbaren Kinderdorfmüttern und ihren Kindern. Und außerdem den Nichten und Neffen dieser Welt.

Juli/August

1

Jesse

Jesse Graham überlegte gerade, wie er die nackte Blondine möglichst unkompliziert aus seiner Wohnung hinausbekam, als gleichzeitig sein Dienst-Handy und die Türklingel Sturm schellten.

„Tut mir leid, Tracey, ich muss arbeiten. Du kannst gern das Bad benutzen, bevor du gehst“, sagte er zu der jungen Frau, die von der anderen Seite des Bettes auf ihn zu robbte. Am vergangenen Wochenende hatte er sie in einer Tapas-Bar in der Nähe des Campus aufgegabelt. Seitdem war sie schon zum zweiten Mal bei ihm und er war sich nicht sicher, ob das nicht ein Mal zu viel war.

„Ich heiße Summer“, schnappte sie, hörte jedoch zum Glück auf, sich an ihn ran zu pirschen. Stattdessen drehte sie ab und schwang ihre langen Beine, deren Druck er noch jetzt auf seinen Lendenwirbeln spürte, aus dem Bett.

Während sie ihren kleinen Knackarsch ins Bad trug, angelte er nach dem Samsung, das in der Nacht auf den Boden gefallen sein musste. Finster blickte er auf das grauenvolle Bild, das seine in Wahrheit bildhübsche Schwester mit zusammen gekniffenen Augen zeigte. Es gab verdammt nochmal Gründe dafür, warum nur sein Assistent Will diese Nummer kannte.

Verärgert drückte er das Gespräch weg, doch erstens gab die Türklingel keine Ruhe. Und zweitens dudelte das Handy schon wieder los, als Summer im Bad die Dusche aufdrehte. Als gäbe es zwischen diesen Ereignissen eine Verbindung, was natürlich vollkommener Blödsinn war.

Er überlegte, ob er Will per SMS feuern sollte, scherzhaft natürlich, denn Will war eine echte Granate in seinem Fach und außerdem so etwas wie ein Freund, doch dann verkniff er sich den Scherz und hob ab. Seine Schwester hatte bestimmt ein Problem. Oder auch mehrere. „Hi Sophia, bist du unter die Detektive gegangen?"

„Wie lange willst du mich noch vor deinem Naturstein-Winkel-Walmdach-Bungalow mit Doppelgarage und vermutlich elektrischen Rolladenhebern stehen lassen? Zieh dir eine Hose an und mach auf! Oder steckst du gerade so tief in *Forschungsarbeiten*?"

Binnen Bruchteilen von Sekunden war er so wach wie er es seit Monaten nicht gewesen war. Er sprang aus dem Bett, zog sich eine Pyjamahose und ein T-Shirt über und stürmte zur Haustür. Zwischen ihm und seiner Schwester lagen sonst 800 Kilometer. Jetzt stand sie direkt vor ihm, eher eine skandinavische als eine irische Schönheit, und musterte ihn in einer Weise von oben bis unten, bei der sich selbst James Bond fühlen würde wie der allerletzte Vollidiot.

„Du guckst wie unser Vater, Sophia", rutschte es ihm heraus.

„Gleichfalls, Jesse. Ihr habt kein Gen gemeinsam, aber der Blick – Daddy-Arschloch, wie er leibt und lebt." Sie strich sich eine Strähne ihres langen Haares, das dieselbe dunkelblonde Farbe hatte wie sein eigenes, aus dem Gesicht.

„Gut, dass wir das geklärt haben. Ich wollte dich nicht beleidigen. Komm, lass dich umarmen, Schwesterherz."

„Ich dich auch nicht. Herzlichen Glückwunsch zum Nobelpreis. Und zu deiner Figur. Gestern Abend im Fernsehen hast du richtig fett ausgesehen." Sophia drückte ihm einen schnellen Kuss auf die Wange und schlängelte sich an ihm vorbei ins Haus. Sie war zum ersten Mal bei ihm und blickte sich neugierig um, bevor sie zielsicher in die Küche marschierte.

Ein schlaksiger Kerl, der Jesse entfernt bekannt vorkam, zottelte mit gesenktem Kopf hinter ihr her und stieß trotzdem fast oben am Türrahmen an. Wo hatte der sich denn versteckt? An einer Hand zog er eine dieser gigantischen Reisetaschen, die an einem Ende zwei Rollen haben.

Beim Anblick der Tasche verkrampfte sich Jesses Unterkiefer. Er gab der Haustür einen Tritt und ging ebenfalls in die Küche, wo Sophia sich bereits am Kaffeeautomaten zu schaffen machte. Ihr jugendlicher Begleiter hatte die Tasche mitten im Raum fallen lassen und starrte mit finsterer Miene auf seine überdimensionierten Füße, die in Barfußschuhen einer billigen Marke steckten.

„Klingelt beim Namen Leopold was bei dir?“, fragte Sophia.

Jesses Ohr begann plötzlich wie verrückt zu jucken. Die Sache hatte er ganz vergessen. Oder verdrängt. Oder beides. Und überhaupt. Er hatte Sophia nicht ernst genommen. Seine Schwester redete gern über ihre zahlreichen Pläne, zog aber keinen durch. Zumindest keinen von denen, die ein Mindestmaß an Anstrengung erforderten.

„Ich wusste, dass du es vergisst.“ Sie zog einen Flachmann aus ihren Shorts. Mitten in der Bewegung erstarrte sie. Das war, als ihn die Blondine von hinten umschlang. Sie hatte sich angeschlichen, eingewickelt in sein großes, rotes Badetuch.

„Wer sind die?“ Summers kunstvoll verknoteter Handtuchturban nickte in Richtung der beiden Besucher.

Jesse wollte Summer umgehend wegschicken, doch seine Schwester war aus ihrer kurzfristigen Starre erwacht. Um ihren Mund spielte ein mitleidiges Lächeln. „Schätzchen, schlag dir den Kerl aus dem Kopf.“

Summer presste sich noch näher an ihn. „Womit habe ich denn diese nette Warnung verdient?“

Das Mitleid verschwand aus Sophias Augen. „Der vögelt alles, was nicht bei drei auf den Bäumen sitzt. Und wir sind seine Familie. Ciao, Bella.“

Summers entgeisterter Blick wanderte zu Jesse hoch, während er sie sanft, aber bestimmt in Richtung Schlafzimmer schob. „Ich melde mich bei dir, wenn ich das hier geregelt habe.“

„Du hast mir noch nicht gesagt, wer die Beiden in der Küche sind.“

„Bitte zieh dich jetzt an und geh, Summer.“

Als er in die Küche zurückkehrte, hatte seine Schwester es sich auf einem Barhocker bequem gemacht. Ihre Füße baumelten in der Luft und ihre Hände umklammerten eine große Tasse mit einem dampfenden Getränk, das ganz sicher nicht nur aus Kaffee bestand.

„Kann es sein, dass mir dein Betthase schon mal irgendwo über den Weg gelaufen ist?“

Jesse starrte auf Sophias Füße, die in weißen Sandalen mit einem Absatz steckten, der aussah wie das dicke Ende eines Gummihammers.

„Schick, was?“, grinste sie, wechselte aber sogleich wieder das Thema. „Es ist unwahrscheinlich, dass ich das Mädel kenne. Und unerheblich. Du bist jedenfalls immer noch ganz der Alte. Und, wie ich an deinem unmöglichen Benehmen dieser Handtuchlady gegenüber sehe, bist du immer noch nicht über Gemma weg. Wie viele Jahre willst du ihr eigentlich noch nachtrauern?“

„Hast du den ganzen Weg aus Dublin bis hierher auf dich genommen, um mich fertig zu machen?“ Jesse bedeutete seinem Neffen, sich am Kühlschrank zu bedienen. Ihm selbst war jeglicher Appetit vergangen. Er war sich allerdings nicht sicher, ob wegen der riesigen Reisetasche seines Neffen oder weil Sophia den Namen Gemma erwähnt hatte.

Er zapfte sich einen Espresso, während Leopold zum Kühlschrank trottete. Als der Junge die Tür öffnete, keifte Sophia: „Finger weg vom Alkohol.“

Jesse nippte an seinem Espresso und beobachtete, wie sein Neffe Cola aus der Flasche trank. Er hatte keine Ahnung, wie alt der Junge inzwischen war. Geburtstage konnte er sich genauso wenig merken wie Namen. Er sah nur, dass der Kerl so gut wie ausgewachsen war und vermutlich das freundliche Gesicht seiner Mutter hätte, wenn er die Mundwinkel mal ein wenig nach oben zöge.

„Die Semesterferien haben angefangen?“ Sophia blinzelte kurz, als im Hintergrund die Haustür zuschlug und gleich darauf der Motor von Summers Kleinwagen aufheulte. Es konnte nur ihrer sein. Hier in der Gegend wohnte außer ihm kein Mensch.

„Das bedeutet nur, dass keine Vorlesungen stattfinden. Ansonsten heißt es: Arbeit, Arbeit und nochmals Arbeit.“ Er stöhnte ein wenig theatralisch.

„Als Nobelpreisträger und Professor des Jahres bist du sicher total beliebt. Besonders bei deinen kleinen Studentinnen.“ Durch den beißenden Spott klang trotzdem Stolz hindurch.

„Es sorgt für ständig klingelnde Telefone, überfüllte Seminare und dafür, dass ich an die hundert Arbeiten korrigieren darf. Letzteres in den Semester*ferien*.“

Die Tasse seiner Schwester landete mit einem Knall auf der Theke. „Versuch’s gar nicht erst, Bruderherz. Man sieht es dir auf zehn Meilen Entfernung an, wenn du dich drücken willst. Du hast es mir Weihnachten versprochen ...“

Jesse stellte ebenfalls seine Tasse ab. „Ich habe nicht geglaubt, dass du ernst machst. Du hättest mich wenigstens zwischendurch erinnern können. Dann hätte ich mich darauf eingerichtet. Ich stecke wirklich bis Oberkante Unterkiefer in Arbeit.“

In dem Moment meldete sich Leopold zu Wort. Für sein Alter hatte er eine erschreckend dunkle Stimme, dunkler als die seines Onkels. „Mum, ich kann allein zu Hause bleiben. Das bin ich gewohnt.“

„Nicht vier Wochen. Du bist fünfzehn, falls du das vergessen haben solltest“, Sophia wandte sich wieder an Jesse, „such in deinen E-Mails unter *sophia*. Oder hör zur Abwechslung deinen AB ab. Oder die Mailbox. Da wirst du reichlich Nachrichten von mir vorfinden. Oder sprich mit Mrs. Lowell, die weiß auch Bescheid.“

„Wer ist Mrs. Lowell?“

„Sag, dass das nicht dein Ernst ist!“

Er hatte wirklich keine Ahnung.

Sophia schnaufte. „Schade, dass hier kein Spiegel hängt. Dann könntest du sehen, wie du jetzt glotzt! Ich spreche von deiner Sekretärin. Meine Güte! Ich fasse es nicht, dass du deine eigene Sekretärin nicht kennst. Ich habe im letzten halben Jahr so häufig mit ihr telefoniert – sollte ich aus irgendeinem unerfindlichen Grunde hierher in diese Einöde ziehen müssen, hätte ich sofort eine beste Freundin."

„Ach, *die* Mrs. Lowell meinst du", Jesse zuckte mit den Schultern, „sie ist nicht meine Sekretärin. Sie arbeitet für den Dekan. Ich habe einen Assi."

„Sprichst du von Will?"

Den kannte sie also auch.

„Mrs. Lowell hat Will alle meine Nachrichten ausgerichtet und außerdem hat sie dir Zettel in dein Fach gelegt, weil sie ahnte, dass dein Assistent eine Pfeife ist. Anscheinend lag sie richtig. Egal. Vergessen wir das. Du musst mir helfen. Ich hätte dich bestimmt nicht gefragt, wenn ich eine andere Lösung hätte. Vier Wochen, Bruderherz. Das ist alles, worum ich dich bitte. Dass du deinen einzigen Neffen deiner einzigen Schwester, der überdies dein Patenkind ist, für vier Wochen bei dir aufnimmst. So wie letztes Weihnachten besprochen."

Er kippte die dickliche, kalte Pfütze, die von seinem Espresso übrig war, auf Ex runter. In den vergangenen drei Jahren hatte er keine vierundzwanzig Stunden mit einem Menschen unter einem Dach ausgehalten. Und jetzt sollte ausgerechnet er vier Wochen lang einen Spätpubertierenden beherbergen? Er hatte noch nie einen Draht zu Kindern gehabt. Er war der absolut Falsche für diesen Onkel-Job.

„Leopold ist kein Baby. Wenn er Internetanschluss hat, lässt er sich nur blicken, wenn er dringend zum Klo muss oder kurz vor dem Verhungern ist. Schieb ihm täglich eine Pizza Salami unter der Tür durch. Heiß, kalt, egal. Sein Vorrat an Shit wird ohnehin locker für vier Wochen reichen."

Sollte ihn das jetzt etwa beruhigen?

„Gaff mich nicht so an, Bruderherz. Wie soll ausgerechnet ich ihn von dem Zeug fern halten?" Sie machte eine kurze Pause, in der sie in ihre Tasse sah, als wollte sie im Kaffeesatz lesen. „Ich gebe nicht gerade ein leuchtendes Vorbild ab. Aber ich arbeite daran. Ich werde jetzt sofort in diese Klinik fahren und den Entzug machen, bevor der Alkohol mich und Leopold ganz ruiniert.“ Sie warf ihrem finster dreinblickenden Sohn einen Luftkuss zu. Dann wandte sie sich an Jesse. „Wir sehen uns in vier Wochen, Bruderherz.“

Danach ging sie. Und ließ ihr Riesenbaby mit der Riesenreisetasche und dem Riesen-Shit-Vorrat bei ihm.

2

Eve

Der vorletzte Tag vor den Sommerferien schien sich zu einem Festtag auszuwachsen. Es gab frische Brötchen und Croissants vom Bäcker. Sogar die weich gekochten Eier waren wirklich weich. Rita übernahm die Kinder. Und Eve fuhr gut gelaunt in die Stadt, zum Friseur. Es wurde Zeit, dass sie sich für die Männerwelt in Schwung brachte. Bevor der Lack ganz ab war.

Sie war die erste in dem Laden, musste nicht warten und durfte sich sofort auf einen roten Frisierstuhl setzen. Die fünf Minuten, die die Friseurin mit dem Plätteisen an ihrer eigenen Mähne herumdrehte, bevor sie einsatzbereit war, nicht eingerechnet. Vielleicht hatte die Frau ja ein Kind und war vollkommen abgehetzt auf der Arbeit eingetroffen. Den Blick, mit dem die Hairstylistin sie von oben bis unten musterte, blitzschnell und geübt, ignorierte Eve ebenfalls. Nicht jedem gefielen Leggings und überdimensionierte T-Shirts mit in Form eines riesigen Herzens aufgenähten, kupferfarbigen Pailletten. Eve schon. Leggings waren billig, bequem und pflegeleicht.

Und ansonsten fand sie, dass Herzen ganz allgemein die Stimmung hoben.

Ungefähr zehn Minuten darauf meinte die Friseurin, die sich mit dem Namen Andie vorgestellt hatte und einen dicken, goldenen Ehering trug, an dem sie bei jeder Gelegenheit herumdrehte: „Ich muss sagen, zuerst hatte ich Bedenken. Aber jetzt finde ich, dass dir die Länge ausgezeichnet steht. Und vielleicht föhnst du erst einmal."

In diesem Laden duzten sie anscheinend alle und jeden. Aber für einen Preis von 19 Euro 90 für Waschen und Schneiden nahm sie diese Unsitte gern in Kauf. Außerdem brauchte man keinen Termin, was für eine sechsfache Mutter ein Segen war. Für Eves Begriffe hätte Andie allerdings deutlich weniger abschneiden können. Aber ja, vielleicht föhnte sie erst einmal.

An der Fönstation, die aussah wie der Maschinenraum in dem Spielzeug-Raumschiff ihrer Jungs, kam ihr ein Bericht über Schadenersatzansprüche bei Pfusch im Friseursalon in den Sinn, den sie im Wartezimmer der Kinderärztin gelesen hatte. Bis eine Woche nach dem Termin hatte man ein Recht auf Nachbesserung. Die Frage war nur, ob man Extensions verlangen konnte.

Als ihre Haare trocken waren, hatte sie eine Frisur wie Angela Merkel. Zu allem Überfluss leuchtete der rötliche Unterton in dem Goldblond jetzt wieder so aggressiv wie in Kindertagen.

„Du hast gesagt, dass du einen Bob willst", sagte Andie leicht zickig. Ihr reichte die blau-schwarze Matte bis kurz über den Hintern. „Kinnlänge. Das hast du gesagt." Sie drehte sich zu einer Kollegin um, die plötzlich aus dem Hintergrund auftauchte. „Du hast es mitbekommen."

Die Kollegin setzte ein hinterhältiges Lächeln auf und nickte.

„Ich sprach von der Länge nach dem Trocknen", presste Eve durch die Zähne. Jeder, der sie kannte, würde schwören, dass sie sich niemals die Haare kurz schneiden ließe. Auch wenn es einer davon gut gefallen würde. Ihr Groll wuchs, als sie an die Sozialarbeiterin in ihrem Team dachte. Daniela schickte ihr zwar grundsätzlich die schwierigsten Fälle ins Haus, gab ihr aber bei jeder Gelegenheit zu verstehen, dass sie rangmäßig über ihr stand.

„Ich zeige dir, wie du den Schnitt ganz leicht variierst, so dass du immer wieder anders aussiehst. Kostenlose Zugabe von mir." Andie nahm Eves reichlich kurz geratenen Pony, der in rechteckiger Form aus dem Seitenscheitel gekrochen kam, zwischen zwei Finger. Unschlüssig bewegte sie den kleinen Pinsel vor und zurück.

„Keine Schere mehr", warf Eve vorsichtshalber ein.

Die Friseurin verzog die Lippen zu einer Art Lächeln und fiel mit Gel und Nadeln über Eves Fönwelle her. Binnen weniger Sekunden lagen die seitlichen Haare eng an ihrem Kopf an. Den kleinen Pony zwirbelte sie in Form einer winzigen Welle am Oberkopf fest.

Triumphierend sah sie ihre einzige Kundin an.

Eve kam nicht mehr dazu, sich zu dem zu äußern, was sich auf ihrem Kopf abspielte, oder Andie zu köpfen, denn in dem Moment stimmte ihr Handy „Don't worry, be happy" an. Damit war endgültig klar, dass heute garantiert kein Festtag war.

Ihre Hand fuhr in das Innere ihrer praktischen Beuteltasche. Trotz des ganzen Krimskrams, der sich darin überschlug, fand sie das Handy sofort.

„Sie hat es wieder getan", donnerte Ritas kräftige Stimme aus dem Hörer.

Eve war bereits von dem verdammten Frisierstuhl aufgesprungen, als die Erzieherin in ihrem Team, die zugleich ihre beste Freundin war, zum sofortigen Aufbruch blies.

„Ich habe gerade erst Kev mit leicht erhöhter Temperatur aus der Schule geholt", sagte Rita. „Nichts Schlimmes. Trotzdem kann ich den Jungen nicht allein ..."

„Regele um Himmels Willen per Telefon, dass sie nicht wieder den Krankenwagen rufen!", fiel Eve ihr ins Wort. Der Achtjährige, der nach den Ferien endlich in die erste Klasse kam, war momentan ihr geringstes Problem. Sie knallte zwanzig Euro neben die Kasse und verließ den Laden im Sturmschritt.

„Hey, du kriegst noch was zurück“, rief Andie ihr hinterher.

Eve verkniff sich die Entgegnung, dass eigentlich sie Geld bekommen müsste und rannte in Richtung Parkhaus davon. Sie wusste schon, warum sie auf ihren seltenen Alleingängen am liebsten die Sneakers anzog.

Eve parkte den Neunsitzer direkt vor dem Haupteingang des Humboldt Gymnasiums, im Halteverbot. Aber sie hatte keine Zeit, nach einem Parkplatz zu suchen. Die ganze Fahrt über hatte sie gebetet, dass sie nicht zu spät kam. Dass Rita die Lehrer daran hindern konnte, einen Krankenwagen zu rufen. Dass Amy friedlich auf ihrem Stuhl in der hintersten Reihe saß, in ein Aufgabenblatt vertieft.

Aber das dicke, rote Gesicht des Rektors am Fenster seines Büros im ersten Stock gab ihr einen Vorgeschmack auf das, was ihr gleich blühte. Er winkte ihr zu. Nicht wie wenn man zufällig eine liebe Bekannte entdeckt. Es war ein Befehl. Antreten. Und zwar sofort.

Vor dem Rektorat schöpfte sie kurz Atem und klopfte dann maßvoll, aber bestimmt an.

„Treten Sie ein, Frau Schneider.“ Der zischende Unterton in der höflichen Stimme ließ nichts Gutes ahnen.

Über den massiven Schreibtisch hinweg, einem Relikt aus dem zweiten Weltkrieg, reichte Eve dem Rektor eine Hand. Dabei lächelte sie ihn mit einer Mischung aus Besänftigung und Besorgnis an, damit er nicht auf die Idee kam, ihr noch vor den Sommerferien Ärger zu machen. „Guten Tag, Dr. Stein. Wo ist Amy?“

„Setzen Sie sich.“

„Dr. Stein ...“, startete sie einen Versuch, die Situation unter ihre Kontrolle zu bringen. Mit einer zackigen Armbewegung auf den hölzernen Besucherstuhl schnitt der Rektor ihr das Wort ab. Sie blieb trotzdem stehen. „Wen hat es dieses Mal getroffen?“

Stein drehte seinen Kopf nach rechts, sodass Eve sein Profil sah. Auf seiner aufgeplusterten Wange prangten vier blutige Streifen: die Hinterlassenschaften von vier Fingernägeln.

„Mich hat es getroffen. Unter anderem“, sagte er. „Was glauben Sie, was meine Frau dazu sagen wird?“

Eves Augen schlossen sich und ihr Herzschlag legte noch einen Tacken zu. Sie war nicht für Scherze aufgelegt. Stein allerdings auch nicht, denn sofort nach dem Hinweis auf seine Frau wurde er wieder todernst.

„Wären Sie zehn Minuten früher gekommen, hätten Sie mitansehen können, wie zwei ausgewachsene Pfleger ihren kleinen Liebling mit Mühe und Not in den Wagen geschafft haben.“

Eve musste nicht fragen, wohin sie Amy gebracht hatten. Sie wollte sofort zu ihr. Doch Stein, der nicht nur der Rektor des Gymnasiums, sondern zugleich Amys Lateinlehrer war, hämmerte sie mit seinem Blick förmlich in die hölzerne Sitzfläche.

Sie wollte „Bitte, tun Sie das nicht“ rufen, aber sein Gesichtsausdruck war unerbittlich. Dabei war Eve einiges gewohnt. Die vergangenen sieben Jahre hatten ihre Nerven in Stahlseile verwandelt. Ihr war eine Haut gewachsen, so dick und fest wie die Schwarte eines Wildschweins. Dennoch hatte sie ihre Heiterkeit und Zuversicht behalten. Nur war zu diesem Zeitpunkt nicht viel davon zu spüren. Und daran hatte ihre Frisur den geringsten Anteil.

Steins Blicke durchbohrten sie wie Speere. „Sie wissen, dass das Amys letzte Chance war. Wir haben für heute Nachmittag eine Klassenkonferenz einberufen. Morgen können Sie die Unterlagen abholen. Bis dahin sollten Sie überlegen, welche Schule für Amy geeignet ist, denn sonst werde ich meine Empfehlung aussprechen.“

So musste es sich anfühlen, wenn man den Boden unter den Füßen verlor. Amy brauchte diese Schule wie die Luft zum Atmen. „Ich könnte wieder eine Betreuerin organisieren. Das käme auch den übrigen Schülern zugute. So eine wie Frau Braun, die immer neben Amy saß und zusätzlich dafür gesorgt hat, dass es im Unterricht der Lehrer, die sich nicht durchsetzen können, still ist.“

Stein kniff die Augen zusammen. Er war einer von denen mit den Disziplinproblemen. „Ich kann meine Empfehlung auch gleich aussprechen.“

Am liebsten wäre Eve dem Mann an den Hals gesprungen, hätte ihn geschüttelt, ihn angebrüllt, wie viele Hände Amy wieder berührt hatten, obwohl es dieses Gutachten gab, dass auf keinen Fall jemand die Finger nach ihr ausstrecken dürfte. Die Spur von Amys Nägeln auf der speckigen Wange war der Beweis, dass er versucht hatte, sie festzuhalten. Aber ihm das um die Ohren zu hauen, brachte sie keinen Schritt weiter. Sie musste es mit Diplomatie versuchen, an sein Mitgefühl appellieren. So, wie die letzten Male. Oder mit einer Lüge. Egal. Hauptsache Amy durfte am Gymnasium bleiben. Zur Not würde sie mit dem Fettsack ins Bett steigen. Aber so einer war Stein zum Glück nicht.

„Sie haben ja recht, Dr. Stein. Aber Sie dürfen Amy nicht dafür büßen lassen, dass ich in letzter Zeit nicht darauf geachtet habe, dass sie ihre Pillen regelmäßig nimmt.“

Steins dicker Kopf hüpfte auf und ab wie der einer Taube. „Dann sind wir uns ja einig. Die Bedingung dafür, dass Ihre Nichte nach dem letzten Vorfall weiter an meine Schule gehen durfte, lautete: Amy nimmt ihre Medikamente. Das ist nun der, lassen Sie mich kurz nachdenken, siebzehnte Vorfall seit sie mein Gymnasium besucht. Sie ist nun in der neunten Klasse. So langsam sollte sie sich zu benehmen wissen.“

Eve drehte nervös an einer der vielen Pailletten an ihrem T-Shirt herum. „Sie wäre erst in der achten. Nur weil sie eine Ihrer begabtesten Schülerinnen ...“

„Ich weiß, wie begabt Amy ist. Aber Begabung ist nicht alles“, unterbrach er sie. „Man muss mit seinen Mitmenschen auskommen. Das ist oberste Priorität. Ihre eigenen Worte, Frau Schneider.“

„Amy kann sich benehmen und sie ist fähig zu lieben“, rief Eve verzweifelt, als ob das etwas an der Tatsache geändert hätte, dass Amy unberechenbar war, wenn jemand ihre Haut oder ihre Kleidung berührte. Mit oder ohne Pillen. Nur ohne waren die Auswirkungen schlimmer.

„Die Probezeit ist endgültig vorbei, Frau Schneider." Stein erhob sich und schritt zügig zur Tür.

„Das darf nicht Ihr letztes Wort sein, Dr. Stein! Sie können Amy nicht von der Schule verweisen." Der schwere Stuhl wackelte gefährlich, als Eve aufstand.

„Glauben Sie mir, Frau Schneider, ich kann." Entschlossen drückte er die Klinke nach unten.

„Ich werde Amys Zukunft nicht kampflos den Bach runtergehen lassen", zischte Eve.

Der Rektor legte ihr eine Hand auf die Schulter und schob sie aus seinem Büro. „Es tut mir wirklich leid, Frau Schneider. An meiner Schule kann ich nichts mehr für Amy tun."

Die versteinerten Mienen von Amys Lehrern, die sie einzeln in ihren Klassenzimmern aufgesucht und denen sie ins Gewissen geredet hatte, das Mädchen nicht fallen zu lassen, verschwanden vor ihrem inneren Auge, als Eve das Krankenzimmer betrat.

Amys Gesicht schien in dem vergitterten Bett ganz klein und weiß. Ihre Hände und Füße waren mit Gurten fixiert. Die Sommersprossen, die ihr gesamtes Gesicht übersäten und sonst einen warmen Braunton hatten, waren grau und kaum zu erkennen. Amy schlief und sie würde bis zum nächsten Tag durchschlafen. Sie hatten sie mit Beruhigungsmitteln vollgepumpt.

Obwohl Eve diesen Anblick kannte, konnte sie die aufschießenden Tränen nur mit Mühe zurückhalten. Sie konzentrierte sich auf die langen, geschwungenen Wimpern, die einen halbmondförmigen Schatten auf Amys fahle Wangen warfen.

„Wie lange dauert es, bis Sie sie wieder eingestellt haben?" Sie stellte dem neuen Psychiater diese Frage, obwohl sie aus Erfahrung wusste, dass es ungefähr eine Woche dauerte. Aber sie brauchte ein paar beruhigende Worte. Dass alles halb so wild war. Dass alles wieder in Ordnung käme. Dass die Klinik dafür sorgen würde, dass Amy bald ihr normales Leben wieder aufnehmen konnte. Und, vor allem, dass sie ein Gutachten zum Gymnasium schickten, damit Stein den drohenden Schulverweis zurücknahm.

Dr. Pedersen sah von dem Krankenblatt auf. Er hielt es in einer Hand, mit der anderen stützte er sich am Kopfende von Amys Bett ab, als würde er sonst zusammenbrechen. Dabei sah er eher aus wie ein junger Zehnkämpfer als wie ein erfahrener Psychiater. Statt eines weißen Kittels trug er ein knappes, weißes T-Shirt, weiße Jeans und teure Flipflops. „Wiedereinstellen können wir vergessen."

Als er ihren entsetzten Blick auffing, erklärte er: „Amelie hat ihre Medikamente regelmäßig genommen. Aber dies ist der dritte Vorfall innerhalb eines halben Jahres. Wir können die Dosis nicht weiter erhöhen, wir müssen das Medikament wechseln. Ihr Pflegekind wird länger bleiben müssen."

„Sie ist meine Nichte. Und wir nennen sie Amy, denn wenn jemand sie Amelie nennt, spricht sie ein paar Tage lang nicht mehr."

Der Psychiater runzelte die Stirn. Sein dichtes, braunes Haar erinnerte sie an das Fell des Teddys ihres Jüngsten. „Das steht nicht in der Akte."

„Dass sie meine Nichte ist auch nicht? Was ist damit, dass sie bei mir ist, weil ihre Mutter, die zufälligerweise auch noch meine Schwester ist, sich das Leben genommen hat?" Verdammt, dieser Schulverweis machte sie schier wahnsinnig.

„Nur das mit dem Namen ist mir nicht aufgefallen." Er zog einen Kugelschreiber aus der Hosentasche und machte einen Vermerk.

Was sie dem Arzt als nächstes mitteilte, konnte noch nicht in der Akte stehen. „Amy fliegt von der Schule, wenn Sie nichts unternehmen. Das Mädchen lernt für sein Leben gern. Das hält sie aufrecht. Nur das. Ich fürchte, wenn sie von der Schule muss, dann ... dann ... macht sie dasselbe wie ihre Mutter."

Der Psychiater blickte sie ruhig an. „Sie sollte von dem Schulverweis erst mal nichts erfahren. Ab morgen sind sowieso Ferien. Wir kümmern uns intensiv um Ihre Nichte und dann ist sie vielleicht in sechs Wochen wieder in der Lage, eine

Regelschule zu besuchen. Bis dahin ist einige Zeit ins Land gezogen. Ich schlage vor ..."

„*Vielleicht*? In *eine* Regelschule?" Eve hörte selbst, wie hysterisch sie klang. Aber sie konnte nur noch eins denken: Amy muss weiter auf dieses Gymnasium gehen. Jeder, der Amy je dabei gesehen hatte, wie sie eine neue Sprache lernte, musste ganz einfach derselben Ansicht sein. Und jeder, der je erlebt hatte, wie Amy reagierte, wenn sich Dinge um sie herum veränderten, ebenfalls. Eve wurde übel und die kleine, glitzernde Paillette, an der sie schon die ganze Zeit nervös herumgefummelt hatte, löste sich von ihrem T-Shirt.

„Amy hat einen sehr heftigen Zusammenbruch. Sie wird nicht innerhalb von einer Woche wieder auf dem Damm sein. Aber es ist noch zu früh für eine weiter reichende Prognose."

„Wollen Sie damit sagen, dass sie nicht wieder aufs Gymnasium gehen kann?"

Es sah aus, als ginge ein Ruck durch den Mann, als er seine breiten Schultern zurücknahm und die Hand mit dem Krankenblatt, die er die ganze Zeit über hochgehalten hatte, senkte. „Wie gesagt, Frau Schneider: Es ist zu früh für eine Prognose. Die meisten meiner Kollegen sind der Ansicht, dass sie nie dorthin hätte gehen dürfen. Es ist unrealistisch zu erwarten, dass Amys Mitschüler stets Hände und Füße bei sich behalten."

Eve fuhr zusammen, bevor ihr klar wurde, dass er von der Meinung seiner Kollegen gesprochen hatte. Ein Hoffnungsschimmer blitzte in ihr auf. „Was denken Sie persönlich?"

„Ich kann mich nur wiederholen: Es ist zu früh für eine Prognose. Ich werde mir mein eigenes Urteil bilden. Wir müssen Geduld haben, Frau Schneider. Anders kommen wir nicht weiter." Er räusperte sich. „Ein einzelnes Papierkügelchen sollte Ihre Nichte nicht aus der Bahn werfen."

Eve wrang ihre zitternden Hände. Sie gäbe sonst was dafür, wenn sie die letzten Stunden zurückdrehen könnte. Warum hatte Stein ihr das nicht gesagt?

„An Ihrer Reaktion lese ich ab, dass diese Information neu für Sie ist.“ Und dann berichtete er ihr ausführlich, was an der Schule geschehen war.

Da vormittags die meisten Kinder im Kindergarten oder in der Schule waren, lag das Kinderdorf so ruhig und friedlich da, als wäre es ausgestorben. Basti, der Gärnter, schien das einzige menschliche Wesen weit und breit zu sein, das sich im Freien aufhielt. Er schnippelte an den Sträuchern herum, die das Dorf umgaben.

Sonst wechselte Eve meist ein paar Worte mit dem Mann, der seit zwei Jahren geschieden war und dringend nach einer neuen Frau suchte. Doch heute hob sie nur kurz ihre Hand zum Gruß und senkte dann den Blick. Ihre Nerven waren zum Bersten gespannt. Da war nichts mehr von Wildschweinhaut, Gelassenheit und schon gar nicht von Frohmut.

Sie stellte den Multivan, der inzwischen zehn Jahre auf dem Buckel hatte, auf dem Parkplatz neben dem Dorfeingang ab und ging die restliche Strecke bis zu ihrem Haus zügig zu Fuß. Sie wäre in der geeigneten Stimmung gewesen, um mit dem Joggen anzufangen. Wut setzte in ihr seit jeher Bewegungsenergie frei. Da sie aber sonst fast immer in gelassener und heiterer Stimmung war, hielt sich die Sache mit der Bewegung in Grenzen. Meist genügte ihr ein wenig Hausarbeit. Oder ein Ausflug mit den Kindern zum Spielplatz. Auch das hielt schlank. So langsam fragte sie sich allerdings, wozu sie überhaupt noch auf solche Dinge achtete.

Rita saß auf der Bank im Vorgarten, die Eve eigenhändig rot lackiert hatte, und schälte Kartoffeln. Sie sprang auf, als sie Eve entdeckte. „Ich denke, du warst beim Friseur? Warst du feige und hast dir nur eine Hochsteckfrisur machen lassen?“

„Ach, hör bloß auf“, winkte Eve ab, bevor sie die Ereignisse des Tages zusammenfasste: „Sprechen wir von Amy: Papierkügelchen an den Kopf gekriegt, Mitschüler und Rektor zusammengeschlagen, fixiert, eingeliefert, Schachmatt gesetzt, Dr. Keller im Urlaub, neuer Psychiater behauptet Amy bräuchte komplett neue Medikamente. Und schließlich die Katastrophe: ein Schulverweis."

„Oh weh." Rita sah aus, als hätte sie einen Schlag ins Gesicht bekommen. Mit einem Seufzer zog sie die Freundin an ihre ausladende Brust. „Alles wird gut", murmelte sie und streichelte Eve sanft über den Rücken.

„Ja, alles wird gut", wiederholte Eve lakonisch. Sie ging ins Haus, um sich einen Kaffee zu machen. „Wie geht es Kev?"

Kev hieß eigentlich Kevin. So wie Amy eigentlich Amelie hieß. Nur, dass der Achtjährige vergleichsweise normal war. Nicht ganz so normal allerdings wie Eve, die in Wirklichkeit Evelyn hieß. Die Kinder kürzten die Namen ab, damit sie cooler klangen, sprachen sie aber deutsch aus.

„Vor dem letzten Schultag ist er noch hibbeliger als sonst. Er hat Angst wegen seiner Beurteilung. Ich habe ihm Fencheltee gegeben und ein bisschen mit ihm gekuschelt. Dabei ist er zum Glück eingeschlafen." Rita war ihr gefolgt. Sie wollte Eve zur Seite schieben, um das Kaffeekochen zu übernehmen, doch Eve schickte sie weg.

„Lass, Rita, ich muss was tun, sonst werde ich noch wahnsinnig." Sie stellte den Wasserkocher an.

„Da vorn an deinem T-Shirt fehlt ein Stück vom Herz. Hast wieder geknibbelt, was?" Rita ging nach draußen, um die Kartoffeln zu holen.

Eve sah an sich hinab. Bei ihrer nervösen Fummelei hatte sie nicht nur eine einzelne Paillette gekillt, die gesamte Spitze hatte sich gelöst und lag jetzt vermutlich auf dem Boden des Rektorats. Sie stöhnte leise auf und nahm die Dose mit dem Kaffeepulver aus dem Schrank.

Morgen gab es Zeugnisse. Sie wollten zu acht feiern, die sechs Kinder, Rita und sie. Ganz gleichgültig, wie viele Fünfer es hagelte. Hier ging es nicht um Schulnoten. Die Kinder hatten alle ihre Vergangenheit. Es ging um Spaß am Lernen und vor allem darum, sie auf ein Leben vorzubereiten, in dem die Schatten der Vergangenheit nicht das Zepter schwangen.

Rita kam wieder zurück. Sie ließ sich in den Lehnstuhl fallen, der am Kopfende des langen Holztisches stand und zupfte sich das Sommerkleid zurecht. Die Erzieherin wirkte immer wie aus dem Ei gepellt, selbst bei der Hausarbeit war sie geschminkt und trug hochhackige Schuhe. Vom Aussehen her würde sie viel eher in eine Bank passen oder in das Sekretariat eines Vorstandsvorsitzenden. „Wann können wir Amy besuchen? Rufen sie an?"

Wie jeder, der im Kinderdorf arbeitete, kannte Rita das Prozedere auf der Psychiatrie. Die Frage war rein rhetorisch.

„Sie rufen an. Ja. Wie immer." Eve drückte kurz ihre Wange gegen Ritas und gab der Freundin einen Kaffee. Dann setzte auch sie sich, doch sie war so unruhig wie sie es sonst nur von Kev kannte. Ihre Beine zuckten und sie hatte ständig das Gefühl, sich bewegen zu müssen. Wahlweise hätte sie auch irgendwen zusammenschlagen können. Vielleicht sollte sie doch mit dem Joggen beginnen.

„Was wird aus eurem Urlaub?" Rita setzte das Kartoffelschälen fort.

Eves sportliche Anwandlung verflüchtigte sich sofort wieder. Sie nahm einen großen Schluck von ihrem dünnen Kaffee. Sie mochte ihn genau so. Aufregung hatte sie auch ohne zusätzliches Koffein genug. „Absagen. Was sonst?"

„Du könntest mit den Fünfen fahren. Ich halte hier die Stellung." Die Kartoffelschalen fielen in hauchdünnen Spiralen auf Zeitungspapier.

„Das kommt gar nicht in Frage. Du hast selbst Urlaub", lehnte Eve das großzügige Angebot ab. „Entweder wir fahren alle oder es fährt keiner. Ich rufe nachher beim Campingplatz an und versuche, sie dazu zu bringen, dass wir ein anderes Mal kommen können. Aber das Geld kriegen wir so kurz vorher bestimmt nicht zurück." Sie seufzte. Hungern mussten sie nicht, aber reich waren sie schon gar nicht. Tausend Euro haben oder nicht machte schon einen Unterschied.

„Dann mach du wenigstens ein Wellness-Wochenende. Ganz allein. Du arbeitest jetzt seit sieben Jahren als Kinderdorfmutter und hast nie deinen freien Tag genommen. Ganz zu schweigen von dem Jahresurlaub, der dir zusteht. Ich meine, du siehst toll aus, selbst mit deiner neuen Frisur und in deinen ewigen Wohlfühlklamotten, aber auf die Dauer hält das kein Mensch aus. Du musst für dich sorgen."

„Das musst du gerade sagen."

„Ich habe einen Mann, freie Wochenenden und schlafe in meinem eigenen Zuhause."

„Das hier ist mein Zuhause."

„Nun reg dich nicht auf! Du weißt, wie ich es meine."

Eve nickte und beobachtete Rita, die aus ihrer Balu-Tasse trank. Die Kinder hatten sie ihr geschenkt, weil sie der Meinung waren, wenn Rita ein Tier wäre, dann wäre sie ein Bär. Ein bisschen beleidigt war Rita schon gewesen, weil sie es nicht gerade schmeichelhaft fand, mit einem dösigen Bären verglichen zu werden. Aber sie hatte sich schnell von dem Schock erholt und der Geschichte das Positive abgewonnen. Immerhin war Balu fröhlich, großherzig und liebenswürdig. Genau wie Rita.

„Ganz egal, was mit Amy ist, die kommt schon wieder in Ordnung. Oder was man so Ordnung nennt. Und wenn es ein paar Monate dauert, dann dauert es eben so lange. Und wenn sie von der Schule fliegt – geht sie auf eine andere. Zur Not setzt sie ein Jahr aus. Was soll's? Das sind Kleinigkeiten. Unwichtiger Kram. Du weißt, wie ich das meine. Aber du musst jetzt langsam in die Pötte kommen. Du bist fünfunddreißig. Noch bist du eine junge Frau. Aber die Uhr tickt. Was ist aus deinen Plänen geworden? Du wolltest dir einen netten Mann angeln, einen Kinderarzt oder einen Lehrer. Aber das Mindeste, was du mal wieder brauchst, meine Liebe, das ist Sex."

Eve stöhnte auf.

„Oh, ja, das klingt gut. Mehr davon."

„Rita!"

„Du weißt, dass ich recht habe." Rita stand auf, um das Mittagessen zuzubereiten. „Was ist mit dem neuen Psychiater? Du hast nichts über ihn erzählt. Ist er jung? Sieht er gut aus?"

„Ich nehme eine Dusche“, sagte Eve kurz angebunden. Rita hatte doch wohl eine Meise. Wie sollte sie sich jetzt auf einen Mann konzentrieren?

Als sie ihr Haar mit dem billigen Pfirsich-Shampoo einschäumte, das aber genauso gut war wie das von der teuren Konkurrenz, hätte sie beinahe geheult, weil sich ihre Hände so leer anfühlten. Sie würgte die Tränen hinunter. In ein paar Monaten waren sie wieder so lang wie zuvor. Aber dann musste sie an das denken, was Rita gesagt hatte. Dass sie vorgehabt hatte, sich einen Mann zu angeln. Damals, als sie noch keine Ahnung hatte, wie anstrengend der Alltag mit Kindern war. Wie sie einen in Beschlag nahmen. Tag und Nacht. Und was Männer einer Frau abgewinnen konnten, die für sechs Kinder verantwortlich war. Besonders wenn ihnen klar wurde, dass das nicht nur ein Job war, den man morgens antrat und dem man nach Feierabend den Rücken zukehrte.

Sie wischte sich die verflixte Träne aus dem Augenwinkel. Sie wollte sich nicht beklagen. Sie liebte ihr Leben und sie liebte die Kinder über alles. Nur manchmal, da wurde ihr alles zu viel. Besonders wenn ihr wieder einmal bewusst wurde, dass Amy nicht nur einen kleinen Knacks davongetragen hatte. Auch nach all den Jahren noch war ihr unbegreiflich, wie man sich das Leben nehmen konnte, wenn man ein Kind hatte. So unbegreiflich, dass sie diese Frau für ihre Tat hasste. Diese Frau, die zugleich Amys Mutter und ihre Schwester war.

Rigoros trat sie aus der Dusche und rubbelte sich mit dem härtesten Handtuch trocken, das sie finden konnte.

An Tagen wie diesem sehnte sie sich nach einem eigenen Leben. Nach einem Leben, in dem ein Mann vorkam. Einer, der ihr beistand. Der sie fest in seine Arme schloss, an seine breite Brust zog, ihr einen Kuss auf die Stirn drückte und sagte: „Mach dir keine Sorgen, Baby. Alles wird gut.“

3

Jesse

Jesse legte die letzte Semesterarbeit auf den gefühlt meterhohen Stapel neben seinem Bett. Gleich darauf reckte er sich wie ein Kater. Vom vielen Korrekturlesen war er vollkommen verspannt.

„91 Arbeiten“, sprach er zu sich selbst, als könnte er nicht glauben, was er innerhalb von einer Woche geschafft hatte. „Das hab ich echt gut gemacht.“

„Genial“, meinte auch Will, den er wenige Minuten später anrief. „Also, ich würde dir dafür glatt noch einen Nobelpreis geben.“

„Und ein Ei mit Soße.“ Jesses Nacken knirschte, als er den Kopf kreisen ließ, um die Verspannung zu lösen.

„Exakt. Ich habe übrigens den neuen Forschungsantrag aufgesetzt. Das ist fast so gut wie das, was du geleistet hast. Aber natürlich nur fast.“

„Deshalb habe ich eine Woche lang nichts von dir gehört, du altes Arbeitstier.“ Grinsend stieg Jesse aus dem Bett und machte eine Rumpfbeuge, kam aber mit der Hand nur bis zum Knöchel.

„Ich habe mehrmals versucht, dich zu erreichen – es ging immer nur die Mailbox dran. Da hab ich gedacht, der will seine Ruhe und hab mich auf den Antrag konzentriert. Außerdem kannst du doch wohl selbst ein Telefon bedienen, wenn du ein Bedürfnis nach zwischenmenschlichen Kontakten verspürst, du alter Einsiedler.“

„Ganz ruhig, Brauner. Ich hatte bloß das Telefon ausgestöpselt“, Jesse richtete sich ein bisschen mühsam auf, „treffen wir uns später im Studio? Um die übliche Zeit.“

„Alles klar. Ich schicke dir gleich den Antrag per E-Mail.“

„Kopier ihn besser auf einen Stick und bring ihn mit.“

„Du kommst also immer noch nicht ins Internet!“ Will lachte schallend und legte auf.

„Blödmann", knurrte Jesse, obwohl Will ihn schon nicht mehr hören konnte. Um das Internet würde er sich als nächstes kümmern. Gleich nachdem er einen ordentlichen Kaffee getrunken hatte.

Sein Blick wanderte zur Schlafzimmertür. Seit seine Schwester ihren Sohn bei ihm abgeliefert hatte, fühlte er sich wie ein Fremder in seinem eigenen Haus. In den ersten Tagen von Leopolds Anwesenheit ging er sogar auf Zehenspitzen, wenn er am Gästezimmer vorbeikam. Bis ihm auffiel, was er da tat und er wieder wie ein normaler Mensch durch sein Haus lief. Nur auf Socken, statt in Straßenschuhen. So wie jetzt.

Er zog die Schlafzimmertür auf und schlich über den Korridor. Vier Türen weiter war das Gästezimmer. Kein Ton drang von innen nach außen. Leopold verhielt sich, als wäre er gar nicht existent. Abgesehen von der Milch und der Cola, die in großen Mengen aus dem Kühlschrank verschwanden.

Jesse nahm den letzten Milchkarton, ein kleiner Rest war noch darin. Als er damit zur Mikrowelle ging, stutzte er. Gestern Abend hatte er jede Menge schmutziges Geschirr in der Küche herumstehen lassen, weil er zu faul gewesen war, es in die Spülmaschine zu räumen. Jetzt war es weg. In der Spülmaschine war es aber auch nicht.

Er konnte es sich nicht vorstellen, aber der Junge musste es von Hand gespült haben. Anscheinend hatte er auch noch die Spüle poliert. Jetzt fiel es ihm überhaupt auf: Die ganze Küche glänzte wie neu. Er konnte sich nicht erinnern, dass es unter seiner Ex-Haushaltshilfe je so sauber gewesen war. Es war fast schon unheimlich.

Entschlossen, der Farce ein Ende zu bereiten, ging er zum Gästezimmer, doch anstatt anzuklopfen, einzutreten und den Jungen zu fragen, warum er den lieben langen Tag im Zimmer herumhing, starrte er seine eigene Tür an. Sophia hätte ihn gefragt, ob er noch alle Tassen im Schrank hatte.

In dem Moment, in dem er eine Hand hob, um anzuklopfen, ging die Tür auf und der Junge starrte ihn von oben herab an. Der Kerl war jetzt schon länger als er.

„Hi, Leopold." Denk nach, Jesse, denk dir zum Teufel noch mal was aus, worüber du mit ihm reden kannst. Aber ihm fiel nichts ein. Nach einer Woche Funkstille war es verdammt schwierig, diesem merkwürdigen Gast unbefangen gegenüber zu treten.

„Hi", sagte Leopold mit seiner vom Stimmbruch gebeutelten Stimme. Mit gespreizten Fingern schob er sich die blonde Mähne aus den Augen.

So viel wie in der vergangenen Woche hatte er in seinem ganzen Leben nicht innerhalb von sieben Tagen geschafft. Er könnte sich also durchaus bei dem Jungen bedanken. „Ich bin fertig mit meiner Arbeit. Danke, dass du mich in Ruhe gelassen hast."

Leopold zuckte mit den Schultern. Der Sohn seiner Schwester war nicht gerade eine Labertasche.

„Schläfst du gut, Leopold?"

„Ja."

Alles klar.

„Ich war auf dem Weg in die Küche, was essen. Hast du auch Hunger?" Ohne eine Antwort abzuwarten, setzte er sich in Bewegung. Hinter ihm erklangen die schlurfenden Schritte des Jungen, dessen Füße in diesen Barfußschuhen steckten. Allerdings nur die Spitzen. Den hinteren Teil des Schuhs hatte er mit der Ferse niedergetrampelt.

„Milch ist alle, Corn Flakes auch. Bald auch Kaffee und Cola." Der Junge strich sich schon wieder die Haare aus der Stirn. Zeitgleich nahm er eine Dose Cola aus dem Kühlschrank. Anschließend schloss er die Tür so leise, als würde er dafür bestraft, wenn sie das übliche Klack von sich gäbe, und machte sich auf den Weg zurück ins Gästezimmer.

„Hey, Leopold, warte mal." Nicht, dass er Onkelgefühle entwickelte. Aber ein paar Worte könnte er schon mit seinem Neffen wechseln. Immerhin würde dieser merkwürdige Vogel noch drei Wochen bei ihm sein und er hatte keine Lust, weiterhin in seinem eigenen Haus herumzuschleichen.

Das Latschgeräusch auf den Marmorfliesen verstummte. Leopold drehte ihm das trotz der vielen Sommersprossen blasse Gesicht zu.

„Ich will dir nicht auf die Nerven gehen, aber seit du hier bist, sind wir uns ganze drei Male über den Weg gelaufen.“ Und das auch nur, weil der Junge ebenso viele Corn Flakes verdrückte wie er selbst. Allerdings war ansonsten nicht viel Essbares im Haus. Nach einer heißen Nummer auf der Arbeitsplatte, hatte ihm seine Haushaltshilfe überraschend gekündigt. Seitdem hatte er nichts mehr eingekauft. „Was isst du normalerweise?“

„Das, was da ist.“

„Und wenn nichts mehr da ist?“

„Dann gehe ich zum Supermarkt und kaufe Milch, Corn Flakes, Cola und Kaffee.“

Jesse lachte auf. „Genial. Ich lege gleich ein paar Pfund auf den Tisch. Danke übrigens, dass du die Küche auf Vordermann gebracht hast. Was hältst du davon, wenn wir zur Feier des Tages rausfahren und Pizza essen?“

„Mum sagt, ich soll dir nicht auf die Nerven gehen. Aber danke für das Angebot. Ich geh’ nachher einkaufen.“ Leopold schlurfte endgültig ins Gästezimmer zurück. Die Tür fiel ein wenig lauter als sonst hinter ihm ins Schloss.

Kopfschüttelnd sah Jesse diesem Zombie nach. Was hatte seine Schwester da bloß rangezüchtet?

Dann setzte er sich selbst in Bewegung. So wie in der Woche, die hinter ihm lag, würde er auf gar keinen Fall weiterleben. In den Ferien hatte er sich eigentlich nach und nach durch die Arbeiten quälen wollen, unterbrochen von Trainingseinheiten im Fitnessstudio, in seinem Bettchen und gelegentlichen Besuchen im Pub.

Sehr entschlossen klopfte er an Leopolds Tür. Als er nach einer Weile immer noch kein „Herein“ hörte, klopfte er erneut an und öffnete dann einfach die Tür.

Leopold saß im Schneidersitz auf dem schmalen Bett und blickte mit ausdrucksloser Miene zu ihm. Jesse konnte sich an seine eigene Teenagerzeit erinnern und wollte seinen Neffen nicht mit blöden Fragen nerven. Aber so ging das natürlich nicht. Vielleicht gab es ja etwas, das diesem Kerl Spaß machte. „Was machst du, wenn du zu Hause bist?“

„Schule, essen, schlafen, mit Freunden treffen.“

Immerhin reagierte er auf Fragen. „Ich meine, was machst du in den Ferien?“

„Dasselbe, aber ohne Schule.“

Er konnte sich ein Grinsen nicht verkneifen. „Hast du Hobbies?“

„Du musst dich nicht um mich kümmern, Onkel Jesse.“

Er zuckte zusammen. Onkel Jesse. Das klang, als müsste er sich schon mal nach einem Platz im Seniorenstift umsehen. „Lass den Onkel mal weg. Jesse genügt. Ansonsten: Nichts liegt mir ferner, als den Gefängniswärter zu spielen. Also, da wir hier noch drei Wochen miteinander auskommen müssen, können wir uns die Zeit genauso gut angenehm gestalten. Ich habe meine Arbeit erledigt, habe also genug Zeit. Wir könnten was zusammen unternehmen.“

Leopold starrte ihn an.

„Unternimmt Sophia nichts mit dir?“

„Ich bin kein Baby mehr, Onkel Jesse.“

„Du glaubst gar nicht, wie erleichtert ich jetzt bin. Dann kannst du mit ins Fitnessstudio kommen und anschließend Pizza essen.“

„Du musst mich nicht motivieren, Onkel Jesse“, er zog einen Laptop hinter seinem Rücken hervor und legte ihn sich auf die Oberschenkel, „ich guck mir Videos auf YouTube an.“

Jesse hatte keine Ahnung, was er noch entgegnen sollte. Im Grunde sollte es ihm egal sein, was dieser Nerd tat. Oh Mann, war das schwierig. Noch mal würde er sich keinen Teenager aufbrummen lassen.

„Wie du willst, Leopold. Ich lege dir ein paar Pfund und einen Schlüssel auf den Küchentisch. In der Garage findest du zwei Fahrräder. Ein Rennrad und ein Mountainbike. Nimm dir, was dir besser gefällt. Ansonsten fühl dich wie zu Hause und sprich mich an, wenn du Lust hast, was zu unternehmen.“

Erst als er im Bad vor dem Spiegel stand und sich die Bartstoppeln einer Woche von der Haut schabte, wurde ihm bewusst, was der Junge eben gesagt hatte. Dass er da nicht gleich hellhörig geworden war! Wie zum Teufel kam sein Neffe ins Internet, um sich Videos anzuschauen?

Mit dem erstbesten Handtuch, das er zwischen die Finger bekam, wischte er sich den Rasierschaum aus dem Gesicht. Dieses Mal stapfte er ohne anzuklopfen ins Gästezimmer. „Hast du ein G3-Handy?"

Ausdruckslos sah Leopold von seinem Uralt-Laptop auf.

„Ich habe dich was gefragt, Junge." So langsam wurde er ernsthaft sauer. Verarschen lassen würde er sich nicht.

Zum ersten Mal, seit sein Neffe sich in seinem Haus aufhielt, sah er ihn grinsen. „Du willst wissen, wie ich dein Internet gehackt habe?"

„Du bist im Internet? Über meinen Anschluss?" Er spürte, wie ihm die Gesichtszüge entglitten. Und ob er wissen wollte, wie der Junge das geschafft hatte. Er war Professor für Internetsicherheit. Inklusive des Nobelpreises hatte er vier Preise bekommen, für drei weitere war er nominiert worden. Weil er eine wirklich bahnbrechende Idee gehabt hatte, was die Sicherheit von Internetzugängen angeht. Selbstredend, dass auch sein eigener Zugang abgesichert war wie Fort Knox. Aber seit er vor ein paar Wochen ein Passwort vergessen hatte, kam er nicht mal mehr selbst rein. Und er hatte wirklich schon alles versucht.

4

Eve

Amy sah nicht einfach nur auf dem holländischen Sender, den sie hier im Niemandsland zwischen Deutschland und Holland empfingen, Zeichentrickfilme in Englisch. Die Wände ihres Zimmers waren vom Boden bis unter die Decke tapeziert mit handgefertigten Plakaten. Darauf standen Grammatik-Regeln und unregelmäßige Verben in Englisch, Latein, Französisch, Spanisch, Italienisch, Niederländisch und Albanisch. Anfangs klebten einfache, karierte DIN-A4-Blätter, herausgerissen aus einer Kladde, an den Wänden. Als Eve ihrer Nichte einmal einen Stapel farbiger Kartons mitbrachte, hatte Amy sich nicht gescheut, sämtliche Regeln und Verben noch einmal zu notieren. Davon konnte man halten, was man wollte, aber wenigstens sah der Raum seitdem bunt aus wie ein Kinderzimmer und nicht wie das Innere eines Altpapiercontainers.

Eve nahm das bunte Päckchen mit den nagelneuen Kleidungsstücken vom Bett, das sie dort geparkt hatte. Amy hatte vom Schwesternzimmer aus angerufen. Ab sofort durfte sie sich frei im Haus und im Klinikgarten bewegen und Besuch empfangen.

„Mama, Rita ruft dich schon die ganze Zeit ganz laut. Warum kommst du denn nicht?“ Momo zupfte an ihrem Hemd. Obwohl er immer noch sämtliche Milchzähne im Mund hatte, würde der kleine Kerl nach den Sommerferien eingeschult werden.

„Wie soll ich denn bei dem Lärm auch noch Rita hören?“ Sie streichelte Momos krauses Haar und verließ Amys Zimmer. Auf dem Korridor herrschte eine Lautstärke wie in einem Klassenzimmer, wenn der Lehrer mal kurz rausgegangen war.

„Mel hat meine Hose an!“, jammerte Kev, als er Eve entdeckte.

„Mit ihrem fetten A... äh ... *Popex* passt die da überhaupt nicht rein.“ Der neunjährige Fab hämmerte mit der Faust gegen die Badezimmertür. „Mach hinne, Mel, ich soll mir die Zähne putzen. Auftrag von Mama.“

„Seid mal leise, Kinder“, sagte Eve ruhig. Sofort wurde es still.

„Eve, Telefon“, brüllte Rita. Genau wie der kleine Momo gesagt hatte.

„Ich bin sofort da“, rief Eve. An die Jungs gewandt, sagte sie: „Ihr drei zieht euch jetzt eure neuen Sachen an. Die Zähne putzt ihr euch danach. Ab auf eure Zimmer. Jeder geht in sein eigenes.“

Die Jungs stürmten los.

„Eve, jetzt komm endlich!“, drängelte Rita.

„Wer muss denn so dringend mit mir sprechen?“ Eve legte Amys Klamotten auf dem Küchentisch ab und griff nach dem Hörer.

Rita richtete sich mit zwei Händen die Frisur, als wäre sie durch das Telefonat ruiniert worden. „Ich glaube, das ist aus dem Ausland.“

„Aus dem Ausland?“

„Geh endlich ran!“ Die Erzieherin machte dieselben Zuckbewegungen mit den Armen wie morgens, wenn sie die Kinder aus dem Haus scheuchte.

„Schneider. Hallo?“

Ein Schwall englischer Worte brach über sie herein. Sie verstand nicht eins.

„Hallo? Wer sind Sie?“, fragte sie in ihrem halb verfallenen Englisch.

Und wieder prasselten die Worte auf sie nieder. Nicht mehr ganz so viele zwar, aber noch immer verstand sie nichts. Konnte der Mensch am anderen Ende der Leitung nicht langsam sprechen? Und was hieß noch mal langsam auf Englisch? Sie behalf sich mit nicht so schnell und fragte den Mann am anderen Ende der Leitung nach seinem Namen.

Es war zum Verzweifeln. Dieses Mal verstand sie jedoch Germany. Der Mann sprach es so fürchterlich aus, dass sie es fast nicht erkannt hätte. Ganz anders als ihre Lehrer vor ungefähr zwanzig Jahren. Eve spürte, wie sie die Augen verdrehte. Rita hatte recht: Die Uhr tickte. „Ja, Sie sind in Deutschland gelandet.“

„Aha.“

Das war eindeutig. Da sie nicht wusste, was sie sagen sollte, wartete sie ab. Die Verbindung war hervorragend, die Stimme des Mannes angenehm und klar.

„Germany?“, fragte er schon wieder.

Also, wenn der sich nicht verwählt hatte, dann war das eine ganz neue Masche, ihr einen zweiten Handyvertrag anzudrehen. „Ja, Deutschland. Wo sind Sie?“

„In Groß-Britannien. In England, um genau zu sein.“

Die Stimme war angenehm dunkel, aber nicht so dunkel wie ein Bass. Sie erwischte sich dabei, wie sie dem Klang nachlauschte und sagte dann schnell: „Das ist schön.“

„Ja, es ist wunderschön. Grüne Hügel überall. Und alles voller Engländer. Sagen Sie, warum haben Sie bei mir angerufen?“

Eve verzog das Gesicht. „Er behauptet, ich hätte bei ihm angerufen“, zischte sie Rita zu.

„Hast du?“

„Nein.“

„Dann sag ihm das.“

„Ich habe Sie nicht angerufen. Das muss ein ... äh ... Fehler sein. Sorry. Goodbye.“ Eve legte auf.

„Ein Fehler?“ Rita sah sie amüsiert an.

„Ja, er hat sich doch garantiert verwählt. Oder weißt du, was Versehen auf Englisch heißt, hm?“

„Oder es waren die Kinder ...“ Rita zwinkerte bedeutungsvoll, als wollte Eve sich aus irgendeiner Sache herausreden.

Eve nickte ärgerlich „So wird es gewesen sein. Gut, dass wir diese Europa-Flatrate haben, die wir nicht brauchen.“

„Du meinst also, wir sollten die Flatrate behalten.“

„Ich meine, wir sollten jetzt endlich losfahren. Ich möchte Amy nicht warten lassen. Jungs? Mel?“, rief sie ins Treppenhaus hinein. „Abfahrt in fünf Minuten.“

Ein Lächeln huschte über Eves Gesicht, als sie ihre Bande in den nagelneuen, frisch gewaschenen und gebügelten Baumwoll-sommerhosen in leuchtendem Blau vor dem Multivan warten sah. Darüber trugen sie weiße T-Shirts, die sie in einer Gemeinschaftsaktion mit Textilmarkern beschriftet hatten. Sie liebte es, wenn ihre Liebsten gleich gekleidet waren. Den Kindern gefiel es ebenfalls. Jedenfalls dann, wenn die Sachen ihren Einheitsgeschmack trafen und besonders cool aussahen. Also entweder schwarz waren oder mit super-witzigen Motiven versehen.

„Mels Hose kneift", gackerte Speedy, der älteste der Jungs.

„Sie hat auch bestimmt sagenhafte zehn Euro gekostet", gab das Mädchen giftig zurück. „Bin gespannt, was Amy dazu sagt."

„Ab mit euch ins Auto", befahl Rita. „In Afrika verhungern die Kinder und ihr beschwert euch über nagelneue Klamotten."

Eve musste grinsen, als sie Rita heimlich zehn Finger zeigte. Rita lachte leise. Die Hosen hatte sie tatsächlich für zehn Euro das Stück ergattert. Auf Ebay. Der Normalpreis für eine war allerdings 59 gewesen. Eve machte nämlich nicht nur gern ein Schnäppchen, sondern gleich sechs, denn fast vierhundert Euro für sechs Hosen konnte sie sich nun wirklich nicht erlauben. Die kleinen Verwechslungen, die man sich damit einhandelte, dass es in diesem Haus fast alles in sechsfacher Ausfertigung gab (die Unterwäsche der Kinder, ihre Schuhe und das Schwimmzeug waren die Ausnahme), wurden leicht damit ausgeglichen, dass durch den Einheitslook ein Gefühl der Zusammengehörigkeit aufkam. Wenn Haus 9 auftrat, dann sah man auf einen Blick, dass da eine Familie daherkam. Und genau das war die Absicht. Heute passte sogar sie selbst ins Bild. Statt der blauen Jeans hatte sie sich allerdings knallblaue Leggings zugelegt.

Amy wartete direkt hinter der Stationstür. Sie hockte mit angezogenen Knien auf dem Boden, den Rücken an die Wand gelehnt, ein dickes Buch in den Händen. Bei näherem Hinsehen stellte sich heraus, dass sie gar nicht las, sondern nur auf eine aufgeschlagene Seite starrte.

„Amy", eine Schwester berührte das lange, seidige Haar des Mädchens, ohne dass Amy auch nur ansatzweise zusammenzuckte, „deine Mama ist da."

Amy war groß für ihr Alter, fast schon ausgewachsen. Vor einem Jahr hatten sie ihr den ersten BH gekauft.

„Sie ist meine Tante“, murmelte Amy und klappte das Buch zu. Es war ein Harry-Potter-Band. Sonst verabscheute sie Phantasy. Früher hatte sie erst sämtliche Pferdebücher der Welt rauf und runter gelesen, dann Agatha Christie und die Klassiker der Literatur. Seit ein paar Monaten verschlang sie Liebesromane. Dicke Historienromanzen in der Originalsprache. Phantasy, sagte sie, wäre was für Nerds wie Speedy und Fab. Nur, dass die beiden Jungs um Bücher im Allgemeinen einen großen Bogen machten.

Die Krankenschwester blickte Eve entschuldigend an, als sie Amy das Buch aus der Hand nahm.

„Schon gut“, sagte Eve. „Ich bin ja ihre Tante.“ Und an Amy gewandt: „Amy, kommst du?“ Sie bemühte sich, ihrer Stimme einen festen Klang zu geben. Doch so ganz wollte ihr das nicht gelingen, denn beim Anblick ihrer Nichte zog sich ihr Herz schmerzhaft zusammen.

Amy stand ungelenk vom Boden auf, taumelte ein wenig und ließ sich ohne zu murren von Eve umarmen.

„Alles klar, meine Süße?“ Solange Amy in diesem Zustand war, konnte man alles mit ihr anstellen, aber nach Hause würde sie nicht kommen. Das einzig Gute daran war, dass Eve so noch ein wenig Zeit blieb. Ihr wurde jetzt schon schlecht, wenn sie daran dachte, dass sie Amy irgendwann die Sache mit dem Schulverweis beibringen musste.

Amy nickte mit glasigen Augen. „Ich bin total zugedröhnt. Wenn du willst, darfst du mich sogar küssen. Du brauchst keine Angst zu haben, dass ich dich zu Brei schlage.“

Eve lächelte und gab Amy einen schnellen Kuss auf die blasse Wange.

Als Eve gemeinsam mit Amy die Station verließ, sagte die Schwester zu ihr, dass Dr. Pedersen sie in einer halben Stunde sprechen wollte. Eve willigte ein. Länger als eine halbe Stunde würde Amy die muntere Gesellschaft ohnehin nicht ertragen.

Rita und die Kinder warteten im Klinikgarten. Sie hatten eine Picknickdecke auf der großen Wiese ausgebreitet. Unter den begeisterten Hmh-lecker-Rufen der Kinder packte die

Erzieherin einen Zitronenkuchen aus, den sie am Vormittag gebacken hatte. Kev entdeckte als erster Amy, die wie eine Schlafwandlerin neben Eve her tapste.

„Sie kommen“, brüllte er, sprang auf und lief seiner Schwester entgegen. Momo und Fab folgten ihm gut gelaunt. Mel und Speedy verzogen spöttisch die Gesichter, zogen ihre Aufmerksamkeit aber ebenfalls von dem Kuchen ab.

Als Amy die Bande sah, ging ein Ruck durch ihren Körper. Als hätte jemand einen Eimer Eiswasser über sie ausgegossen, warf sie die Arme in die Luft, zog die Mundwinkel nach oben und kreischte: „Wie geil ist das denn?! Ihr habt ja alle die gleichen Hosen an. Und Gute-Besserung-T-Shirts. Ihr seid so süß!“

Die Fünf strahlten. Rita zwinkerte Eve zu und Eve hockte sich auf die Decke.

„Für dich haben wir auch was“, verkündete Momo stolz. Seine Händchen wirkten fast schwarz, als sie Amys weißen Arm umklammerten.

„Nur auf deinem T-Shirt steht ...“, platzte Kev heraus, der kein Geheimnis für sich behalten konnte.

„Kev, Klappe!“, hinderte Fab ihn daran, die Überraschung ganz zu verderben.

„Ta-ta“, tönte Mel und überreichte Amy ein Päckchen.

„Ihr seid ja so süß.“ Amy zerfetzte das bunte Herzchen-Geschenkpapier. „So gut wie gesund“, las sie lachend und hielt ihr T-Shirt hoch. „Die Klamotten sind echt krass. Danke, danke, danke!“

„Mama hat mal wieder ein Super-Schnäppchen gemacht“, brummte Mel, bei der die Hose tatsächlich ein wenig eng saß.

„Hey, Mel, sei nicht unfair.“ Speedy boxte ihr von hinten in den Rücken.

„Ich hab’ nichts dagegen gesagt“, schnauzte sie ihren Bruder an. Natürlich war Speedy ebenso wenig ihr leiblicher Bruder wie die anderen Kinder ihrer zusammengewürfelten Familie. Doch sie bezeichneten sich untereinander als Brüder und Schwestern. Sogar Amy, die am liebsten allein war, machte dabei mit. Und der kleine Momo behauptete steif und fest, dieselben Eltern zu haben wie seine Geschwister, obwohl er so braun war wie Zartbitterschokolade.

Die Geschwister versorgten Amy mit Saft und Kuchen und löcherten sie mit Fragen, während Eve und Rita daneben saßen und die Szene erleichtert beobachteten. Es hätte auch alles wesentlich unentspannter kommen können. Sie blickten da auf reichlich Erfahrung zurück.

Zwanzig Minuten lang benahm Amy sich wie ein ganz normales Mädchen, futterte Kuchen, kleckerte mit Saft, alberte mit den anderen herum. Dann plötzlich erinnerte sie sich an die Schule.

„Hast du mein Zeugnis abgeholt, Eve?"

Eve schluckte den Kloß hinunter, der plötzlich ihren Hals ausfüllte. „Natürlich. Leider liegt es zu Hause. Aber die meisten Noten weiß ich auch so. Deutsch, Englisch, Französisch, Latein und Wahlpflicht Spanisch: Eins. Der Rest überwiegend zwei."

Amy nickte zufrieden, während alle anderen, außer Momo, sich andeutungsweise Finger in den Hals steckten und „Würg, würg, würg" hervorpressten.

„Keine sechs in Mathe?"

Eve verneinte.

„Dann komme ich in die zehnte. Genial. Mit 13. An meiner Schule hat das bis jetzt noch niemand geschafft." Sie stopfte sich ein Stück Kuchen in den Mund. Ihr Appetit war fast schon unbändig. „Warum sagst du nichts, Eve? Hat der Stein Theater gemacht wegen meines Ausrasters?" Amy nahm die Hand von dem Kuchenstück, das sie sich gerade schnappen wollte. Schlagartig verwandelte sich die gute Stimmung in höchste Anspannung.

„Du kennst ihn doch, aber alles wird gut", sagte Eve.

Im ersten Moment wirkte Amy, als hätte sie sich bereits alles zusammengereimt und wollte sich den Picknickkorb schnappen und ihn irgendjemandem über den Schädel brettern. Doch dann besann sie sich. Oder wurde von einer Melatonin-Attacke heimgesucht. Oder führte etwas ganz anderes im Schilde. Amy konnte ganz schön ausgefuchst sein. Davon konnte Eve ein Lied singen.

„Ist ja auch jetzt egal. Keine sechs in Mathe ist gut“, murmelte sie und Eve atmete erleichtert auf. „Hauptsache, Tobias ist okay.“ Tobias war der Junge, den sie mit dem Stuhl traktiert hatte. „Die Platzwunde an der Stirn wurde mit einem Stich genäht. Er trägt keinen bleibenden Schaden davon“, fuhr sie fort. „Die Eltern verzichten auf eine Anzeige. Der Pfleger ist auch in Ordnung. Dr. Pedersen hat es mir gesagt. Ich habe Glück gehabt. Dr. Pedersen meint, ich müsste mich noch persönlich entschuldigen. Wenn es mir wieder besser geht.“

Eve, Rita und die ganze versammelte Mannschaft starrten Amy an. Amy hatte sich noch nie für irgendetwas entschuldigt. Ganz im Gegenteil. Normalerweise beschuldigte sie grundsätzlich die anderen und verlangte von ihnen, klein beizugeben.

„Habe ich einen Wunsch frei?“ Amy lächelte breit und gewinnend. Auch das konnte sie. Einerseits rastete sie aus, andererseits konnte sie die Liebenswürdigkeit in Person sein. Letzteres kam allerdings selten vor. „Ich hätte gern dein Smartphone, solange ich hier drin bin.“

„Ich frage Dr. Pedersen“, versprach Eve. „Denn erlaubt ist es ja normal nicht.“ Sie zwinkerte ihrer Nichte unauffällig zu, damit die anderen Kinder nicht mitbekamen, was hier lief.

Im Hintergrund zog Rita eine Tüte Chips und ein Kartenspiel aus dem Picknickkorb, was bei den Kindern zu regelrechten Begeisterungsstürmen führte. Eve nutzte die Gelegenheit, um sich mit Amy abzuseilen. Sie hatte ja außerdem noch den Termin mit dem Psychiater.

Bevor sie sich verabschiedete, steckte Eve ihrer Nichte ihr Smartphone zu. „Lass dich nicht erwischen.“

„Danke, Eve.“

Beinahe wären Eve die Tränen gekommen, als Amy ihr einen seltsam harten Kuss auf die Wange drückte.

Dr. Pedersens kleines Sprechzimmer war so heimelig wie eine Abstellkammer. Dafür, dass er neu an der Klinik war, hatte er den Raum schon ganz schon zugemüllt. Die Wände waren bedeckt mit Regalen, deren Bretter sich unter Tonnen von Fachliteratur bogen. Zwei ausladende, blau-gelb-karierte Ohrenbackensessel, zwischen denen ein niedriger Rattantisch stand, verstopften den Rest des Raumes.

„Sie wollten mich sprechen." Eve senkte den Blick, denn in dem Moment wurde ihr klar, dass sie heute ungewöhnlich viel Zeit vor dem Spiegel zugebracht hatte.

Der Psychiater gab Eve mit festem Griff die Hand. Er nickte in Richtung ihres T-Shirts. „So gut wie gesund", las er. „Super Idee. Wenn alle so rumlaufen würden, wäre die Welt bedeutend gesünder."

Eve lächelte schwach.

Es dauerte ein paar Minuten, bis er Amys Entwicklung zusammengefasst hatte.

„Es freut mich, dass alles gut läuft mit den Medikamenten", sagte Eve danach ein wenig erleichtert. Obwohl sie Amys Anfälle kannte, ging ihr dieser wegen des Schulverweises extrem an die Nieren. Die ganze Woche schon machte sie sich Vorwürfe, weil sie die Vorzeichen nicht erkannt hatte. Amy hatte sich viel zu häufig in ihrem Zimmer eingeschlossen. Sie hätte eingreifen müssen. Verdammt. Dann hätten sie nun alle bedeutend weniger Probleme.

„Die Müdigkeit ist ganz normal, aber das wissen Sie ja", meldete sich Dr. Pedersen, der in seinen obligatorischen weißen Jeans, T-Shirt und den Flipflops steckte, wieder zu Wort.

„Ja, ich weiß. Wie lange ...?" Vielleicht wäre es gar nicht so schlecht, wenn sie sich Zeit ließen mit Amys Genesung. Dr. Pedersen war in all den Jahren der erste Mann in ihrem Umfeld, der keinen Ring trug. Hässlich war er auch nicht gerade. Und er schien seine Arbeit wirklich zu lieben.

Aber er runzelte unwillig er die Stirn. „Wir müssen Amy Zeit lassen."

„Ich wollte nicht drängeln." Eve lächelte. Aber bisher hatte sie wirklich immer darauf gedrängt, dass Amy so schnell wie möglich wieder nach Hause kam. Sie hatte immer geglaubt, dass es ihr gut tat, in ihrer gewohnten Umgebung zu sein. Aber wirklich was hatte sich in den vergangenen sieben Jahren nicht verändert. Schließlich hatte sie Amy so akzeptiert wie sie war. Aber vielleicht gab es ja doch Hoffnung, dass sie so etwas wie ein ganz normales Mädchen wurde. Dass sie zumindest nicht immer wie ein Pulverfass durch die Welt ging.

„Gut. Inzwischen habe ich Amys Akten komplett durchgelesen und mehrmals mit Ihrer Nichte gesprochen. Dabei bin ich zu einem Schluss gekommen, der von dem abweicht, was in den Akten steht."

Eves Augen weiteten sich.

„Für mich ist offensichtlich, dass Amy nicht nur traumatisiert ist, weil sie ihrer Mutter beim Selbstmord zugesehen hat ..."

Eve ruckte bis an die vordere Kante des Sessels. „Sie hat meine Schwester gefunden", stellte sie die Sache richtig.

Dr. Pedersen schüttelte den Kopf. „Ich bin überzeugt, dass das so nicht zutrifft. An dem Tag, an dem Amy eingeliefert wurde, hat sie im Traum gesprochen und ich bin der festen Überzeugung, dass es sich dabei nicht um eine Phantasie handelte. Wir müssen davon ausgehen, dass sie bei dem Selbstmord von ihrem Bett aus zugesehen hat. Amy hat keinesfalls geschlafen. Sie hat den Selbstmord ihrer Mutter mitangesehen", wiederholte er.

„Wollen Sie damit sagen, dass sie tatenlos zugesehen hat?" Eve wurde schlecht.

„Nein, das will ich nicht sagen. Sie hat gesehen, wie die Mutter den Gürtel um ihren Hals und um die Heizung gebunden hat und sich dann fallen ließ. Das muss während des Einschlafens geschehen sein."

Eve schnappte nach Luft.

„Allerdings. Aber es hilft uns nicht wirklich weiter. Amy ist traumatisiert, keine Frage. Aber sie gibt sich nicht die Schuld dafür, dass ihre Mutter tot ist. Und inzwischen bin ich der Überzeugung, dass der Selbstmord nicht die Ursache, sondern der Auslöser für Amys Probleme ist."

„Auslöser", wiederholte Eve matt.

Der Arzt nickte. „Kann sein, dass Amys Verhaltensproblem ohne dieses Ereignis niemals aufgetreten wäre."

„Aber sicher ist es nicht?" Eves Atem ging schwer.

„Möglicherweise wäre es nicht anders, wenn Ihre Schwester noch leben würde. Wissen Sie, dass Amy in verschiedenen Internetforen aktiv ist, die sich mit verschwundenen Personen befassen? Unterhaltsflüchtigen Vätern, Ehemännern und so weiter? Amys Mutter hat den Namen des Vaters nicht angegeben, nicht wahr?"

„Steht das auch nicht in der Akte?"

„Das war eine rhetorische Frage."

„Sie meinen also, dass sie ihren Vater sucht? Wie kommen sie darauf?"

Dr. Pedersen verzog das Gesicht. „Sie haben ihr ein Handy gegeben. Mobiltelefone sind unseren Patienten zwar nicht erlaubt, aber der Zweck heiligt manchmal die Mittel. Ohne dass Sie ihr das Handy gegeben hätten, müssten wir sicher noch lange warten, um zu erfahren, was wir jetzt wissen. Es sieht ganz so aus, als hätte Amy eine heiße Spur."

Eves Finger krallten sich um die Sessellehnen.

Dr. Pedersen legte eine Hand auf ihre. „Ich denke, Amy hat eine Spur, die dazu führte, dass sie diesen wirklich schlimmen Schub erlitten hat."

Eve spürte die Hand des Arztes noch auf ihrer Haut, als sie längst wieder zu Hause war. Es war ein hartes, kratziges Gefühl, das sie nicht einordnen konnte. Zu allem Überfluss hatte dieser Engländer ihr den Anrufbeantworter von vorn bis hinten vollgequatscht. Er wollte, dass ihn Mrs. Schneider zurückrief. Aber es klang wie Sneider. Irgendwas hätte er mit ihr zu besprechen. Es wäre wichtig. Außerdem wäre es dringend. Eventuell sogar sehr dringend. Wichtig und dringend. Die beiden Worte hatte er so oft wiederholt, dass sogar Rita, deren Englisch noch schlechter war als ihres, sie verstanden hatte.

„Kinder, hat einer von euch in England angerufen?"

Fünfmal nein.

„Ihr könnt ruhig zugeben, wenn ihr Telefonmätzchen gemacht habt. Ich will es nur wissen. Ich reiße niemandem den Kopf ab."

„Echt nicht." Fünf Kinder nickten treuherzig.

„Vielleicht wusstet ihr ja nicht, dass es England war."

„Mensch, Mama. Ich würde es zugeben, wenn ich es gewesen wäre", maulte Speedy. Es folgten vier zustimmende Nicker.

Eve seufzte. Sie hatte weiß Gott genug um die Ohren. Telefonterror konnte sie nicht auch noch gebrauchen.

„Ihr habt diese Sache ehrlich nicht angezettelt?", fragte sie noch einmal und sah jedem ihrer Fünf eindringlich in die treuherzig dreinblickenden Augen.

Allgemeines Kopfschütteln.

„Okay, Leute", ihr Zeigefinger steuerte die Wahlwiederholungstaste an, „dann rufe ich jetzt in England an."

5

Jesse

Jesse stand mit Will am Tresen im Fitness-Studio. Eine halbe Stunde lang hatten sie Seite an Seite schwere Gewichte gestemmt, bevor sie sich eine weitere halbe Stunde beim Spinning die Seele aus dem Leib gestrampelt hatten.

„Bier?", fragte Lizzy. Die extrem übergewichtige Mathe-Studentin, die sich ein paar Pfund dazuverdiente, war nicht gerade ein Aushängeschild für ein Fitness-Studio.

Jesse und Will kräuselten unisono die Lippen und Lizzy knallte zwei Riesengläser mit einem lila schimmernden Gemüseshake vor die Männer auf die Theke.

„Wieder stark geblieben“, knurrte Will, dem ein Bier lieber gewesen wäre als die zähflüssige Brühe, die größtenteils aus pürierter roter Beete bestand.

Grinsend klopfte Jesse seinem Kumpel auf den in den vergangenen Wochen deutlich geschrumpften Bauch.

„Wollen wir hoffen, dass es hilft“, grunzte Will. Er spielte auf seinen Schnitt bei den Frauen an, der zu seinem Leidwesen unterirdisch war.

„Die kleine Kröte hat mein Netz geknackt.“ Immer wieder sah er Leopold vor sich, wie er dastand mit seinem undefinierbaren Gesichtsausdruck, die ungepflegten Haare zottelig im Gesicht.

„Sprichst du von deinem Neffen?“

„Jepp. Leopold.“

„*Leopold*?“

„Hm. Meine Schwester ist öfter mal nicht ganz zurechnungsfähig.“

„Haben wir eigentlich darüber gesprochen, ob sie verheiratet ist?“

„Vergiss es. Zurzeit befindet sie sich in einer Entziehungskur. Sie hat ein Alkoholproblem.“

„Ein schlimmes?“ Will klang nicht uninteressiert.

„Sag mal, Will, hast du gerade eine Art Jogger’s High oder sowas? Vergiss sie. Sie ist Gift für dich, für alle Männer. Und ihre kleine Kröte ist Gift für mich“, kam er auf das Thema zurück, das ihn momentan rund um die Uhr beschäftigte. „Er hindert mich am Leben und hat mein Netz geknackt, in das ich seit Wochen nicht reinkomme. Ich weiß nicht mal, ob er dafür die ganze Woche gebraucht hat oder nur drei Minuten. Außerdem komme ich nicht dahinter, wie er es angestellt hat.“

„Du meinst, du hast seit einer Woche nicht gevögelt? Alle Achtung.“ Will hob sein Glas. „Das möchte ich mal von mir behaupten können. Eine Woche ... Meine Fresse, das ist eine echt lange Zeit!“

„Jetzt bleib doch mal ernst, Will. Ich habe ein Problem. Bei mir im Gästezimmer hockt ein Hacker und ...“

„Du traust dich nicht, eine deiner Miezen mit ins Schlafzimmer zu schleppen. Du bist doch wohl bekloppt. Wie alt ist dieser Leopold? Zwei?“

„Dann wäre jetzt eine niedliche Babysitterin in meinem Haus.“

„Du bist total untervögelt. Nach einer Woche. Ich fass’ es nicht. Das ist krank, Jesse. Ehrlich.“

„Das sagt der Richtige.“ Jesse schüttelte den Kopf. „Außerdem bin ich keineswegs untervögelt. Eine Woche ist kein Problem. Ich bin schließlich kein Tier. Aber ich muss wissen, wie der Junge das geschafft hat. Drei Jahre habe ich an dem Sicherheitskonzept gearbeitet. Die Experten, die mir den Preis dafür gegeben haben, hatten keine Ahnung, was da abgeht.“

„Hast du was anderes erwartet?“

„Ich muss da irgendeinen Bug eingebaut haben, den wir in unserer Betriebsblindheit übersehen haben.“ Gedankenverloren knetete er sein rechtes Ohr.

„Gerade übersiehst du wohl auch etwas“, drang eine giftige Frauenstimme von hinten zu ihm vor.

„Oh oh“, unkte Will.

Jesse schoss herum. „Tracey. Schön dich zu sehen.“ Er zog die Lippen breit und überlegte, ob ihr Auftauchen gut oder schlecht war. Und wann hatte er eigentlich erwähnt, dass er hier im Club trainierte?

„Bist du eigentlich Studentin, Tracey?“

„Summer. Ich heiße Summer. Und nein: Ich bin keine Studentin. Ich arbeite im Sekretariat deines Dekans. Wenn du einmal hinter deinem Computer hervorkriechen würdest, hättest du mich eventuell schon häufiger bemerkt.“

„Du bist Summer Lowell? Sag, dass du mich verarschst! Ich dachte Summer Lowell wäre ein Praktikant aus den Staaten.“

„Ein Praktikant mit Titten, oder was?“

„Tut mir leid, Summer. Dann kennst du wohl auch meine Schwester Sophia. Sophia Graham.“ Die war aber giftig. Okay, er hatte ihre Anrufe ignoriert. Aber er hatte ihr auch keinen Termin genannt, wann er sich bei ihr melden würde.

„Ich fasse es nicht! Die Frau in deiner Küche, die mich vor dir gewarnt hat, war Sophia! Ich wusste, dass ich ihre Stimme schon irgendwo gehört habe. Warum hast du uns nicht vorgestellt? Ich hätte sie gern persönlich kennen gelernt."

„Summer ..."

„Ah, jetzt hast du's: Ja, mein Name ist Summer. Wie die heiße Jahreszeit", fauchte sie.

Aus dem Augenwinkel heraus sah er Wills Grinsen. Er wusste genau, was sein Kumpel sagen würde, wenn Summer ihn nicht hören könnte: Dass sie ein Paar Titten vor sich herschob, die mindestens so heiß waren wie der Sommer. Womit Will nicht ganz unrecht hatte. Er würde eine Ausnahme machen und sie noch ein drittes Mal treffen. Vielleicht sollte er langsam wieder seriöser werden.

„Warum hast du mich nicht angerufen?" Ihre Augen, die sogar im Fitnessstudio kunstvoll geschminkt waren, durchbohrten ihn. Aber nicht böse, sondern schmachtend.

Was sollte er tun, wenn sie sich ihm zum Fraß vorwarf? Die Sache mit der Seriosität sollte er sich wirklich durch den Kopf gehen lassen. Was war gegen eine Dauerfreundin mit solchen Argumenten einzuwenden? Nur, dass sie in seinem Fachbereich arbeitete, könnte sich als ungünstig erweisen – wenn aus der Seriosität doch nichts wurde. Aber bislang war es ihm ja auch gelungen, ihr aus dem Weg zu gehen. Er ging zu seinen Vorlesungen, saß in der Fachkonferenz herum und verschanzte sich ansonsten in seinem Büro. Beim Dekan ließ er sich nie blicken. Das erledigte alles Will.

„Hey, Leute, nichts für ungut. Ich bin dann mal weg." Will stürzte seinen Rote-Beete-Drink in einem Zug runter und lief los.

„Alles klar", rief Jesse ihm nach. „Ich melde mich."

Will lachte laut auf, bevor die Tür des Studios hinter ihm zufiel.

„Und was machen wir mit dem angebrochenen Abend?" Jesse betrachtete die Blondine mit einer Art Kleiner-Dackel-Blick. Damit löste er im Normalfall in jedem weiblichen Wesen sofort einen Instinkt aus, der ihm zugute kam. „Ich brauche jedenfalls dringend eine Dusche. Vielleicht ..."

„... möchte ich dir den Rücken einseifen? Wolltest du mich das fragen?" Sie schmollte, aber es klang gekünstelt.

Jesse zuckte bedauernd mit den Schultern. „Es tut mir wirklich leid. Ich hätte dich anrufen sollen, Summer wie die Jahreszeit, aber ich passe momentan auf meinen Neffen auf. Da kann ich nicht einfach tun und lassen, was ich will. Der Junge braucht mich."

Das war der entscheidende Hinweis. Summer schmiegte sich an sein durchgeschwitztes Hemd und presste ihre üppigen Brüste gegen seinen Oberkörper.

„Oh, wie süß", quiekte sie und klimperte mit ihren vermutlich unechten Wimpern.

Er legte einen Arm um ihre Schultern und führte sie aus dem Studio. Der Abend war gerettet.

Sie luden Summers Mountainbike in seinen Van, mit dem er vor dem Studio noch im Supermarkt gewesen war, obwohl er annahm, dass Leopold ebenfalls einkaufen würde. Er hatte ziemlich viel Corn Flakes und Milch gekauft, aber auch ein paar Kilo Bananen und jede Menge Tiefkühlgerichte. Er würde sich nicht von seiner Schwester vorwerfen lassen, dass er ihren Sohn verhungern ließ.

„Wer passt denn jetzt auf deinen Neffen auf?", wollte Summer wissen.

„Der Junge ist 15."

„Ich weiß, wie alt Leopold ist und ich habe ihn in deiner Küche gesehen. Schon vergessen? Der kann sich garantiert allein beschäftigen. Und du hättest mich anrufen können!"

In dem Moment erschien ihm die Idee mit der Dauerfreundin doch nicht mehr so gelungen. „Der Junge kifft. Ich musste ihn erst davon abbringen."

„Ich bitte dich! Ich habe einen Bruder, der gekifft hat. Innerhalb einer so kurzen Zeit wird es auch dir nicht gelingen, einen Kiffer von seinem Stoff loszukriegen. Willst du mich eigentlich verarschen?"

„Summer, ich war beschäftigt mit Korrekturen. Und ich will ehrlich mit dir sein: Wir kennen uns erst seit kurzem."

Sie blitzte ihn giftig an. „Das denkst du. Ich kenne dich, seit du an der Uni bist."

„Verdammt, Summer, jetzt sei doch nicht eingeschnappt. Es tut mir wirklich leid. Genügt das? Friede?" Sie waren vor seinem Haus angekommen und er stellte den Van in die Doppelgarage, neben den Audi CC. Ein Wagen für's Grobe, den anderen für den Spaß. Als der Motor aus war, beugte er sich zu Summer, um sie zu küssen. Doch sie sprang aus dem Wagen und forderte: „Stell mir deinen Neffen vor."

Jesse hätte sich in den Hintern treten können, dass er sie mit nach Hause genommen hatte. Er drückte ihr einige Kartons mit Corn Flakes in die Arme. Er selbst schnappte sich den Rest.

„Ruhig hier", meinte Summer, als sie das Haus betraten. Neugierig spähte sie in den riesigen Wohnraum, von dem aus man einen direkten Zugang in den leicht abschüssigen Garten hatte.

„Leopold hockt 24 Stunden am Tag im Gästezimmer." Und knackt fremde Hochsicherheitsnetze, fügte er in Gedanken hinzu.

„Und du lässt ihn?"

„Sag mal, bist du eine verkappte Pädagogin?" Er wuchtete die Kartons mit dem Tiefkühlzeug auf die Insel in der Mitte der Küche und öffnete den Eisschrank, um die Pizzakartons einzuräumen. Summer ging ihm sogleich zur Hand, als wäre sie in seiner Küche zu Hause. So wirklich angenehm war es ihm nicht. Aber er war inzwischen 39. Es wurde wirklich Zeit, wieder mit anderen Menschen klar zu kommen und sesshaft zu werden. Vielleicht wollte er ja auch ein Kind. Dies war das erste Mal, dass er darüber nachdachte. Warum ihm das ausgerechnet in dem Moment einfiel, erstaunte ihn selbst. Vielleicht weil man so ein Kind in die Welt setzen sollte, bevor das Risiko eines Down Syndroms in schwindelerregende Höhen schnellte. Doch dann dachte er an seinen Neffen und verwarf den Gedanken an Vermehrung gleich wieder. Für's erste würde er es beim Üben belassen. Bevor er damit begann, wollte er sich allerdings davon überzeugen, dass der Nerd beschäftigt war.

Er bat Summer, sich etwas zu trinken zu nehmen, was sie aber bereits ohne seine Aufforderung in Angriff genommen hatte, und ging zum Gästezimmer.

Das Bett war leer. Total verwühlt, aber leer. Vermutlich hatte Leopold sich eins der Fahrräder geschnappt und war zum Einkaufen gefahren. Und richtig: Das Rennrad war verschwunden.

„Dein Neffe hat dir eine Nachricht hinterlassen." Summer schwenkte ein Post-it, als er in die Küche zurück kehrte.

„Hallo Onkel Jesse!", las sie vor. „Bin im Ort. Mum lässt mich bis Mitternacht raus. Wenn ich zurückkomme, schleiche ich mich sofort in mein Zimmer. Bis dann, dein Leopold."

„Steht da wirklich *dein Leopold*?"

„Süß, was?" Summer war ganz entzückt, bevor sie auf den Punkt kam: „Dann haben wir ab jetzt fast drei Stunden für uns ganz allein. Da fällt mir aber etwas ein ..."

Mit wiegenden Hüften ging sie ins Schlafzimmer. Als sie sich auf das Bett sinken ließ, war sie splitternackt.

Im ersten Moment dachte er, dass das eine ziemlich gute Einrichtung war, wenn einem jemand morgens Kaffee ans Bett brachte. Aber dann sah er erstens, dass Summer in seinem Hemd steckte. Zweitens hatte sie eine Miene aufgesetzt wie drei Tage Regenwetter. So schlecht war er ja wohl in der vergangenen Nacht auch nicht gewesen.

„Dein 15-jähriger Neffe, auf den du angeblich aufpasst, ist nicht nach Hause gekommen", zischte sie. „Ich habe in sämtlichen Zimmern nachgesehen. Sogar in der Garage und im Garten bin ich gewesen. Ich denke, du schwingst deinen Arsch aus dem Bett und bringst das in Ordnung. Oder du erklärst mir auf der Stelle, warum du mir einen Bären aufgebunden hast. Hat Sophia ihren Sohn wieder mit nach Hause genommen? Hast du dich allen Ernstes geweigert, dein Patenkind für läppische vier Wochen bei dir aufzunehmen?"

Jesse klappte die Kinnlade runter. Sophia hatte anscheinend ihr gesamtes Leben mit Summer besprochen. So schnell wie in dem Moment, war er in seinem ganzen Leben nicht aus dem Bett geschossen. Und er wünschte sich ehrlich, dass er dieser Frau eine dermaßen dämliche Lüge aufgetischt hätte, um sie ins Bett zu kriegen.

Leopolds Sachen waren verschwunden. Mitsamt der Roll-Reisetasche. Das Durcheinander im Gästezimmer, all die Sachen auf dem Boden, waren Jesses eigene Klamotten. T-Shirts und Socken, die der kleine Mistkerl aus der Schmutzwäsche geholt hatte, um ihn in die Irre zu führen.

„Das Kind deiner Schwester, für das du die Verantwortung übernommen hast, ist ausgeflogen. Und du hast es nicht mal bemerkt", zeterte Summer. „Also, wenn ich Sophia wäre, ich würde dich lynchen!"

„Wenn du willst, kannst du uns ein Frühstück machen", schlug er der Frau vor, die er inzwischen dreimal so häufig gesehen hatte wie die Betthasen der vergangenen drei Jahre. Verdammt, er musste nachdenken.

„Und du legst dich wieder hin?", zickte sie ihn an, als wären sie tätsächlich ein Paar. „Vielleicht ist er nach Hause gefahren. Oder zu Sophia in die Klinik. Hat er ein Handy?"

Woher sollte er wissen, ob die kleine Bratze ihn belogen hatte, als er ihn gefragt hatte, wie er ins Internet gekommen war? Auf alle Fälle suchte er die Nummer seiner Schwester raus und rief in ihrer Dubliner Wohnung an. Nicht mal der Anrufbeantworter schaltete sich ein. Lediglich das Freizeichen ertönte. Vielleicht war er bei einem Freund. Womit Jesse noch ratloser dastand. Ihm war klar, dass er nichts, aber auch gar nichts über seinen Neffen wusste. Aber in der Entzugsklinik wollte er noch nicht anrufen. Das konnte er immer noch erledigen, wenn er wirklich alles getan hatte, was in seiner Macht stand, um herauszufinden, wo Leopold sein könnte. Und er glaubte einfach nicht, dass Jesse seine alkoholkranke Mutter beim Entzug besuchte.

Verdammt, der Junge konnte überall sein.

Sofern er Geld hatte.

Inzwischen breitete sich im Haus der verführerische Duft von gebratenen Eiern aus.

Jesse sah im Wohnzimmer nach, wo er hinter ein paar Büchern Bargeld versteckt hatte. Es war noch alles da. Das war gut, aber wie zum Teufel wollte Leopold ohne Geld aus Cambridge wegkommen?

„Vielleicht ist er per Anhalter unterwegs." Summer beförderte zwei angebrannte Spiegeleier mit halb vertrockneten Eidottern auf einen Teller und schob sie ihm hin. Das hätte er auch selbst hinbekommen.

„Vielleicht hat er sich deine Kreditkarte unter den Nagel gerissen." Sie schob die Spiegeleier auf die Esstheke. „Für dich."

„Danke, aber so kurz nach dem Aufstehen kann ich leider nichts essen." Er lief ins Schlafzimmer, wo seine Hose noch von gestern Nacht auf dem Boden lag. Das Portemonnaie war aus der Gesäßtasche gefallen und lag aufgeklappt auf dem Parkett. Doch sowohl die zweihundert Pfund waren noch darin, als auch die Kreditkarte. So langsam gingen ihm die Ideen aus. Vermutlich hatte der Junge tatsächlich eigenes Geld dabei. Oder den von seiner Schwester angekündigten Hasch-Vorrat verhökert, fuhr es ihm durch den Sinn. Solche Strategen wussten doch garantiert, wo sie Stoff losschlagen konnten. Am Bahnhof? Auf dem Campus?

Summer verdrückte die erbärmlich aussehenden Spiegeleier. Dazu trank sie Frühstückstee, er hielt sich an schwarzen Kaffee.

Als der letzte Bissen verzehrt war, baute sie sich breitbeinig vor ihm auf und sagte: „An deiner Stelle würde ich jetzt durchdrehen."

„Durchdrehen?"

„Ein Kind zu verlieren ist etwas anderes, als nicht zu wissen, wohin man den Schlüssel geworfen hat." Sie wandte sich ab, um die Küche zu verlassen. Kurz bevor sie in die Diele eintrat, blieb sie stehen. „Wenn du deine Schlüssel suchst – sie liegen im Bad. Ich habe ihnen heute Morgen einen Tritt gegeben, um dich zu ärgern, aber jetzt gerade tust du mir leid."

„Na, vielen Dank auch."

„Gern geschehen.“ Sie grinste mit ihrem breiten Mund und ihm wurde bewusst, dass sie einer Schauspielerin ähnlich sah. Cameron Diaz, fuhr es ihm durch den Kopf, Summer sah aus wie Cameron Diaz. Er hasste Cameron Diaz.

Während Summer im Bad herumhantierte, inspizierte er aus einer vagen Eingebung heraus das Arbeitszimmer. Der Laptop stand wie immer aufgeklappt auf dem gläsernen Schreibtisch. Aber anders als sonst, war das Netzkabel eingestöpselt. Und das war nun ganz und gar merkwürdig, denn er lud den Computer grundsätzlich an der Uni auf. Zu Hause benutzte er das Gerät nur, um mal schnell was zu testen oder um Bankgeschäfte zu erledigen. Seit mehr als einer Woche hatte er aus gewissen Gründen nichts davon getan. Jemand, der sein Netz knackte, überlegte Jesse, war sicher zu weniger komplizierten Aktionen fähig. Zum Beispiel das Passwort für sein Passwortprogramm zu knacken, das wiederum sämtliche Zugangsdaten enthielt, unter anderem zu seinem Konto und zu dem Programm, mit dem er alle Aktivitäten an diesem Computer protokollierte.

Doch bevor er überprüfen konnte, was sein Neffe an seinem Laptop getrieben hatte, musste er erst einmal in seinen Computer reinkommen. Das alte Passwort galt nämlich nicht mehr. Fluchend umging er den Passwortschutz, was zum Glück nicht sonderlich schwierig war. Im selben Moment poppte am Bildschirm ein Fenster auf. Er verschluckte sich fast an seiner eigenen Spucke, als er die Notiz las, die Leopold dort für ihn hinterlegt hatte.

Hallo Onkelchen! Ich wusste, dass du es bis hierher schaffst. Damit du wieder handlungsfähig bist, habe ich die Kennwörter für diesen ganzen Sicherheitskram, den du programmiert hast, auf eine Art Werkseinstellung zurückgesetzt. Ich unternehme eine kleine Reise. Bis Mum aus der Klinik kommt, bin ich wieder zurück. Ciao, dein Neffe Leopold

Jesse fluchte vor sich hin, während er das Protokoll aufrief. Was für ein Witzbold. Was glaubte der Pimpf, was seine Mutter ihm erzählen würde, wenn sie davon erfuhr?

Und dann verschluckte er sich ehrlich an seiner Spucke. Das Protokoll war nämlich leer.

„Jesse, gibst du mir zum Abschied einen Kuss? Ich meine, wenn du fertig bist mit Husten."

Mit hochrotem Kopf drehte er sich zu Summer um, die sich blitzschnell zu ihm hinunter beugte und ihre Lippen auf seine drückte. „Ich würde dir gern helfen, aber im Gegensatz zu dir muss ich auch in den Semesterferien in der Uni antreten."

„Soll ich dir eine Entschuldigung schreiben?"

„Sieh lieber zu, dass du deinen Neffen findest. Viel Glück dabei! Und lass' mich nicht wieder so lange warten."

Als die Tür hinter Summer ins Schloss gefallen war, starrte er gedankenverloren zum Fenster hinaus, in den für ihn viel zu großen Garten. Saftige, grüne Weiden und Hügel erstreckten sich dahinter, so weit das Auge reichte. Im Grunde besaß er das ganze Grünzeug bloß für den Gärtner. In dem Moment, in dem er überlegte, ob er das Haus nicht besser wieder verkaufen sollte, hatte er die Idee.

In der untersten Lade des Schubladenwagens fand er, wonach er suchte. Zufrieden knallte er das Schreiben der Bank auf den Schreibtisch. Am Telefon nannte er die Nummer seiner Kreditkarte, die Telefon-Pin und beantwortete eine Sicherheitsfrage. Wenige Minuten darauf surrte aus dem Fax eine peinlich genaue Aufstellung, was Leopold mit seiner Kreditkarte alles bezahlt hatte.

Danach checkte er ein paar Fahrpläne und Routen. Danach sprang er unter die Dusche, zog sich an, packte eine kleine Tasche mit Klamotten und Rasierzeug. Bevor er aufbrach, rief er in der Uni an und steckte seinen Computer und den Stick mit dem Forschungsantrag ein, den Will ihm mit ins Fitnessstudio gebracht hatte.

„Wohin fährst du?", wollte Summer wissen.

„Der Junge ist mit der Bahn unterwegs. Ich will hoffen, dass ich ihn erwische."

„Wann bist du wieder in Cambridge?“

Waren sie schon soweit, dass er zum Rapport antreten musste?

„Also ehrlich, Summer. Ich sehe, was ich tun kann. Ansonsten weißt du, wo ich wohne, wo ich arbeite und in welches Fitnessstudio ich gehe. Du erreichst mich also auf jeden Fall. Frohes Schaffen, Summer. Sag bitte im Fach Bescheid, dass ich ein paar Tage unterwegs bin. Bis dahin.“

Sie wollte maulen, doch er legte auf und schaltete sein Handy aus. Danach setzte er sich in seinen Audi. Als er auf der Autobahn war, trat er das Gaspedal bis zum Anschlag durch. Er musste sich beeilen, wenn er noch vor Leopold an dessen Fahrtziel sein wollte. Und wenn er Pech hatte, würde er seinem Neffen sogar erst in zwei Tagen gegenüber stehen.

6

Leopold

Jedes Mal, wenn der Schaffner zwischen den Sitzreihen durchging, zuckte er zusammen. Doch er traute sich auch nicht, mal kurz auf dem Klo zu verschwinden, um sich mit einem kleinen Joint zu beruhigen. Das konnte er in der DART bringen, der Schnellbahn in seiner Heimat Dublin, aber nicht in einem Eurostar, der mit einem Affenzahn durch Europa schoss. Schon gar nicht in der ersten Klasse.

„Vielleicht ein Erfrischungsgetränk?“, fragte der Mann in der dunkelblauen Uniform den Krawattenträger, der neben ihm saß. Er fragte es zum gefühlten tausendsten Mal.

Leopold betete, dass sein Sitznachbar wenigstens ein einziges Mal Nein sagte. Leider hatte er nicht so viel Glück. Der Typ soff wie ein Loch.

„Noch ein Fläschchen von dem Roten, please", sagte er in diesem snobby Tonfall, den die Londoner draufhatten. Er zückte bereits seine schwarze Ledergeldbörse.

Leopold schluckte trocken, als der Schaffner den Wein in ein kleines Glas umfüllte, das einen ganz kurzen Stiel hatte. Nicht wegen des Alks, auch nicht, weil das Glas aussah wie versehentlich skaliert. Leopold kam um vor Durst.

Er musste kurz unter seiner Mütze, die er trotz der verdammten Hitze die ganze Zeit aufbehielt, aufgesehen haben, denn nachdem der Anzugträger sein Glas in der Hand hielt, fragte ihn der Schaffner: „Kann ich Ihnen auch etwas Gutes tun, Sir?"

Am liebsten wäre Leopold über den Getränkewagen hergefallen. Er amüsierte sich nicht mal mehr heimlich darüber, dass der Typ ihn siezte. Doch seine Taschen waren leer. Er hatte keinen einzigen Cent dabei. Die fünfzig Pfund, die sein Onkel ihm zum Einkaufen hingelegt hatte, waren fast vollständig für die Fahrt zum Bahnhof draufgegangen. Onkelchen wohnte zwar in Cambridge, aber das Haus lag so weit außerhalb, dass es eigentlich schon nicht mehr Cambridge sein konnte. Das war definitiv der Arsch der Welt.

Er schüttelte den Kopf und richtete seinen Blick wieder auf die vorüberfliegende Landschaft. Sobald der Anzugträger endgültig abgefüllt war, würde er ihm ein paar Pfund aus der Tasche ziehen.

Aber dazu kam es nicht, denn erstens schlief er irgendwann von dem Rauschen der Eisenräder auf den Schienen ein. Und zweitens weckte ihn der Uniformträger in Brüssel-Midi, wo er in den Intercity umsteigen musste. Da war der Anzugträger bereits spurlos verschwunden.

Er hatte siebzehn Minuten, um von Gleis 6 zu Gleis 18 zu kommen. Zu wenig, um sich irgendwo eine Flasche Wasser zu klauen, oder Geld zu schnorren, oder sich an der Klofrau vorbei zu schmuggeln, oder einen Zug aus dem Joint zu nehmen, der in der Jackentasche nach ihm rief. Inzwischen war sein Hals so trocken, dass er nicht mal mehr ein bisschen Spucke zum Hochwürgen zusammenbekam.

Die nächsten eineinhalb Stunden bis ins niederländische Nimwegen döste er in einem gähnend leeren Erste-Klasse-Abteil vor sich hin. Wenn er gewusst hätte, dass er anstatt in Nimwegen in einen weiteren Intercity umzusteigen, den Schnellbus nehmen musste, hätte er auf dem Klo Wasser getrunken, obwohl über dem Waschbecken eine Warnung hing: Achtung! Kein Trinkwasser! Letzten Endes war er froh, dass er sich die Sache mit dem Wasser verkniffen hatte. Wer weiß, was er sich damit eingefangen hätte. Ein Junge in seinem Alter, der eine Trinkflasche in der Hand hielt, setzte sich neben ihn und fragte ihn, ob er Stoff wollte. Erst in einer Sprache, die klang, als würde der Typ gleich kotzen. Dann in ziemlich gutem Englisch.

Da musste er grinsen. Und dann tauschte er mit dem Typen ein Tütchen Dope gegen eine angenuckelte Pulle von einem Zeug, das Apfelsaft sein sollte. Es hätte ihn nicht gewundert, wenn auf der Flasche ebenfalls ein Hinweis gestanden hätte: Finger weg! Lebensgefahr! Immerhin rettete ihn die Brühe vor dem Verdursten und er dachte zum ersten Mal in seinem Leben ernsthaft darüber nach, ob er mit dem Kiffen aufhören sollte. Aber so weit, dass er Henk auch seinen restlichen Vorrat gegen verdächtige Flüssigkeiten verkaufte, war er noch nicht. Schon gar nicht für den Spottpreis, den ihm der Holländer dafür bot. In weniger als einer Stunde war er in einem Hotel mit All Inclusive. Im Geiste sah er sich schon literweise Cola trinken und das Buffet rauf- und runterfuttern.

Aber in weniger als einer Stunde war er erst mal am Busbahnhof in einer Stadt namens Kleve. Beziehungsweise was sich so Busbahnhof und Stadt nannten. Und an der Haltestelle stand sein superschlauer Onkel, der Corn Flakes-Fresser, und glotzte ihn mit seinem komischen Hamstergrinsen an.

7

Eve

Die ganze Nacht kreisten ihre Gedanken um Amy. Erst im Morgengrauen fiel sie in einen unruhigen Schlaf. Um sechs Uhr zupfte dann auch noch Momo an ihrer Bettdecke, weil angeblich sein rechter Schneidezahn wackelte, und ihr blieb nichts anderes übrig, als ihn unter ihre Decke zu lassen. Zum Dank rammte er ihr seine kleinen, spitzen Ellbogen zwischen die Rippen und trat sie mit seinen eiskalten Füßen. Ab da war mit Schlafen gar nichts mehr. Und nun hatte sie schon zig Mal diese Nummer in England gewählt und immer nur meldete sich der Anrufbeantworter. Was sollte das? Erst machte der Typ Telefonterror und quatschte ihr den AB voll und dann ging er nicht ran.

„This is Jesse Graham. Thank you for calling. Please leave a message on the tape. Bye."

Den Spruch kannte sie inzwischen auswendig. Vermutlich waren dies die einzigen Worte, die sie in einwandfreiem Englisch zustande brachte.

„Er geht einer geregelten Arbeit nach", rief Rita ihr aus dem Kühlschrank heraus zu. Sie war dabei, das alte Gerät zu. Sie fand, heute wäre das perfekte Wetter dafür. Im Frühstücksradio hatten sie dreißig Grad im Schatten vorhergesagt.

„Tun das nicht die meisten?"

„Was? Arbeiten? Er tut's jedenfalls. Und wie. Ich habe ihn gegoogelt." Rita rückte den Vereisungen gut gelaunt mit Geschirrhandtüchern zuleibe, die ein ähnliches Karo-Muster hatten wie ihr schickes Sommerkleid. Sie wärmte die Tücher in der Mikrowelle auf und legte sie dann auf das Eis, anstatt dem Gerät einfach den Strom zu entziehen und abzuwarten, bis es taute.

„Du hast was? Momo, was ist?" Der Kleine zupfte schon wieder an ihrem Shirt. Er war heute extrem anhänglich. Doch dieses Mal ging es nicht um den mutmaßlichen Wackelzahn.

„Kev hat gesagt, dass ich so eine braune Haut habe, weil ich zu viel Nutella gegessen habe“, jammerte er.

War sie eigentlich in einem Irrenhaus? „Oh, Momo, Süßer. Du weißt, dass Kev dich nur ärgern will. Du hast die schönste Haut der Welt. Dein Bruder ist nur neidisch. Sag ihm einfach, er hätte zu viel weiße Schokolade genascht.“

Ritas Abtauaktion wuchs sich zu einer Expedition in die Arktis aus. Während sie mit einem Pfannenheber über die Winterlandschaft schabte, versuchte Eve es ein letztes Mal mit der Wahlwiederholung.

„Lieber Mr. Graham“, las sie reichlich genervt von dem Zettel ab, den sie für diesen Fall vorbereitet hatte, als wieder der AB ansprang, „bitte erklären Sie mir in einfachen Worten und schön langsam, was Sie wirklich von mir wollen. Und hören Sie auf, mich dauernd anzurufen. Ich wünsche Ihnen ein schönes Leben!“

„Na toll“, Rita wischte sich mit einer Hand den Schweiß von der Stirn, während sie mit der anderen die Besteckschublade aufzog, „vielleicht hättest du den Mann nicht so abbügeln sollen. Das Ergebnis meiner Recherche hat nämlich folgendes ergeben: Es gibt einen Jesse Graham in Cambridge. 1, Greenmill. Der Mann ist 39, Professor an der Universität. Ledig, steht in seinem Profil. Sein Foto ist durchaus annehmbar. Außerdem hat er den Nobelpreis gewonnen. Abgesehen davon finde ich es sehr sympathisch, dass er sich auf dem AB nur mit seinem Namen meldet.“

„Alles klar, Rita. Ganz sicher ruft bei uns ein Nobelpreisträger an.“ Sie tippte sich mit einem Finger an die Stirn, doch die Freundin beachtete sie gar nicht. Gut gelaunt steuerte sie mit dem größten Vorlagelöffel, den sie im Haus hatten, auf den Kühlschrank zu.

„Ich denke, du solltest auch ungewöhnliche Wege gehen, Eve. Vor ein paar Tagen warst du extra beim Friseur, auch wenn man davon nicht viel sieht. Irgendwie muss das doch mal klappen, mit dir und den Männern. Und wenn du nur mal am Telefon mit einem sprichst. Flirten will geübt sein. Dein unglaubliches T-Shirt und diese Wahnsinns-Leggings kann er ja nicht sehen."

„Ich soll am Telefon mit einem Nobelpreisträger flirten, um mich in das Thema einzuarbeiten? Ist es das, was du gesagt hast, Rita?"

„Ruhig auch mit normalen Männern, zum Beispiel mit einem Klempner. Sehr praktische Berufsgruppe."

„Ich glaube, es wird nicht lange dauern, bis du ganz nah bei Amy schläfst, Rita. Weiß dein Mann schon davon."

„Wovon?" Eine winzige Eisscholle landete in der Plastikwanne zu Ritas Füßen.

„Davon, dass du den Verstand verloren hast. Und warum zum Henker taust du den Kühlschrank nicht einfach ab, indem du den Stecker ziehst?"

Rita hielt einen Moment inne, dann versuchte sie den Löffel unter das dicke Eis zu schieben, um es wie mit einem Hebel zu lösen. Sehr erfolgsversprechend sah das aber auch nicht aus. „Willst du dein Männerproblem in den Griff bekommen oder nicht, Eve?"

„Gestern noch wolltest du mich mit Dr. Pedersen verkuppeln. Heute ist es ein Engländer. Ich hoffe nicht, dass du bei deinen Ausgrabungen einen Ötzi findest."

„Ich habe nur gesagt, du solltest mal unauffällig nachgucken, ob dieser Dr. Pedersen einen Ring trägt. Und? Trägt er einen? Du hast mir nur erzählt, wie er die Sache mit Amy einschätzt. Sonst nichts."

„Das ist auch das einzige, was momentan für mich zählt." Eve schickte Momo, der immer noch an ihrem T-Shirt herumzupfte, zum Spielen in den Garten.

Die anderen Kinder bauten das Planschbecken auf. Die Wettervorhersage stimmte und draußen war es ziemlich heiß. Sie selbst ging in den Keller. Wäschewaschen war ja besser als das hier.

Aber es wurde nicht besser. Und das gigantische Brotmesser, mit dem Rita den Eisschollen zuleibe rückte, weil das Löffeln nicht funktionierte, war der reinste Kinderkram gegen das, was Eve an diesem Tag sonst noch erwartete.

Gegen zehn am Vormittag war es so heiß, dass Eve gleich nach dem Duschen schon wieder der Schweiß aus den Poren strömte. Im Grunde war es nur im Bikini, auf einer Liege, im Schatten des großen Apfelbaumes einigermaßen auszuhalten.

Der aufblasbare Swimming-Pool stand und nicht nur die Kleinen und Speedy tobten. Selbst Mel, die sich neuerdings ständig im Bad einschloss und sich sogar genierte, sich den anderen im Schlafanzug zu zeigen, sprang mit Anlauf in den Pool. Allerdings trug sie Leggings und ein T-Shirt über dem Bikini.

„Arschbombe", ertönte es immer und immer wieder und das Wasser spritzte.

„Ich hab einen. Energieklasse A++, 400 Euro. Können wir mit Prime bestellen, dann ist er morgen hier." Rita reichte Eve das iPad.

„Tja, so sieht ein funktionierender Kühlschrank aus, aber deine Privathaftpflicht wird ihn trotzdem nicht bezahlen, weil du das Ding bei der *Arbeit zerhackt* hast." Eve gab das Tablet zurück.

„Dann bezahle ich ihn eben aus eigener Tasche. Aber wir hätten sowieso längst einen neuen gebraucht. Ich meine ein Kühlschrank, in dem ständig eine fünf Zentimeter dicke Eisschicht an den Wänden ist ..."

„Oh Mann, Rita, bestell ihn, wir zahlen ihn aus dem Budget für Neuanschaffungen." Eve stöhnte auf. Sie hatte weiß Gott andere Probleme als den verdammten Kühlschrank.

„Schon Weihnachten wirst du mir dankbar sein, weil sich die Anschaffungskosten allein durch den geringen Stromverbrauch im Vergleich zu dem alten Schätzchen amortisiert haben", Rita klickte auf *Kaufen*, „und dann sollten wir auch gleich mal entscheiden, eine Auszubildende bei uns aufzunehmen."

Während Eve in Gedanken den heutigen Besuch bei Amy plante, wägte Rita lautstark die Vor- und Nachteile einer Auszubildenden ab. Am Ende war sie dafür und Eve dagegen. Sie war überhaupt für alle Maßnahmen, die Eve entlasteten.

Ihrer Meinung nach opferte sie sich auf, anstatt ein ausgefülltes Leben zu leben.

„Lass uns die Entscheidung vertagen“, knurrte Eve. Dieses Gespräch hatten sie schon so oft geführt, sie war es leid. Eine Auszubildende blieb ein Jahr, die Kinder gewöhnten sich an sie, dann war sie weg.

„Nächste Woche bin ich im Urlaub. Das weißt du.“ Ritas Mann war Lehrer, weswegen sie nur in den Schulferien verreisen konnten, obwohl sie keine eigenen Kinder hatten, beziehungsweise haben konnten. Da Ritas Mann keine Kinder adoptieren wollte, hatte die gelernte Köchin eine Umschulung zur Erzieherin gemacht und im Kinderdorf angefangen.

„Ich weiß, ich weiß. Aber ich schaffe das schon allein. Ich wäre ja auch allein mit sechs Kindern zum Zelten gefahren.“ Eve klappte die Lehne ihrer Liege nach unten und schloss die Augen. Im dem Moment schrillte das Telefon.

„Das ist doch bestimmt wieder der Engländer.“

„Gehst du?“ Rita tat, als wäre sie schwer mit der Kühlschrank-Bestellung beschäftigt.

„Flirten üben?“ Unter Stöhnen schwang Eve sich von der Liege und lief über die aufgeheizten Terrassensteine ins Haus.

„Schneider?“, blaffte sie ins Telefon.

„Wo hab ich dich denn jetzt hergeholt?“ Cordula Gripp, die Leiterin des Kinderdorfes war in der Leitung. „Stichwort: Dienstbesprechung. Wir warten seit zwanzig Minuten auf dich.“

Eve erlitt den nächsten Schweißausbruch des Tages. „Ich bin in zwei Minuten bei euch.“ Sie legte auf und informierte Rita, dass sie die wöchentliche Dienstbesprechung vergessen hatte.

Das Gemeinschaftsgebäude war nur wenige Gehminuten entfernt. Es war ein einladend aussehendes Flachdachgebäude aus roten Steinen, dessen Fenster wie die meisten Fenster in der Siedlung mit Basteleien geschmückt waren. Trotzdem hatte Eve das Gefühl zum Schafott zu schreiten. Wenngleich es nicht die Verspätung war, die sie ihr um die Ohren schlugen.

„Liebe Eve, ich kann ja verstehen, dass du deine Nichte nicht im Stich lassen willst. Aber davon kann gar keine Rede sein. Amy braucht die bestmögliche Betreuung. Sie hat ein Recht darauf, dass auf ihre Bedürfnisse eingegangen wird." Cordula Gripp, die Kettenraucherin, die im Kinderdorf zum Glück nur einen Schreibtischjob innehatte, sprach zu ihr wie zu einem uneinsichtigen Kind.

„Und ihr beiden wisst, wie diese bestmögliche Betreuung aussieht, ja?!" Eve hatte sich schon gedacht, dass es in dieser verdammten Besprechung um Amys neuerlichen Schub gehen würde. Aber das hier überstieg ihre schlimmsten Befürchtungen. Sie zitterte am ganzen Körper und ihre Stimme hatte Höhen erreicht, die sie selbst nicht für möglich gehalten hätte.

„Du bist doch selbst Fachfrau." Cordula wechselte einen Blick mit Daniela, der dritten Person im Raum. Anders als sonst fand diese Dienstbesprechung unter sechs Augen statt, anstatt wie sonst mit dem kompletten Team.

„Ach, das ist dir aufgefallen?" Am liebsten wäre sie schon vor einer halben Stunde aus diesem bescheuerten Besprechungsraum mit seinem affigen, ovalen Kiefernholztisch gerannt. Aber dann würden andere die Entscheidung treffen. Experten, die von Amys Bedürfnissen keine Ahnung hatten. Sie war nicht der Mensch, der fluchte, aber am liebsten hätte sie ganz laut Scheiße geschrien.

„Nur mit *Liebe* kommst du nicht weiter, sieh es ein, Evelyn. Das Experiment ist gescheitert", meldete sich Daniela zu Wort. Die spitzzüngige Sozialpsychologin war die einzige im Team, mit der Eve von Anfang an immer wieder aneinandergeraten war. Wäre Daniela vor ihr im Kinderdorf eingestiegen, hätte sie garantiert alles darangesetzt, um zu verhindern, dass Amy in die Gemeinschaft aufgenommen wurde. Daran wäre dann natürlich auch Eves Einstellung als Kinderdorfmutter gescheitert. Zum Glück war Daniela erst ein Jahr nach ihr gekommen, als die Sache unter Dach und Fach war. Aber jetzt wurde offenbar alles neu verhandelt.

„Mir war nicht klar, dass wir hier Experimente durchführen," Eve musste sich zurückhalten, um Daniela nicht an die Gurgel zu gehen, „ich meine, immerhin haben wir es mit Menschen zu tun. Amy ist ein Kind, das in erster Linie ein liebevolles Zuhause braucht. Wir alle wissen, was sie erleben musste. Wir sind stets darum bemüht, den Kontakt zu den Angehörigen zu pflegen. Ich bin ihre einzige Angehörige, ich bin zufällig Erzieherin und meine Nichte braucht zufällig Hilfe. Warum ist das plötzlich ein Problem? Jeder im Dorf weiß, dass Amy von Zeit zu Zeit einen Ausraster hat. Einen vermeidbaren Ausraster wohlgemerkt, denn alle, die mit ihr zu tun haben, wissen, dass sie nicht angefasst werden möchte. Das ist Amys einziger Wunsch. Warum ist es nicht möglich, ihr diesen Wunsch zu erfüllen? Warum steht dieses verdammte Thema immer und immer wieder auf der Tagesordnung? Ich bin es so leid! Fünf Jahre noch, dann geht Amy sowieso zur Uni. Warum wollt ihr dem Mädchen die Zukunft verbauen? Warum?"

Daniela reckte ihr spitzes Kinn. „Jetzt bleib' aber mal sachlich, Eve! Wenn du schon nicht an Amys Bedürfnisse denkst, vielleicht überlegst du dann mal, was du deinen fünf Schützlingen und Amys Lehrern und Mitschülern zumuten kannst."

„Hat einer von euch mal selbst mit Amy gesprochen?" Wütend schob sie den mit einem kratzigen Stoff bezogenen Besprechungsstuhl zurück. Sie stützte sich mit den Händen auf der Tischplatte ab. Sie hätte platzen können. Sie hatte genug damit zu tun, Amys neuerlichen Schub und den Schulverweis zu verdauen. Ihre Nerven lagen blank. Ein Rausschmiss aus dem Kinderdorf hatte ihr zu ihrem Glück gerade noch gefehlt. „Weder die Psychiater in der Klinik, noch ihr könnt mir mit Sicherheit sagen", fuhr sie fort, „ob Amy schizophren ist, ob sie ein Aspie ist oder ob sie unter einer posttraumatischen Störung leidet, die hartnäckiger ist als wir alle es uns damals vorstellen konnten. In welche Wohngruppe wollt ihr sie stecken? Zu den Schizos? Zu den Aspies? In WG *Weiß Nicht, sonstige Fälle*? Leute, ich sage euch eins: Wenn ihr Amy aus dem Dorf werft, dann seid ihr mich auch los. Vielleicht überlegt ihr euch mal, was ihr

Mel und Speedy und Fab und Kev und dem kleinen Momo zumuten könnt."

„Und dann bist du einfach rausgerannt?" Rita schüttelte den Kopf. Trotz der Hitze saß ihre klassische Frisur perfekt. „Seit wann lässt du dich so gehen?"

„Willst du mir jetzt auch noch in den Rücken fallen?" Eve rannte mit dem leeren Wasserglas, das sie soeben in einem Zug ausgetrunken hatte, zum Wasserhahn und ließ es erneut volllaufen.

„Ein Schüler ist verletzt, ein Rettungssanitäter musste genäht werden, Rektor Stein hat einen Schmiss an der Wange. Das sind die Tatsachen."

„Das war alles vermeidbar." Weg war das Wasser. Himmel, hatte sie einen Durst!

„Amy ist dreizehn und körperlich nicht gerade unterentwickelt."

Eve knallte das Glas auf die Arbeitsplatte, schnappte sich ein Putztuch und begann wie eine Verrückte an der Spüle herumzuwienern. Sie wusste selbst, dass sie sich auf dünnem Eis bewegte. Eigene Kinder durften ins Dorf, unter der Voraussetzung, sie bereiteten keine außergewöhnlichen Probleme.

Aber konnte es denn so schwer sein, die Finger von Amy zu lassen? Warum musste dieser Junge mit einem Papierknubbel werfen? Und warum zum Henker hatte sie nicht bemerkt, dass die Medikamente nicht mehr gut genug wirkten? Himmel, was sollte nur aus Amy werden?

„Jetzt ist sie erst einmal in der Klinik, Eve. So wie es aussieht wird sie dort noch eine ganze Weile bleiben. Bis dahin sehen wir, was wir tun können." Rita wollte die Freundin in die Arme nehmen, doch Eve schüttelte den Kopf.

„Der Schulverweis ist besiegelte Sache. Und ich fürchte, dass unsere lieben Kolleginnen jetzt auch nicht mehr lange fackeln", sie drückte Rita den Putzlappen in die Hand und trocknete sich die Hände an einem Geschirrtusch, „ich wollte sowieso noch zu Amy. Bei der Gelegenheit rede ich nochmal mit Dr. Pedersen."

Als Eve am Abend aus der Klinik zurückkam, hätte sie heulen können. Der Psychiater sträubte sich immer noch, eine Prognose abzugeben. Außerdem weigerte er sich, in einem außerordentlichen Gutachten zu empfehlen, dass Amy weiterhin das Gymnasium besuchen müsste. Er würde seine Patientin vorsichtshalber so lange wie möglich in der Klinik behalten. Wobei es zur Zeit aber überhaupt noch nicht absehbar war, wie lange das wäre. Und einen Ring trug er auch, sogar einen an der rechten Hand.

„Das sagte ich aber bereits mehrfach", imitierte Eve den Arzt. Sie nahm ihr Wiener Würstchen in die Hand und schlug es in den Senf. „Er war ungehalten. Ich glaube, dass er mir genauso wenig zutraut wie unsere lieben Kolleginnen, dass Amy bei mir am allerbesten aufgehoben ist."

„Meinst du wirklich?" Rita musterte sie besorgt, während sie Momo dabei half, ein Würstchen in mundgerechte Stücke zu zerschneiden.

„Viel kleiner", jammerte Momo, „sonst bricht mein Zahn ab. Wackel mal, Mama."

Momos Zähnchen saßen bombenfest. Eve verputzte das dritte Würstchen in Folge, obwohl sie überhaupt keinen Hunger hatte. Die ganze Zeit kreisten ihre Gedanken nur um die Probleme mit Amy und sie hatte keinen blassen Schimmer, was sie unternehmen konnte, um die Kuh vom Eis zu bringen. Zum Glück waren die Kinder anderweitig beschäftigt und bekamen nichts von Eves Sorgen mit. Sie planten die Umgestaltung des Gartens in ein Spaßbad.

„Wir haben im Internet nachgesehen, was ein Pool kostet", verkündete Fab ernsthaft.

„Wenn wir alle mit anpacken, schaffen wir das locker", sagte Mel. „Genügend Schaufeln haben wir allemal."

„Aber nur Plastikschaufeln", gab Momo zu bedenken.

„Ist doch egal", meinte Speedy. „Viele Hände bringen schnelles Ende. Wir trommeln einfach die anderen Kinder aus dem Dorf zusammen. Wenn sie dafür auch mal bei uns schwimmen dürfen, machen sie garantiert mit."

„Oder wir machen alles selbst und nehmen Eintritt“, überlegte Fab.

Eve und Rita hatten das Gespräch der Kinder nur mit einem Ohr verfolgt. Als Fab fragte, was die beiden Frauen denn zu dem Bauvorhaben zu sagen hätten, klingelte es.

„Es ist schon nach acht“, murmelte Rita.

Die Kinder unterbrachen ihre Planungsbesprechung und stürmten zur Tür.

Eve sah zum Küchenfenster, das zur Straße hin lag. Doch weil es mit einer gehäkelten Scheibengardine mit einem dichten Herzchenmuster und Tonnen von bunten Fensterbildern zudekoriert war, die sie mit den Kindern gebastelt hatte, konnte sie nur Schemen erkennen. Also erhob sie sich, um zu öffnen.

„Es ist jedenfalls nicht der Bofrost-Mann“, meinte Speedy.

„Ja?“, fragte Eve irritiert. Ihr Blick wanderte von dem riesenhaften Jungen, der sie stumm und finster anstarrte, hin zu dem hoch gewachsenen Mann mit dem kurzen, blonden Haarschopf, der hinter ihm stand. Von dort sah sie zu dem silbrig glänzenden Audi mit dem zurückgeklappten Verdeck, der hinter ihrem blauen Van parkte, und wieder zurück zu dem Mann, der ganz offensichtlich noch in diesem Jahr zum *sexiest man alive* gewählt werden würde. Wenn es sich bei dem Prachtkerl nicht sogar um den leibhaftigen Schauspieler Matthew McConnaughey handelte, womit der Mann längst die Auszeichnung zum heißesten Mann der Welt erhalten hatte. Auf alle Fälle grinste er sie in einer Weise an, die ihr unmissverständlich zu verstehen gab, dass er ganz genau um seine Wirkung auf Frauen wusste. Und das schlimmste daran war, dass er eben diese Wirkung auf sie hatte.

Erst als Mel von hinten zischte „Mama, mach endlich den Mund zu“, erwachte Eve aus ihrer Schockstarre, strich sich das nicht mehr vorhandene lange Haar aus der Stirn und fragte: „Was kann ich für Sie tun?“, bevor ihr Kinn erneut nach unten sank. Denn in dem Augenblick wurde ihr klar, wem der Junge ähnelte, als handelte es sich bei diesen beiden Kindern um ein Zwillingspärchen.

Rita nickte mit offenstehendem Mund, als Eve kurz den Kopf nach hinten wandte, um sich zu vergewissern, ob ihre Freundin dasselbe dachte wie sie.

Momo schließlich sprach es aus: „Der sieht genau aus wie Amy."

„Nur, dass der ein Junge ist", sagte Fab mit nachdenklich verzogenem Gesicht.

„Vielleicht hat Amy ja einen Bruder", meinte Mel mit weit aufgerissenen Augen.

Als der Name Amy fiel, ging ein Zucken durch die beiden ausnehmend hübschen männlichen Wesen vor der Tür von Haus 9.

„Ist Amy zu Hause?", fragte der Junge in einem englischen Slang, bei dem Eve zweimal überlegen musste, ob sie richtig verstanden hatte. Nervös schob er die dunkelblonden Haare beiseite, die wie eine Gardine vor seinem rechten Auge hingen.

Danach brach ein ganzer Schwall englischer Worte über die Bewohner von Haus 9 herein, der jedoch aus dem sinnlich geschwungenen Mund des Matthew-Mc-Connaughey-Doubles kam. Eve verstand nur Bahnhof. Jedenfalls was das Gesagte anging. Eines kapierte sie jedoch: Der Mann vor ihrer Tür war dieser Daueranrufer. Der Engländer. Jesse Graham. „Sie haben dauernd bei mir angerufen! Sie sind der Engländer!"

„Der Nobelpreisträger", zischte Rita.

„Nein, Sie haben bei mir angerufen. Und ich bin kein Engländer, sondern Ire", widersprach der Mann.

Wenigstens war ihr jetzt klar, warum sie den Mann so schlecht verstand. Vor allem aber glaubte sie, der Prachtkerl sei der Vater des Jungen – und damit auch Amys Vater. Dr. Pedersen hatte recht gehabt: Amy hatte sich auf die Suche nach ihrem Vater begeben – und sie hatte eine mehr als heiße Spur verfolgt. Jetzt stand er mitsamt seinem Sohn – Amys Bruder – vor dem Haus der verlorenen Tochter. Das war einfach unfassbar. Der absolute Wahnsinn. Amy würde ausflippen, wenn sie erfuhr, dass ihr Bruder hier war – und ihr Vater auch noch ein Nobelpreisträger war. Jetzt war klar, woher das Mädchen den ganzen Grips hatte.

Innerhalb von Bruchteilen einer Sekunde entstand eine komplette Geschichte in Eves wild fabulierendem Hirn. Aus irgendeinem Grunde war dieser Typ mit ihrer Schwester im Bett gelandet. Na, so unverständlich war das nun wieder nicht, da ihre Schwester früher Stewardess gewesen war. Eine sehr gut aussehende Stewardess. Als angehender Professor war der Mann zu einem Auslandsaufenthalt unterwegs gewesen. Er kam aus gutem Hause, verheiratet natürlich. Nach einem Atlantik-Flug war es dann zum Äußersten gekommen. Gelegenheit macht Diebe. Im Flughafenhotel. Und alles ohne Kondom. Wer würde diesen Mann von der Bettkante stoßen?

„Bitte den Kerl endlich herein", zischte Rita von hinten. „Sowas fällt dir nur einmal im Leben vor die Füße. Wenn du verstehst, was ich meine."

8

Jesse

Unfassbar. Der Junge hatte ihn gesehen und dennoch besaß er die Frechheit, vor ihm davonzulaufen. Aber da hatte er nicht mit Jesse gerechnet. Im Gegensatz zu seinem Kumpel Will konzentrierte er sich im Fitnessstudio nämlich nicht nur auf die Frauen, die am Butterfly ihren Brustmuskel stärkten. Oder sich mit der Langhantel einen Hintern wie Jennifer Lopez antrainierten. Aber vielleicht hätte er das besser tun sollen, denn wohin hatte ihn seine Hilfsbereitschaft gebracht?

Gemeinsam mit dem unehelichen Sohn seiner Schwester stand er mitten in einem deutschen Kinderdorf, vor einem recht großen, aber einfachen Haus aus roten Backsteinen, in einem Vorgarten, in dem es vor kleinen, dünnen Stangen, an denen rote Blechherzchen baumelten und klimpernde Geräusche von sich gaben, nur so wimmelte, und wurde von unzähligen Augenpaaren angegafft, die zu Menschen gehörten, die fast alle in den gleichen blauen Hosen und weißen T-Shirts von einer Marke steckten, die er nie zuvor gesehen hatte: Gute Besserung.

Im Hintergrund passte anscheinend die Mutter auf. Sie sah exakt so aus wie er sich die Sekretärin des Dekans vorgestellt hatte. Jedenfalls bevor ihm klar geworden war, dass Summer und Mrs. Lowell ein und dieselbe Person waren. Mittelgroß, alterslos, schlank, Betonfrisur, ordentliches Kleid, gütiger, aber strenger Gesichtsausdruck, ein Mensch, der zupacken konnte und mit beiden Beinen im Leben stand.

Nachdem die Bande auf Leopolds schüchterne Ansage weiterhin nur neugierig gaffte, ergriff er das Wort: „Guten Abend zusammen. Mein Name ist Jesse Graham. Ich begleite meinen Neffen Leopold Graham, der mit Amelie verabredet ist. Wir kommen direkt aus Cambridge. Wer von euch ist Amelie?"

Fragend sah er zwischen dem hübschen aprikosenhaarigen Mädchen, das in knielangen, himbeerroten Leggings und einem eng anliegenden, blauen T-Shirt mit aufgedruckten weißen und hellblauen Herzen und der Aufschrift „Make me smile" steckte, und dem etwas kleineren Mädchen mit den langen dunklen Haaren, das auf einer Haarsträhne herumkaute, hin und her. Er nahm schwer an, dass es sich bei dem Aprikosenmädchen um Amelie handelte, Leopolds mutmaßlicher Schwester. Wobei er persönlich rein gar nichts von der angeblich verblüffenden Ähnlichkeit erkennen konnte, von der sein Neffe auf der Fahrt in dieses künstliche Dorf gesprochen hatte. Aber er konnte verstehen, dass der Junge auf das Mädel hereingefallen war. Das wäre ihm bestimmt auch passiert. Früher. Als er selbst ein Teenager war. Die Kleine war wirklich besonders niedlich. Allerdings sah sie bedeutend älter aus als dreizehn.

Die Bande reagierte immer noch nicht. Anscheinend verstand von denen niemand Englisch. Dabei hatte Leopold behauptet, Amelies Englisch wäre besser als seins. Oh Mann. Der Junge war vermutlich so einsam, dass er sich an jeden Strohhalm klammerte, der ihm einen Familienangehörigen bescherte. Nur damit er nicht länger mit seiner alkoholkranken Mutter allein war.

„Spricht hier jemand Englisch?“, fragte er sehr langsam, laut und deutlich, während sein Blick an der Deckenlampe in der Diele hängenblieb. Eine Art Laterne, knallgelb, in der Form eines fetten Herzens, baumelte von einer himmelblauen Wolkendecke.

„Alle. Ein wenig. Wir sehen auf dem holländischen Sender immer Sponge Bob im Original“, sagte das Aprikosenmädchen mit einem so extremen deutschen Akzent, dass es schon wieder süß klang. „Leider ist Amy nicht zu Hause. Aber treten Sie bitte ein.“

Während er „Auf gar keinen Fall“ dachte und sich keinen Schritt bewegte, sagte sie etwas in leisem Ton, woraufhin die Kinder zwar im Haus verschwanden, aber dabei dermaßen trampelten, dass das Mondherz an der Decke schaukelte.

Die Aufpasserin lächelte ihm aufmunternd zu, sagte etwas zu dem Aprikosenmädchen, das ihm und Leopold daraufhin mit zuckersüßer Stimme und einem ebenso zuckersüßen Lächeln Getränke und etwas zu essen anbot.

Noch bevor Jesse eine Ausrede gefunden hatte, warum sie nicht in dieses merkwürdige Kinderhaus eintreten konnten, ließ Leopold sich von ihr an einer Hand ins Haus ziehen.

„Dies ist Rita“, stellte das Aprikosenmädchen ihm die Aufpasserin namentlich vor. Sie versuchte ihm noch etwas zu erklären, mutmaßlich die Rolle dieser Rita. Diesen Teil verstand er wegen ihres komischen Sponge-Bob-Englisch nicht. Nur so viel, dass es etwas mit Kindern zu tun hatte. Aber das war ja wohl offensichtlich.

Dann strahlte sie ihn plötzlich an als wäre er der Weihnachtsmann, schnappte nach seiner Rechten und zog auch ihn ins Haus. Er hätte schwören können, dass sie nach Aprikose duftete. Doch bevor er länger darüber nachdenken konnte, wäre er beinahe über einen einzelnen grün-weiß gestreiften Flipflop gestolpert. Als er auf den Boden sah, bemerkte er, dass hier offenbar ein kunterbuntes Flipflop-Nest existierte.

Sie schloss die Tür hinter ihm und schob ihn mehr oder weniger durch eine lang gezogene Diele, deren Wände (unten grasgrün, oben hellblau) mit hohen Blumen bemalt waren. Bei näherem Hinsehen erkannte er, dass an der Stelle von Blumenköpfen Herzen auf den Stängeln saßen. Etwas Kitschigeres hatte er nie in seinem Leben gesehen.

„Sind Sie Eve?“ Leopold war bereits durch die nächste Tür hindurch getreten und blieb inmitten einer größeren Ansammlung kunterbunter Sessel stehen. Die umliegenden Wände waren schweinchenrosa und übersät mit unterschiedlich großen, strahlendweißen Abdrücken von Kinderhänden. Und überall, wirklich überall hingen Mobiles mit Herzen und Schmetterlingen von der Decke herab. An einer Wand war eine Leinwand angebracht. Darauf guckten sie sich dann wohl Sponge Bob im Original an.

„Ja genau, ich bin Amys Tante Eve. Woher kommst du und woher kennst du Amy?“, hörte er sie reden, während er das Gefühl hatte, ihm würde das Blut in den Adern gefrieren.

„Wie alt bist du?“, fragte Jesse heiser.

„Sie ist 35“, wusste Leo. Dann wandte er sich wieder dieser Tante zu. „Ich lebe mit meiner Mutter in Dublin und Amy und ich sind uns auf *Find-your-People* begegnet. Das ist eine Internetseite“, gab er ohne mit der Wimper zu zucken Auskunft. „Da kann man eine Gen-Analyse erstellen lassen und dann kann man sich in eine Datenbank eintragen und nach Leuten mit einem ähnlichen Profil suchen. Unsere Gene weisen eine 70 %ige Übereinstimmung auf. Mehr geht nicht.“

„Das muss euch umgehauen haben. So wie mich jetzt.“ Diese unglaublich jung aussehende Tante streichelte Leopold über eine Wange. Um daran zu kommen, musste sie sich auf ihre Zehenspitzen stellen, die mit rosa Nagellack bemalt waren.

Der Junge nickte treuherzig. „Danach wollten wir uns natürlich kennenlernen. Als meine Mutter mich bei meinem Onkel abgeladen hat, habe ich die Gelegenheit genutzt und mit seiner goldenen Kreditkarte Fahrkarten und Hotelzimmer gebucht. Sonst wäre aus dem Treffen nie was geworden. Ich werde ihm jeden Cent zurückzahlen.“

Das war der Moment, in dem Jesse endgültig den Glauben an seine zwischenmenschlichen Fähigkeiten verlor. Seit einer Woche wohnte der Junge unter seinem Dach. Vorhin im Auto hatte er ihn richtig in die Mangel genommen. Das Ergebnis waren 14 Worte: *Ich bin unterwegs zu meiner Schwester. Kirschbaumweg 9. Amy sieht genau aus wie ich.* Diese merkwürdige Tante stellte Leopold eine einzige Frage und erfuhr mehr als er vermutlich in seinem ganzen Leben aus dem Knilch herausbekommen hätte.

Sie winkte sie aus dem kunterbunten Zimmer hinaus in einen nicht wirklich unbunteren Garten. Das Stück Land war nicht halb so groß wie sein Grundstück in Cambridge, doch während dort ein Landschaftsgärtner am Werk gewesen war, hatte sich hier ein Messie ausgetobt und alles, was er an Spielzeug und Gartenmöbeln in die Finger bekommen hatte, auf der Wiese zwischen Büschen und Obstbäumen verteilt. Es war die reinste Augenverschmutzung.

„Nehmen Sie Platz, Mr. Graham. Leo, such dir auch einen Platz aus." Sie wies auf einen Holzstuhl, auf dem er nicht erst gesessen haben musste, um zu wissen, wie fürchterlich unbequem er war.

Keine halbe Stunde später, kannte sie Leopolds Geburtstag (13. Februar), wusste sie die Namen seiner besten Freunde (Bob, Tim und Gregory), in welche Schule er ging (in eine städtische, an der man beim Betreten auf Waffen durchsucht wurde), welche Musik er mochte (alle Arten von Rap), sie kannte seine Lieblingsfarbe (blau), seine Freizeitbeschäftigungen (Leo sagte programmieren statt hacken, das Kiffen verschwieg er ganz), wusste über sein Verhältnis zu seiner Mutter Bescheid (der Junge kümmerte sich um den Einkauf, den Haushalt und die Finanzen) und sie wusste ebenfalls, dass Sophia den Namen von Leopolds Vater verheimlicht hatte. Außerdem hatte Leopold, den sie inzwischen Leo nannte, ihr verraten, was die Gen-Analyse gekostet hatte und woher die beiden Kinder das Geld dafür hatten. Aber da war Tante Eve dann auch nicht mehr so freundlich, denn Leos Schwester hatte anscheinend diese Rita bestohlen.

„Egal. Darüber reden wir später, denn jetzt gibt es erst mal was zu essen. Nach der langen Reise müsst ihr total ausgehungert sein."

Im nächsten Augenblick rief aus dem Innern des Hauses diese Rita etwas und die Aprikosenfrau, die alle Mama nannten, rief: „Speedy, Momo, Mel, Fab, Kev! Essen!"

Fast wären ihm die Ohren abgefallen. Insbesondere da im selben Augenblick ein Lärm ertönte, als würde eine ganze Herde Rennpferde über die Weide hinter seinem Haus galoppieren.

„So ist das, wenn man mit sechs Kindern unter einem Dach lebt", sagte die Aprikosenfrau.

Er rang sich ein Lächeln ab und starrte auf die mit Millionen von bunten Herzen bedruckte Tischdecke. Zum Glück lebte er allein.

Hinter ihm betraten die Trampeltiere die Terrasse. Jedes von ihnen trug einen großen Teller mit Leckereien, ähnlich wie er sie aus italienischen Restaurants kannte.

„Haben Sie Kinder?", wandte sie sich wieder an ihn. Sie hatte große, hellgrüne Augen, eine leicht von der Sonne getönte Haut, volle, rosige Lippen und kleine, weiße Zähne. Wenn man genauer hinsah, entdeckte man ganz feine Fältchen in ihren Augenwinkeln, wie Strahlen. Jedenfalls dann, wenn sie lächelte. Sie war wirklich extrem hübsch.

„Zum Glück nicht", brummte er.

„Was soll denn das heißen?" Der größte der Jungen stellte einen Teller mit in gebratenem Speck eingerollten Datteln auf den Tisch.

„Dass Typen wie du die Pest sind", sagte das Mädchen mit den langen, dunklen Haaren. Auf ihrem Teller lagen eingelegte Paprikastreifen.

„Du fällst ebenfalls in die Kategorie Kind", gab der Junge zurück.

„Speedy, Mel, benehmt euch", wies die Aprikosenfrau die Streithammel zurecht. Ihr Englisch wurde mit jeder Minute besser. Anscheinend war Sponge Bob ein guter Lehrer.

„Brot, Mr. Graham?" Der kleine, schwarze Junge drückte ihm den Korb mit warmen Brötchen fast ins Gesicht und quiekte: „Please, Sir."

„Momo, Mr. Graham ist doch kein Pferd. Nimm den Korb runter. Momo ist erst sechs", sagte sie zu ihm. Und wieder dieses Lächeln. Es war bezaubernd.

Er nickte und griff dankend nach den Brötchen, die allerdings in dem Moment bereits wieder verschwanden. Nachdem die Meute über den Korb hergefallen war, blieben bloß zwei der länglichen Gebäckstücke übrig.

„Ladies first", sagte er zu Eve. Dieses Mal gelang auch ihm ein Lächeln.

„Nein, nein, Sie sind der Gast", murmelte sie.

„Mama, du bist gerade rot geworden wie eine Tomate", prustete das dunkelhaarige Mädchen in einem halbwegs passablen Englisch, woraufhin sämtliche Kinder lauthals lachten.

Sein Neffe, der ihm schräg gegenüber, direkt zwischen dem kleinen, schwarzen Jungen und der Aprikosenfrau saß, biss verschämt grinsend in ein Brötchen.

Mit einer flinken Bewegung schnappte Eve ihm das Brötchen aus der Hand und legte es auf seinen Teller. „Wir essen immer alle gemeinsam."

„Oh, sorry." Leopold errötete ebenfalls.

„Kein Problem." Sie lächelte seinem Neffen freundlich zu und reichte ihm, immer noch knallrot im Gesicht, eine Hand, die er ohne zu zögern ergriff.

Überhaupt reichten sich plötzlich alle die Hände, senkten die Blicke und stimmten zu einer Art gemeinschaftlichem Gebet an. Zwei kleine Hände legten sich von rechts und links in seine Hände. Wo war er hier bloß hineingeraten? Das war mit Abstand das abstruseste und überflüssigste Erlebnis seines Lebens.

Zum Glück war dieser Teil schnell vorbei. Aber auch der nächste Teil ging nicht wesentlich langsamer vonstatten.

„Wenn Sie sich nicht endlich was zu essen nehmen, gehen Sie leer aus“, zischte ihm die Aprikosenfrau zu. Inzwischen hatte sie nur noch leicht gerötete Wangen und zum Glück lächelte sie ihn nicht schon wieder an.

Er bedankte sich höflich und schnappte sich die letzte Dattel im Speckmantel und zwei schrumpelige, schwarze Oliven.

„Die schmecken eklig“, sagten die beiden Jungen, die bisher noch kein Wort gesprochen hatten, gleichzeitig.

„Wir bekommen sonst nie Vorspeise“, verriet ihm der große Junge.

„Sonst gibt es immer nur Suppe“, maulte das Mädchen.

„Oder Stampfkartoffeln.“

„Das ist doch gar nicht wahr, Fab.“

„Das ist das einzige englische Essen, das er kennt“, kicherte sein Sitznachbar.

Jesse wusste nicht, was er sagen sollte. Im Grunde musste er auch nichts sagen, denn die anderen hielten ja keine Sekunde die Klappe. Sie warfen sich deutsche und englische Wortfetzen durcheinander zu. Oder trampelten wie die Pferde durch die Gegend, als der nächste Gang kam. Ohne Aufforderung sprangen die Kinder auf und brachten gefüllte Teller. Dieses Mal gab es tatsächlich Kartoffelpüree. Jedenfalls glaubte er das.

„Getrüffelter Kohlrabischaum an Steinpilz-Ragout“, verkündete Rita hoheitlich, woraufhin ein noch heftigerer Tumult losbrach als zuvor.

„Getrüffelter was?“, tönte es aus allen Richtungen und nicht nur die Kinder starrten auf das Essen, das vor ihnen stand. Anscheinend hatte nicht nur er kein Wort verstanden.

„Es wird gegessen, was auf den Tisch kommt!“, befahl Rita, bevor sie davonstapfte. Der große Junge übersetzte das für ihn.

Jesse suchte Leopolds Blick. Eins war klar: Dieses Gericht hatte der Junge ebenfalls noch nie gegessen. Allerdings schmeckte das Zeug weiß Gott so edel wie die überkandidelten Speisen in dem verdammten Londoner 3-Sterne-Lokal, in das er vor drei Jahren Gemma zu einem 500-Pfund teuren Dinner eingeladen hatte. Und wo sie ihm wegen eines Typen, dessen Vater eine Investmentbank besaß, verlassen hatte.

Grinsend schob die Aprikosenfrau sich einen winzigen, goldgebratenen Steinpilz zwischen die vollen, rosigen Lippen. „Wir bereiten die Kinder auf sämtliche gesellschaftliche Schichten vor."

„Tatsächlich?"

„In deutschen Heimen wird nur so gespeist. Was essen Sie denn so, Mr. Graham?"

„Corn Flakes und Cola", sagte Leopold und die ganze versammelte Mannschaft lachte, als hätte er einen Witz gerissen.

Während des nächsten Ganges waren die Kinder so sehr damit beschäftigt, die Knöchelchen aus den winzigen marinierten Hähnchenflügeln zu pulen, dass er Gelegenheit fand, die Frage zu stellen, die ihm schon die ganze Zeit auf den Lippen brannte: „Wo ist eigentlich Amy?"

Daraufhin flogen sämtliche Köpfe zu ihm herum. Betreten sahen ihn die Kinder an. Auch der Aprikosenfrau schien es die Sprache verschlagen zu haben. Nur Leopold guckte genauso interessiert in die Runde wie er.

„Ich meine, Leopold ist extra hergekommen, um seine mutmaßliche Schwester kennenzulernen."

Die Aprikosenfrau nickte heftig. „Hm. Ich weiß."

„Sie ist aber nicht meine *mutmaßliche* Schwester", sagte Leopold kauend.

„Sie ist Leos *echte* Schwester." Der kleine schwarze Junge fand als erster die Sprache wieder. Obwohl er die größten Augen von allen hatte, war er der einzige, der Jesse nicht anstarrte.

„Genau. Sie ist meine echte Schwester."

Der Kleine strahlte Leopold an.

„Und – wo ist sie denn nun, Leos Schwester?", beharrte er.

„Sie ist, äh, im Krankenhaus", druckste die Aprikosenfrau herum. „Und das hat um diese Uhrzeit längst geschlossen. Und darum können wir alle in Ruhe aufessen."

„Und das Dessert genießen", verkündete Rita. Mit einem Knall landete ein Topf auf dem Tisch, in dem eine gelbliche Masse schwappte. Und dann warf diese Rita eine Art

Flammenwerfer an und Jesse vergaß erst mal alles um sich herum, da der Ausläufer einer Stichflamme seine Stirn traf. Nur eins schoss ihm noch durch den Kopf: Dass er so schnell es ging von hier verschwinden würde. Da konnte Tante Eve noch so hinreißend lächeln.

9

Eve

„Was soll das?“ Angesichts des prall gefüllten, perfekt gepackten Picknickkorbs, den Rita ihr in die Arme drückte, gingen Eve die Augen über. „Sind das die Reste deines gestrigen Kochexzesses, Madame Lafer?“

„Ich dachte mir, wenn ihr gleich im Klinikgarten die Familienzusammenführung veranstaltet, wäre etwas zum Knabbern ganz hilfreich, um das Eis zu brechen.“

„Amy und Leo treffen sich allein, aber unter Aufsicht von Dr. Pedersen.“ Eve hatte noch vor dem Frühstück mit dem Psychiater telefoniert.

„Umso besser.“ Rita grinste breit. „Ein Picknick zu zweit, unter dem großen Lindenbaum ... Mit Professor Jesse Graham. Hm ...“ Genießerisches Seufzen. „Ist dir eigentlich klar, dass der Typ Nobelpreisträger ist?“

„Davon gibt es inzwischen an die tausend. Und jedes Jahr kommen weitere dazu. Und er mag ja ganz nett aussehen, aber mir ist er ein bisschen zu gelackt.“ Kopfschüttelnd nahm Eve die Thermoskanne aus dem Picknickkorb, um sich einen Kaffee einzuschütten.

Rita entriss ihr die Kanne und stopfte sie wieder zurück in den Korb. „Ganz nett und gelackt?“, prustete sie. „Dann verstehe ich aber deinen Aufzug nicht.“

„Was denn? Das sind ein einfacher T-Shirt-Rock und ein einfaches T-Shirt. Zweimal fünf Euro."

„Nur dass der 5-Euro-Rock dir bis knapp unter den Hintern reicht und das 5-Euro-T-Shirt keine Träger hat. Und alles zusammen aussieht wie ein weißes Kleid. Wie ein sexy, weißes Kleid", fügte sie hinzu.

Eve stapfte hoch in ihr Zimmer. Als sie zurückkam, hatte sie ein großes, halbtransparentes Baumwolltuch über ihre Schultern gelegt und in der Taille mit einem schmalen, weißen Gürtel befestigt.

„Schicke rosa Verschleierung", spottete Rita. Sie stand am Fenster und schob die Scheibengardine leicht zur Seite. „Sie sind da."

„Okay. Dann bin ich jetzt weg. Und du bist dir wirklich sicher, dass die Kinder bei dir bleiben können?"

Rita musterte die Freundin mit schräg gelegtem Kopf. „Erstens: Ich muss eh auf den neuen Kühlschrank warten. Zweitens: Schon vergessen, dass ich wie du Erzieherin bin mit Zusatzausbildung in Heilerziehung und Heimerziehung?"

„Gestern Abend drängte sich mir eher der Eindruck auf, du würdest deinen alten Beruf vermissen."

„Da musst du erst mal die Leckereien probieren, die ich euch heute eingepackt habe."

„Mach dir mit den Kindern einen leckeren Vormittag." Eve drückte Rita den Picknickkorb in die Arme, schnappte sich ihre Beuteltasche und verließ das Haus.

Rita lief ihr nach, doch sie kümmerte sich nicht weiter um Eve, sondern stellte dem Jungen, der auf der winzigen Rückbank des Cabrios hockte, den Korb auf den Schoß. „Good morning, Leo. Das ist für nachher. Im Klinikgarten kann man tolle Picknicks veranstalten." Zu Mr. Graham sagte sie: „Das ist eine kleine Wiedergutmachung dafür, dass ich Ihnen gestern die Haare angesengt habe. Bitte entschuldigen Sie vielmals, Professor Graham."

„Thank you very much", sagte Leo freudig und sein Onkel meinte, dass er einfach ein paar Haare über das Loch gekämmt hätte und sie ihn einfach Jesse nennen sollte, weil er sich bei allem anderen vorkäme wie ein alter Sack.

Ritas knallrote Lippen öffneten sich zu einem herzlichen Lachen und Eve fragte sich, woher ihre Freundin plötzlich so gut Englisch konnte.

Dies war das erste Mal in ihrem Leben, dass sie in einem Wagen mit offenem Verdeck fuhr und sie war froh über ihre Steckfrisur. Mit offenem Haar hätte sie inzwischen ausgesehen wie ein Staubwedel. So wie Leo, dem der Fahrtwind die wuschelige Mähne ständig ins Gesicht blies und der verzweifelt versuchte, sich zu ducken. Doch der Notsitz machte seinem Namen alle Ehre. Der riesige Junge passte gerade so eben in die winzige Lücke.

„Haben Sie schon mal über einen praktischeren Wagen nachgedacht?“, konnte sie sich nicht verkneifen zu fragen, während die englische Lady aus dem Navi den Weg ansagte.

„Sie meinen über einen babyblauen Kleinbus mit Duftherzchen am Rückspiegel?“ Kein Härchen an seinem Männer-Pixie rührte sich. Auch die in der Sonne glitzernden hellen Haare auf seinen langen, muskulösen Beinen, die aus schwarzen Adidas-Shorts herausguckten, lagen glatt an.

„Haben Sie mal reingesehen in unseren Bus? Dann hätten Sie die Sitzbänke gesehen. Ich meine einen Wagen, der einen Rücksitz hat, auf dem ein Mensch sitzen kann.“

„Normalerweise fahre ich allein.“

„Ach was.“

„Ich bin Single.“

„Wer hätte das gedacht.“ Vom Notsitz erklang leises Kichern und Eve fragte sich, warum sie so gereizt reagierte.

„Was ist mit Ihnen? Gibt es einen Vater zu all den Kindern?“

„Nein. Die süßen Kleinen wurden alle in Reagenzgläsern gezeugt.“

Mr. Graham lächelte sie mit seinem breiten Mund so unverschämt an, dass sie prompt unruhig wurde. „Wenn Sie mal wieder ein paar Spermien brauchen, lassen Sie es mich wissen.“

Eve starrte den Mann am Steuer, der entgegen ihrer ursprünglichen Annahme kein Engländer war, sondern Ire, entgeistert an, woraufhin der in schallendes Gelächter ausbrach. Dabei entblößte er eine Zahnreihe, die garantiert nicht natürlich gewachsen war. Die Farbe war sicher ebenfalls fachmännisch nachbearbeitet worden. Himmelherrgott. Einen wie ihn hatte sie noch nicht erlebt. Sie wandte sich zu Leo um, der hinter dem Picknick-Korb hervorlugte.

„Aufgeregt?"

„Hm."

„Du schaffst das."

„Hm."

„Wer so clever ist, seine Schwester zu finden, die in einem anderen Land lebt, schafft alles. Das sage ich nicht nur, um dich aufzumuntern." Das stimmte. Sie meinte es wirklich ernst. „Amy ist genauso aufgeregt. Wird schon schief gehen."

„Sie haben mit ihr gesprochen?", fragte Leo mit großen Augen, die dieselbe blau-graue Farbe hatten wie Amys und dieselben langen, dunklen, geschwungenen Wimpern.

„Nur am Telefon."

„Hat sie ein Handy?"

„Meins. Wusstest du das nicht?"

Er schüttelte den Kopf. „Ich wusste nicht mal, dass sie im Krankenhaus ist."

„Was für eine Krankheit hat sie eigentlich?", erkundigte sich Mr. Graham.

Angesichts der Tatsache, dass sie in dem Moment direkt auf die kleine psychiatrische Klinik zufuhren, verzichtete Eve auf eine Antwort. Seinem breiten Grinsen zufolge hatte Mr. Graham die Lage eh schon gepeilt.

Eve hätte Leo gern allein zu Dr. Pedersen gebracht, doch Mr. Graham ließ sich nicht abwimmeln. Also betraten sie das zweistöckige Flachdachgebäude zu dritt.

Amy wartete an der Seite des Psychiaters vor der Tür zur Station. Sie stand da in ihren neuen blauen Hose und dem Sogut-wie-gesund-Shirt und strahlte Leo an wie Eve sie seit Sylvias Tod nicht hatte strahlen sehen.

Eve wechselte einen schnellen Blick mit Dr. Pedersen. Er war genauso überrascht. Und ebenso erfreut. Vor allem als Leo auf Amy zuging, eine Fußlänge vor ihr stehen blieb und die beiden sich mit tränennassen Augen musterten. Und dann umarmte Leo seine Schwester unbeholfen.

„Vorsicht", rief Eve, doch Amy blieb ganz ruhig. Zwar ließ sie die Arme hängen, doch sie bekam keinen Schreikrampf, sie schlug nicht um sich, sondern blieb einfach nur gerade stehen und ließ die Umarmung geschehen.

„Ist die immer so reserviert?", fragte Mr. Graham.

Eve zuckte zusammen. Doch dann besann sie sich. Der Mann hatte ja keine Ahnung. Sie würde es ihm später erklären. Damit er sich in Zukunft Äußerungen wie diese verkniff.

„Vielleicht können wir ja nun zu viert in den Garten?" Eve sah den Psychiater fragend an.

„Ich schlage vor, ich nehme die beiden erst mal mit zu mir. Dort können sie sich in Ruhe beschnuppern. Wo finde ich Sie?" Dr. Pedersen blinzelte zwischen Eve und Mr. Graham hin und her.

„Wir warten im Klinikgarten. Wie lange ...?"

Dr. Pedersen verdrehte die Augen. „Bis später."

„Sie sagen einem nie, wie lange etwas dauert", sagte Eve leicht verärgert, als sie mit Mr. Graham in den Klinikgarten ging. Sie führte ihn zu einer der Sitzgruppen, die überall im Garten herumstanden. „Wollen wir hier warten?"

„Ihre Köchin hatte doch einen Picknickkorb vorbereitet." Er sah sich suchend um, als wäre der Korb ihnen selbständig gefolgt.

„Der steht noch in Ihrem praktischen Wagen." Eve setzte sich.

„Ich könnte jetzt wirklich einen Kaffee vertragen."

„Holen Sie den Korb."

Er lief los, als bräche er zu einem Marathon auf. Als er zurückkam, klemmte der Korb unter seinem linken Arm. In seiner Rechten balancierte er einen Becher Kaffee.

„Gibt es in Ihrem Hotel kein Frühstück?“

„Ich hatte die Wahl zwischen Kräutertee und irgendeinem Zeug, das zwar Tee hieß, aber schmeckte wie Spülwasser. Und zu Essen gab es ... nichts.“ Er ließ den Picknickkorb auf dem Tisch ab und setzte sich. „Mein Neffe hat uns in einem Wellness-Hotel eingebucht. Auf eine Fasten-Woche. Mit Gratis Lymph-Drainage. Er hat nur All Inclusive verstanden.“

Zum ersten Mal der Gegenwart dieses Mannes musste Eve herzhaft lachen. „Sie sind im Rosengarten?“

„Kennen Sie das Hotel?“

„Sicher. Hier in der Gegend kennt jeder so ziemlich alles und jeden. Ritas Schwester arbeitet dort in der Küche.“

„Ah, Ihre Sterne-Köchin.“

„Sie ist nicht meine Köchin. Sie ist Erzieherin. Im Kinderdorf gibt es in jedem Haus ein Team, das aus einer Kinderdorfmutter und einer Erzieherin besteht. Manchmal gibt es auch noch eine Auszubildende. Ich sage Rita gern Bescheid, dass sie ihre Schwester bittet, Ihnen die Fasten-Woche zu ersparen.“

„Das würden Sie für mich tun?“

„Ich tu’s für Leo. Er ist noch in der Entwicklung.“

„Ah ja. Natürlich.“ Mr. Graham produzierte wieder sein breites Grinsen. „Kaffee? Kirschtörtchen? Gefüllte Tomaten? Pumpernickel mit Schinken? Ein hartgekochtes Ei?“

„Nur Kaffee, bitte. Ohne alles.“ Die anderen Sachen hatte sie eh nicht verstanden. Lebensmittel kamen bei Sponge Bob hauptsächlich in Form von Burger vor.

„Sie trinken den Kaffee schwarz? Da haben wir was gemeinsam.“ Er bediente sie und Eve fasste Amys Geschichte zusammen. Als sie am Ende angekommen war, war Mr. Graham ganz still und ernst geworden.

„Jetzt sind Sie schockiert, was?“ Eve musterte forschend sein Gesicht. Er hatte ein etwas kantiges Gesicht mit einer hohen Stirn. Die Nasenflügel und seine Wangen bewegten sich zur Seite, wenn er lachte oder auch nur lächelte. Und das tat er oft. Nur in dem Moment nicht.

„Das ist hart.“ Er schluckte.

„Man gewöhnt sich an alles.“

„Meinen Sie?“

„Sicher. Auch Sie werden sich noch an Leo gewöhnen.“

Einen Moment lang blickte er sie finster an, dann grinste er wieder. Doch seine Augen blieben ernst. „Woher wissen Sie, dass ich nicht gut mit Kindern kann?“

Eve lachte leise. „Das sieht ein Blinder mit Krückstock.“

„Nicht jeder Mensch ist eine Mutter Teresa.“ Er stopfte sich ein komplettes Kirschtörtchen in den Mund und kaute genießerisch. „Aber mit einer solchen Köchin im Haus könnte man dazu werden.“

Eve richtete sich gerade auf. Sie mochte es nicht, wenn jemand im Zusammenhang mit Kindern das Wort ertragen verwendete. „Nun, Sie sind Leo ja bald wieder los.“

„Bald ist gut. Seine Mutter holt ihn in drei Wochen ab.“

„Zumindest ehrt es Sie, dass Sie sich in den Ferien um ihn kümmern. Ich finde es jedenfalls ganz toll, dass sie ihn begleiten. Dafür wird er Ihnen auf immer dankbar sein.“

Er blinzelte. „Na, das wollen wir nicht hoffen. Wir haben das Hotel bis morgen gebucht. Dann geht’s wieder zurück nach Cambridge.“

Eve stellte sich gerade vor, wie Amy auf diese Nachricht reagieren würde, als einer der Pfleger zu ihnen kam.

„Dr. Pedersen lässt ausrichten, dass Sie in Raum 27 a kommen können.“

Sie sprang auf. Das war das Zimmer, von dem aus man durch einen Spiegel in den Nebenraum gucken konnte.

Amy und Leo saßen mit angezogenen Beinen auf der breiten Fensterbank und unterhielten sich angeregt.

„Das tun sie schon die ganze Zeit“, berichtete Dr. Pedersen, der zwischen Eve und Mr. Graham hinter dem Spiegel stand.

„Sie erzählen sich, wie sie leben“, murmelte Eve.

„Hm“, machte der Psychiater.

„War das jetzt ein Psychiater-Hm?“, fragte Mr. Graham.

Der Psychiater lachte leise.

„Also ja.“ Mr. Graham lachte ebenfalls. Die beiden Männer waren sich offensichtlich sympathisch.

„Was halten Sie denn von diesem Gespräch?“ Dr. Pedersen warf sowohl Eve, als auch Jesses Onkel einen interessierten Blick zu.

Mr. Graham zuckte nur mit den Schultern.

„Macht man das nicht so, wenn man sich ein Leben lang nicht gesehen hat, obwohl man eigentlich zusammen hätte aufwachsen sollen?“, fragte Eve.

„Ich weiß es nicht. Dies hier ist mein erster Fall dieser Art“, gab der Psychiater zu.

„Auf jeden Fall sieht Amy so entspannt aus“, überlegte Eve. „Beinahe glücklich.“

Der Arzt nickte.

„Also, wenn Sie mich fragen“, mischte sich Mr. Graham ein, „auf mich wirkt das alles ein wenig inszeniert.“

„Inszeniert?“ Das war der Arzt.

„Geschauspielert. Keine Ahnung, wie man das nennt.“

„Woran sehen sie das?“

„Ich meine, die beiden haben sich im Internet kennengelernt. Da haben sie diese Dinge, die sie gerade erzählen, doch sicher schon alle ausgetauscht.“

Eves Kopf fuhr zu dem Iren herum. „Sie sind doch Internetexperte. Da ist es für Sie doch sicher leicht, das Passwort von Amys Computer zu knacken.“

„Wenn Amy auch nur ein Wort in dieser Richtung mit Leopold gewechselt hat, finden wir auf ihrem Computer gar nichts, das können Sie mir glauben.“

Sie standen noch eine Weile zu dritt hinter dem Spiegel. Dann meinte Dr. Pedersen, dass es genug wäre für Amy.

„Ich würde jetzt gern allein mit ihr sprechen und mich später bei Ihnen melden.“

„Leo reist morgen mit seinem Onkel zurück nach England." Eve wusste nicht, welche Folgen das für Amy hatte. Aber wenn sie den entspannten Gesichtsausdruck ihrer Nichte sah, ging es ihr besser, wenn Leo in der Nähe war.

Der Psychiater runzelte die Stirn. „Daran lässt sich nichts ändern?"

„Ich muss leider zurück. Berufliche Verpflichtungen." Mr. Graham wand sich unbehaglich.

„Leo könnte bei mir bleiben", bot Eve an.

Der Psychiater nickte langsam. „Ich denke, es wäre eine gute Sache, wenn die Geschwister mehr Zeit miteinander verbringen könnten."

„Ich überlege es mir", sagte Mr. Graham knapp.

„Okay", der Arzt setzte sich in Bewegung. „Ich kümmere mich jetzt um Amy und rufe Sie an, wenn sie bereit ist für einen weiteren Besuch. Am frühen Nachmittag, denke ich, könnte sie mit Leo zusammen in den Klinikgarten."

Rita hatte Coq au Vin zubereitet, die Kinder hatten bereits den Tisch im Garten gedeckt. Mit einer weißen, gestärkten Tischdecke. An jedem Platz stand eine Stoffserviette in Form eines Schwans.

„Sag mal, Rita, spinnst du jetzt ganz?", zischte Eve ihrer Freundin zu.

„Die Kinder finden auch, dass Mr. Graham gut zu uns passt."

„Zu uns? Das wird ja immer doller!" Eve schnappte nach Luft. Sie musste sich wirklich zusammenreißen, um nicht zu schreien. Oder lauthals zu lachen. „Der Mann reist morgen wieder ab. Und soll ich dir was sagen?"

„Ja?"

„Er ist froh, wenn er hier wieder weg ist. Er hasst Kinder."

„Ich hoffe, dass ich nicht der Anlass des Streits bin."

Eve und Rita fuhren herum. Jesse Graham stand in der Küchentür. Dabei sollte er eigentlich auf der Terrasse sitzen und auf sein Stück von dem gefüllten Gockel warten.

„Ich habe zwar kein Wort verstanden, aber ihrem Tonfall entnehme ich, dass sie sich nicht einig sind."

„Aber Mr. Graham", sagte Eve. „Wo denken Sie denn hin?"

„Ich glaube nicht, dass Sie das wissen wollen", grinste er ein wenig dümmlich.

„Stimmt", konterte Eve. „Wenn Sie schon mal die Getränke mit nach draußen nehmen wollen." Sie drückte ihm drei Flaschen Mineralwasser in die Arme.

„Gern, M'am." Weg war er.

Rita sah ihm schmachtend nach. „Eve, mach' keinen Fehler. Geh' wenigstens einmal mit ihm ins Bett."

„Du bist ja übergeschnappt!" Eve verschwand kopfschüttelnd aus der Küche und setzte sich zu ihren Kindern, die Leo aushorchten als wäre er in Untersuchungshaft.

Sie verspeisten gerade selbst zubereitetes Himbeersorbet mit einem leichten Vanillearoma, als Dr. Pedersen wieder anrief. Er wollte sowohl Leo, als auch Eve und Mr. Graham sprechen. Also fuhren sie wieder zu dritt in die Klinik, die zum Glück nur wenige Minuten mit dem Auto entfernt war.

Amy erwartete Leo bereits am Klinikeingang. „Leo und ich gehen in den Garten, zu der Hollywoodschaukel", verkündete sie, bevor sie Mr. Graham eine Hand gab und kicherte: „Hi, Onkel Jesse. Ich darf dich doch so nennen, oder? Leo meinte, immerhin wären wir quasi verwandt."

„Jesse genügt."

„Okay, Onkel Jesse", grinste sie und lief mit Leo davon.

Eve sah den beiden Jugendlichen ratlos nach. „So kenne ich Amy gar nicht."

In dem Moment trat Dr. Pedersen auf den Plan. „Ich denke, wir setzen uns kurz zu einer Besprechung in den Garten. Das Wetter ist so schön."

Sie setzten sich so, dass sie Amy und Leo sehen konnten. Doch die beiden bemerkten sie nicht oder taten zumindest so.

„Es wäre gut, wenn die Geschwister sich in einer entspannten Atmosphäre kennenlernen könnten", eröffnete der Psychiater das Gespräch.

„Was könnte entspannter sein als ein Garten“, warf Mr. Graham ein. Eve nickte.

„Ein Garten außerhalb einer psychiatrischen Klinik“, entgegnete Dr. Pedersen lachend.

„Wir könnten in den Stadtpark gehen“, schlug Eve vor.

„In Anbetracht der Umstände, dachte ich eher an einen gemeinsamen Ausflug.“

„Von welchen Umständen sprechen Sie?“, fragte Mr. Graham.

„Ich spreche davon, dass Sie morgen schon wieder abreisen, Sir.“

„Und dann sollen wir jetzt auf einen Ausflug gehen?“, fragte Eve.

„Besser wäre es, wenn Mr. Graham sich morgen den ganzen Tag frei nehmen könnte. Wie sieht es bei Ihnen aus? Wann reisen Sie genau ab?“

Mr. Graham machte auf Eve nicht gerade den Eindruck, als würde er darauf brennen, auch nur eine Minute länger als nötig in Deutschland zu bleiben. Er lächelte, er war höflich, aber seine Körperhaltung drückte Widerwille aus.

Doch seine Antwort fiel überraschend positiv aus. „Wir könnten eine Nacht verlängern. Das wäre durchaus möglich.“

„Bestens. Dann wäre das geklärt.“ Dr. Pedersen nickte zufrieden.

„Okay“, sagte Eve gedehnt. „Was soll das für ein Ausflug werden? Zu zweit, zu dritt?“

„Mit der ganzen Familie, Frau Schneider“, antwortete der Arzt. Dann richtete er seinen Röntgenblick auf Leos Onkel. „Es wäre natürlich gut für Leo, wenn auch Sie mitkämen, Mr. Graham.“

10

Jesse

„Gar kein Problem“, hörte er sich reden. „Unternehmen wir einen Ausflug. Für meinen Neffen und für Ihre Nichte, Mrs. Schneider. Wohin soll es gehen?“

Ja, war er eigentlich verrückt geworden? Wohin zum Teufel sollte das führen? Das war ja wohl die Frage.

Es interessierte ihn nicht die Bohne, welchen Ausflugsort dieser Muskelprotz von einem Psychiater sich einfallen lassen wollte. In Absprache mit den beiden Kindern. Natürlich. Die quatschten und quatschten. Warum fuhren sie nicht einfach in einen Freizeitpark, wo man Achterbahn fahren und Zuckerwatte essen konnte? Davon gab es doch sicher einen in der Nähe. Von ihm aus konnten sie auch gern nach Disneyland Paris fahren. Die Aprikosenfrau und die Kinder nahmen den Zug und er fuhr gemütlich mit dem Wagen. In aller Ruhe.

Als hätte er nicht schon genug Probleme, quatschte ihn auch noch so ein Mäuschen in dem verdammten Wellness-Hotel von der Seite an.

„Wie schön, dass ich Sie erwische, meine Herren. Sie waren noch bei keiner Anwendung.“ Die Frau trug eine weiße Hoteluniform, die aussah als würde sie in der Klinik arbeiten, in der sie Leos Schwester festhielten.

„Sorry. Von welchen Veranstaltungen reden Sie?“ Er sah, dass die Frau ziemlich jung und ziemlich hübsch war, doch selbst auf einen Flirt war ihm die Lust vergangen. Sein Bedarf an Sozialkontakten war gedeckt.

„Wir begleiten unsere Gäste mit Gesprächsrunden und verschiedenen Sportangeboten“, fuhr sie lächelnd fort. „Besonders in den ersten beiden Tagen kann das Fasten sehr anstrengend sein.“

„Wir haben gerade erst Coq au Vin gegessen und reichlich geredet. Wir brauchen keine weitere Gesprächsrunde“, knurrte er.

„Aber ..."

„Danke, aber wir fasten nicht. Wir übernachten nur. Sagen Sie, haben Sie noch ein Zimmer frei? Für meinen Neffen. Ihre Zimmer sind nämlich verdammt klein."

Sie waren natürlich ausgebucht, weil das Fastenprogramm in diesem Hotel ja so beliebt war.

„Aber wir können eine Nacht verlängern?"

„Wie bitte?"

„Wir würden gern eine weitere Nacht bleiben, weil es uns hier so wahnsinnig gut gefällt."

„Tut mir leid. Sie haben bereits eine ganze Woche gebucht. Mehr geht nicht. Das Fasten-Special kann man nicht verlängern."

„Das Fasten-Special? Eine ganze Woche?" Er starrte seinen Neffen entgeistert an.

„War billiger als zwei normale Übernachtungen", brummelte Leo. „Wir haben also gar kein Problem. Wir können bis zum Wochenende bleiben."

„Verdammt, Leo", jetzt nannte auch er seinen Neffen mit der Abkürzung, „da hast du dich hier bei stillem Wasser und Gemüsebrühe eingemietet, weil eine Woche billiger ist als zwei Nächte? Ich glaube, du solltest zu deiner Schwester in die Klapse ziehen."

Er stöhnte auf und ließ sich auf das Doppelbett fallen. Ein Ausflug mit der ganzen Familie! Mit der niedlichen Aprikosenfrau allein, ja, das konnte er sich gerade noch vorstellen. Aber zusammen mit ihr und diesem ganzen Rattenschwanz. Noch jetzt dröhnten ihm die Ohren von dem Gequatsche am Gartentisch. Das war die reinste Folter.

„Onkel Jesse?"

„Hm?" Müde sah er zu seinem Neffen auf, der am Fußende des Bettes stand und ausdruckslos auf ihn hinabschaute.

„Ich rufe bei Eve an und frage ob ich in Amys Zimmer übernachten darf. Dann kannst du dich hier in Ruhe erholen."

Eine halbe Stunde später war er schon wieder in dem Haus des Schreckens, wie er den Kasten mit Dach, in dem sich ständig sechs Kinder, diese zugegebenermaßen himmlisch kochende Rita und die kleine Aprikosenfrau befanden. Aber nur weil er Leo nicht allein dorthin laufen lassen wollte. Woher sollte er wissen, ob der Junge auch tatsächlich hinging und nicht wieder irgendwohin verschwand?

„Natürlich kannst du in Amys Zimmer übernachten." Sie steckte wieder in ihrem Make-me-Smile-Anzug. Sie zog den Jungen herzlich in ihre Arme und schob ihn dann zur Treppe. „Du weißt, wo das Zimmer ist. Fühl dich wie zu Hause. Wenn du Hunger hast, kannst du dir in der Küche eine Banane nehmen. Wasser findest du im Keller, unter der Treppe stehen ein paar Kästen. Die anderen sind schon auf ihren Zimmern. Sie dürfen noch lesen oder Musik mit Kopfhörer hören."

„Danke. Ich lege mich einfach nur hin." Leo schlurfte mit seiner Riesenreisetasche die Treppe hoch. „Gute Nacht, Eve. Und nochmals vielen Dank."

„Gern geschehen", sagte die Aprikosenfrau lächelnd und er kam sich vor wie der allerletzte Schuft. Wie ein Kinderhasser. Wie ein echtes Arschloch. Dummerweise fiel ihm aber nichts Geeignetes ein, um in einem besseren Licht zu erscheinen. Er fragte sich auch, warum er das überhaupt wollte. Schließlich hatte er sich diesen ganzen Mist nicht ausgesucht. Er reagierte bloß.

„Möchten Sie etwas trinken?" Anscheinend hatte sie keine ganz so schlechte Meinung von ihm wie er glaubte.

„Ich weiß nicht. Ich möchte Sie nicht über Gebühr belästigen. Eigentlich wollte ich früh schlafen. Die Fahrt gestern war anstrengend."

„Sie belästigen mich nicht. Kommen Sie, wir setzen uns auf die Terrasse und trinken ein Glas Wein."

„Sie haben Wein im Haus?" Er wusste selbst nicht, warum er diese bescheuerte Frage stellte. Aber jetzt war sie raus und er konnte sie nicht zurücknehmen. Ohne, dass er etwas dagegen tun konnte, fuhr seine rechte Hand an sein rechtes Ohr und begann es zu kneten.

„Stellen Sie sich vor, Sie können sogar zwischen Weißem und Rotem wählen. Nun?“

„Rot und trocken wäre toll.“

Sie stöhnte leise auf und ging mit leicht wiegenden Hüften vor ihm her. „Wenn Sie auf trockenen Wein stehen, nehmen Sie besser den Weißen. Den Roten hat Rita zum Kochen gekauft. Sie kennen ihn bereits aus dem französischen Gockelgericht. Sind Sie immer noch für den Rotwein?“

„Egal. Ein Wasser wäre auch okay.“ Wie sich wenig später herausstellte, als sie sich auf diesen unsäglich unbequemen Biergartenstühlen gegenüber saßen, wäre das Wasser nicht nur okay, sondern eindeutig die bessere Wahl gewesen. Er kannte sich nicht gut aus mit Wein, aber ein Entkalkungsmittel konnte nicht schlimmer schmecken.

„Sie haben mir noch nicht erzählt, warum Sie auf Leo aufpassen“, begann sie ein Gespräch.

Darauf hatte er ehrlich gesagt auch nicht die geringste Lust. Zumal er dann wieder nur wie ein Kinderhasser dastehen würde. Er nahm einen Schluck von der viel zu warmen, hellen Brühe aus dem viel zu dicken Weinglas. „Meine Schwester macht einen Entzug.“

„Alkohol?“ Sie schwenkte ihr Glas.

„Sophia missbraucht den Alkohol.“

„Ah.“ Eve stieß einen leisen Pfiff aus. Das war alles.

„Macht es Ihnen wirklich nichts aus, dass Leo hier schläft?“, fragte er, weil er keine Lust auf ein Gespräch über Alkoholismus hatte. Dabei fiel sein Blick auf die rosa und hellblauen Herzen auf ihrem T-Shirt und ihm kam die Frage in den Sinn, ob diese Frau sich niemals nach einem Mann sehnte. Allerdings traute er sich nicht zu fragen, ob man als Kinderdorfmutter so etwas war wie eine Nonne.

Sie schüttelte den Kopf. „Es macht mir lediglich zu schaffen, dass ich von all dem nichts mitbekommen habe. Dass ich nicht bemerkt habe, dass Amy nach Angehörigen sucht. Ich frage mich, ob die beiden Kinder nicht auch nach ihrem Vater suchen.“

Das fehlte gerade noch! Dann würde Leo bald ein weiteres Mal verschwinden. „Haben Sie Ihre Nichte darauf angesprochen?"

„Ich habe Amy gefragt. Ihren Neffen habe ich ebenfalls gefragt", sagte sie leicht vorwurfsvoll.

Er schluckte. Natürlich. Was glaubte er? Im Gegensatz zu ihm war die Frau eine Expertin in Sachen Kinder. Er musste sich immer wieder vor Augen halten, dass sie nur wenige Jahre jünger war als er. Aber das fiel ihm verdammt schwer. „Und was haben sie gesagt?"

„Dass sie natürlich auch nach dem Vater gesucht haben, aber nur sich gefunden haben. Was sagt eigentlich Ihre Schwester zu der Sache?"

„Meine Schwester? Ich denke, die hat so viel geahnt wie wir beide. Sie hat Leo bei mir abgeliefert und ist dann in ihre Klinik gefahren. Dort kann ich sie nicht erreichen."

„Kontaktsperre." Eve nickte wissend. „Wenn Sie rauskommt, wird sie einiges zu verarbeiten haben. Sie als Bruder helfen ihr sicher dabei."

Beinahe hätte er laut losgelacht. Er als Bruder. Das war wirklich zu witzig. Er stellte sein Weinglas auf den Tisch und bedankte sich für die nette Einladung und für die freundliche Aufnahme von Leo. Dann machte er sich auf den Weg in sein Hotelzimmer. Es war wirklich schade, dass die Aprikosenfrau so viele Kinder hatte, in Deutschland lebte und außerdem wahrscheinlich eine Art Nonne war.

Bevor er sich ins Bett legte, cancelte er sämtliche Hotelzimmer, die Leo mit seiner Kreditkarte gebucht hatte. Morgen würde er diesen Ausflug hinter sich bringen. Dann hatte er alles getan, was er tun konnte, um Leo zu helfen. Mehr konnte niemand von ihm verlangen. Er würde mit dem Jungen nach Cambridge zurückfahren und die restlichen zweieinhalb Wochen mit Anstand hinter sich bringen.

Danach würde er sein normales Leben wieder aufnehmen. Was ihn an Summer erinnerte.

Seit gestern hatte sie mehrmals versucht, ihn auf dem Handy zu erreichen. Er schickte ihr eine SMS.

Beinahe postwendend kam eine von ihr zurück:

Schön, dass es dir und deinem Neffen gut geht. Wann kommt ihr zurück nach Cambridge?

Er stöhnte genervt auf. Hätte er sich die SMS doch nur verkniffen.

In zwei Tagen, tippte er, willst du eigentlich Kinder?

Natürlich. Aber nur mit dem passenden Ehemann.

Dann war ja alles in Butter. Er würde jedenfalls nicht heiraten. Er schaltete das Handy aus und zog sich die Decke über den Kopf. Visionen von einer gut gefüllten Minibar entstanden vor seinem inneren Auge, doch in diesem Zimmer gab es nichts als stilles Wasser.

11

Eve

Leo war leise, höflich und hilfsbereit. Schon um sieben war er aus dem Bad raus – und der Raum war blitzsauber.

„Rita? Hast du das Bad geputzt?“, fragte sie, nur um sich zu vergewissern.

„Seit gestern habe ich nur den neuen Kühlschrank ausgewischt, denn mein einziger Gedanke zurzeit gilt meinem eigenen Aussehen. In einer Zeitschrift habe ich eine Reportage über eine Typveränderung ...“

„Du warst nicht im Bad? Es ist sauberer als am Tag unseres Einzugs.“

„Ich bin vor fünf Minuten angekommen und habe gerade versucht, dir zu verklickern, dass ich mich mit meinem biedern Style nicht mehr wohl fühle." Rita nahm sämtliche große Teller auf einmal aus der Spülmaschine.

Eve runzelte die Stirn. Leo musste das Bad in diesen Zustand versetzt haben, der nur als neuwertig bezeichnet werden konnte. Die Armaturen blinkten und sogar die Zahnbürsten steckten alle in ihren Bechern. Keines ihrer Kinder würde ohne Zwang zu einem Putzlappen greifen oder aufräumen.

Als Eve ins Obergeschoss hochging, um die Lage zu sondieren, kamen ihr Momo und Kev entgegen.

„Mama, Mama", Momo war so aufgeregt wie sie es sonst nur von Kev kannte, „Leo hat das Badezimmer geputzt. Und", er senkte die Stimme, „er hat Sachen von Amy in seine schwarze Tasche mit den Rollen eingepackt."

„Was für Sachen?"

Momo und Kev zuckten mit den Schultern.

„Woher wisst ihr zwei überhaupt, dass er was von Amy genommen hat."

„Wir haben durch das Schlüsselloch geguckt", gab Kev leise kichernd zu.

„Das ist verboten", sagte Eve streng. Entschlossen klopfte sie an Amys Tür.

„Herein", ertönte Leos dunkle Stimme.

In Amys Zimmer war es ebenso aufgeräumt und sauber wie im Bad. Sogar das Bett war gemacht. So ungefähr zum ersten Mal, seit Amy darin gelegen hatte.

„Guten Morgen, Eve", sagte Leo höflich. Er stand in der Fenstergaube und stieß mit dem Kopf beinahe an der Dachschräge an.

„Guten Morgen, Leo. Ich hoffe, du hast gut geschlafen."

„Ja, danke. Ich habe mir die Matratze rausgezogen, die unter Amys Bett liegt. Ich wollte nicht in ihrem Bett schlafen."

Eve nickte verständnisvoll und kam dann umgehend zum unangenehmen Teil. Es war meist besser, die Fronten von vornherein zu klären.

„Diese beiden Kleinen“, sie zog Momo und Kev hinter ihrem Rücken hervor, „haben durch das Schlüsselloch geguckt, obwohl sie es nicht dürfen. Aber sie haben es trotzdem getan. Sie glauben, du hättest Sachen von Amy in deine Tasche gepackt.“

Leos Augen weiteten sich genau so wie sie das von Amy kannte, wenn sie sich ertappt fühlte. Das war ja mal praktisch. Das zugrunde liegende Problem gefiel ihr allerdings ganz und gar nicht. „Okay, was hast du eingesteckt?“

„Ein Notizbuch und ein paar Stifte“, gab er sofort zu.

„Warum?“

„Amy hat mich darum gebeten.“

„Sie hätte mich fragen können.“

Leo schluckte. „Es ist blöd, wenn ich Amy jetzt verrate, aber ich will nicht wie ein Dieb dastehen. Sie kennen das Notizbuch nicht und Amy wollte nicht, dass Sie davon wissen.“

Nun schluckte auch Eve. Natürlich hatten Kinder Geheimnisse. Aber irgendwie war sie davon ausgegangen, dass sie über die wichtigsten Bescheid wusste. Dass dies nicht so war, versetzte ihr einen Stich, denn bei diesem Notizbuch handelte es sich vermutlich nicht um ein belangloses Heftchen. Aller Wahrscheinlichkeit nach gehörte es in dieselbe Kategorie wie die Sache mit dem Bruder.

Sie war versucht, sich das so genannte Notizbuch zeigen zu lassen. Aber das wäre falsch gewesen. Später könnte sie Amy danach fragen.

„Ach so. Tut mir leid wegen der Spioniererei“, sagte sie darum nur und gab den beiden Kleinen einen Nasenstuber. „Ihr schnüffelt nicht noch einmal, habt ihr das verstanden?“

Momo und Kev schwirrten maulend ab und Leo begleitete Eve in die Küche, wo er sofort Rita beim Backen zur Hand ging.

Es war erstaunlich, wie geschickt der Junge Mehl und Zucker abwog und ein Päckchen Butter in winzige Stücke zerteilte, damit Rita sie besser verrühren konnte. Kinder entwickelten einige nützliche Fertigkeiten, wenn sich niemand um sie kümmerte. Leider nicht nur. Sie war allerdings nicht sonderlich wild darauf zu entdecken, welche dunklen Geheimnisse Leo barg.

Und dann kam Mr. Graham. Und holte Leo ab.

„Guten Morgen. Leo, wir müssen in die Klinik. Schnell, schnell. Deine Sachen holen wir später“, war alles, was er sagte. Leo rannte förmlich hinter Jesse her. Fast im gleichen Moment heulte der Angeberwagen auf.

Sofort rief Eve in der Klinik an. Sie war sauer. Richtig sauer.

„Beruhigen Sie sich, Frau Schneider“, wiegelte Dr. Pedersen ab. „Es ist überhaupt nichts passiert. Ich möchte das Ausflugsziel mit den Kindern absprechen. Es geht schließlich um die beiden. Allerdings warte ich schon auf Leo. Er ist zu spät. Der Termin war um neun. Mir läuft die Zeit davon.“

„Sie sind vor ein paar Minuten hier abgefahren. Warum weiß ich nichts von diesem Treffen? Ich habe hier noch für fünf weitere Kinder zu sorgen.“

„Eben drum. Entspannen Sie sich. Wir werden ein Ziel aussuchen, das allen gerecht wird. Ah, da sind sie. Wir hören voneinander, Frau Schneider. Ciao.“

Aufgelegt.

„Ich glaube es nicht“, schimpfte Eve.

„Was regst du dich eigentlich künstlich auf?“ Rita schob zwei Kastenkuchen in den Backofen.

„Ich rege mich nicht künstlich auf. Immerhin soll ich mit auf diesen Ausflug. Da werde ich doch wohl ein Wörtchen mitzureden haben.“

„Du bist ja bloß sauer, weil Dr. Pedersen mit Mr. Graham gesprochen hat, ohne dich nach deiner Meinung zu fragen.“

„Wie kommt Dr. Pedersen überhaupt an *Onkel Jesses* Telefonnummer?“

„Sag ich doch. Du bist eifersüchtig, weil du nicht alle Fäden in der Hand hältst.“

Eve dachte an das angebliche Notizbuch und all die anderen ungeheuerlichen Dinge, die in den vergangenen Tagen ans Licht gekommen waren. Sie schenkte sich einen dünnen Kaffee ein und rief die Kinder zum Frühstück.

Der heutige Ausflug, zu dem jeder mitkommen würde und von dem niemand wusste, wohin es ging, war der Aufreger des Morgens. Die Spekulationen deckten von einem Besuch im Zoo über die Sternwarte bis hin zum Schwimmbad sämtliche Unternehmungen ab, die die Kinder kannten oder unbedingt erleben wollten. Fab betete, sie würden erst ins Kino und dann zu Mac Donald's fahren. Kev hoffte auf wilde Achterbahnfahrten im Movie Park.

„Ja, es muss etwas ganz Besonderes sein, weil Amy Leo nur noch heute sieht. Immerhin geht es um eine richtig große Sache. Ich wäre jedenfalls völlig aus dem Häuschen, wenn ich irgendwo in Irland eine Schwester hätte.“ Speedy steigerte sich richtiggehend in diese Idee hinein.

„Wenn es nach Amy geht, hängen wir den ganzen Tag in der Stadtbücherei rum und langweilen uns zu Tode“, knurrte Fab.

„Amy wird schon etwas Schönes aussuchen“, beruhigte Rita die Meute.

Allerdings fand Eve auch, dass Amy eigentlich völlig aus dem Häuschen sein müsste, wie Speedy es ausdrückte. Aber sie war eigentlich nur sehr, sehr viel freundlicher als sonst. Und das beunruhigte Eve enorm. Vielleicht lag Amys seltsames Verhalten an den neuen Medikamenten. Aber vielleicht lief hier auch ganz etwas anderes ab.

Und dann kam tatsächlich alles ganz anders.

„Nein!“ Eve sah an den gigantischen Masten hoch, die auf einer Fläche in der Größe eines Spielplatzes herumstanden. Zwischen den Masten waren Seile gespannt und fürchterliche Balken bildeten noch furchterregendere Wege in schwindelerregender Höhe.

„Dr. Pedersen hat gesagt, Klettern ist gut für's Teambuilding und für's Selbstbewusstsein“, sagte Amy. Sie stand an der Seite von Leo und wirkte so locker wie nie.

Trotz des Schocks, der Eve beim Anblick des Hochseilkletterparks gepackt hatte, fiel ihr einmal mehr auf, wie groß die Geschwister waren und wie unglaublich ähnlich sie sich sahen.

„Außerdem heilt es Angst, und zwar nicht nur Höhenangst." Mr. Graham zwinkerte Eve zu.

Sie schickte dem Iren, der lässig an einem vermutlich tausend Meter hohen Mast lehnte, giftige Blitze aus ihren hellgrünen Augen zu. „Bei mir bewirkt allein der Anblick dieser Höllenapparatur das Gegenteil."

„An der höchsten Stelle sind es vierzehn Meter", jubelte Speedy.

„Genial." Die Augen des neunjährigen Fab wurden immer größer vor schierer Lust an der Gefahr.

„Du glaubst nicht, dass ich dir erlaube, da hochzuklettern", keuchte Eve.

„Er darf da leider noch nicht rauf. Mindestgröße ein Meter fünfzig", sagte ein junger Mann in Klettermontur und Eve atmete halbwegs erleichtert auf.

„Das ist mal wieder typisch! Sowas von ungerecht", maulte Fab. „Was soll ich denn jetzt machen?"

„Alles unter eins fünfzig geht mit Rahman", sagte der Mann mit der Klettermontur. Hinter ihm erschien ein kleiner, freundlicher Mann, vermutlich indischer Herkunft, und nahm Fab, Momo und Kev mit.

„Ich bin auch unter eins fünfzig", behauptete Rita grinsend. Sie nickte Eve zu und folgte dem kleinen Trupp.

„Ich bin Sebastian, euer Guide", stellte sich der Mann in Klettermontur vor. „Ich bin Bergsteiger und Sozialtherapeut", fügte er für Eve hinzu, was sie jedoch nicht wirklich beruhigte.

Er führte sie zu einer Stelle, an der mehrere Klettermonturen auf dem Boden lagen und führte ihnen vor, wie man sie anlegte. Das Schlimmste daran war, dass er sie duzte, denn das erinnerte sie an ihren Friseurbesuch und das schien ihr kein gutes Omen für dieses idiotische Unternehmen zu sein.

„Ich mache da nicht mit." Eve verschränkte die Arme vor der Brust, während Amy, Leo, Speedy, Mel und Jesse bereits eifrig dabei waren, in die Monturen zu klettern. Sie halfen sich gegenseitig beim Anlegen und Befestigen der Gurte. Die Stimmung hätte nicht besser sein können.

„Es gehen immer zwei Personen als Team durch den Parcours", erklärte Sebastian.

„Ich gehe natürlich mit Leo", verkündete Amy. Sie steckte bereits in ihrer Montur und half ihrem Bruder, den Gurt über den Schultern festzuzurren.

„Wir beide?", fragte Mel Speedy.

„Klar", erwiderte Speedy, obwohl Mel und er sonst nicht gerade ein Herz und eine Seele waren.

„Dann bleibt ihr übrig." Sebastian nickte Jesse und Eve zu. „Super. Das passt."

„Das passt überhaupt nicht", kreischte Eve.

„Ich würde es liebend gern probieren", sagte Mr. Graham ruhig. „Vielleicht kann ich mit Sebastian gehen?"

„Das geht leider nicht", sagte Sebastian. „Ich bin für die Sicherheit verantwortlich, kann nicht nur auf meinen Partner achten, muss alle im Auge behalten. Du brauchst einen Partner." Er wandte sich an Eve: „Wir üben erst am Boden, dann auf einem Meter und erst danach geht es nach oben. Du kannst also erst mal mitmachen. Wenn du es dir dann anders überlegen solltest, kannst du immer noch unten bleiben."

„Mama, bitte."

Amy hatte sie noch nie Mama genannt. In einer Art Schockzustand stieg Eve in die letzte am Boden liegende Montur.

Es war gar nicht so einfach, diese Konstruktion aus festen Bändern, Seilen und Karabinern anzulegen. Das Ganze wog ein paar Kilo und Sebastian und Mr. Graham halfen ihr gemeinschaftlich.

Eve zog vorsichtig an den Schultergurten. Sie fühlte sich wie ein Käfer, der auf dem Rücken lag. „Ist das normal, dass das so locker ist?"

Sebastian überprüfte den Sitz von Eves Montur. „Perfekt. Da Frauen breitere Hüften haben, kann es passieren, dass das hier unten ein wenig rutscht“, er zog kräftig am Hüftgurt und bekam dabei ihr rotes T-Shirt zwischen die Finger, „sorry, war keine Absicht. Also wenn sich der Gurt lockert, rückst du ihn wieder richtig und ziehst ihn hier fest. Aber wie auch immer es rutscht, du sitzt auf jeden Fall fest in dem Ding.“

„Ich wiege 80 Kilo.“

„Mama, du wiegst doch nicht 80 Kilo!“ Mel verdrehte die Augen.

„Je mehr dieses Ding hält, desto besser“, sagte Eve.

„57, würde ich sagen. Höchstens.“ Mr. Graham taxierte Eve anzüglich, wie sie fand, und sie warf ihm den nächsten bösen Blick zu. Aber mit ihrem Gewicht hatte er voll ins Schwarze getroffen. Vermutlich war er einer von den Kerlen, die die Körbchengröße mit den Augen scannen konnten.

Ein bisschen sauer, weil er nicht ein paar Kilo untertrieben hatte mit ihrem Gewicht, ging sie mit zu der Bodenstation. Die Kleinen krabbelten ein paar Meter weiter über einen auf dem Boden liegenden Holzbalken. Dagegen hatte sie nichts einzuwenden. Sie richtete ihre Aufmerksamkeit auf Sebastian, der ihnen erklärte, wie ein Kletterteam funktionierte.

Dann waren sie dran. Amy und Leo preschten voran. Sie beherrschten die Sicherheitskommandos perfekt.

„Leo, darf ich die Station betreten?“, rief Amy.

„Amy, du darfst die Station betreten“, antwortete Leo.

„Besser geht’s nicht“, lobte Sebastian.

Auch Speedy und Mel absolvierten die Bodenübung aus dem Effeff.

Eve zwang sich, die umherstehenden himmelhohen Balken zu ignorieren. Sie ließ Mr. Graham den Vortritt. Alles klappte bestens. Sogar als Eve an der Reihe war, ging alles gut. Sie musste zwar ein wenig überlegen, bis ihr die richtigen Kommandos einfielen, aber am Ende lobte Sebastian auch sie.

Auch auf einem Meter Höhe lief alles wie am Schnürchen. Jedenfalls so lange bis Eve dran war.

„Mama, das ist bloß ein Meter“, stöhnte Speedy.

„Das ist dasselbe als wenn du auf dem Küchentisch stehst und das Fenster putzt“, sagte Mel.

Das mochte durchaus sein, aber es sah ganz anders aus. Höher. Viel höher. Obwohl sie auf einem etwa ein Meter breiten Steg stand, kam es ihr vor, als befände sie sich auf dem 10-Meter-Sprungturm im Schwimmbad. Nicht, dass sie da je draufgestiegen wäre.

„Versuch es einfach“, redete Sebastian ihr zu.

„Ich glaub' an dich, Mama“, rief Amy.

Eve schluckte. Amy hatte es schon wieder gesagt. Mama. Eve gab sich einen Ruck, spulte die Kommandos ab und hakte Karabiner ein und aus. Nur noch einen. Doch da vergaß sie ihre Frage.

„Noch einmal von vorn“, befahl Sebastian.

Eve schüttelte den Kopf. Wenn sie schon hier unten auf einem Steg versagte, der so breit war wie ein Fußgängerweg, wie sollte es erst aussehen, wenn sie auf einem zehn Zentimeter schmalen Balken in vierzehn Meter Höhe stand?

„Die erste Station ist nur acht Meter hoch“, sagte Sebastian.

„Ach was? Nur acht Meter? Das ist ja rein gar nichts. Ihr seid wohl alle verrückt geworden. Ich mach' das nicht. Ich hätte gar nicht erst in dieses Geschirr klettern sollen. Das ist doch lachhaft. Ich brauche diesen Mist nicht. Ich bin in höchstem Maße teamfähig und außer Höhenangst habe ich keine Angst.“

„Du könntest deine Höhenangst überwinden“, sagte Mel mit schmeichelnder Stimme.

„Ich will meine Höhenangst aber nicht überwinden. Ich werde nie im Leben in eine Situation kommen, in der ich auf einem Balken im Himmel herumwandern muss. Und du solltest das ebenfalls lassen. Alle sollten das lassen. Die ganze Menschheit.“

„Bloß nicht“, sagte Sebastian. „Ich müsste verhungern.“

„Mensch, Mama“, schnauzte Amy. „Tu's mir zuliebe.“

„Nein. Da hilft auch dein *Mama* nicht.“

„Nur diese eine Übung auf einem Meter noch." Mr. Graham sah ihr in die Augen. „Konzentriere dich einfach nur auf die Karabiner. Komm schon. Für die Kinder."

„Ach was? Seit wann interessieren dich diese Kinder? Dich interessiert ja nicht mal deine Schwester. Du hast Ferien, sämtliche Arbeiten erledigt – das weiß ich von Leo – und dir sind meine Bande und sogar dein Neffe so zuwider, dass du am liebsten vorgestern schon wieder in dein verdammtes Cambridge zurückgefahren wärst. Du hast ja sogar deinen einzigen Neffen aus dem Hotelzimmer vertrieben. Und du willst mir sagen, dass ich diesen vollkommen überflüssigen Schwachsinn machen soll. *Für die Kinder*. Da wird mir ja schlecht!"

Die Kinder starrten sie entgeistert an. Mr. Graham, der sie einfach geduzt hatte und den sie darum ebenfalls mit dem Du angeredet hatte, drehte sich peinlich berührt weg. Nur Sebastian blieb ruhig.

„Das ist die Höhenangst", erklärte er der erstarrten Meute. „Und wir sind hier, um sie zu überwinden."

„Ich glaube, du kapierst ebenfalls nicht, dass ich nicht Ja meine, wenn ich Nein sage", schnauzte sie Sebastian an.

„Wir haben alle verstanden, dass du eine selbständige Frau bist, die alles und jeden im Griff hat." Mr. Graham baute sich direkt vor ihr auf. Er sprach so leise, dass nur sie beide ihn hören konnten. „Aber hier geht es weder um dich, noch geht es um meine Schwächen. Jetzt versuch' es wenigstens hier unten ein letztes Mal. Wenn du nachher nicht auf acht Meter hoch willst, dann ist das deine Sache. Das wird jeder verstehen. Aber du kannst nicht schon hier unten aufgeben."

Eve musterte die dünnen Linien um Jesses Augen. „Ich glaube, du hast selber Angst", sagte sie. „Richtig, du mimst hier den großen Macker, aber in Wirklichkeit hast du die Hosen voll."

„Und wenn schon? Wir sind hier um unsere Ängste zu überwinden", wiederholte er, was ihr Begleiter Sebastian zuvor gesagt hatte.

„Okay“, sagte Eve langsam. „Okay. Hör zu, wir zwei machen einen Deal: Wenn ich da oben raufgehe, bleibst du mit Leo den Rest der Sommerferien. So lange wie Leos Mutter dir ihren Sohn überlassen hat.“

Sein Mund öffnete und schloss sich wie bei einem Fisch. „Warum willst du mich hierbehalten?“

„Es geht mir nicht um dich, du eingebildeter Schnösel“, zischte sie verächtlich. „Es geht mir einzig und allein um Amy und Leo.“

„Okay“, sagte er gedehnt und die Karabiner an seiner Montur klimperten. „Okay. Aber du kletterst nicht nur die acht Meter an dem Balken da hinten hoch und setzt dich auf das dünne, wackelige Brett und lässt dich anschließend von einem Helikopter abholen. Du läufst mit mir zusammen diesen ganzen wackeligen Parcours ab, bis auf 14 Meter. Und am Ende rast du an dem dünnen Seil bis auf den Boden runter, nur befestigt an diesen kleinen Karabinern.“

Später wusste Eve selbst nicht, welcher Teufel sie geritten hatte, als sie laut und für jeden verständlich sagte: „Okay, dann also noch einmal diese Übung von vorn.“

12

Jesse

Sie war fast grün im Gesicht, die kleine Aprikosenfrau, wie er sie noch immer bei sich nannte. Das war unverfänglicher. Nicht so weiblich wie Eve. Zwar verging ihm jeglicher Appetit auf Sex augenblicklich, wenn er nur an die Kinderschar dachte, aber sicher war sicher. Denn sie war schon ein niedlicher Happen.

„Hoffentlich hält das Seil“, sagte er gemein. Er hatte genau gesehen, wie sich ihre Haut verfärbte, als sie entdeckte, wie das dunkelhäutige Kind eine sechs Meter hohe Seilrutsche hochgezogen wurde.

„In Deutschland wird alles vom TÜV kontrolliert“, stieß sie zwischen ihren Mausezähnchen hervor. „Doppelt und dreifach.“

„Ja, ja, in Deutschland machen sie keine Fehler“, unkte er und begab sich mit ihr an den Anfang der letzten Übungsstation, bevor es auf acht Meter ging. Er absolvierte seinen Teil und fragte dann, ob sie sich noch an das erste Kommando erinnerte.

„Seit wann duzen wir uns?“

Er lachte. „Seit wir Kletterkumpane sind.“

So wie ihre zarten Hände zitterten, wenn sie den Karabiner über ihren Kopf hob und ihn an das Stahlseil hängte, würde sie niemals den Mast hochkommen, der sie auf die 8-Meter-Plattform brachte. Beim zweiten Mal schaffte sie zwar die Übung, aber als sie an dem Mast mit den Steigeisen standen, war sie wieder ganz der alte Angsthase.

„Du musst das nicht tun“, flüsterte er ihr zu und rappelte ein bisschen an einem der Steigeisen, die in Abständen von circa fünfzig Zentimetern links und rechts aus dem Mast herausguckten.

„Vergiss es. Du willst mir zusätzlich Angst machen. Nur um dich vor deiner Pflicht zu drücken“, giftete sie ihn an. Dicke Schweißperlen standen auf ihrer Stirn, als sie ebenfalls ein Steigeisen berührte. Als sie daran rüttelte, hatte sie es in der Hand.

„Das ist normal“, rief Sebastian, der bäuchlings in acht Meter Höhe auf der Plattform lag, zu ihnen herunter. „Damit du dich nicht gefährdest, falls ein Seil sich darin verfängt. Bedenke immer, dass ich dich von oben mit einem Seil absichere und du immer noch mit dem anderen Fuß auf einem Eisen stehst. Und dich zusätzlich mit beiden Händen an zwei Eisen festhältst.“

Sie sah skeptisch zu Kletter-Betreuer Sebastian hinauf.

„Wenn du vorsichtig von oben auf die Eisen trittst, hält es bestimmt“, mischte Jesse sich in das Beruhigungsgerede ein.

Sebastian hatte anscheinend Ohren wie ein Luchs, denn er warf ihm einen warnenden Blick zu. Jesse ignorierte ihn der Einfachheit halber. Der Klettermaxe musste ja nicht wochenlang mit einem ihm so gut wie wildfremdem Computer-Nerd, der sein Familien-Gen entdeckt hatte, unter einem Dach verbringen. Beziehungsweise auch noch mit dessen neuer Familie, denn eine einzelne Halbschwester hatte ja nicht gereicht. Es mussten gleich noch fünf Sozialgeschwister dazukommen und eine Köchin. Nebst dieser total verherzten Frau, die in dem Moment sogar an diesem elenden Mast hochkrabbelte, nur damit Brüderchen und Schwesterchen noch ein wenig Zeit miteinander verbringen konnten.

Am liebsten hätte er diesen verdammten, vollkommen überdimensionierten Baumstamm in seine Hände genommen und das Ding gerüttelt und geschüttelt wie einen Apfelbaum. Aber er war nicht Hulk.

„Ich bin oben“, rief sie ihm mit ihrer hellen Stimme zu. Ihr hübsches Gesicht lugte vorsichtig über den Rand der Plattform. Sie lachte.

Er fasste es nicht. Aber noch war nicht aller Tage Abend. Er hakte sich in das Sicherungsseil ein und kletterte kraftvoll den Stamm hinauf.

„Das war ja leicht“, hörte er sie zu Sebastian und den vier Kindern sagen.

„Es ging ja auch nur nach oben. Warte mal ab, wenn es über die dünnen, wackelnden Balken geht“, brummte er, bevor er sich über den Rand der Plattform zog.

„Mensch, Onkel Jesse, hör doch mal auf, Eve Angst zu machen“, maulte sein Neffe ihn an.

Er wollte sagen, dass Leo wohl vergessen hätte, dass sie sich schon am Boden beinahe in die Hose gemacht hätte. Aber das verkniff er sich. Es wäre zu auffällig gewesen. Stattdessen sagte er nur, dass man leicht übermütig wurde, wenn man plötzlich eine Sache schaffte, die man sich nie im Leben zugetraut hatte.

„Alles klar“, fuhr Sebastian ihm in die Parade, „wer wagt sich als erster auf den Balken?“

„Ich gehe“, rief Eve.

„Wie bitte?“, rutschte es ihm raus.

„Wenn ich erst noch lange hier herumstehe, traue ich mich gleich nicht mehr“, sagte sie. „Bist du bereit, Jesse? Darf ich den ersten Haken lösen?“

Warum sagte er nicht einfach nein? Nein, Eve, du darfst den ersten Haken nicht lösen. Das ist viel zu gefährlich. Und du darfst auch nicht den ersten Haken umhängen. Und den zweiten lässt du auch besser da, wo er ist. Und dann sieh mal nach unten. Es gibt Menschen, die sind so durcheinander, dass sie vergessen, den ersten Haken einzuhängen, bevor sie den zweiten lösen. Und dann ... Platsch. Das war’s. Dann gab es nicht nur ein paar Wochen keinen Sex, sondern nie wieder.

Aber er beobachtete, ob sie den Haken auch ordentlich in der Hand hielt und sagte brav: „Ja, Eve, du darfst den Haken lösen.“

Ob sie manchmal Sex hatte? Diese Frage schoss ihm ausgerechnet in vierzehn Metern Höhe durch den Kopf. Ausgerechnet in dem Moment, in dem er den zweiten Haken einhängte – und prompt das Gleichgewicht verlor.

„Jesse!“, ertönte ihr gellender Schrei. „Um Himmels Willen! Sebastian! Sebastian! Jesse hängt.“

„Nur die Ruhe“, rief Sebastian, während Jesse schlagartig einen Großteil seines Körperwassers ausschwitzte, „heb’ dein linkes Bein und stell’ es auf den Balken.“

Wo war noch mal sein linkes Bein? Ah, da. Langsam hob er das Bein und suchte mit dem Fuß nach dem Balken.

„Und jetzt beide Hände nach oben an das Sicherungsseil.“

Hände? Scheiße, war das alles wackelig. Das Halteseil, das etwa zwei Meter über dem Balancierbalken zwischen zwei Masten gespannt war, schaukelte im Wind. Oder war das schon ein Sturm? Er war sich nicht sicher. Es konnte durchaus sein. Der Wind war beachtlich. Er blies ihm fast das Bein weg.

„Jetzt das andere Bein hoch. Ja, gut so. Prima. Du machst das gut."

Er hätte diesem Klettermaxe einen Tritt in den Hintern geben können. Aber er hatte genug damit zu tun, sich auf dem Balken aufzurichten und sich mit seinen klatschnassen Händen an dem Sicherungsseil festzuklammern.

Oh, wie er den Tag verfluchte, an dem er seiner Schwester die Tür geöffnet hatte. Er hätte mit Summer im Bett bleiben sollen. Eine zweite Schicht einlegen. Oder eine dritte. Durch seine eigene Blödheit saß er in der Patsche. Die Aprikosenfrau hatte ihn reingelegt.

„Bist du in Ordnung?", erkundigte sie sich besorgt. Bestimmt lachte sie sich innerlich ins Fäustchen.

„Ja, alles in Ordnung." Er gab sich Mühe, das Beben in seiner Stimme zu unterdrücken. „Jetzt wissen wir wenigstens, dass es wirklich hält."

Außer ihm lachte niemand. Und den Rest der Strecke schaltete er jeglichen Gedanken an Sex aus. Sogar als sie ihm über den Arm streichelte, bevor er sich an der Seilrutsche vierzehn Meter in die Tiefe stürzte. Er war nur noch Seil und Karabiner.

Er konnte die ausgelassene Stimmung in ihrem verkratzten, babyblauen Kleinbus nicht teilen. Diese Kinder redeten die ganze Zeit. Sie waren aufgekratzt, als hätten sie Speed eingeworfen. Kein Wunder, dass eins von ihnen sogar Speedy hieß. Und Leo – der brüllte tatsächlich wie ein Löwe. Zumindest kam es ihm so vor. Nur Momo war still. Aus irgendeinem Grunde schien der Kleine Gefallen an ihm gefunden zu haben. Mit seinem verschwitzten Kopf lag er auf Jesses Schoß und schlief. Er roch nach Kind. Schweiß und Schmutz ergab Kindergeruch. Wie die Aprikosenfrau das nur Tag für Tag aushielt? Warum sie sich das überhaupt angetan hatte? Sie hatte doch sicher noch andere Fähigkeiten und hätte etwas lernen können, das mehr Geld und Privatleben brachte.

„Wie lange machst du den Job schon?“ Er saß schräg hinter ihr und sie warf ihm einen Blick aus dem Rückspiegel zu, an dem dieses gruselige Duftherzchen zappelte.

„Das ist kein Job“, korrigierte sie ihn.

„Okay. Was ist es dann? Berufung? Bist du so etwas wie eine Nonne.“ Die Frage lag ihm schon länger auf den Lippen.

„Können wir das bereden, wenn die Kinder nicht zuhören?“

„Die sind so mit ihrem Geschrei beschäftigt, dass sie unser Gespräch ganz bestimmt nicht mitbekommen.“

„Onkel Jesse“, knurrte Leo mahnend.

Sie zwinkerte ihm munter zu, als wollte sie sagen: Na, da hast du den Salat.

Zum Glück kamen sie endlich in der Klinik an. Jetzt brauchten sie bloß noch Amy abzuliefern, dann ging es in dieses Haus des Horrors, das er aber nicht wieder betreten würde. Stattdessen würde er sich sofort in seinen Wagen setzen und in das verdammte Wellness-Hotel fahren. Von dort aus würde er sich ein anderes Hotel suchen. Eins mit einem richtigen Fitness-Studio und Mini-Bar. Am besten ein Business-Hotel, wo nicht diese Horden von hungernden Mittvierzigerinnen herumliefen.

Aber dann, als hätte er es geahnt, wurde nichts aus Mal-eben-schnell-Amy-zurückbringen.

Leo, der mit Eve in die Klinik gegangen war, kam zum Auto gelaufen. „Onkel Jesse, du musst bitte kommen. Dr. Pedersen will, dass du bei dem Gespräch dabei bist.“

„Was ist mit den anderen? Sollen die hier warten?“

„Es dauert nicht lange.“

„Gehen Sie ruhig mit“, sagte Rita. „Ich gehe mit den Kindern zum Spielplatz.“

Und so saß er wenige Minuten später mit dem Psychiater, zwei weiteren weiß gekleideten Personen (eine Psychiaterin mit Nerd-Brille, eine Therapeutin mit struppigem, hennaroten Haar), Eve, Amy und Leo an einem ovalen Tisch in einem gelb gestrichenen Raum mit Grünpflanze. Er hasste Gesprächsrunden. Besonders in hell gestrichenen Räumen mit Grünpflanze. Selbst an der Uni drückte er sich vor diesen dauernden Sitzungen, wo er nur konnte. Und jetzt saß er sogar in seinem Privatleben in einer.

„Es ist eine großartige Geste, dass sie sich entschieden haben, Ihre Abreise um zwei Wochen zu verschieben“, eröffnete Dr. Pedersen das Gespräch. Er nickte ihm anerkennend zu. Auch die anderen beiden weiß gekleideten Gestalten nickten anerkennend. Wenn sie dabei gelächelt hätten, wäre ihm allerdings wohler gewesen. Die ernsten Mienen ließen weitere Schwierigkeiten erwarten.

„Ich bin auch sehr froh darüber“, sagte Eve, die drei Stühle weiter links von ihm saß, gerupft von der Kletterei, wie er fand, und lächelte ihm freundlich zu. Zwischen ihnen saßen Amy und sein Neffe. Auch die beiden nickten. Sie nickten so heftig, dass er schon befürchtete, sie würden ihm gleich vor Dankbarkeit um den Hals fallen. Glücklicherweise saßen sie aber wie angewurzelt auf ihren Besprechungsstühlen.

„Wir haben uns bereits gestern ausführlich beraten“, nahm Dr. Pedersen seinen Vortrag wieder auf, „wir haben mit beiden Kindern gesprochen, wobei ich die beiden eigentlich nicht als Kinder bezeichnen möchte. Sie sind voll und ganz in der Lage, ihre Situation zu beurteilen und ihre Wünsche und Bedürfnisse zu artikulieren.“

Jesse hatte keine Ahnung, auf was das hier hinauslaufen sollte. Abwartend sah er den Psychiater an.

„Wir sind übereingekommen, Amy zu entlassen. Unter Vorbehalt natürlich. Und sie können jederzeit zu mir kommen. Auch ohne Termin. Aber wir denken, es ist sinnvoll, es zu versuchen. Die Geschwister sollten möglichst viel Zeit miteinander verbringen. Sie kennen sich ja bereits seit Monaten über das Internet. Jetzt haben sie die Gelegenheit, sich persönlich kennenzulernen, was nur von Vorteil sein kann.“

Da sich anscheinend alle Welt für seine Meinung interessierte, nickte er der Einfachheit halber. Was sollte er auch sonst zu der Sache sagen? Er hatte keine Ahnung, was für diese Amy, die er nicht kannte, und was für seinen Neffen Leo, den er auch nicht kannte, gut oder schlecht war. Diese begnadete Kinderdorfmutter hatte ihm diesen Deal untergejubelt und er war darauf reingefallen. Jetzt stand er die Sache auch durch. Zweieinhalb Wochen. Ihn würden sie eh nicht großartig brauchen. Schließlich sollten sich ja Amy und Leo kennenlernen.

„Ihr könntet so lange zu uns ziehen“, bot Eve an.

Leo nickte begeistert.

Jesse erstarrte.

Wie er mit Erleichterung notierte, schien auch Dr. Pedersen nicht von Eves Idee angetan. Und richtig.

„Das würde ich nicht empfehlen“, sagte der Mann.

Jesse nickte begeistert.

„Was würden Sie denn empfehlen?“, fragte Eve beinahe entrüstet.

„Tapetenwechsel“, sagte die Psychiaterin mit der Nerd-Brille, deren Namen Jesse bereits wieder vergessen hatte und der so klein auf dem Schild an ihrem Kittel geschrieben stand, dass er ihn nicht lesen konnte.

Eve guckte genauso ratlos drein wie er selbst. „Meinen Sie, wir sollten einfach noch mehr Ausflüge wie heute unternehmen?“

„Wir könnten ein paar Tage nach Disneyland Paris fahren“, schlug Jesse vor.

Sein Vorschlag zog heftiges dreifaches Kopfschütteln nach sich.

„Wir haben im Vorfeld mit Amy und Leo gesprochen“, verkündete Dr. Pedersen und sowohl Eve als auch Jesse entglitten die Gesichtszüge. „Was die beiden jetzt brauchen, das ist Zeit, Ruhe, Muße, sich kennenzulernen. Ablenkungen sind da nur störend. Unserer Ansicht nach wäre ein neutraler Ort sinnvoll.“

Eve warf ihm einen undefinierbaren Blick zu. „Wir sollen verreisen.“

Dr. Pedersen nickte.

„Ich bin für fünf weitere Kinder verantwortlich. Meine Erzieherin geht am kommenden Montag in den Urlaub und so schnell bekomme ich keine Vertreterin. Ich kann nicht verreisen.“ Sie klang ganz aufgeregt und hatte hektische rote Flecken auf ihren Wangen.

„Was halten Sie von einem schönen, großen Ferienhaus am Meer? Mitten in den Dünen. Viel Natur drum herum. Sechs Zimmer, Küche, Aufenthaltsraum, Terrasse ...“

„Woher zum Teufel sollen wir mitten in den Sommerferien ein Ferienhaus bekommen, auf das Ihre Beschreibung zutrifft?“ Eve lachte heiser. „Ich glaube, Herr Doktor, Sie schwelgen in Wunschträumen. Mal ganz davon abgesehen, dass ich mir einen solchen Urlaub gar nicht leisten könnte. Ich musste gerade erst einen Campingplatz absagen, wo ich nur die Hälfte des Geldes wiederbekomme, was schon verdammt viel ist. Aber von 500 Euro kann ich garantiert kein Ferienhaus in den Dünen bezahlen.“

„Machen Sie sich keine Sorgen, Frau Schneider. Das kann ich vermitteln. Und das Finanzielle regeln wir zumindest zum Teil über die Krankenversicherung“, er räusperte sich, „es kommt allein darauf an, ob Sie das wollen, Frau Schneider, Mr. Graham?“

„Was ist mit Amy und Leo? Amy? Leo?“ Eve sprach die beiden direkt an. Ihn fragte sie nicht. Er war sowieso in ihrem Deal gefangen.

„Das wäre toll“, sagten die beiden gleichzeitig.

„Nun?“, fragte der Psychiater.

„Also, wenn Sie da wirklich so ein Haus haben und wir da mit neun Leuten reinpassen – ich bin dabei. Vorausgesetzt es kostet mich nicht mehr als 500 Euro.“

„Was ist mit Ihnen, Mr. Graham?“

„Lieber Onkel meines Bruders, bitte sag’ ja.“

Wann hatte das eigentlich begonnen, dass ihn jedes Kind einfach so überrumpeln konnte? Wie ferngesteuert wippte sein Kopf auf und ab.

„Natürlich ist er dafür. Ich habe selten einen solch fürsorglichen Onkel erlebt.“ Eve zwinkerte ihm munter zu.

Und er wünschte sich einmal mehr, dass er vor einer guten Woche die Klingel überhört hätte und sein Handy leer gewesen wäre.

13

Eve

„Man muss die Feste feiern wie sie fallen. Auch wenn du um neun Uhr abends schon wieder bettfertig bist. *Make me smile* ... Und? Bringt er dich zum Lächeln?“ Rita entkorkte eine Flasche blaue Mädchentraube. Weiß der Himmel, aus welchem Geschenkefundus der Fusel stammte. Sogar in der Flasche wirkte er verdächtig.

„Was für ein Fest soll das werden? Eine Hinrichtung?“ Eve ignorierte die Anspielung auf Jesse Graham. Sie wundert sich sowieso, was ihre Freundin um diese Uhrzeit noch hier zu suchen hatte. Heute war ihr letzter Arbeitstag gewesen, morgen würde sie mit ihrem Mann verreisen. Vermutlich hatte ihr Auftauchen mit Eves Anruf zu tun. Gleich nachdem Jesse mit Leo ins Hotel gefahren war, hatte sie Rita über den Kletter-Nachmittag und seine Folgen informiert.

„Jürgen macht mich wahnsinnig. Es ist immer dasselbe. Eine Woche vor der Abreise beginnt es, steigert sich und am letzten Tag, bevor es mit dem Wohnwagen losgeht, rennt er nur noch wie das Duracell-Männchen durch die Gegend.“ Sie verteilte den Wein sehr gerecht auf zwei große Wassergläser. Wenn es nach Eve gegangen wäre, hätte Rita alles für sich allein haben können.

„Du hast noch nie davon gesprochen, dass Jürgen unter Reisefieber leidet. Vielleicht hätte er mit uns in den Klettergarten gehen sollen. Dann wäre er jetzt von sämtlichen Ängsten geheilt.“ Eve spürte noch jetzt dieses scheußliche elektrische Gefühl in ihren Knochen, wenn sie an den Nachmittag dachte. Wer hätte gedacht, dass ausgerechnet sie einmal in schwindelerregender Höhe herumklettern würde. Ob sie allerdings ihre Höhenangst überwunden hatte, bezweifelte sie. Doch sie hatte es getan. Es kam halt nur auf die Belohnung an. Wenn dadurch einem Kind etwas Gutes geschah, war sogar sie käuflich.

Sie setzten sich auf die Terrasse. Oben im Haus war es bereits ruhig. Die Kinder schliefen zwar noch nicht alle – Amy las, Speedy und Mel hörten Musik – aber sie waren daran gewöhnt, am Vorabend einer Reise zeitig ins Bett zu gehen und dann auch dort zu bleiben.

„Manchmal erlebt man noch Wunder. Auf die Wunder dieser Welt." Rita hob ihr Glas.

„Meine Liebe, du sprichst in Rätseln."

„Also, wenn du das Wunder bis jetzt noch nicht erkannt hast, muss ich langsam an deinem Verstand zweifeln, mein Schatz."

Nur mit Mühe unterdrückte Eve ein Grinsen. Es war klar, dass Rita ihr wegen Jesse Graham ins Gewissen reden wollte.

Rita lehnte sich in ihrem Stuhl zurück. „Ich lach' mich tot. Aber es ist gut, dass ich hergekommen bin. Ich hatte mir schon so etwas gedacht."

„Dann klär' mich mal auf, meine liebe Freundin."

„Du machst mir wirklich Sorgen, Eve", sagte Rita kopfschüttelnd. „Du weißt hoffentlich, dass Mr. Graham ein Sahneschnittchen ist."

Eve verschränkte die Arme vor der Brust. „Sagen wir, er sieht aus wie eins."

„Selbst wenn er aussähe wie der Glöckner von Notre Dame persönlich, wäre er ein Glücksfall."

„Wie meinst du denn das?"

„Erstens: Er ist ein Mann. Zweitens: Er ist kinderlieb ..."

In dem Moment konnte Eve nicht anders als laut aufzulachen.

Rita sah sie irritiert an.

„Der Typ ist der Kinderhasser in Person."

„Du spinnst doch. Er fährt mit einer Kinderdorfmutter und sieben Kindern, von denen mindestens fünf einen mindestens kleinen Schaden haben, in ein dänisches Ferienhaus. Wer so etwas tut, der muss kinderlieb sein. Oder ein Kinderschänder", überlegte Rita. „Aber pädophil ist der ganz sicher nicht. Dass ich das überhaupt ausspreche, ist eine Unverschämtheit. Er ist ein feiner Kerl."

„Hast du vergessen, wie ich ihn zu dieser Reise gezwungen habe? Und auch das kam nur rein zufällig zustande."

„Ach, Eve, der Mann ist Kinder einfach nicht gewöhnt. Der wird schon noch. Du ziehst einfach mit ihm dein Programm durch ..."

Eve unterbrach ihre Freundin. „Also, ehrlich, Rita, jetzt verstehe ich wirklich nichts. Von welchem Programm sprichst du?"

„Von deinem Rosarote-Herzchen-Programm."

„Von meinem was?"

„Du hast mich schon verstanden. Mein Gott, bist du schwer von Begriff."

„Das kannst du laut sagen." Jetzt trank sie doch einen Schluck von dem Wein und er schmeckte noch erbärmlicher als erwartet.

„Du bist einfach wie immer: Herzlich, herzzerreißend nett und gut gelaunt. Und dann nimmst du ein paar Ergänzungen vor."

„Sag mal, Rita, du hast doch noch gar nichts getrunken ..."

„Dachte ich es mir doch, dass dir beim Wort Ergänzungen nichts einfällt."

„Ich weiß gar nicht, ob ich will, dass mir dabei etwas einfällt."

„Guck", Rita knallte ihre Tasche auf den Tisch. Sie sah kurz hinter sich und nach oben. Über ihnen drehte sich langsam der aufgespannte Sonnenschirm im Wind und auch sonst war die Luft rein. Mit einer blitzschnellen Bewegung drehte sie ihre Tasche um und entleerte den Inhalt auf die Tischplatte.

Eve verschluckte sich beinahe an ihrer eigenen Spucke.

„So, meine Liebe, und das packst du in deinen Koffer. Was man damit anfängt, das weißt du hoffentlich. Und wehe dir, wenn du das Zeug nicht nutzt!"

Es dauerte eine Weile, bis Eve sich von dem Lachanfall erholt hatte. „Sag' mal, Rita, ist der Kram neu oder hast du ihn schon mal gebraucht?"

„Schätzchen", Rita krallte sich ihre leere Tasche und stand auf, „ich besitze die gleiche Ausstattung."

„Mein Gott, Rita, du bist verrückt!"

„Na, dann, auf einen schönen Urlaub. Für mich und für dich." Sie knallte ihr Glas gegen Eves.

„Oh Mann", stöhnte Eve nur. „Oh Mann, oh Mann."

Und so kam es, dass Eve ihren Koffer mit einem Schloss versah.

Es war nicht gerade jugendfrei, was da zwischen ihren Sommersachen und dem Regenzeug lagerte. Aber welcher Teufel sie geritten hatte, die Dessous und Sextoys einzupacken – sie wusste es nicht. Das schlimmste daran war, dass sie auch noch ein Teil ausprobiert hatte. Beziehungsweise gerade ausprobierte. Sie war eindeutig verrückt geworden. Vielleicht versetzte sie auch die Freude darüber, dass es mit Amy offensichtlich bergauf ging, in eine Art Euphorie, die sie Dinge tun ließ, die sie normal nie getan hätte. An der nächsten Raststätte würde sie auf alle Fälle aussteigen und diese merkwürdigen Liebeskugeln entsorgen.

Um sich davon abzulenken, was in ihrem Innern vor sich ging, konzentrierte sie sich auf den Verkehr und auf das ausgelassene Geplapper im hinteren Teil des Multivans.

Amy saß wie ein ganz normales Mädchen mit Leo in der hinteren Reihe und unterhielt gemeinsam mit ihm die anderen Kinder. Englische und deutsche Wortfetzen flogen kreuz und quer durcheinander. Es ging um Filme, Hobbys und Freunde. Inzwischen versuchte sich sogar Kev, dem das Lernen so unendlich schwer fiel, ganz ordentlich an der fremden Sprache.

Amy sprach so verdammt gut Englisch, dass Eve ganz schwindlig wurde vor Bewunderung. Ihre Nichte war pausenlos dabei zu übersetzen und die Aussprache der anderen Kinder zu korrigieren. Erstaunlicherweise regte sich niemand über die ständigen Verbesserungen auf. Wenn das so weiterging, sprachen die Kinder am Ende der Ferien alle fließend Englisch. Sogar Fab und Mel, die sonst keine Gelegenheit ausließen, um sich vor dem Lernen zu drücken und mit Amy und Speedy zu streiten.

Sie waren bereits seit fünf Stunden auf der Autobahn, die Stimmung im Wageninnern war unvermindert locker und entspannt wie in einer fröhlichen Runde unter Freunden. Doch schon wieder war sie an einer Raststätte vorbeigefahren, obwohl sie eigentlich dringend das Klo aufsuchen wollte. Aber so langsam kam es ihr komisch vor, dass sie Jesses Audi überhaupt nicht mehr sah. Hinter Hamburg war er zum letzten Mal vor ihr gewesen. Er wollte eigentlich im vereinbarten Tempo von 100 Stundenkilometern vor ihnen herfahren, ihnen gewissermaßen den Weg bereiten, wie er es ausgedrückt hatte. Im Gegensatz zu ihr besaß er ein Navi und sie hatte nicht mal eine altmodische Landkarte dabei. Irgendwas war da wohl schief gelaufen. Die Autobahn war so gut wie leer und sie müsste ihn eigentlich leicht ausmachen können. Aber nichts.

„Amy, könntest du Mr. Graham anrufen und ihn fragen, wo zum Teufel er gerade steckt?"

Ein paar Sekunden später verkündete Amy: „Er geht nicht ran. Hast du dich verfahren, Mama?"

„Wie könnte ich mich hier verfahren? Es gibt bloß eine Autobahn nach Norden und auf der befinden wir uns."

„Onkel Jesse ist bestimmt schon in Dänemark", meinte Leo.

„Womit mein Bruder gar nicht andeuten will, dass du wie eine Schnecke fährst", kicherte Amy.

„Im Gegensatz zu dem tollen Onkel Jesse bin ich für das Leben von sieben Kindern verantwortlich."

„Meine Mutter sagt auch, dass mein Onkel sich gern vor der Verantwortung drückt."

„Den Eindruck hatte ich bisher nicht", sagte Eve scheinheilig.

„Er hat seine Betthäschen."

„Ich habe auch mein Betthäschen", rief Momo freudig, nachdem er die Übersetzung gehört hatte.

Die Kinder lachten lauthals. Eve tat so, als hätte sie nicht verstanden. „Betthäschen?"

„Es war eine Blondine bei ihm, als Mum mich bei ihm abgeliefert hat."

„Bist du jetzt traurig, Mama?", fragte Mel.

„Wieso denn das?", gab Eve leicht ärgerlich zurück.

„Ist auch nicht nötig", sagte Leo. „Erstens schnappt sich Onkel Jesse alles, was nicht schnell genug auf die Bäume kommt, sagt Mum. Zweitens hat Mum die Frau nach Hause geschickt."

„Deine Mum hat wohl alles im Griff", kicherte Mel.

„Hm", knurrte Leo. „Alles, außer den Alkohol."

„Meine Mutter hat sogar während der Schwangerschaft gesoffen", sagte Kev mitleidig.

Nach einem Moment betretenen Schweigens, begannen die Kinder *Ich sehe was, was du nicht siehst* zu spielen. Im Nu herrschte wieder eine muntere Lautstärke im Wagen und Eve hing ihren Gedanken nach, die sich allerdings hauptsächlich um die kommenden beiden Wochen drehten.

Es war schon ein merkwürdiger Gedanke, mit einem wildfremdem Mann Ferien zu machen. An Leo hatte sie sich bereits gewöhnt. Er war ihr schon so lieb wie ihre Sechs. Und den Schock, dass Amy heimlich nach Verwandten gesucht hatte, hatte sie inzwischen ebenfalls überwunden. Für Amy war das Auftauchen ihres Bruders wie ein Sechser im Lotto. Sie war wie ausgewechselt. Was aber leider Gottes nichts daran änderte, dass sie nun statt für sechs für sieben Köpfe verantwortlich war. Der Ire hatte sich ja hervorragend aus der Affäre gezogen. Wer weiß, vielleicht gelang es ihr ja, ihn ein wenig davon zu überzeugen, dass Kinder etwas besonders Wertvolles und Liebenswertes waren. Sofern er sich nicht heimtückisch aus dem Staub gemacht hatte. Aber dann wäre er für sie sowieso gestorben, dachte sie grimmig.

Zur Not hatte sie den Zettel mit der Adresse von dem Ferienhaus bei sich. Wer hätte gedacht, dass der Psychiater ein alter Däne war, der gleich drei Ferienhäuser geerbt hatte? Eines von ihnen bot er gerade zum Verkauf an. Das war das, was er ihnen überlassen hatte. Dafür mussten sie es bloß selber reinigen, den Schuppen streichen und den Rasen mähen. Das war mehr als fair. Und Rita hatte recht: Das war noch so ein Glücksfall.

Einige Kilometer vor der dänischen Grenze endete die Autobahn. Als sie über die Grenze fuhr, war Jesses Auto immer noch nicht in Sicht. Von hier aus war es noch ungefähr eine Stunde bis zu dem Ferienhaus – und noch immer war kein Schild in Sicht, auf dem Blåvand stand, denn das war der Ort, den sie suchten. Und erst jetzt meldete sich Momo, dass er mal zur Toilette musste.

Sie hielt an einem Kro. Im Internet hatte sie gelesen, dass die Rasthäuser in Dänemark so hießen. Und da stand er dann. Lässig gegen seinen schweineteuren Flitzer gelehnt, das Grinsen auf dem Gesicht reichte bis an seine Ohren. Leos Mutter hatte vollkommen recht: Der Typ hatte nicht den Hauch einer Ahnung, was Verantwortung bedeutete.

„Na, auch schon da?“, rief er ihr fröhlich entgegen.

Sie kletterte aus dem Wagen und reckte sich, während die Kinder den Landgasthof stürmten. „Hast du eine angenehme Fahrt gehabt?“

„Du etwa nicht?“

Sie ging ein paar Schritte. Und blieb dann wie angewurzelt stehen. Sie hatte die Liebeskugeln ganz vergessen. Zum Glück trug sie kein Kleid. Aber die Jogginghose war nicht gerade eng. Sie presste ihre Oberschenkel aneinander.

„Du siehst aus, als hättest du ein Problem.“

Jetzt kam er auch noch auf sie zu. Sie musste ihn loswerden. „Ich bin steif von der Fahrt, Jesse.“

Er ließ die Arme seitlich neben seinem Körper schwingen und hüpfte auf der Stelle. „Mach Gymnastik. Das habe ich vorhin, also als ich vor einer Stunde hier ankam, auch getan. Es hilft.“

Sie hätte ihm gern Ritas Liebeskugeln an den Schädel geknallt. „Danke für den Tipp, aber ich fürchte, dann passiert mir ein Malheur. Ich muss mal dringend für kleine Mädchen.“

Jesse zeigte zu dem Gasthof. „Ich glaube, deine Kinder sind bereits über die Toiletten hergefallen.“

„Ja, meine Kinder und dein Neffe“, zischte sie. „Er ist übrigens ein sehr netter Junge. Und ich wäre dir sehr verbunden, wenn du die Herrentoilette aufsuchen könntest, um nach dem Rechten zu sehen.“

„Wieso ...?“

„Bitte, Jesse, tu mir den Gefallen. Ich bin nämlich eine Frau und darf da nicht rein.“

„Ich glaube, Jesse ist alt genug, um allein aufs Klo zu gehen.“

„Dein Jesse vielleicht. Aber mein Kev spielt gern mal mit Papierrollen.“

„Ehrlich jetzt?“

„Ehrlich jetzt. Bitte, Mr. Graham.“

Endlich setzte er sich in Bewegung und Eve drehte sich um, griff blitzschnell in ihre Jogginghose und beförderte die feine Kordel mit den beiden silbernen Kugeln ans Tageslicht. Sie umklammerte sie mit beiden Händen und machte, dass sie auf die Toilette kam, wo sie sie im Klo versenkte.

Den Rest der Fahrt fuhr Jesse im erlaubten Tempo vor ihnen her. Und dann kam endlich das ersehnte Schild: Blåvand. Nach exakt acht Stunden Fahrt erreichten sie das Ferienhaus.

„Ist das geil!“

„Der Hammer!“

„Der Ober-Hammer!“

„Wie im Märchen!“

Beim Anblick von Dr. Pedersens knallgelbem Holzhaus gerieten nicht nur die Kinder völlig aus dem Häuschen.

Jesse erwies sich als ein Liebhaber besonderer Häuser. „Das ist ein original dänischer Holzbungalow auf Stelzen mit umlaufender Terrasse“, freute er sich.

„Von einem Haus auf Stelzen habe ich zwar noch nie gehört, aber wenn du meinst“, sagte Eve amüsiert. Allerdings fand auch sie das Haus, das inmitten einer Dünenlandschaft stand, hinreißend. Und es stand tatsächlich auf einer Art Ständergerüst. Nur das mit dem Rasenmähen würde schwierig werden. Das Gras reichte ihr bis an die Taille.

„Das baut man so in den Dünen", wusste Jesse und nahm ihr mit einer schnellen Bewegung den altmodischen Schlüssel aus der Hand. „In Dänemark werden die Bretter außerdem horizontal angebracht."

Die Kinder rasten bereits über die Holzterrasse, die das Holzhaus umrundete. Eve wanderte durch das wirklich niedliche, gemütlich eingerichtete Haus. Das einzige, was fehlte, war ein wenig Deko. Aber dafür würde sie schon noch gemeinsam mit den Kindern sorgen. Sie hatte genügend Kerzen und Bastelmaterial eingepackt – und dann würden sie Muscheln und Strandgut sammeln.

„Hier in der Mitte gibt's eine Sauna." Auch sie ließ sich jetzt von der allgemeinen Begeisterung mitreißen.

„Was hast du denn gedacht? Wir sind in Dänemark", kam es zurück.

„Warst du schon mal in Dänemark?"

„Nein, aber das weiß man."

Ein Besserwisser war er also auch noch. Den Hinweis auf den Kamin, der zugleich von der Sauna und vom Wohnraum aus zugänglich war, verkniff sie sich. Nur das „Oh, mein Gott, ist das schön!", als sie vom Wohnraum auf die Terrasse trat und das Meer erblickte, konnte sie nicht zurückhalten. Sie liebte das Meer, konnte es sich aber leider nicht allzu häufig leisten dorthin zu fahren. Geschweige denn zu fliegen. Wenn man sieben Tickets brauchte, wurde eine Flugreise zu einem unerschwinglichen Unterfangen.

„Mama, Kev will zum Wasser", sagte Fab scheinheilig.

„Dürfen wir?", bettelte Momo.

„Wenn Speedy mitgeht und ihr auf ihn hört, dann ab mit euch."

„Ich passe auf", versprach Speedy.

„Ich auch", versicherten Amy und Mel.

Und weg waren alle sieben Kinder.

„Wie wäre es mit einem Tee?" Jesse hatte sich unbemerkt angeschlichen. Vielleicht hatte sie ihn bei dem Lärm, den die Kinder veranstaltet hatten, auch bloß nicht gehört.

„Hast du welchen mitgebracht?“, kam es ungewohnt schnippisch über ihre Lippen.

„So wie ich dich kenne“, sagte er mit seinem spitzbübischen Lächeln, „bist du auf alle Fälle vorbereitet.“ Er stützte sich mit den Händen am Geländer ab und musterte sie von oben bis unten.

In ihrer bequemen Jogginghose, die sie wegen der langen Fahrt angezogen hatte, fühlte sie sich nicht gerade für solche Blicke gewappnet. Zumal sie nicht besonders groß war und ihre Hüften nicht die schmalsten und sie sich in der grauen Hose mit den ausgebeulten Knien fühlte wie ein Zirkuselefant, der sich auf die Hinterbeine stellte.

„Was erwartest du von mir?“, zickte sie ihn an.

„Nach den beiden Sterne-Menüs, die ich bei dir genießen durfte, rechne ich ehrlich gesagt mit einem von Hand aufgeschütteten Darjeeling, gesüßt mit Akazienhonig, auf dem ein zartgrünes Limettenscheibchen schwimmt.“

„Genau so schätze ich dich ein“, gab Eve zurück. Aber die Entrüstung war nur gespielt. Angesichts dieses trockenen Humors gelang es ihr kaum, jetzt noch ernst zu bleiben. „Du kannst ja mal einen Blick in den Van werfen“, entgegnete sie mit unterdrücktem Lachen. „Wenn du die Zutaten für den Tee gefunden hast, schreite ich gern zur Tat. Ich peile derweil die Schlafsituation.“

Zu ihrer Überraschung zog Jesse los. Hatte er etwa keinen Scherz gemacht? Sie wollte gar nicht darüber nachdenken. Sie winkte den Kindern, deren von der untergehenden Sonne rot beleuchtete Köpfe hin und wieder zwischen den Dünen auftauchten. Aber ihre Jungs und Mädels hatten nur das Meer im Sinn und so ging Eve ins Haus.

Es gab fünf Schlafräume, wobei zwei davon direkt vom Wohnraum abgingen und mehr oder weniger Kojen waren, in denen nur eine Person Platz hatte. In zwei kleinen Räumen stand je ein Stockbett. Und dann gab es noch ein Elternschlafzimmer mit Doppelbett.

„Na, weißt du schon, wo du schläfst?“ Jesse war auf dem Weg zur Küche, beladen mit sage und schreibe einem Päckchen

Tee, einem Päckchen Zucker und einer Flasche Mineralwasser. Was glaubte der eigentlich, wer die beiden Wäschekörbe voller Lebensmittel, die sie für die ersten beiden Tage eingepackt hatte, ins Haus schleppen würde?

„Das Elternschlafzimmer scheidet jedenfalls aus." Amüsiert sah sie zu, wie er versuchte, den Gasherd anzustellen. Der große Kenner dänischer Holzhäuser hatte nicht den Hauch einer Ahnung, dass er dazu ein Streichholz benötigte.

„Das dachte ich mir schon", brummte er und schnupperte an dem Herd.

„Hast du etwa jetzt schon genug?" Schon wieder konnte sie ein Lachen nur mit Mühe unterdrücken. Dieser Kerl sah nur aus wie ein ganzer Kerl. In Wirklichkeit war er ein großer Junge. Sie wäre ihm gern böse gewesen, aber das war angesichts seiner unbeholfenen Versuche, an einen simplen Tee zu kommen, ganz und gar unmöglich.

„Weg da." Sie verscheuchte ihn vom Herd und schnappte sich das Päckchen mit den Streichhölzern. Es dauerte keine Sekunde, bis der kleine Feuerkranz aufflammte. Sie stellte den Wasserkessel darauf, den Jesse überraschenderweise als solchen erkannt und mit Wasser gefüllt hatte. Zwar mit Mineralwasser, aber okay. Sie wusste auch nicht, ob das Wasser aus dem Hahn trinkbar war.

„Das ist gefährlich", kommentierte er ihr Hantieren mit Gas und Feuer.

„Nur wenn man das Gas inhaliert. Oder seine Haare in eine Stichflamme steckt", spielte sie auf Ritas kleines Malheur beim Flambieren der Nachspeise an. Jesse grinste schief und sie fuhr fort: „Was hältst du davon, wenn du die beiden Kartons mit den Leckereien holst?" Als sie hinzufügte, dass sie unterdessen den Tee zubereiten würde, begriff er, dass das keine Frage war und machte sich auf den Weg.

Unterdessen inspizierte Eve nochmals die Schlafräume, bevor sie sich daran machte, Spaghetti mit Tomatensauce aus dem Glas zuzubereiten. Als das Wasser kochte, schickte sie

Jesse los, die Kinder einzusammeln. Solange sie ihn behandelte wie ein Kind, machte sie seine Nähe wenigstens nicht nervös.

Sie selbst holte die Tasche mit der Bettwäsche aus dem Auto und deckte außerdem den Tisch.

Nachdem die Kinder den Sand von den Füßen geduscht, gegessen und ihr Gepäck aus dem Wagen geholt hatten, war das Schlafproblem überraschend schnell gelöst.

„Ich gehe mit Mel in das Elternschlafzimmer", bestimmte Amy. „Speedy geht mit Fab in das rechte Zimmer mit dem Stockbett. Kev darf zu meinem Bruder – damit unser Süßer sich benimmt. Also Kev. Und Momo kommt zu Mel und mir."

„Und wo schlafe ich? Zwischen dir und Mel im Ehebett? Das ist peinlich", beschwerte sich Momo.

„Heul' nicht", grinste Mel. „Wir haben ein Gitterbett gefunden. Das kannst du haben. Und bevor du dich aufregst, Momo, guck dir das Bett erst mal richtig an: Es hat vier Rollen. Wie das Bett vom kleinen Häwelmann."

„Na, danke", maulte Momo. „Ihr braucht gar nicht zu versuchen, mir einzureden, dass das cool wäre."

Alle lachten, nur Momo nicht. Eve wollte ihn tröstend in ihre Arme ziehen, aber er bemerkte ihr nur mühsam unterdrücktes Grinsen und zottelte ab, um sich in seinem Häwelmann-Bett einzurichten.

Jesse sah abwechselnd in die rechte und in die linke Schlafkoje, die direkt aneinander grenzten. „Dann gehe ich wohl recht in der Annahme, dass diese Kisten für uns sind."

„Such' dir eine aus", sagte Eve großzügig. Sie selbst war froh, überhaupt einen Raum für sich allein zu haben. Diesen Luxus hatte sie bisher noch in keinem Urlaub genießen dürfen. Da hatte sie immer mindestens Momo oder Kev in ihrem Zelt gehabt, in der Regel beide. So gesehen war das hier für sie fast so etwas wie ein 5-Sterne-Hotel.

„Ich schnarche."

„Ich auch."

„Na dann", grinste Jesse. „Dann sind wir ja quitt."

„Wenn dir das hier zu billig ist oder zu wuselig, dann nimm dir doch einfach irgendwo in der Nähe ein Hotelzimmer. Meinen Segen hast du.“ Gut, dass Rita sie nicht hörte.

„Willst du mich loswerden?“ Er warf seine Camel-Reisetasche auf die Bettkiste in der linken Koje.

„Ich will dich auf gar keinen Fall von deinem Neffen trennen. Ganz im Gegenteil. Es war nur ein Angebot, denn eins kann ich dir schon jetzt versprechen: Das hier ist was anderes als dein Wellness-Hotel mit Lymphdrainage.“ Eve wuchtete ihren Koffer in die rechte Koje. Er passte so gerade eben aufrecht neben das Bett. Wenn sie jetzt die Türe hinter sich zuzog, war der Raum voll.

„Was soll denn das heißen?“, tönte es durch die dünne Holzwand der Nebenkabine.

„Ohne dir nahe treten zu wollen“, sie ließ sich auf ihr Bett fallen, die Matratze war knochenhart, „ein Blinder sieht, dass du mit Kindern nichts am Hut hast. Aber ...“

„Mein Vater hat meine Schwester und mich regelmäßig vermöbelt. Und man weiß ja, dass man meist so wird wie seine Eltern. Das möchte ich niemandem zumuten. Eine reine Vorsichtsmaßnahme.“ Plötzlich erschien Jesses Gesicht in ihrer Tür. „Aber?“

Schnell richtete sie sich wieder auf – und knallte mit dem Kopf gegen den Hängeschrank, der über dem Bett befestigt war. „Autsch! Verdammt! Du wirst umkommen in deinem Schuhkarton.“

„Wenn ich mich nicht irre, hast du dir soeben deinen Kopf gestoßen.“

„Du glaubst doch nicht ernsthaft, dass dir das nicht passiert wäre.“ Sie rieb sich den Hinterkopf. Das würde ein hübsches Hörnchen werden. „Als Erwachsener hat man immer die Entscheidung: Tut man A oder tut man B. Du musst nicht werden wie dein Vater.“

„Warten wir ab, ob ich mir den Schädel einschlage.“ Er hatte keine Lust, auf ihre letzte Bemerkung einzugehen und damit ein Überzeugungsgespräch über Vaterfreuden zu provozieren.

„Was hältst du davon, wenn wir auf der Terrasse einen Schlummertrunk nehmen, bevor wir uns in unsere Särge legen? Ich habe da eine Flasche Wein zwischen all den Delikatessen entdeckt."

„Schon wieder Alkohol?"

„Keine Angst, ich bin nicht wie meine Schwester."

„Ich auch nicht", sie konnte sich ein Grinsen nicht verkneifen, denn irgendwie war sie plötzlich in Urlaubsstimmung, „ich bringe rasch die Kleinen ins Bett. Danach gern."

„Super. Dann mache ich mich inzwischen auf die Suche nach Gläsern."

„Wir kriegen das hier schon hin, Mama. Entspann dich doch mal", empfing Amy sie, als sie in das Elternschlafzimmer trat, um Momo eine Gutenachtgeschichte vorzulesen. Die Betten hatten sie gemeinsam bezogen.

„Ich lese ihm vor", erklärte Mel.

Momo lag bereits in seinem Gitterbett. Er strahlte. So viel liebevolle Zuwendung war er von seinen Schwestern gar nicht gewöhnt.

Auch Speedy hatte seinen kleinen Bruder im Griff. Und Kev war in Leos Gegenwart absolut handzahm. Er vergötterte Amys großen Bruder geradezu.

„Das geht so friedlich zu, dass es fast schon wieder verdächtig ist", meinte Eve nachdenklich, als sie sich zu Jesse auf die Terrasse setzte.

„Wäre es dir auch zu verdächtig, wenn ich diese Kerzen anzünde?"

„Wie bitte?"

„Nicht wegen der Romantik", grinste er. „Aber gleich wird es dunkel."

„Du bist mir ja ein Skandinavien-Kenner. Schon mal was von Mitternachtssonne gehört?"

„Unter hell verstehe ich etwas anderes." Jesse zündete zwei Kerzen an, die in hohen Gläsern standen. Dann reichte er Eve ein dickwandiges, rotes Glas. „Ich muss zugeben, dass ich keine

Lust auf diese Reise hatte. Aber ich hatte auch keine Lust, meinen Neffen bei mir zu Hause zu beherbergen. Allerdings bin ich froh, dass ich ihn nach seinem Ausbruch so schnell wiedergefunden habe. Und dass er nun eine Schwester hat, freut mich für ihn.“

„Auch wenn du Leo gar nicht kennst?“

„Auch wenn ich Leo gar nicht kenne.“ Er hob sein Glas. „Auf eine angenehme Zeit.“

„Was nicht ist, kann ja noch werden. Auf dass Sie Ihren Neffen kennenlernen, Mr. Graham.“

„Jesse. Du hast gerade vergessen, dass wir uns duzen.“

„Ehrlich? Vielleicht liegt das daran, dass es sich auf einem Klettergerüst eingeschlichen hat.“

„Dann machen wir es offiziell. Ich heiße Jesse.“

„Evelyn. Eigentlich. Aber alle nennen mich Eve.“

„Ich höre immer nur Mama.“

„Bitte nicht.“ Sie verzog das Gesicht.

Jesse zeigte sein Lachen, bei dem sonst sicherlich jede Frau schwach wurde. Aber egal, was Rita jetzt sagen würde, sie konnte es sich nicht erlauben, schwach zu werden. Nicht unter diesen Umständen. Sie hatte eine Verantwortung den sechs Kindern gegenüber. Wenn sie sich mit einem Mann einlassen sollte, dann mit einem, der reif war für eine Familie. Sie wollte einen Mann für's Leben, keinen heißen Typen für eine Nacht. Nicht, dass sie sich einbildete, ein Hottie wie Jesse Graham hätte auch nur den Hauch von Interesse an einer kurzhaarigen Mutter in ausgebeulten Jogginghosen.

Die Gläser gaben einen dumpfen Ton ab, als sie gegeneinander stießen.

„Auf dass die frisch gebackenen Geschwister eine gute Zeit miteinander haben“, sagte Eve. „Und auf dass es für dich nicht allzu schlimm wird.“

Er winkte ab. „Ich habe Arbeit dabei. Ich muss noch einen Forschungsantrag gegenlesen. Aber jetzt erkläre mir doch mal, warum du ausgerechnet diesen Beruf ergriffen hast.“

14

Jesse

„Mama? Mama?“, ertönte ein zittriges Stimmchen aus der Koje nebenan.

Ein Blick auf seine Armbanduhr bestätigte seinen Verdacht. Es war noch keine neun. Und das im Urlaub. Außerdem hatte er die halbe Nacht in einer unmöglichen Stellung und nur bei Computerbeleuchtung über dem Forschungsantrag gebrütet, der für den Anfang ganz gut, aber bei weitem nicht ausgereift war. Er war richtig müde, aber er war ausgeschlafen genug, um zu erkennen, dass die aufgeregte, quiekige Stimme zu dem kleinen Schwarzen gehörte.

Ein rasselndes Geräusch verkündete, dass nebenan die Vorhänge aufgezogen wurden. Er zog sich die Decke über den Kopf. Das Daunensteppbett war zwar so dick, dass er augenblicklich zu schwitzen begann, doch die Wand zur Nachbarkoje bestand nur aus Kiefernbrettern und er hörte weiterhin jedes Wort.

Eve, wie er die Aprikosenfrau seit gestern Abend ganz unkompliziert nannte, stellte mit verschlafener Stimme eine Frage, die er ebenso wenig verstand wie die Antwort.

Jesse schoss aus diesem Bett mit einer Matratze hoch, die garantiert mit Stroh vollgestopft war. Und rums. Das war sein Kopf. Mit einer Hand rieb er sich über die um diese Zeit grundsätzlich in alle Himmelsrichtungen abstehenden Haare.

„Ich glaube, Jesse hat sich die Birne eingeschlagen“, bemerkte sie daraufhin auf Englisch. Danach sprachen sie alle aufgeregt durcheinander auf Deutsch weiter und er war raus. Kurz darauf raschelte ihre Daunendecke. Er sah förmlich vor sich, wie sie die mit dem Herzchenbezug umhüllte Decke von sich schob und von dem pinkfarbenen Spannbettlaken krabbelte. Sehr viele Füße trampelten über den Holzfußboden.

Jesse sah an sich hinunter. Er trug eng anliegende, dunkelblaue Boxershorts und ein weißes T-Shirt. Das müsste gehen. Mehr hatte er am Strand auch nicht an. Mit eingezogenem Kopf stand er auf und verließ die enge Koje.

Das Fußgetrampel hatte sich entfernt. Die Bande war inzwischen im Schlaftrakt. Soweit hatte er den Zuschnitt dieses Hauses durchschaut. Wohntrakt mit Küche und zwei Schlafkojen hier, Schlafräume, Sauna und Bad dort.

„Einen wunderschönen guten Morgen!“, sagte er laut und deutlich, als er in den Korridor trat, der Schlaf- und Wohnbereich miteinander verband. Sechs Augenpaare starrten ihn an, wie an dem Abend, an dem er mit Leo vor ihrem Haus im Kinderdorf gestanden hatte. Dieselben Menschen standen nun vor dem Zimmer, in dem dieser angeblich um sich schlagende Kev im Schlaf schnaufte und trugen sämtlich blau-weiß gestreifte Shorties im Seemanns-Look. Blaue Shorts, gestreifte Shirts mit Anker-Aufdruck.

Er hatte Mühe, sein Lachen im Zaum zu halten. „Tragt ihr eigentlich immer alle die gleichen Klamotten?“

Den leeren Blicken, die ihn trafen, entnahm er, dass er langsamer sprechen musste. Er hatte vergessen, dass sie zwar alle Englisch sprachen, aber eben nur die Sponge-Bob-Version. Wenn er das Sprechtempo drosselte, einen Wortschatz wie ein Kindergartenkind verwendete und den einen oder anderen Grammatikfehler einbaute, funktionierte die Verständigung aber erstaunlich gut.

„Guten Morgen“, Seemannsbraut Eve sah ihn aus ihren großen, hellen Augen besorgt an, „das ist ja das Problem. Hier gibt es zu wenig zu sehen. Unsere beiden Großen sind ausgeflogen. Einfach verschwunden. Weg. Niemand hat etwas gehört oder gesehen.“

Er verkniff sich den ironischen Unterton in der Stimme, als er fragte, ob die Kinder eventuell draußen wären.

„Das ist anzunehmen, oder?“, blaffte sie ihn an. Dann holte sie tief Luft und stapfte, gefolgt von den Kindern, quer durch das Haus, hinaus auf die Terrasse.

Er sah im Bad und in der Sauna nach und warf auch einen Blick auf die beiden Autos, die vor dem Haupteingang des

Holzständerhauses parkten, bevor er ebenfalls nach draußen trat. Ein verdammt frischer Wind zerzauste allen die Haare. Dicke Wolkenhaufen jagten nur so über den Himmel. Ein Wunder, dass es nicht regnete.

„Auf der Terrasse und in Sichtweite sind sie auch nicht“, sagte Eve.

„Leo ist fünfzehn. Wie alt ist Amy?“

„Dreizehn.“

„Okay. Das ist das Alter, in dem man auch schon einmal allein vor die Tür treten kann.“

„Amy geht nie, ohne zu sagen, wohin sie geht und wann sie wieder zurückkommt“, sagte das braunhaarige Mädchen.

„Sowas macht keiner von uns.“ Die großen, runden Augen des kleinen Momo richteten sich vorwurfsvoll auf ihn.

Jesse zuckte mit den Schultern. „Aber jetzt ist sie weg. Ohne Bescheid zu sagen, oder?“

„Dann können sie nicht weit sein“, Eve atmete erleichtert aus, „vielleicht sind sie zum Strand gegangen. Die Dünen und das Meer liegen ja quasi in unserem Garten. Lasst uns nachsehen.“ Sie stieg bereits sie Holztreppe hinunter.

„Vielleicht sollte einer hier bei dem schlafenden Jungen ...“

„Kev“, schrie einer der Jungen ungehalten. „Der schlafende Junge heißt Kev. Und ich heiße Fab.“

„Sorry. Ein alter Mann kann sich nur drei Dinge auf einmal merken“, sagte er grinsend, obwohl ihm mitnichten nach Grinsen zumute war. Und das nicht nur wegen des Tons, in dem dieser Fab mit ihm sprach. Leo war ihm schon einmal davongelaufen und er hatte kein so gutes Gefühl bei der Sache. Wenngleich er sich, genau wie Eve, an den Gedanken klammern wollte, dass die beiden einfach nur zum Strand gegangen waren. „Also, Fab, du bleibst hier bei Kev und hältst die Stellung. Falls Leo und Amy hier auftauchen, verständigst du uns irgendwie.“

„Wieso ...?“, setzte Fab zu einem Protest an.

„Weil du älter bist als Kev.“ Das war nicht gerade die intelligenteste und logischste Antwort, aber darauf fiel dem

Jungen keine Entgegnung ein und er nickte sogar mit wichtiger Miene.

Jesse folgte dem Tross, der durch die hohen Dünen in Richtung Strand davonstürmte. Wieder einmal verfluchte er sich selbst, dass er sich von seiner Schwester zu dem Babysitterdienst hatte verdonnern lassen. Seitdem hatte er nichts als Ärger gehabt.

Abgesehen von dieser seltsamen Familie und ihm war der Strand so gut wie menschenleer. Zur Rechten, weit hinten, ging ein Mann mit einem zotteligen Hund Gassi. Zur Linken, noch weiter hinten, joggte jemand. Geradeaus rollten die meterhohen Wellen mit Wucht auf den Sandstrand. An Eves besorgtem Gesichtsausdruck glaubte er zu erkennen, was ihr durch den Kopf schwirrte.

Er zeigte auf die weitläufige, wilde Dünenlandschaft hinter sich. „Sie werden sich dort irgendwo ein ruhiges Plätzchen gesucht haben. Im Windschatten."

„Und tun dort was?"

„Reden."

„Reden? Soweit ich informiert bin, haben sie sich monatelang E-Mails geschickt."

„E-Mails?"

„Ja, Nachrichten. Über E-Mail, What's App, irgendwelche Foren für Gestrandete und Einsame", sagte sie genervt. Doch zugleich seufzte sie dermaßen besorgt auf, dass er nicht anders konnte, als etwas Tröstendes zu sagen.

„Ich schlage vor, wir gehen jetzt alle zurück, nehmen ein kräftiges Frühstück zu uns, ziehen uns richtig an. Wenn die Beiden dann immer noch nicht zurück sind, verschaffen wir uns einen Überblick über die Gegend und machen uns auf die Suche."

„Ich kann doch jetzt nicht essen."

„Nur ein schnelles Frühstück, Eve. Damit wir was zwischen die Kiemen kriegen. Ich komme um vor Hunger. Außerdem friere ich mir den ..." Er stockte, als er die Blicke der Kinder auf sich spürte.

„Das sehe ich", sagte sie ziemlich anzüglich und kehrte endlich dem Strand den Rücken zu. Bestimmten hervorstehenden, körperlichen Attributen nach zu urteilen, war ihr allerdings auch nicht gerade warm.

Die Kinder folgten ihr wie die Küken einer Entenmutter und auch er marschierte über den sandigen Weg zurück zu dem Ferienhaus, das diesem Psychiater gehörte.

Fab und Kev liefen ihnen entgegen. Sein Neffe und ihre Nichte hatten sich noch nicht blicken lassen. Sie hätten alle zusammen in einen Ferienpark fahren sollen, wie er es vorgeschlagen hatte.

Er hätte gern ausgiebig geduscht (auch ein Saunagang hätte ihm gefallen), doch als Eve ihr Kommando erschallen ließ – „Alle Mann in die Klamotten, Gesicht waschen, Haare kämmen und dann ab an den Tisch!" – hörte er aufs Wort. Er hatte das Gefühl, dass es besser wäre, ihr einen kleinen Erfolg zu gönnen. Innerhalb von zwei Minuten steckte er in seinen Jeans und einem langärmligen T-Shirt.

Doch die Kinder waren noch schneller als er. Als er in das Esszimmer trat, das in einer Art Wintergarten untergebracht war, verteilten sie bereits Teller, Besteck und Lebensmittel auf dem langgezogenen Tisch.

„Kann ich helfen?"

„Setz dich und überleg dir schon mal einen Plan, wie wir Amy und Leo finden." Eve drückte ihm eine Tasse Kaffee in die Hand. Die karamellfarbige Brühe schwappte ihm beinahe über den Ärmel seines Shirts. Im letzten Moment hielt er die Tasse weit von sich.

„Mist", rief sie erschrocken. „Als Engländer bist du Teetrinker."

„Ich bin Ire."

„Ach, ja. Trinken die keinen Tee?"

„Manche ja, manche nein." Er nahm einen Schluck von dem Kaffee. „Das hier ist schon okay."

„*Das hier* ist Pulverkaffee mit Pulvermilch."

So genau hatte er das gar nicht wissen wollen.

„Rita, die Erzieherin in unserem Haus, sagt immer: In Afrika verhungern die Kinder und wir meckern über's Essen." Sie setzte sich ihm schräg gegenüber und trank ebenfalls von dem seltsam schmeckenden Gebräu. Im Gegensatz zu ihm schien es ihr nichts auszumachen.

Die Kinder starteten eine lautstarke Debatte über Amys und Leos Abwesenheit. Verschwinden wollte es niemand nennen.

Mel sprach es schließlich aus: „Wenn Leo von England nach Deutschland abhaut, dann haut er bestimmt auch aus Dänemark ab."

Das war auch seine Befürchtung.

„Aber Mel, Amy würde doch bestimmt nie ...", begann Momo, dessen Mund verschmiert war mit heller Marmelade, weil er sein Brot nicht aß, sondern ableckte. Die kleineren Kinder nickten. Auch Eve sah aus, als würde sie gern kräftig nicken.

„Er ist ihr Bruder. Schon vergessen?", brummte der älteste der Jungen und schob sich ein halbes Toast auf einmal in den Mund.

„Wenn sie wirklich abgehauen sind, Speedy, dann können sie noch nicht weit sein", überlegte Mel. „Hier in dieser Pampa."

„Vielleicht liegen sie einfach nur zugekifft irgendwo in den Dünen", versuchte er die Bande zu beruhigen. Das *zugekifft* hätte er sich aber besser verkniffen.

Die gesamte versammelte Mannschaft starrte ihn entsetzt an.

„Amy würde niemals ...", entrüstete sich Eve.

„Mama, was ist *zugekifft*?", wollte Momo wissen.

„Wenn man sich eine Bong reinzieht", wusste Fab.

Wenigstens wanderten die entsetzt starrenden Augenpaare nun zu dem Jungen, der höchstens zehn Jahre auf dem Buckel hatte. Doch er war noch immer nicht aus der Schusslinie.

„Jesse, hat dein Neffe *etwas* dabei?" Sie sah in eindringlich mit ihren fast transparenten, hellgrünen Augen an.

Vorsichtshalber zuckte er mit den Schultern. „Ich habe keine Ahnung. Das war nur so ein Gedanke. Es tut mir auch schon leid, dass ich ihn ausgesprochen habe.“ Er erhob sich. Unter diesen Umständen machte ihm das Frühstücken keinen Spaß. „Ich schlage vor, Speedy, Mel, du und ich durchforsten die Dünen rund ums Haus.“

„Und was mache ich?“, krähte Kev.

„Du kommst mit mir“, sagte er. „Fab geht mit Speedy, und Momo geht mit Mel. Haben die Kinder irgendwas Buntes dabei?“

„Was Buntes?“ Eve sah ihn an, als hätte er nicht alle Tassen im Schrank.

„Zum Beispiel Bauklötze. An jeder Düne, an der wir waren, hinterlassen wir einen Bauklotz. Denn nach der zehnten Düne weiß doch kein Mensch mehr, wo wir schon waren.“

„Stimmt“, nickte Speedy mit bewunderndem Gesichtsausdruck.

„Wir haben Straßenkreide dabei.“ Fab zischte ab und kam kurz darauf mit einem Eimer voller bunter Kreidestummel zurück, die Eve gerecht auf die Suchtrupps verteilte.

„Aber ich gehe nicht allein“, beschwerte sie sich.

„Dann geh doch mit Jesse“, grinste Fab.

Sie warf dem Jungen einen strengen Blick zu, woraufhin der noch breiter grinste. „Ich gehe mit Mel und Momo. Uhrenvergleich, Leute. Es ist jetzt neun Uhr fünfundfünfzig. In exakt einer Stunde treffen wir uns wieder hier im Haus. Die Türe schließe ich nicht ab. Einbrecher sind mir lieber, als wenn Amy und Leo nicht reinkommen. Und, Speedy, schreibst du bitte eine Notiz für Amy?“

Er musste schmunzeln. Eve hielt eindeutig gern die Fäden in der Hand.

Sie zogen sich warm an und begannen mit ihrer systematischen Suche. Nach einer Stunde verlängerten sie um eine weitere Stunde, da die Dünenlandschaft bedeutend größer war als erwartet. Danach stießen Kev und er nur noch auf Kreideklumpen, die sie selbst oder die anderen hinterlassen hatten.

Und so kehrten sie schließlich zum Haus zurück. Müde und mit einem jammernden Kev, dem das Laufen und das Englisch sprechen ganz gehörig an den Kräften zu zehren schien.

Die anderen hatten vor ihnen aufgegeben und erwarteten sie bereits mit einer Tasse heißem Kakao. Dafür, dass es eigentlich Hochsommer war, eine seltsame Wahl. Aber es war verflucht kühl und das Getränk tat verdammt gut.

„Sommer in Dänemark“, frotzelte Eve. Offensichtlich war ihr derselbe Gedanke durch den Kopf gegangen wie ihm. Doch sie sah abwesend auf die Dünenlandschaft hinaus. Bestimmt hoffte sie, dass die verschwundenen Kinder plötzlich auf irgendeiner Düne auftauchten.

„Wie wäre es, wenn wir die Straße, die zum Ferienhaus führt, mit dem Auto abfahren?“ Er glaubte selbst kaum, dass er das gesagt hatte. Aber irgendwie wurde er das Gefühl nicht los, dass sie ihn für das Verschwinden der Kinder verantwortlich machte.

Sofort kam Leben in sie. „Darauf hätte ich auch selber kommen können. Kinder, ihr vergesst mal für die nächsten drei Stunden, dass Amy weg ist und beschäftigt euch mit was Schönem. Ich fahre mit Jesse die Gegend ab. In spätestens drei Stunden brechen wir die Suche ab und gehen zur Polizei.“

Fünf Köpfe nickten ernst.

Und dann saß sie neben ihm in seinem Audi – und sagte ihm, wo er langfahren sollte.

„Am besten wir fahren erst mal die Zufahrtsstraße runter, bis zu der Landstraße, über die wir gekommen sind“, kommandierte sie ihn herum.

„Eigentlich wollte ich mit meinem Quad quer über die Dünen preschen, aber wenn du meinst ...“

„Du bist es nicht gewohnt, dass eine Frau dir sagt, wo es lang geht, nicht wahr?“ Sie zog sich die Kapuze von ihrem grünen Hoodie so weit in die Stirn, bis nur noch ihre Nase herausguckte und sie aussah wie ein kleiner Zwerg.

„Du hast recht. Ich habe gern die Kontrolle über mein Leben.“ Es begann zu nieseln und er ließ das Dach zufahren.

Sie lachte merkwürdig rau. „Ich habe die Verantwortung für sechs Kinder mit Vergangenheit. Da muss ich verdammt aufpassen, dass ich den Überblick behalte. Nimm's bitte nicht persönlich, wenn ich hin und wieder vergesse, mit wem ich spreche."

„Okay", sagte er einfach und durchforstete die vor und neben ihm liegende Landschaft mit Blicken. Er wollte nicht zum tausendsten Mal insgeheim fluchen, dass er Leo bei sich aufgenommen hatte und dann auch noch mit dieser Familie in die Ferien gefahren war. Er fuhr die eineinhalbspurige Zufahrtsstraße gerade so schnell entlang, dass ihm der Zustand der Straße nicht die Reifen unter dem Wagen wegfegte.

Sie saß aufrecht auf dem Beifahrersitz, die Kapuze hatte sie wieder ein wenig zurückgeschoben. Hochkonzentriert ließ sie ihren Blick über die sich im Wind biegenden Gräser schweifen. Sie sah aus als hätte sie Angst, doch darauf wollte er sie lieber nicht ansprechen.

„Und jetzt?" Sie hatten das Ende der Zufahrtsstraße erreicht. Vor ihnen lag die Landstraße, die in beide Richtungen ins Unendliche zu führen schien.

„Ich bin genauso ratlos wie du."

„Eve, ich bin nicht ratlos."

„Ach was? Rechts ist nichts. Links ist nichts. Nicht mal ein Straßenschild oder ein Ortsschild. Bloß dieses blöde Brett, das zu den Ferienhäusern zeigt." Unbehaglich schob sie ihre kleinen Hände in die Tasche vorn an ihrem Kapuzenpullover.

„Hier ist wirklich der Bär los. Wenn man Ruhe mag, ist man nach drei Tagen runderneuert."

„Ich hatte bisher keine Ruhe." In der Bauchtasche ihres Pullovers rang sie verzweifelt ihre Hände, und das brachte etwas in ihm zum Klingen. Er hoffte, dass es Nächstenliebe war, denn etwas anderes würde er nicht zulassen.

„Ich nehme an, dass sie zum nächsten Bahnhof gegangen sind." Krampfhaft versuchte er, sich an den nächstgrößeren Ort zu erinnern, durch den er auf der Hinfahrt gekommen war.

„Die Frage ist bloß, wo der ist und ob wir dafür nach links oder nach rechts abbiegen müssen."

„Zum Glück gibt es Navi."

„Und was gibst du ein?"

„Wie heißt das Dorf, in dem du wohnst? Wir fahren einfach ein Stück zurück und halten im nächsten Ort. Dort fragen wir dann nach dem nächsten Bahnhof. Es sei denn, du erinnerst dich an einen der Orte, die wir passiert haben."

„Gib einfach Kopenhagen ein. Wenn wir in Richtung Hauptstadt fahren, kommen wir garantiert an einer von Menschen besiedelten Ortschaft vorbei."

Trotz der nicht gerade glücklichen Lage, in der sie sich befanden, musste er lachen. Wegen ihres neuerlichen Kommandos und weil es ihr hier anscheinend ebenso gut gefiel wie ihm selbst. Es war noch öder als in ihrem Dorf und bei ihm vor den Toren von Cambridge. Aber sie hatte recht. Kopenhagen einzugeben, war wahrscheinlich die bessere Idee.

„Also dann nach rechts", sagte er und folgte den Anweisungen des Navis. Obwohl die Straße absolut frei war und er hier locker eine ordentliche Geschwindigkeit hätte fahren können, beließ er es bei achtzig Stundenkilometern. Das war gerade noch langsam genug, um zwei Gestalten am Wegesrand aufzuspüren. Sofern sie hier herumliefen, was allerdings nicht sehr wahrscheinlich war.

„Weißt du eigentlich, wo Kopenhagen liegt, Jesse Graham?", fragte sie plötzlich, den Blick auf ein Uhr.

„Stellst du eigentlich immer Fragen, wenn du selbst keine Ahnung hast, Evelyn Schneider?"

Ihr Kopf schoss zu ihm herum, dabei flog zuerst die Kapuze runter und dann flogen ihre hellorangefarbenen Haare, die sie bis zum heutigen Morgen stets auf diese merkwürdige Weise am Kopf festgesteckt hatte, ein wenig hoch. Aber sie wollte nicht von ihm wissen, wie er es zuwege gebracht hatte, sich an ihren vollständigen Namen zu erinnern. Sie wollte ihm auch keinen Rüffel erteilen wegen seiner Entgegnung, was ihn einigermaßen wunderte.

„Esbjerg. Der nächste größere Ort heißt Esbjerg." Sie schluckte aufgeregt und hörte endlich auf, ihre Hände zu ringen.

Er warf einen Blick auf das Display des Navigationsgeräts und sagte: „Stimmt. In neun Minuten sind wir da."

Es dauerte nicht lange, bis sie sich in dem altertümlichen Provinzbahnhof mit den zwei Bahnsteigen umgesehen hatten. Außer ihnen waren nur wenige Menschen unterwegs. Ein Blick auf den Fahrplan ergab, dass auch nicht besonders viele Züge durch diesen Ort fuhren.

„Auf alle Fälle wissen wir nun, wie weit der Bahnhof entfernt ist. Wir statten jetzt der Bahnhofspolizei einen Besuch ab, melden die beiden als vermisst, was vermutlich nichts bringen wird ..."

„Aber die werden hoffentlich wissen, ob es einen Bahnhof gibt, der näher an dem Ferienhaus liegt." Sie lief bereits los, um nach der Bahnhofspolizei zu suchen, die es aber hier nicht gab. Zum Glück hatte der Fahrkartenschalter geöffnet.

Die Angestellte sprach hervorragend Englisch und wusste, dass dies der nächste Bahnhof von Blåvand aus gesehen war, dem Gebiet, wo das Ferienhaus lag. Außerdem behauptete sie, sich an jeden einzelnen Fahrgast erinnern zu können, der heute seine Nase an ihrem Schalter vorbeigetragen hatte. Ein Geschwisterpärchen war ganz bestimmt nicht dabei gewesen.

Er konnte nicht anders. Als Eve die Arme hängen ließ und diese die schmalen Schultern mit sich rissen, musste er sie einfach an sich ziehen. „Wir finden sie", murmelte er ein wenig unbeholfen.

„Ach was." Ihre Stirn landete an seiner Brust. Es fühlte sich an wie ein Fausthieb.

„Wir finden sie", wiederholte er mit belegter Stimme. „Ganz sicher."

15

Eve

Ihr größter Alptraum war eingetreten: Sie hatte ein Kind verloren. Wenn man Leo einrechnete, und das musste sie, denn er war Amys Halbbruder, waren ihr sogar zwei Kinder abhanden gekommen.

„Ich habe da eine Ahnung."

„Wie bitte? Was sagst du da?" Eves Kopf schoss hoch und sie wich einen Schritt zurück. Jesse hatte sie in den Arm genommen, es hatte gut getan. Langsam ließ er nun seine Hände nach unten gleiten. Zu einem anderen Zeitpunkt, in einer anderen Situation hätte sie diese Berührung genossen. Doch jetzt schüttelte sie sich, so sehr schauderte es sie.

Jesse trat vor den Fahrplan.

Da sie nicht mitten in der Bahnhofshalle stehen bleiben wollte, folgte sie ihm. „Was ist? Warum starrst du den Plan an, Jesse? Nun sag doch was. Außerdem müssen wir zurück. Nicht, dass die anderen auch noch verschwinden."

Sie konnte sein Schlucken deutlich hören, als er sich langsam zu ihr drehte. Sein rechtes Ohr war knallrot angelaufen, weil er immerzu daran rieb. Als wäre da etwas Klebriges dran und er müsste es abrubbeln.

„Mein Gott, Jesse. Jetzt sprich! Egal, wie blöd es klingt. Eine idiotische Idee ist besser als gar keine Idee." Als er sie immer noch anstarrte und dabei sein Ohr bearbeitete, drehte sie sich einfach um und verließ den Bahnhof.

Wie erwartet, folgte er ihr. Menschen folgen einem meistens, wenn man sie stehen lässt. Er holte sie ein, noch bevor sie seinen Protzwagen erreichte.

„Eve", seine Stimme klang belegt.

„Verdammt, spuck's aus!" Sie hatte es wirklich satt. Ihre Nerven waren bis zum Äußersten gespannt. Eine derartige Situation hatte sie noch nie erlebt und es machte sie schier wahnsinnig, dass sie sich in einem fremden Land befand und eins ihrer Kinder verschollen war.

„Ich glaube, ich weiß, wo sie sind."

Das gab's nicht! Das wollte sie jetzt nicht glauben! „Warum hast du es mir nicht gleich gesagt?"

„Wann hätte ich es dir sagen sollen?" Der Wagen preschte über die Landstraße, zurück in Richtung Blåvand, wo das Ferienhaus stand.

„Also bitte", sie kreischte fast, „spätestens als wir gemeinsam in diesen Urlaub gefahren sind."

„Du hast das jetzt nicht wirklich einen gemeinsamen Urlaub genannt?", gab er scharf zurück.

„Bilde dir bloß nichts ein, Jesse Graham! Aber wenn du vor meiner Haustür auftauchst, den Bruder eines meiner Kinder im Schlepptau, dann kann ich schon erwarten, dass du mir diese Kleinigkeit bei der ersten Gelegenheit steckst. Europa-Tickets! Die haben Europa-Tickets. Kannst du dir vorstellen, wo die überall hinfahren können?!"

„Erstens: Ich bilde mir bestimmt nichts ein, Evelyn Schneider. Gott behüte! Zweitens: Der Bruder eines deiner Kinder hatte wohl eher mich im Schlepptau. Drittens: Sie können zwar ganz Europa bereisen, tun es aber nicht."

Ihr Kopf schoss erneut zu ihm herum. Sein Blick war starr auf diese Straße gerichtet, bei deren bloßen Anblick man in Depressionen verfiel. „Muss ich dir eigentlich jeden Wurm einzeln aus der Nase ziehen?"

Er lachte. Der Kerl besaß doch tatsächlich die Frechheit zu lachen. „Sagt man das bei euch in Deutschland so: Würmer aus der Nase ziehen?"

„Was bist du eigentlich für einer?" Wie konnte er sich jetzt über sie lustig machen? „Du sagtest, sie könnten Europa bereisen, tun es aber nicht", wiederholte sie seine vorletzten Worte.

„Jesse hat mit meiner Kreditkarte nicht nur die Tickets gekauft."

Das war dann wohl die legendäre Schnappatmung, die sich in dem Moment bei ihr einstellte. „Was hat er noch gekauft?“

„Er hat nichts gekauft. Er hat sich selbst, Amy und mich in fünf Hotels eingebucht.“

„Wie bitte?“

„Mich brauchte er wohl, weil er als Minderjähriger nicht allein in Hotels absteigen kann. Jedenfalls vermute ich das.“

Sie hatten den Weg erreicht, der in die Dünen-Feriensiedlung führte. Jesse riss das Steuer härter als nötig herum.

„Mir ist es ehrlich gesagt vollkommen egal, wofür er dich brauchte. In welchen Städten sind diese Hotels?“, keifte sie ihn an. Am liebsten hätte sie ihn an ein Foltergerät angeschlossen, damit er einen Schlag schneller mit den Informationen rausrückte, die er schon vor Tagen, spätestens aber heute Morgen hätte loswerden können. „Mein Gott, wir hätten uns die Sucherei in den Dünen sparen können. Vermutlich hätten wir die beiden längst eingeholt.“

„Ich habe nicht gedacht, dass die Europa-Tour jetzt noch notwendig ist. Ich meine, jetzt wo die Kinder hier mehr als genug Zeit miteinander verbringen können. Abgesehen davon habe ich die Tickets eingesackt, als ich Leo bei euch am Bahnhof aufgegriffen habe. Außerdem habe ich die Zimmerbuchungen längst storniert. Bis auf das Zimmer in Durrès. Das ließ sich nicht stornieren.“

„Das Zimmer in Durrès? Wo zum Teufel ist Durrès? Und wenn du Leo die Tickets abgenommen hast, dann können die beiden ja gar nicht mit dem Zug gefahren sein. Wenn sie kein Geld hatten. Amy hat jedenfalls höchstens ihr Taschengeld. Viel kann das nicht sein. Sie haut immer alles sofort für Bücher auf den Kopf.“

„Siehst du. Sobald wir in unserem idyllischen Häuschen sind, sehen wir nach, ob sie uns Geld gestohlen haben. Aber so wie du habe ich auch geguckt, als die Liste mit den Hotelbuchungen vor mir lag. Durrès liegt in Albanien. An der Adria.“

Ihre durch nichts genährte Hoffnung, dass die Kinder eventuell doch nur auf einen längeren Ausflug in die nähere Umgebung verschwunden waren, verflog, als sie das Holzhaus betraten.

„Habt ihr sie gefunden?", rief Momo ihnen überflüssigerweise entgegen. Er und seine Geschwister hatten alle ihre Nasen an dem Fenster in der Eingangstür plattgedrückt und strömten nun aus dem Haus heraus.

Sie nahm den Kleinen in die Arme und streichelte den anderen über die Köpfe. Während sie die Fragen beantwortete, was Jesse und sie so lange gemacht hatten, suchte sie unter der Bodenplatte ihrer Reisetasche nach dem Geld, das sie dort aufbewahrte. Es fehlte nicht ein Cent.

„Die Tickets sind verschwunden", schallte Jesses Stimme aus seiner Koje. „Und hundert Euro, glaube ich."

„Glaubst du?" Sie baute sich mit der gesamten Kinderschar vor der schmalen Tür vor seiner Schlafkabine auf.

Er zuckte mit den Schultern. „Ich kann ehrlich gesagt nur grob schätzen, wieviel Bargeld ich dabei hatte. Es müssen so fünfhundert gewesen sein. Jetzt sind es vierhundert. Meine Kreditkarte ist noch hier."

Sie mochte gar nicht darüber nachdenken, dass ein einzelner Mann fünfhundert Euro in bar mit sich herumschleppte, obwohl er in seiner Heimat mit Pfund bezahlte. Entweder konnte er nicht rechnen oder er war genau so ein Protz wie sein Auto es verkündete. „Das heißt, sie haben zwar Tickets und können wie die Irren durch Europa reisen. Aber das Geld reicht vermutlich nur für Snacks und Getränke. Und da du die Hotels storniert hast, kommen sie nur in Durr..."

„Durrès."

„... in Albanien unter." Sie raufte sich die Haare. Jetzt wurde ihr auch klar, warum Amy seit einem halben Jahr ausgerechnet Albanisch lernte. Das Mädchen plante diese Reise seit einer Ewigkeit – und sie hatte rein gar nichts davon bemerkt. „Abgesehen davon, dass wir jetzt sofort unsere Sachen packen und den Kindern hinterherfahren: Was zum Teufel wollen sie in Albanien? Und was waren die anderen Stationen?"

Jesse sog tief Luft ein und vertrieb sie vor der Tür zu seinem Mini-Schlafraum. „Die erste Station ist Berlin. An die anderen Städte kann ich mich nicht erinnern, aber das finde ich heraus.“ Er zückte sein Handy und tippte zunehmend wütender darauf herum. „Kein Empfang. Nicht ein kleiner Balken.“

„Okay, Kinder: Packt eure Klamotten. Aber ordentlich! Ihr werdet das Zeug noch brauchen“, kommandierte Eve.

„Warum bleibst du nicht hier mit den Kindern und ich fahre allein, um die beiden einzusammeln? Ich meine ...“

„Du glaubst doch nicht im Ernst, Jesse, dass ich hier Beach-Volleyball spiele, während eines meiner Kinder verschwunden ist. Und Gott weiß was treibt.“ Ja, was trieb Amy eigentlich? Im Grunde konnte es nur eins sein. „Entweder Amy und Leo machen eine Kennenlern-Tour à la *Geschwister auf Reisen*. Oder sie waren die ganze Zeit nicht nur auf der Suche nach dem Bruder, beziehungsweise der Schwester ...“

„Sie suchen ihren Vater.“ Jesse sah sie an, als hätte er einen Geistesblitz.

Die Internetforen, von denen Dr. Pedersen gesprochen hatte, schossen ihr durch den Kopf. Oh, sie waren ja so blöd gewesen. Als Leo und Jesse aufgetaucht waren, hatten weder sie, noch der Psychiater noch einen Gedanken an den Vater verschwendet. Es war nur noch um die Geschwister gegangen. Aber die kannten sich seit Monaten. Jesse hatte hinter dem blinden Spiegel ganz richtig beobachtet: Die beiden Teenager hatten ihnen eine perfekte Show geliefert.

„Du hast recht, Jesse. Die sind auf der Suche nach ihrem gemeinsamen Vater. Und die Spuren führen in die Städte, in denen Leo die Hotelzimmer gebucht hat.“

Etwa vierundzwanzig Stunden nachdem sie in dem Holzständerhaus angekommen waren, saßen sie bereits wieder in dem Multivan. Jesse fuhr mit seinem Audi voraus. Eve schickte ein Stoßgebet zum Himmel, dass sie Amy und Leo bereits in Berlin abfingen. Wenn Jesse die Wahrheit gesagt hatte, dann wusste Leo nicht, dass sein Onkel die Hotelzimmer storniert hatte. Aber nach dem Hotel in Berlin, würde er es wissen. Und dann wurde es doppelt schwer, die beiden Kinder zu finden. Sie musste also so schnell wie möglich nach Berlin.

„Wir müssen Amy und Leo finden“, murmelte sie vor sich hin, als ihr Handy klingelte. Sie waren gerade durch Esbjerg durch. Speedy reichte ihr das Earset, denn eine Freisprechanlage besaß der in die Jahre gekommene Multivan nicht.

„Du willst die Route nicht wirklich wissen“, schallte ihr Jesses Stimme entgegen.

„Bitte, Jesse, keine Spielchen. Sprich einfach“, knurrte sie.

„Berlin, San Cugat del Valles, Paris, Wattens, Durrès.“

„Wie bitte?“

„Deutschland, Spanien, Frankreich, Österreich, Albanien.“

„Ach, du liebe ...“ Den Rest des Stoßseufzers verkniff sie sich, da die kleineren Kinder im hinteren Teil des Wagens bereits hellhörig waren. „Also dann, auf nach Berlin.“

„Ja. Auf nach Berlin. Ich fahre langsam voraus.“

Der Weg nach Berlin wäre eigentlich halb so wild gewesen. Er führte über lediglich zwei Autobahnen und Jesse hielt sich größtenteils an die vereinbarten 100 km/h. Aus sechs Stunden Fahrtzeit wurden wegen diverser Pinkelpausen allerdings acht. Und nach der Hälfte der Fahrtzeit wurde es absolut notwendig Kev entweder zu knebeln, mit Schlaftabletten zu betäuben oder an einer Raststätte auszusetzen. Wie sich herausstellte, hatte er sich in dem dänischen Ferienhaus sämtliche Süßigkeiten allein einverleibt. Der Junge war schon so hyperaktiv, aber mit der entsprechenden Zuckerdosis war er nicht mehr zu bändigen. Er schnallte sich dauernd ab, prügelte sich mit Fab und Momo und stürzte sich sogar auf Mel und Speedy. An eine Weiterfahrt war mit dem wild gewordenen Jungen nicht zu denken.

„Ruf Jesse an“, zischte Eve ihrem Ältesten zu.

„Wer muss dieses Mal auf's Klo?“, knurrte es aus dem Hörer.

„Ach, momentan sind sie noch beim Nachfüllen“, knurrte Eve finster zurück. „Kev hat da mal eine Bitte.“

„Schon erfüllt“, murmelte Jesse.

„Wirklich?“

„Wie könnte ich dem kleinen Sonnenschein etwas abschlagen?“

Die Frage war, wer mit dem kleinen Sonnenschein gemeint war. Nach der Raststätte auf der Höhe von Schwerin war jedenfalls Ruhe in der hell blauen Familienkutsche. Kev war mitsamt seiner Sitzschale auf den Notsitz des Audi umgezogen.

Noch vor Müritz meldete Jesse eine Pinkelpause an, aber Eve drehte ihm nur eine lange Nase und fuhr an der Raststätte vorbei. Zum ersten Mal in ihrem Leben fühlte sie sich nicht wie eine Rabenmutter, nur weil sie einmal auf ihre eigenen Bedürfnisse geachtet hatte.

Es war dunkel, als sie Berlin erreichten. Jesse hatte sie angerufen und wegen des trotz der späten Stunde immensen Verkehrs vorgewarnt.

„Warst du schon mal in Berlin?“, fragte sie ihn.

„Nein, aber ich verstehe die Verkehrsnachrichten. Bleib’ einfach nah bei mir und halte das Handy bereit. Nur für den Fall, dass wir uns aus den Augen verlieren: Wir müssen zum Brandenburger Tor.“

Natürlich verloren sie sich aus den Augen. Und trafen sich direkt vor dem beeindruckend beleuchteten Wahrzeichen Berlins wieder. Den Van hatte sie in der Ladezone vor einem Café abgestellt. Den Audi konnte sie nirgendwo entdecken. Sie zog sich die Kapuze tief ins Gesicht. Für August war es erbärmlich kalt, fast schon Herbst. Den Kindern ging es ebenso. Auch sie vergruben so viel wie möglich von Kopf und Händen in ihren kuscheligen, grünen Kapuzenpullis.

Kev winkte ihr von Jesses Schulter her fröhlich zu. Der Junge wirkte seltsam gelassen. Was zum Teufel hatte Jesse ihm gegeben? Eine Dosis Valium?

„Stellt euch doch mal ganz schnell für ein Foto vor dem Tor auf. Ihr seid gerade so schön verkleidet“, rief Jesse ihnen zu. Er ließ Kev hinunter, der sofort auf das Tor zulief und sich mit einem breiten Lächeln in Pose stellte.

Wie Jesse in der Situation einen Schnappschuss machen konnte, war ihr schleierhaft. Warum er sich über ihre Klamotten lustig machte ebenfalls. Im Gegensatz zu ihm froren sie sich wenigstens nicht den Hintern ab. Aber dann fiel ihm plötzlich auf, dass er wohl das Handy in seinem Auto vergessen hatte und er blies die Sache ab.

Eve stand der Sinn ohnehin nicht nach Lächeln und Posieren. „Wir machen Fotos, wenn wir Amy und Leo aufgespürt haben. Das Hotel, Jesse, bitte“, rief sie ihm nach.

„Es muss gleich hier sein. Es heißt Adlon Kempinski.“ Er stoppte kurz und drehte sich um seine eigene Achse.

„Da!“, riefen Mel und Momo wie aus einem Munde.

„Das kann nicht sein.“ Speedy bekam Augen wie Spiegeleier.

„Das ist ein Schloss“, keuchte Fab. „Das können die sich nicht leisten.“

„Richtig. Leo hat es ja auch mit meiner Kreditkarte gebucht.“ Und dann war Jesse weg.

„Okay, Kinder, wir gehen vor. Jesse kennt unser Ziel.“

Mehrere Hotelpagen und zwei blonde Rezeptionistinnen in schicken Uniformen, die sich auffallend ähnlich sahen, taten so, als würden sie die sechs Personen in den grünen Kapuzenpullovern nicht bemerken. Selbst dann noch, als sie sich zu zweit über das Foto beugten, das Eve ihnen reichte, vermieden sie es, die Familie, die sich offensichtlich in dieses Luxushotel verirrt hatte, länger anzusehen.

„Das ist mein Kind“, sagte Eve und tippte auf das Bild. Die Aufnahme zeigte Amy, wie sie zu Ostern im Garten ein buntes Ei in die Höhe hielt.

„Ich denke, die Dame auf dem Bild war hier“, sagte eine der beiden. Die andere nickte zustimmend, die Augen fest auf das Foto geheftet.

Die Kinder, die sich um Eve drängten, kicherten, als das Wort Dame fiel.

„Es war ein Junge dabei, der dem Mädchen auf dem Foto ähnelt. Die beiden wollten hier einchecken, aber das Zimmer wurde vorgestern storniert“, fuhr die eine mit leicht gequälter Stimme fort.

Ihre Kollegin nickte. „Das Mädchen hatte allerdings kurzes Haar. So ungefähr bis hier“, sie hob den Kopf ein wenig an und hielt eine flache Hand unter ein Ohr, „und sie war stark geschminkt. Deswegen kann ich schlecht sagen, ob sie es wirklich ist.“

„Vielleicht war Amy beim Friseur, so wie du“, überlegte Momo.

„Ja, oder sie hat sich selber die Haare abgeschnitten, damit sie auf den Fahndungsfotos nicht zu erkennen ist “, überlegte Fab laut.

Eve sog deutlich hörbar Luft ein. „Wann waren sie hier und was haben sie danach gemacht?“

Die beiden Frauen schüttelten so gleichmäßig bedauernd den Kopf, als hätten sie eine Choreographie einstudiert.

„Haben Sie wenigstens gesehen, in welche Richtung sie gegangen sind?“ Eve hörte selbst, wie verzweifelt sie klang.

„Moment“, sagte die eine der Frauen. Kurz darauf stand sie auf der anderen Seite der Rezeption, offensichtlich erleichtert, diese komische Familie loszuwerden. „Kommen Sie. Vielleicht hat einer unserer Pagen sie beobachtet.“ Und zum ersten Mal lächelte sie .

Sie hatten Glück. Einer der Pagen hatte nicht nur gesehen, in welche Richtung sie gegangen waren, er hatte den beiden sogar eine Adresse empfohlen.

„Was? Sie haben sie zur Bahnhofsmission geschickt?“

Der Mann nickte, ohne mit der Wimper zu zucken. „Dort arbeiten Sozialarbeiter.“

Eve ließ sich den Weg zur Bahnhofsmission erklären. Sie hielt bereits vor dem Gebäude, als ihr Handy klingelte. „Wo bist du, Jesse? Wir sind da.“

„Herzlichen Glückwunsch! Ihr müsst wohl erst mal ohne mich auskommen. Ich bin gerade auf einer Polizeistation.“

„Haben sie deinen Wagen abgeschleppt?“

„So in etwa. Nur, dass es nicht die Polizei war und auch kein Abschleppdienst."

„Was? Sie haben den Audi gestohlen?"

„Hm. Die Frage ist nur, wer *sie* sind."

„Okay, Jesse. Kümmere du dich um dein Auto, beziehungsweise um dein verschwundenes Auto. Ich gehe jetzt in die Bahnhofsmission und kümmere mich um die verschwundenen Kinder. Es könnte sein, dass sie hier sind. Ich melde mich bei dir."

„Kannst du bitte wiederholen, wo du bist, Eve?"

„Railway Mission, Jesse. Ich bin in der Railway Mission." Woher auch immer sie wusste, was Bahnhofsmission auf Englisch heißt. Wenn die Sache nicht so fürchterlich traurig gewesen wäre, hätte sie gelacht.

16

Jesse

Er wusste schon nicht mehr, wie oft er sich in den vergangenen zehn Tagen über sich selbst geärgert hatte. Das war doch kein Leben! Alles drehte sich um die Kinder. Beziehungsweise darum, dass sie entweder nichts taten oder etwas taten, das sie nicht tun sollten. Dabei waren es nicht mal die Kleinen, die den Ärger machten. Er war selbst überrascht, wie gut erzogen Speedy, Mal, Momo, Kev und Fab waren. Abgesehen von dem ständigen Lärm, den sie verursachten. Aber sie gingen ins Bett, wenn Eve sie schickte. Sie putzten sich die Zähne, wenn Eve sie daran erinnerte. Nach dem Aufstehen begrüßten sie einen mit einem freundlichen „Guten Morgen", wenn man ihnen über den Weg lief.

Wenn er ehrlich war, gehorchten sie besser als Winnie, sein Rauhaardackel, den er im vergangenen Jahr wegen fortgeschrittener Arthrose einschläfern lassen musste. Warum ihm ausgerechnet jetzt sein altersschwacher Kumpel einfiel? Vielleicht weil er ihm in dieser Situation ein Trost gewesen wäre.

„Sie müssen mit auf's Revier", sagte der Polizist mit dem Schnauzbart. Sein jüngerer, muskelbepackter Kollege übersetzte alles auf Englisch.

Auf der Polizeistation gab er dann noch dreimal zu Protokoll, was er in der Nähe des Brandenburger Tores bereits zweimal erzählt hatte.

„Ja, ich war so blöde, das Verdeck offen zu lassen. Nein, den Schlüssel habe ich abgezogen. Hier ist er. Sehen sie. Die Papiere liegen leider im Wagen. Die Tasche mit meiner Kleidung sowie ein MacBook Air, auf dem sich ein Forschungsantrag befindet, der wahrscheinlich mehrere Millionen an Forschungsgeldern einbringt. Ich wollte nur mal kurz zu einem Treffpunkt."

„Zu der Frau mit den fünf Kindern." Der Mucki-Cop beobachtete ihn ausdruckslos.

„Ja, doch. Wobei sie nur vier Kinder dabei hatte, weil Kev mit mir gefahren war. Und dann wollten wir sofort zum Hotel Kempinski. Und ja, ich wusste, dass ich meinen Wagen im Halteverbot geparkt hatte. Und ja, mein gesamtes Gepäck war darin und ein Kindersitz."

Zum Schluss unterschrieb er den ganzen Kram, den er sich durchlesen sollte, obwohl er kein Wort davon verstand. Wenn er doch bloß in Cambridge geblieben wäre, dachte er die ganze Zeit. Das hatte er in seinem gesamten Leben noch nicht gedacht. Weil ihm das Reisen normalerweise Freude bereitete. Aber er musste ja unbedingt die Verantwortung für einen Jungen übernehmen, der anscheinend von überall abhaute.

„Nachdem feststeht, dass ihr Auto nicht abgeschleppt wurde, können Sie davon ausgehen, dass es gestohlen wurde." Der Mucki-Cop schnalzte mit der Zunge. Das tat er dauernd und Jesse ging das ganz gehörig auf die Nerven. Aber er hielt wohl besser die Klappe. Wer wusste schon, wie deutsche Polizisten drauf waren.

„Mein Auto hat zwar kein Ortungssystem, aber mein Handy liegt darin. Und das hat GPS."

„Das ist schön", übersetzte der Mucki-Cop Schnauzbarts dämliche Entgegnung. „Dem werden unsere Experten auch gleich morgen nachgehen."

„Bis dahin ist mein Auto über alle Berge", wagte er einzuwenden.

„Wir regeln das", kam es zurück. „Momentan sind hier ein paar osteuropäische Banden am Werk. Wir sind ihnen auf der Spur."

So war das dann wohl mit den deutschen Polizisten.

Als Jesse dann auch noch eine Adresse in Deutschland angeben sollte, wo sie ihn erreichen konnten, rief er Eve an. Allerdings nicht über sein Handy, sondern über das Telefon der Polizei, denn sein Handy lag ja im Auto. Zum Glück hatte ihm der liebe Gott nicht einfach ersatzlos das Namensgedächtnis gestrichen, sondern dafür ein hervorragendes Zahlengedächtnis verpasst.

„Ah? Jetzt wohnen wir plötzlich zusammen?", giftete sie ihn vollkommen grundlos an. Jedenfalls dachte er, dass sie keinen Grund hatte, so mit ihm umzuspringen. Hatte sie auch nicht. Aber bei dem Ärger, den sie, wie sie sagte, wegen seines Neffen am Hals hatte, konnte er ihre miese Laune sehr gut nachvollziehen. Er hätte ja selbst irgendwen oder irgendwas kurz und kleinhauen können vor Wut.

„Es ist nur bis die Polizei meinen Wagen gefunden hat. Sobald wir die Kinder zurückhaben, schnappe ich mir meinen Neffen und fahre mit ihm nach Hause."

„Das bedeutet, dass du endgültig bei uns einziehen musst. Falls du dein Auto jemals wiedersehen solltest, wird es zumindest Monate dauern. Und wenn du es dann wiederhast, dann sieht es bestimmt nicht mehr so aus, wie es vorhin noch aussah, bevor du es mit steckendem Schlüssel im absoluten Halteverbot abgestellt hast. Bitte sehr, liebe Autodiebe, bedient euch."

„Du musst mich nicht auch noch daran erinnern."

„Das hättest du wohl gern. Ich habe darüber in der Zeitung gelesen. Die Autobanden im Osten sind ein großes Problem. Verabschiede dich besser schon mal von deinem schönen Audi."

Das meinten die Polizisten, die dem Gespräch gelauscht hatten, auch. Aber immerhin genügte ihnen die Adresse im Kinderdorf. Bei all dem Theater hatte er glatt verschwitzt, ihr zu sagen, dass er sich gleich dringend ihr Handy ausleihen musste, um selber die Ortung vorzunehmen.

„Wo gehen Sie jetzt hin?", fragte ihn der Schnurrbart-Cop.

„Zur Bahnhofsmission", gab er zurück, womit er den nächsten Ärger am Hals hatte.

Zum einen fanden die beiden Polizisten das nämlich gar nicht lustig und sie brachten ihn mit der grünen Minna dorthin, wo Eve seine Aussagen von wegen entlaufener Kinder bestätigen musste. Zum anderen wollte Eve mit der ganzen Mannschaft dort übernachten. Und er sollte ebenfalls dableiben und auf Leo aufpassen, damit der nicht wieder entschwand.

„Und du sagst mir erst jetzt, dass die beiden Kinder tatsächlich hier gelandet sind?", herrschte er sie an. Im selben Moment tat es ihm aber schon wieder leid. Erstens war er nicht der Typ, der andere Menschen anschnauzte, schon gar keine Frauen. Und zweitens sah sie so verdammt fertig aus. Andererseits mochte er nicht darüber nachdenken, was passierte, wenn sein Computer mit dem Forschungsantrag in die falschen Hände geriet. Nobelpreis Nr. 2 konnte er dann jedenfalls vergessen. Nicht, dass er versessen war auf den Preis, aber die Idee, die dem Antrag zugrunde lag, war schon nicht übel.

„Wann hast du mir gesagt, dass dein Neffe zwei Europa-Tickets im Gepäck hat? Und dass er eine kleine Europa-Reise mit meiner Nichte unternehmen wollte?" Ihre Augen blitzten feindselig. „Und jetzt gleich darfst du noch deine Unterschrift unter den Bericht setzen, den der für solche Fälle zuständige Sozialarbeiter gerade aufsetzt", sie zeigte auf einen ziemlich abgerissen aussehenden Typen, der an einem ebenso abgestandenen Besuchertisch hockte und einen Bogen Papier vollkritzelte, „nachdem hier zwei Minderjährige eingetrudelt sind, ist nämlich das deutsche Sozialsystem in Kraft getreten."

„Was bedeutet das?"

„Beruhige dich. Ich habe ihnen alles erklärt. Was denkst du, warum wir hier übernachten dürfen?"

„Ich bleibe nicht hier. Der Laden ist doch voller Junkies." Das konnte sie nun wirklich nicht von ihm verlangen. Da war ja die dänische Bettenkoje eine Luxussuite dagegen. „Ich finde nicht, dass das eine passende Umgebung für Kinder ist."

„Das hast du allerdings recht", stimmte sie ihm finster zu. „Die Sache ist nur, dass wir um ein Uhr nachts kein Hotel finden. Nicht mit sieben Kindern im Schlepptau."

„Wir fahren zum Kempinski. Mit deinem Wagen. Es ist ein Neunsitzer. Wir passen also alle hinein."

Einen solch verächtlichen Blick, wie den, mit dem sie ihn daraufhin bedachte, hatte er in seinem ganzen Leben noch nicht kassiert. Nicht mal Gemma hatte ihn so absolut angeekelt angesehen – und die konnte wirklich Gift versprühen. „Ganz recht, mein Wagen ist ein Neunsitzer. Und drei Zimmer im Kempinski machen zufällig tausendfünfhundert Schleifen. Und die habe ich ganz zufällig nicht dabei."

„Ich zahle." Seine Geldbörse mit der Kreditkarte steckte immer in seiner Gesäßtasche und da war sie auch jetzt noch.

Eve zeigte ihm einen Vogel. „Wir haben bereits Betten. Im Sommer ist hier nicht so viel los. Eine Nacht wirst du schon überleben."

Und so unterschrieb er das zweite Protokoll innerhalb von einer Stunde und vergaß schon wieder, sich ihr Handy auszuleihen.

Er hätte gern mit Leo geredet, doch der gab nicht nur vor zu schlafen, sondern er schlief tatsächlich. Sein Brustkorb hob und senkte sich ruhig und regelmäßig, der Atem strömte zischend aus dem halb geöffneten Mund.

Jesse legte sich vollständig angezogen auf das schmale Feldbett neben seinem Neffen. Soweit er es übersah, machte sich hier niemand die Mühe, sich einen Schlafanzug anzuziehen

– ausgenommen Eve und Anhang. Die blau-weißen Streifen ihrer Seemannsschlafanzüge erkannte er sogar in der Dunkelheit. Weniger lustig war der Gestank in dem Schlafraum. Es roch erbärmlich nach menschlichen Ausdünstungen und er fragte sich, wie Eve das aushielt. Sie war mit ihrer Zahnbürste und einem kleinen Handtuch im Bad verschwunden, hatte sich die Zähne geputzt und das Gesicht gewaschen. Himmlisch sauber duftend hatte sie sich in ihrem albernen Schlafanzug in ihre Decke eingerollt, die Augen geschlossen und war so gut wie augenblicklich eingeschlafen. Nur einmal hatte sie noch geknurrt „Morgen, Jesse, ich schlafe." Das war, als er sie nach ihrem Handy gefragt hatte.

Eine ganze Weile wälzte er sich auf der Pritsche herum, dann stand er auf und setzte sich zu dem Typen, der Nachtwache hielt, und erzählte ihm seine Story vom Eintreffen seiner Schwester Sophia bis zu seiner Ankunft in der Bahnhofsmission.

„Keine Angst, Kumpel, ich denke schon nicht, dass du einer von den Typen bist, die sonst so hier rumhängen", brummelte Tobias. Der junge Mann mit den Rasta-Locken studierte Pädagogik. „Habt ihr ehrlich sieben Kinder? Also du und die Perle, die bei den Kindern schläft?"

Jesse ersparte es sich, die Verhältnisse nochmals aufzudröseln und schlich zurück in den Schlafsaal, zu Eves Bett. Vielleicht kam er ja irgendwie an ihr Handy ran.

„Was tust du da, Onkel Jesse?"

Er fuhr zusammen, als wäre er bei einem Einbruch erwischt worden. „Leo!"

„Machst du dich etwa an Eve ran?" Der Junge hob seinen Kopf und sah zu ihm. Seine Augen glänzten im Dunkeln. Nicht ganz so wie die von einer Katze, aber immerhin so, dass man sie deutlich erkannte.

„Komm mit mir", zischte er seinem Neffen zu. „Ich will mit dir reden."

„Du siehst doch, dass ich schlafe."

„Steh auf!", fauchte er.

„Hat das nicht bis morgen Zeit?"

„Leopold ... Das ist das Mindeste, was du mir schuldig bist, nach all dem Ärger, den du mir bisher gemacht hast. Steh auf!"

„Schon gut." Der Junge wälzte sich von der Liege und folgte ihm auf den Korridor, wo er sich mit dem Rücken gegen eine Wand lehnte, die Knie einknickte und langsam auf den Boden rutschte. Dort blieb er mit angezogenen Beinen sitzen, schlang seine Arme darum herum und legte den Kopf auf die Knie. Dabei fiel eine einzige dicke Haarsträhne vorn über seine Arme, die aussah wie ein Pferdeschwanz.

„Sag mal, was hast du dir eigentlich dabei gedacht? Vergiss die Frage. Sag mir einfach, was ihr vorhabt!"

„Das nimmst du mir sowieso nicht ab", kam es unter der dicken Haarsträhne hervor.

„Das lass mal meine Sorge sein. Also?" Er ließ sich neben Leo nieder.

„Vater suchen."

„Und? Habt ihr ihn gefunden?"

Leo bewegte den Kopf.

„War das ein Nein?"

„Hmh."

„Hattet ihr hier in Berlin eine Adresse?"

„Hmh."

„Habt ihr ihn besucht?"

„Hmh."

War das ätzend. Jesse straffte die Schultern. „Geht's auch ein bisschen präziser? Hör mal, Leo, ich bin zwar nur dein Onkel, aber ich habe deiner Mutter versprochen, ein Auge auf dich zu werfen."

„Da haben sich ja die richtigen beiden Experten zusammengetan."

„Pass auf, Junge. Ich will dir nichts. Ich habe bloß keine Lust, mich über dich zu ärgern."

„Dann lass mich in Ruhe." Leos Kopf tauchte aus der Versenkung auf.

„Das geht leider nicht. Ich kann dich nicht in Ruhe lassen. Also sag mir lieber, was los ist." Erst jetzt bemerkte Jesse, dass der Junge ganz verändert aussah. Irgendetwas war mit seinen Haaren. Er wusste nur nicht was. Und er traute sich nicht zu fragen. Es wäre ihm irgendwie lächerlich vorgekommen.

Leo strich die dicke Haarsträhne zur Seite. „Warum sollte ich?“

„Weil wir sonst morgen nach Cambridge zurückfahren. Und glaub’ mir: Noch einmal entkommst du mir nicht!“ Er erschrak über sich selbst. Das hatte er nicht sagen wollen, denn wenn Leo jetzt redete, hieß das im Umkehrschluss, dass er nicht mit ihm nach Cambridge fuhr, sondern hier blieb.

„Okay.“

Na toll. Das hatte der Junge natürlich sofort kapiert. „Wie okay?“

„Okay okay. Ich erzähle dir alles, wenn du dafür sorgst, dass Amy und ich ungestört nach unserem Vater suchen können.“

„Ihr habt also einen Plan?“

„Versprichst du es?“ Leo sah ihm geradewegs in die Augen.

„Wie zum Teufel soll ich dir das versprechen? Eve wird Amy nicht allein durch Europa reisen lassen.“

Sein Neffe zuckte mit den Schultern. „Dann überzeuge sie davon, dass ihr schon nichts passiert.“

„Glaubst du etwa, dass Eve sich darauf einlässt?“

„Wir wollen wissen, wer unser Vater ist. Und wir werden einen Weg finden, um das herauszufinden. Das kann ich dir versprechen, Onkel Jesse. Ich verstehe nicht, wie es erlaubt sein kann, dass Mütter ihren Kindern verschweigen dürfen, von wem sie abstammen! Wir haben ein Recht darauf zu erfahren, wer für uns seinen Samen gespendet hat.“

Onkel Jesse, Onkel Jesse. Wie er das hasste! Aber der Junge hatte recht. Mütter sollten ihren Kindern den Vater nicht verschweigen dürfen. Und er hatte eine Idee. Sie gefiel ihm nicht. Keineswegs. Er hasste sie. Aber er hatte keine Wahl. „Ich begleite euch.“

„Was?“

„Ich komme mit euch. Wir fahren zu dritt. Ich kaufe mir morgen auch ein Europa-Ticket. Mit meiner Kreditkarte nisten wir uns in Hotels ein, nicht in den Luxushütten, die du reserviert hattest und die ich vorgestern oder vorvorgestern storniert habe. In Bed & Breakfasts. Aber darauf kommt es euch bestimmt nicht an.“

Leo starrte ihn mit offenem Mund an.

„Was ist, Neffe? Schlag schon ein.“

„Okay, Onkel“, sagte Leo ungläubig, ergriff aber Jesses Hand. „Aber glaubst du, Eve lässt Amy mit uns fahren?“

„Ich denke, sie sieht ein, dass es für Amy wichtig ist, dass sie ihren Vater kennt.“

„Das ist zwar keine Antwort auf meine Frage. Aber okay.“

„Was heißt das jetzt wieder, Jesse?“

„Ich bin einverstanden?“

„Du bist einverstanden?“, fragte er kopfschüttelnd. Oh Mann. Seine Schwester hatte wirklich ganze Arbeit geleistet. Abgesehen von diesem ewigen Onkel, hatte dieses Riesenbaby keinen Respekt vor dem Alter.

„Ja doch.“

Jesse drückte Leos Hand. Der zurückkommende Druck war auch nicht von schlechten Eltern. „Also, abgemacht. Ich verspreche dir, dass ich alles gebe, um Eve davon zu überzeugen, dass Amy mit uns kommt. Wenn mir das nicht gelingt ...“

„Nehmen wir Amy einfach mit.“

„Auf gar keinen Fall! Dann lässt Eve mich wegen Kindesentführung festnehmen.“

„Hast du etwa Angst vor Eve, Onkel Jesse?“

Er kniff die Augen zusammen, während die Mundwinkel seines Neffen langsam nach außen wanderten und ein merkwürdig dunkles Kichern erklang. Und dann fragte er doch noch, ob Leo was mit seinen Haaren gemacht hatte.

„Iro.“ Leo hob die einzelne Strähne an. Über den Ohren und am Hinterkopf war alles rasiert.

17

Eve

Sie wusste, dass man Menschen nicht besitzen kann. Und sie kannte die Redensart, dass man ihnen nur bis vor den Kopf gucken kann. Auch die, dass man Reisende nicht aufhalten soll. Seit Thomas, ihr letzter fester Freund, von einem auf den anderen Tag aus ihrem Leben verschwunden war, wusste sie sogar wie sich all das anfühlte. Besonders, wenn man irrtümlich vom Gegenteil ausging. Wenn man sich beim Anderen sicher fühlte. Wenn man glaubte, ihn in- und auswendig zu kennen, weil man ein Paar war und sich schon unvollständig fühlte, wenn der Partner nur mal auf einer Geschäftsreise war. Und wenn man so dumm war zu glauben, tausend Liebesschwüre wären eine Art Garantie für die Ewigkeit. Und dann hatte Thomas vor ihr gestanden, nach einer mittelprächtigen gemeinsamen Nacht und ihr eröffnet, dass er das nicht könnte. Dass ihm selbst ein Kind zu viel war. Sogar wenn es ihr eigenes wäre, also die Frucht ihrer Liebe und nicht der Quietschbeutel ihrer dämlichen Schwester (das hatte er wirklich so gesagt).

Ein paar Stunden nachdem er ihr seine Erkenntnis mitgeteilt hatte, stand ein Umzugswagen vor dem Haus. Und dann war ihre große Liebe, beziehungsweise was sie dafür gehalten hatte, aus der gemeinsamen Wohnung ausgezogen. Mit dem 42-Zoll-Fernseher, den sie kurz zuvor gekauft hatten, dem unfassbar bequemen Box-Spring-Bett, das sie ebenfalls je zur Hälfte bezahlt hatten, dem Sofa, das ihr allein gehörte (Thomas hatte nur den hässlichen Fernsehsessel bezahlt, der seiner Meinung nach mehr wert war als das ganze Sofa und den er gleichfalls mitgenommen hatte). Die Einbauküche, die sie dem Vormieter für hundert Euro abgekauft hatten, hatte er ihr großzügigerweise dagelassen. Und auch zwei Sets Bettwäsche, für die sie streng genommen keine Verwendung mehr hatte, weil er ab da allein in dem schönen Bett schlief.

Und obwohl sie all das so schmerzhaft lernen musste und zusätzlich wusste, dass einem auch Kinder nicht gehören, selbst dann, wenn man alles für sie hergibt, war es so, dass sie es hasste, wenn jemand anderes mehr über eines ihrer Kinder wusste als sie selbst. Es war, als schnitte man ihr damit ein Stück von ihr selbst raus. Mehr noch als damals, als Thomas sie sitzen ließ und sie für verrückt erklärte, weil sie sich die Verantwortung für ein Kind aufhalste, wie er es ausgedrückt hatte.

Jesse hatte Leo mitten in der Nacht aus dem Bett geholt. Jetzt wusste er alles und sie nichts, und sie war seinem Wohlwollen, ihr sein Wissen mitzuteilen, ausgeliefert. Und er spannte sie so richtig auf die Folter.

„Wir müssen reden“, sagte er, anstatt zu reden. Es klang, als wüsste er ganz fürchterliche Dinge.

„Natürlich“, gab sie höchst besorgt zurück und dass er ihr alles sagen könnte. Er sollte sofort damit beginnen.

„In Ruhe. Wir zwei, ohne die Kinder“, verlangte er. „Der Sozialarbeiter sagt, gleich hier um die Ecke gibt es ein größeres Frühstückscafé.“

Zusätzlich hatte Amy seit gestern kein Wort mit ihr gesprochen. Sie konnte sich nicht erinnern, wann sie sich zuletzt so mies gefühlt hatte, obwohl sie eigentlich glücklich sein sollte, da sie Amy und Leo gefunden hatten. „Die Kinder kommen mit“, verlangte sie.

„Aber sie sitzen an einem eigenen Tisch. Wir müssen ungestört reden.“

Damit war sie einverstanden, auch wenn sie jetzt noch beunruhigter war.

Jesse sah ihr über den Rand einer senffarbenen Tasse hinweg in die Augen, als er in einem atemberaubenden Schneckentempo einen Schluck von dem Kaffee nahm, den sie in dem gut besuchten Café ausschenkten. Dann setzte er die Tasse ab, drehte sie um ihre eigene Achse, als überlegte er, wie man das Ding verschönern könnte, bevor er endlich mit gesenkter Stimme sagte: „Amy und Leo waren in Kreuzberg.“

Sie war versucht hinauszuschreien: Ja und? Ist das alles, was du weißt? Und geht das nicht auch ein bisschen schneller? Doch sie hielt seinem seltsam lauernden Blick stand und wartete. Sie hoffte nur, dass er nicht etwas wusste, das er ihr schonend beibringen wollte.

„Sie waren in einem Haus, das heruntergekommener ist als das, in dem Leo mit seiner Mutter lebt – und das heißt schon was. Willst du dieses Croissant?" Er zeigte auf den ausgefransten Brotkorb, in dem neben zwei gummiartigen Brötchen und einer Scheibe Schwarzbrot ein faltiges Croissant auf Erlösung wartete.

„Ich bin nicht hungrig." Eve sah zu dem etwas größeren Tisch auf der anderen Seite des Cafés rüber, an dem die Kinder gut gelaunt Gummibrötchen und trockenes Rührei verschlangen, als hätten sie seit Wochen nichts zu essen bekommen. Dazu unterhielten sie sich zwar lautstark, aber trotzdem bekam sie nichts von dem mit, was dort beredet wurde. Amy fuhr sich dauernd mit den Fingern durch die Haare. Sie war bei einem reichlich radikalen Friseur gewesen. Ihre ehemals langen Haare endeten knapp unter den Ohren, fielen vorn ins Gesicht und mussten hinten ständig mit Gel hochgestellt werden. Und Leo sah aus wie ein Punk. Auf seinem Schädel gab es nur noch eine einzelne lange Strähne, die er am Übergang zum Hinterkopf mit einem Gummi zu einem Pferdeschwanz zusammengefasst hatte.

„Sie haben einen Mann besucht, ihren mutmaßlichen Vater", fuhr Jesse mit der scheibchenweisen Nachrichtenübermittlung fort.

Das hätte sie sich zwar denken können, trotzdem schlug die Mitteilung bei ihr ein wie eine Bombe. Von einer Sekunde zur anderen verwandelte sie sich von der unkomplizierten Zeitgenossin, die sie normalerweise war, in ein Tier. „Und?", schnappte sie wie ein Krokodil. „Was ist passiert? Was ist bei dem Besuch herausgekommen? Verdammt, Jesse, rede endlich und lass mich nicht zappeln! Was soll der Scheiß? Was habe ich dir getan, dass du mich derart auf die Folter spannst? Was zum Teufel willst du?"

Jesse legte die Stirn in Falten, ansonsten ließ er sich von ihrem kleinen Ausbruch nicht beirren. „Nichts liegt mir ferner als dich zappeln zu lassen, Eve."

„Das merke ich." Jetzt schnappte sie sich doch das Croissant. Auch ohne dass sie es in ihren Kaffee tunkte, schmeckte es genauso schlapp wie es aussah. Aber es erschien ihr sinnvoller, auf dem pappigen Ding herumzukauen, als noch hysterischer zu werden. „Sprich!"

Jesse trank einen weiteren Schluck Kaffee, bevor er endlich mit dem entscheidenden Punkt rausrückte: „Der Victor Visosevic, den sie gestern besucht haben, ist vor drei Jahren aus Somalia nach Deutschland gekommen."

„Ein Schwarzer namens Visosevic?"

„Schwärzer geht's nicht, sagt Leo."

„Dann kann er wohl kaum ihr Vater sein."

„Das denke ich auch."

„Das heißt, die Suche geht weiter. Mir wird ganz schlecht."

Er schob eine Hand zu ihr hinüber. Anscheinend wollte er sie auf ihre legen, um sie zu beruhigen, doch sie wich zurück, worauf Jesse zwar eine Grimasse zog, aber immerhin fuhr er fort. Wenn auch nicht mit Dingen, die sie hören wollte: „Die beiden passen schon ganz gut auf sich selbst auf und sie wissen genau, was sie wollen. Wenn ich ehrlich bin, beeindruckt mich ihr Mut. Sie sind auf dem besten Weg, erwachsen zu werden."

„Mir wäre bedeutend wohler, wenn sie es bei den mutigen Haarschnitten belassen würden. Verdammt, wie geht es jetzt weiter?"

„Ich denke, die Kinder haben ein Recht darauf, ihren Vater kennenzulernen."

„Natürlich. Aber es kommt schon noch auf die Art und Weise an, in der das vonstatten geht, meinst du nicht?"

„Ich meine vor allem, dass sie ihre Reise durchziehen sollten."

Eve hatte das Gefühl, als bliebe ihr das Stück Croissant, auf dem sie gekaut hatte, im Hals stecken, wo es sich in einen

Korken verwandelte und ihre Kehle verstopfte. „Etwa zu zweit?“

„Nicht nur dir ist ein Kind davongelaufen“, sagte Jesse allen Ernstes. Das stimmte zwar, aber sie empfand diesen Hinweis als eine einzige Unverschämtheit. Was wusste dieser Mann von Kindern?

„Von allein wäre Amy nie verschwunden. Und ich lasse garantiert nicht zu, dass sie allein durch die Welt gondelt. Das kannst du nicht im Ernst meinen! Vergiss es. Vollkommen indiskutabel. Das hast du nicht etwa schon mit den beiden Weltenbummlern besprochen?“

„Vor ungefähr einem Jahr ist deine Nichte von ganz allein darauf gekommen, im Internet nach ihrem Vater zu suchen. Dabei hat sie Leo gefunden. Na, wer ist nun der Aufrührer? Aber ich möchte weder jemanden beschuldigen, noch in Schutz nehmen. Wenn du mich fragst, ist das verdammt viel Selbständigkeit für eine damals Zwölfjährige. Und Cleverness. Oder wie auch immer du es nennen willst, dass sie eine Genanalyse organisiert hat.“

„500 Euro hat die Analyse gekostet – geklaute Euro.“ Aber, ob sie es zugeben wollte oder nicht, irgendwie hatte Jesse recht. Die beiden sollten ihren Vater suchen. Im Kinderdorf versuchten sie, wenn es irgendwie ging, den Kontakt zu den leiblichen Eltern zu pflegen. Nur konnte und wollte sie Amy nicht allein mit Leo quer durch Europa reisen und wildfremde Kerle besichtigen lassen. Das ging einfach nicht. Sie sagte es ihm. Und dann sagte sie ihm auch noch, dass sie nicht die Mittel hatte, sich mal eben mit der ganzen Familie auf eine Europa-Reise zu begeben. Das musste geplant werden. Es würde ihr schon gelingen, das Geld dafür aufzutreiben. Aber sie brauchte ein wenig Zeit.

„Wie viel Zeit?“

„Kommt drauf an, was es kostet. Lass mich nachdenken. Sagen wir, es dauert eine Woche. Wir fahren mit dem Auto, das kostet Benzin. Dazu kommen zehn Übernachtungen für sieben Personen in preiswerten Unterkünften. Essen müssen wir sowieso. Macht trotzdem mindestens dreitausend Euro. Ich brauche ein halbes Jahr, um das Geld zusammen zu bekommen."

„Das mach den Kindern mal begreiflich. Die können nicht warten. Außerdem könnte es sein, dass wir den Vater schon bei der nächsten Station haben."

„Könnte sein, könnte aber auch nicht sein. Sie werden warten müssen."

„Vorher büxen sie wieder aus."

Da war was dran. „Hast du einen anderen Vorschlag?"

„Ich begleite sie auf ihrer Tour."

„Wie bitte?"

„Warum nicht?"

„Du?"

„Ich habe diesen ganzen Schlamassel ebenso wenig geplant wie du und ich würde lieber heute als morgen nach Hause fahren. Aber irgendwie habe ich plötzlich das Gefühl, meinem Neffen etwas schuldig zu sein. Außerdem wüsste ich sowieso nicht, was ich in Cambridge mit ihm anfangen sollte. Ganz davon abgesehen, dass Leo schneller von dort verschwindet, als ich ihm den Rücken zukehre."

„Oh Mann. Das geht nicht." Sie schüttelte den Kopf. „Ich kann Amy nicht mit dir fahren lassen."

„Warum nicht? Ich bin erwachsen, durchtrainiert – kann sie also verteidigen, wenn sie an einen Schwerverbrecher ..."

„Das ist nicht witzig, Jesse!" Sie atmete sehr tief ein und aus. Und von dem Augenblick, in dem sie einatmete, bis zu dem Moment, in dem sie die Luft durch ihre Lippen blies, traf sie eine Entscheidung. „Ich fahre."

„Wie bitte? Ich denke, du brauchst ein halbes Jahr, um das Geld zusammen zu bekommen."

„Ich mache das mit den Kindern. Ich muss natürlich alles wissen, was die beiden über ihren mutmaßlichen Vater herausgefunden haben. Ich werde eine Wahrscheinlichkeitsliste aufstellen. Der Kerl, der am wahrscheinlichsten der Vater ist, kommt an die erste Stelle. Wer weiß, vielleicht müssen wir dann wirklich nicht die ganze Reise durchziehen."

„Du willst mit sieben Kindern durch Europa reisen?"

„Ja, sicher. Ich passe doch auch sonst immer auf sie auf. Auf sechs. Aber einer mehr macht den Braten auch nicht fett. Du müsstest natürlich einen Betrag in Leos Reisekasse tun."

Jesse lachte seltsam. „Ich kann dir meinen Neffen nicht zumuten."

„Der Junge ist keine Zumutung, sondern eine Bereicherung."

„Dann kann ich ihn dir eben nicht überlassen. Er ist genauso wenig erwachsen wie Amy."

„Ach, auf einmal?"

„Wenn meine Schwester erfährt, dass ihr Sohn mit einer Wildfremden durch Europa reist, um seinen Vater zu suchen …"

„Ehrlich, Jesse, so ganz werde ich aus deinem Gerede nicht schlau. Ich nehme Leo mit, dann kannst du dich in aller Ruhe um dein Auto kümmern, nach Hause fahren und weitermachen mit dem, was du sonst immer machst."

„Das meinst du aber jetzt nicht ernst, Eve, oder? Für was für ein Arschloch hältst du mich eigentlich?" Er streckte ihr seine Rechte quer über den kleinen Tisch entgegen. „Schlag ein. Dann ziehen wir das eben gemeinsam durch. Wir zwei."

„Wir zwei? Was ist mit deinem gestohlenen Wagen?"

„Das lass mal meine Sorge sein."

„Aber wir fahren nicht zu zweit, Jesse. Auch nicht zu viert. Speedy, Mel, Fab, Kev und Momo kommen ebenfalls mit. Das ist dir klar, oder?"

Jesse legte sich eine Hand auf den Kopf. Danach machte er ganz große Augen und schnappte ein paar Mal nach Luft. Wie ein Fisch. Und dann sagte er, während er ausatmete: „Du glaubst gar nicht, wie schrecklich klar mir das ist."

Eve konnte nicht wirklich glauben, dass Jesse, dieser preisgekrönte Professor, der außer seiner Arbeit bisher anscheinend nichts als Weibergeschichten im Kopf gehabt hatte, auf dem Beifahrersitz ihres Multivans saß, auf ihrem

Handy herumtippte und mit ihr und sieben Kindern durch Europa reisen wollte. Sie hätte ihr gesamtes, bescheidenes Vermögen darauf gesetzt, dass Jesse genau wie Thomas den Schwanz eingezogen hätte. Das hier war etwas anderes als einen entflohenen Neffen einzufangen oder einen Nachmittag in einem Kletterpark zu verbringen. Oder in einem Ferienhaus abzusteigen, aus dem man jederzeit abhauen konnte.

Aber anscheinend war er fest entschlossen. Vermutlich war er sich nicht darüber im Klaren, dass zumindest Amy unausstehlich sein würde, wenn sich ein Kandidat nach dem anderen als Flop erweisen würde. Nicht auszudenken, was mit ihr los sein würde, wenn nicht einer von den Fünfen der Vater war. Oder wenn der Vater eine absolute Zumutung war. Schon ein gesundes Kind konnte daran zerbrechen.

„San Cugat de Valles", murmelte Jesse mehrfach vor sich hin, während Eve den voll besetzten Neunsitzer durch den dichten Berliner Verkehr lenkte und nicht wusste, in welche Richtung sie fahren sollte, weshalb sie einfach immer geradeaus fuhr, wie in der Fahrschule.

„Warum besorgst du nicht einfach eine Navi-App?" Amy sprach wieder, seit klar war, dass sie auf diese Reise gingen.

„Hab' ich soeben gemacht", triumphierend hielt Jesse das Handy hoch. „San Cugat de Valles. Da ist es. Die Route steht." Er nahm das Gerät wieder runter.

„Sagst du mir auch, wo ich langfahren muss, Jesse?"

„Aber klar doch. Sobald ich den Überblick habe. Und frische Luft", mit einer schnellen Bewegung riss er das Duftherz vom Rückspiegel und warf es zum Fenster hinaus, „so. Am nächsten Kreisverkehr folgst du den Schildern zur Autobahn."

„Was fällt dir ein, Jesse?"

Ihre Kinder amüsierten sich köstlich über Jesses Aktion. „Er findet, das Herz stinkt schlimmer als wir", kicherte Fab. Nur Leo hatte andere Sorgen.

„Warum lässt du nicht einfach die App sprechen, Onkel Jesse?", ertönte seine dunkle Stimme von der hintersten Bank. Er saß dort mit gekräuselter Stirn zwischen Amy und Mel, die das kleine Bad in der Bahnhofsmission so lange blockiert hatte, bis Eve sie dort rausgetrommelt hatte. Jetzt trug das Mädchen dieselbe Wimperntusche und dasselbe Lipgloss wie sie selbst.

„Das ist doch langweilig“, erwiderte Jesse. „Die Rolle der Navi-Lady übernehme ich.“

„Soll das ein Scherz sein, Onkel Jesse?“

„Vermutlich findet dein Onkel das genauso witzig wie die Sache mit meinem Duftherz“, knurrte Eve.

„Entspannt euch, Leute, lehnt euch zurück und lasst mich euer Guide sein. In Richtung Frankfurt“, sagte er zu Eve. Er nickte ihr zuversichtlich lächelnd zu. „In ungefähr zwei Tagen sind wir in San Cugat de Valles. Und dann wollen wir mal sehen, ob wir da den richtigen Victor finden. In jedem Fall sehen wir uns Barcelona an. Das ist nämlich nur einen Katzensprung entfernt. Wir besichtigen die Kathedrale, trinken Sangria, schwimmen im Meer und lassen uns die Sonne auf den Pelz brennen. Na, wie klingt das?“

Eve verdrehte die Augen. „Du bist wohl in Urlaubsstimmung, was?“

„Und wie! Wenn ich erst einmal reise, dann gibt es kein Halten mehr.“ Die Kinder lachten (nur Leo hatte noch immer diesen skeptischen Blick drauf) und Jesse fuhr munter fort: „Wir übernachten ein oder zwei Male und vertreten uns häufig genug die Beine“, plante er weiter. „Ihr dahinten vertreibt euch die Zeit mit Spielen. Kennt ihr *Ich sehe was, was du nicht siehst*?“

Amy war wieder in den Dolmetschermodus übergegangen und die Kinder begannen mit dem Spiel.

In der Ferne tauchte das Autobahnschild auf.

„Hier“, zischte Jesse ihr zu. „Schnell. Abbiegen. Sonst verpasst du die Auffahrt. Rechts bleiben.“

Ehe sie sich versah, fädelte sie den Van auf der A12 ein. Es herrschte reger Verkehr und sie musste ganz schön aufs Gaspedal treten, um zwischen zwei LKWs zu kommen. Sie fuhr etwa eine Stunde, bis Kev zum ersten Mal verkündete, dass er mal musste. Jesse hatte die ganze Zeit mit ihrem Handy rumgespielt und mehrmals bestätigt, dass sie immer nur geradeaus fahren müsste.

An der nächsten Raststätte fuhr sie ab.

Die kleineren Kinder liefen gemeinsam zur Toilette. Mel schnappte sich ihr Waschzeug und zischte ebenfalls ab, allerdings nicht ohne einen schmachtenden Seitenblick auf Leo. Der baute sich mit Amy vor Eve auf und behauptete, sie hätten sich verfahren.

„Wir fahren in die entgegengesetzte Richtung", stimmte Amy ihrem Bruder zu. „Wir sind gleich in Frankfurt an der Oder, müssten aber in Richtung Frankfurt am Main."

„Jesse?" Eve sah durch die weit geöffneten Türen zu Jesse, der auf der anderen Seite des Vans Lockerungsübungen machte.

„Frankfurt an der Oder liegt im Osten und Osten ist eindeutig verkehrt", sagte Leo an Jesses Stelle.

„Und Spanien liegt im Süden", knurrte Amy gefährlich. „Um das zu wissen, brauche ich kein Navi."

„Dann wenden wir bei der nächsten Gelegenheit. Und lassen ab sofort das Navi sprechen." Sie beugte sich zum Beifahrersitz hinüber und streckte die Finger nach dem Handy aus. Doch Jesse war schneller.

„Mensch, gib schon her", pflaumte Leo, der um den Wagen herumgerannt war, seinen Onkel an.

„Nicht in diesem Ton", gab der zurück.

Eve musste schmunzeln, doch schon im nächsten Moment verging ihr die gute Laune.

„Hier stimmt doch was nicht", schnauzte Amy, die ihren Kopf inzwischen ebenfalls über das Handy gebeugt hatte. „Du bist doch nicht zu blöd, die Route auf einem Navi abzulesen."

„Amy! Wie sprichst du mit unserem Gast?"

„Also ehrlich, Eve! Du glaubst nicht etwa, dass einer wie Jesse selber Arbeit übernimmt, die auch eine Maschine übernehmen kann?"

Eve schluckte. So hatte Amy noch nie mit ihr gesprochen. Das Mädel rastete von Zeit zu Zeit aus, ja, aber dann beschimpfte sie andere. Nicht sie.

Jesse zog eine Augenbraue in die Höhe.

Diesen kurzen Moment der Unaufmerksamkeit nutzte Leo, um seinem Onkel das Handy zu entreißen. Amy quetschte sich nah an ihren Bruder und sah nun ebenfalls auf das Display.

„Siehst du, was ich sehe?“ Leo schnappte nach Luft.

„Pah! Dein Onkel führt uns in die falsche Richtung.“

„Was soll der Scheiß, Onkel Jesse?“

Eve versuchte ebenfalls einen Blick auf das Display zu erhaschen. Dann forderte sie: „Her mit dem Handy.“ Schließlich gehörte es ihr. Überraschenderweise landete es tatsächlich in ihrer Hand. Doch mit dem, was sie darauf sah, konnte sie wenig anfangen. Sie drehte es in alle Richtungen. „Wie soll man darauf erkennen, wo ... Moment ...“

„Das ist kein Navi, Eve“, sagte Leo.

„Oh. Was ist es dann?“

„Ein Programm, mit dem man GPS-Daten verfolgt.“

Eves Ahnung von Technik beschränkte sich auf die Bedienung von Backöfen und Toastern, aber ganz so doof war sie nicht, dass sie nicht eins und eins zusammenzählen konnte. „Das hat doch bestimmt was mit dem geklauten Auto zu tun. Jesse?“

Sie war nicht der Mensch, der auf Abenteuer aus ist. Rita hatte einmal gesagt, wenn sie Eve mit drei Worten beschreiben sollte, dann wären dies: Liebe, Glück und Harmonie. Und da war was dran. Wenn im Fernsehen ein Krimi kam, schaltete sie weiter. Selbst die Nachrichten sah sie sich nur im Notfall an. Wenn man in einer Familie aufwuchs, in der lautstarke Streits, Schläge und Psychoterror an der Tagesordnung waren und wenn dann auch noch die eigene Schwester in einer Weise aus dem Leben schied, die einen nicht nur traurig, sondern wütend hinterließ, kam man leicht auf den Gedanken, dass es auch das Gegenteil von all dem Mist geben sollte. Glückliche Familien mit glücklichen Menschen, Apfelkuchen im Ofen und ein Strauß frisch gepflückter, von Kinderhänden leicht zerknautschte Gänseblümchen in einem Wasserglas auf dem Küchentisch. Irgendwo musste solches Leben existieren. Und wenn nicht, dann würde Eve Schneider es erfinden. Diesen Plan hatte sie im zarten Alter von neun Jahren geschmiedet, nachdem ihre Mutter ihren Vater mit einer Maggy-Flasche beworfen hatte.

Eve konnte sich allerdings nicht vorstellen, dass es hier, an dieser Straße, in diesen Häusern sehr viel von ihrer Traumvorstellung gab, die sie im Kleinen für sich umgesetzt hatte. Das einzige, was fehlte, war der Mann, der pfeifend mit der Bohrmaschine durchs Haus marschierte und mit den Kindern ein Haus im Gipfel eines hohlen Baumes baute.

Es war wirklich eine merkwürdige Gegend, durch die sie da fuhren. Sehr abgeschieden, eine Art Wildnis und dann fing es auch schon wieder an zu regnen. Die reinste Selbstmördergegend. Ein paar einfache Häuser bröselten etwas abseits des Straßenrandes vor sich hin. Hierher verirrte sich garantiert kein Tourist. Und auch nicht das Glück.

Kurz vor Frankfurt an der Oder hatten sie die Autobahn verlassen. Die Straßen, über die sie fuhren, wurden zunehmend enger und holpriger. Die Kinder hatten ihr *Ich sehe was, was du nicht siehst* schon lange eingestellt. Es war unnatürlich still geworden in dem hellblauen Neunsitzer. Selbst Kev hing wie erschossen in seiner Sitzschale und starrte in die gruselige Landschaft.

„Müssten wir jetzt nicht irgendwann die tschechische Grenze erreichen?“, fragte sie, doch im selben Moment schwante ihr, dass der Grenzübergang sicher keine größere Sache würde.

„Wir sind längst drüben“, knurrte Leo, der das Handy an sich genommen hatte. Wenn sie Jesse Glauben schenkte, war der Junge ein absolutes Computer-Genie. Momentan zählte aber nur eins: Er war der einzige, der auf ihrer Seite war.

Jesse nickte leicht. Seit ihrem Streit auf der Autobahn hatten sie nicht miteinander gesprochen. Er hatte eine ziemlich große Klappe riskiert, hatte herumgetönt, was für ein lumpiger, kleiner Abstecher das war, den sie da unternahmen. Ein Katzensprung, das Ganze nicht mehr als ein Kinderspiel. Jedenfalls im Vergleich zu dem weiten Weg nach Spanien. Das hier wäre in

Wirklichkeit vollkommen ungefährlich, so ungefähr wie die Fahrt auf einer Achterbahn mit Doppel-Looping. Trotzdem würden sie ihren kleinen Ausflug nie vergessen. Ein richtiges kleines Abenteuer. Ein Spaß für's Leben.

„Vielleicht solltest du doch besser der Polizei mitteilen, wo du deinen Wagen aufgespürt hast." Sie sah Jesse nicht an, während sie das sagte, denn sie war gerade erst in einen Waldweg eingebogen und hatte Mühe, den klobigen Wagen durch die vermatschten Rillen zu steuern. In ihrem ganzen Leben war sie nie über unbefestigtes Gelände gefahren und sie bezweifelte, dass sie das Fahrzeug im Griff hatte.

„Nein! Das ist cool", riefen die Kinder im Chor. Doch der Geräuschpegel war bedeutend geringer als vor einer Weile, als es außerhalb des Wagens noch ein wenig nach Zivilisation aussah.

Der Multivan rumpelte durch ein enormes Schlagloch.

„Bevor sich die deutsche Polizei in Bewegung setzt", meldete sich Jesse zu Wort, „von der tschechischen will ich gar nicht erst reden, denke nur daran, wie einfach es war, die Grenze zu überqueren ..."

„Ich habe keine Grenze gesehen", fiel sie ihm barsch ins Wort.

„Sag ich doch. Also, Eve, ich hole mir jetzt meinen Wagen zurück, so wie ich mir früher mein Fahrrad zurückgeholt habe, das Schläger Paddy McMillan mir gestohlen hat, und dann ist es gut. Dann fahren wir nach Spanien. Lass uns nicht wieder streiten. Wir haben abgestimmt. Sieben zu zwei dafür."

Eve trat auf die Bremse. Sie wusste selbst nicht, wie sie sich auf diesen Trip hatte einlassen können. Millionenschwere Forschungsanträge hin oder her. „Du hättest uns da nicht reinreißen dürfen! Das ist Idiotie! Unverantwortlich. In meinem Wagen sitzen sieben Kinder. Und das da sind Verbrecher. Wir wissen nicht, wie viele sie sind, wir wissen nicht, wie gefährlich sie sind. Wir fahren jetzt zurück und dann nimmst du dir ein Taxi, Jesse, und holst dein Auto, ohne dass du Frau und Kinder in Gefahr bringst. Wie konnte ich nur hierher fahren? Was fährst du auch solch einen Protzwagen?! Und fährst darin auch noch hochbrisante Forschungsanträge spazieren? Du bist es doch selber schuld!“

„Er soll sich von einem Taxi zu einem Räubernest fahren lassen. Das ist typisch Mama“, kicherte Mel.

„Fahr weiter“, bettelte Fab, der wie die anderen Kinder seine Nase an der Scheibe platt drückte.

„Ja, Mama, fahr“, fiel Speedy in das allgemeine Murren ein. „Endlich ist mal was los in unserem langweiligen Leben. Jetzt mach das nicht kaputt.“

„Ich habe Phantasien von Kugeln, die uns um die Ohren fliegen.“ Eve legte den Rückwärtsgang ein, denn an Wenden war auf dem schmalen Waldweg nicht zu denken. Das hier machte sie nicht länger mit. Es war gefährlicher als auf vierzehn Metern über einen wackelnden Balken zu gehen.

„Ganz vorsichtig Gas geben“, sagte Jesse leise, doch da drehten sich die Reifen bereits durch.

„Jetzt stecken wir in dieser Wildnis fest“, stöhnte Amy.

„Und alles nur wegen dem Scheiß-Audi“, knurrte Leo.

„Erstens heißt es wegen des Scheiß-Audis“, korrigierte ihn Jesse und stieg aus. „Zweitens geht es mir nicht um den Wagen, sondern um den Antrag, der darin liegt.“ Er gab ihr ein paar Anweisungen, um den festgefahrenen Wagen zu befreien. Im Nu bewegte sich der Kastenwagen rückwärts. Mehr als Schritttempo wagte sie zwar nicht zu fahren, aber die Richtung stimmte jetzt wieder und es war besser als zu stehen und langsam im Modder zu versumpfen.

„Da vorn zwischen den Bäumen ist ein Haus“, rief Momo plötzlich aufgeregt.

Eve streckte den Kopf zum Fenster hinaus, um Jesse zurückzurufen, damit er wieder einstieg, denn sie hatte das Gefühl, dass der Boden unter den Reifen fester wurde und sie hätte gern ein wenig mehr Gas gegeben. Doch er hatte das Haus ebenfalls entdeckt.

„Jesse, komm zurück!“

„Bloß nicht wieder anhalten“, rief Leo. „Lass den Blödmann einfach hier. Als ob diese Verbrecher sich für seinen Scheiß-

Forschungsantrag interessieren. Die können vermutlich nicht mal lesen."

„Ich kann ihn nicht hier zurücklassen", gab Eve ärgerlich zurück. Und tatsächlich lief Jesse zu ihnen. Da sie im Schritttempo fuhr, holte er sie problemlos ein.

„Ihr fahrt langsam zurück", kommandierte er mit einem Blick wie Indiana Jones persönlich. Den Kindern warf er diesen Blick ebenfalls zu. „Ihr passt auf eure Mutter auf. Ich hole mir meinen Besitz zurück."

18

Jesse

„Du musst wissen, was du tust", fauchte sie ihn mit blitzenden Augen an. „Und wenn du dann deinen verdammten Protzwagen hast, kannst du uns ja einholen – oder gleich auf deine Insel zurückfahren und dich mit deinem Forschungsantrag amüsieren. Ich wünsche dir ein schönes Leben! Adiós, Professor Graham!"

„Aber er muss dir das Duftherz ersetzen", rief Momo aufgeregt.

„Du Idiot!" Fab versetzte dem Kleinen einen Puff. „Wir können Jesse doch nicht einfach hier allein zurücklassen."

„Macht euch keine Sorgen um mich. In meiner Heimat ist ein Schulbesuch gefährlicher als das hier. Und das Duftherz ersetze ich natürlich. Ich kaufe eurer Mutter sogar einen Duftbaum. Ein ganzes Dutzend." Er hob kurz die Hand und verschwand im Wald, während das Motorgeräusch des mit Kindern vollgepackten Vans hinter ihm langsam leiser wurde.

Gut möglich, dass sie ihn zum Abschied Blödmann genannt hatte. Er meinte so etwas vernommen zu haben. Natürlich hatte er die ganze Zeit über Zweifel gehabt, ob er sie und die Kinder in diese Sache hineinziehen durfte. Aber wenn er das jetzt nicht durchzog, sah er sein Auto garantiert nie wieder. Und überhaupt – was war hier zu erwarten? Doch höchstens ein Lager. Eventuell eine Werkstatt, wo die geklauten Autos umlackiert wurden, wo sie die Fahrgestellnummern abschliffen und solche Dinge. Er konnte sich nicht vorstellen, dass jemand in dieser Abgeschiedenheit moderne Überwachungsanlagen installierte.

Allerdings würde es sicher nicht lange dauern, bis einer von den Autoknackern sein Handy entdeckte. Dann war Schluss mit den GPS-Daten. Die Zeit drängte also. Es war idiotisch zu warten, bis die Polizei sich endlich in Bewegung setzte, denn bis dahin würde sich sein Wagen auf Nimmerwiedersehen verabschiedet haben. Es war schon ein unverschämtes Glück, dass das Handy immer noch im Wagen lag. Vermutlich war es beim Bremsen mal wieder unter den Beifahrersitz gerutscht, da er die Angewohnheit hatte, es auf das Armaturenbrett zu legen.

Trotz des ganzen Grünzeugs, das hier wie im Urwald wucherte, kam er schnell voran. Das Haus, das die GPS-Software als Zielpunkt anzeigte, befand sich schon die ganze Zeit in seinem Blickfeld. Es war eine alte Bruchbude, an die sich rechts und links eine hohe, mit Efeu überwucherte Mauer anschloss, die ein größeres Grundstück vor neugierigen Blicken abschirmte. Würde auf dem Display von Eves Handy nicht unermüdlich der Zielpunkt blinken, hätte er gedacht, dass er falsch war, denn er konnte nicht die Spur von Leben ausmachen. Hinter kleinen, einfach verglasten Scheiben hingen vergilbte Gardinen, manche Scheiben waren gesprungen, ramponierte Fensterläden waren teils verschlossen, teils hingen sie halb in den Angeln. Alles sah so friedlich aus. Wie eine Ruine. Das ideale Versteck.

Kurz dachte er daran, dass er ganz schön in den Hintern gekniffen war, wenn er seinen Wagen nicht zurückbekam. Immerhin war er mit Eves Handy unterwegs. Weder konnte er sie, noch konnte sie ihn erreichen. Aber dann konzentrierte er seine Gedanken auf den Erfolg und nicht auf das Scheitern. Denn warum zum Teufel führten ihn die GPS-Daten hierher?

Im Schutz eines Gebüsches sah er zu der abgeschabten Haustür, als sich von hinten eine Hand auf seine Schulter legte.

„Bist du wahnsinnig“, keuchte er, während sein Herz ihm bis zum Hals schlug. Er war ja auf einiges gefasst, auch darauf, entdeckt zu werden. Trotzdem fuhr er zusammen wie er in seinem Leben nicht zusammengefahren war. Vor ihm stand Eve.

„Pssst!“ Sie hielt einen Finger vor ihre Lippen. „Ich glaube eher, dass du nicht alle Tassen im Schrank hast. Du bist mit meinem Handy unterwegs. Was soll ich tun, wenn ich eine Panne habe?“

„Bitte sehr.“ Er gab ihr das Handy, das sie umgehend in die Tasche ihrer dunkelblauen Fleecejacke steckte. Vorhin hatte sie noch so eine in leuchtendem rosarot getragen, natürlich mit einem Herzchen-Emblem auf der Brust. Anscheinend hatte sie sich extra für diesen Einsatz getarnt.

„Ich habe den Wagen so abgestellt, dass ihn niemand sehen kann. Die Kinder warten drinnen. Sie haben keine Anweisung, was sie tun sollen, falls wir nicht innerhalb einer Stunde zurück sind. Wir müssen das hier also schnell hinter uns bringen. Und es muss gelingen.“

Entgeistert sah er, wie sie um das Gebüsch herum zu dem Haus schielte. „Sag nicht, dass du gekommen bist, um mir zu helfen. Das glaube ich jetzt nicht.“

„Das sind Autodiebe, keine Drogendealer oder Auftragskiller. Komm.“ Sie machte einen Schritt um das Blattwerk herum.

Konnte man Entgeisterung steigern? Blitzschnell hielt er sie an ihrer Jacke fest. Wie war denn die kleine Aprikosenfrau drauf? Er hatte sie für ein niedliches Mäuschen gehalten, das sich ein bisschen zu sehr für andere Menschen einsetzte, immer das Gute im Blick. Momentan glaubte sie entschieden zu sehr an das Gute im Menschen. Er kannte zwar auch niemanden von der Auto-Mafia, aber er konnte sich nicht vorstellen, dass ein Angehöriger dieser Gattung auch nur im entferntesten froh war, wenn er und diese Herzdame seinen Wagen abholten. „Bist du die weibliche Version von Arnold Schwarzenegger im Kindergarten-Cop?“

„Seit ich im Kinderdorf lebe, ist mein Leben ein einziges Sondereinsatzkommando.“ Sie riss sich los. „Du bist vielleicht ein Schisser! Es wird schon nicht lebensgefährlich werden. Die werden froh sein, wenn wir nur den Wagen abholen und ihnen nicht die Polizei auf den Hals hetzen.“ Sie zog den Kopf ein und lief geduckt zum Haus.

Ihm blieb nichts anderes übrig, als hinter ihr herzulaufen. „Dann verstehe ich nicht, warum du den Van mit den Kindern versteckt hast. Warum holst du die Kinderlein nicht einfach her und wir klopfen an und laden uns zu Kaffee und Kuchen ein?“

Sie zog eine Grimasse und drückte ihre zarte Hand auf die rostige Klinke. Ein erbärmliches Quietschen ertönte.

„Abgeschlossen? Dann lass uns über die Mauer klettern“, hörte er sich sagen. Hatte er das nicht sowieso vorgehabt, bevor sie hier aufgetaucht war und ihn zu Tode erschreckt hatte?

„Suchen wir lieber das Tor, durch das sie die geklauten Autos in den Hof bringen.“ Sie lief dicht an der Mauer entlang vor ihm her. „Da vorn muss es sein“, zischte sie ihm über ihre schmale Schulter hinweg zu.

Jetzt sah auch er den Weg, der direkt auf die Mauer zuführte. Kurz darauf standen sie vor einem hohen, verschlossenen Holztor, das aussah als stammte es aus einem längst vergangenen Jahrhundert. Nur die frischen Reifenspuren davor verrieten, dass das Anwesen genutzt wurde.

Sie war ein bisschen blass um die Nasenspitze herum, als sie zu ihm aufsah. „Halt mir ... äh ... ich weiß nicht, wie man das auf Englisch sagt.“

„Räuberleiter?“ Neben dem Holztor lehnte er sich mit dem Rücken an das Efeu, das sich unter seinem Gewicht gegen die Mauer drückte. Wie ein kleiner Affe kletterte sie an ihm hoch. Sie duftete leicht nach Aprikose und war leicht wie eine Feder.

Schließlich fühlte er ihre praktischen Schuhe auf seinen Schultern.

„Das hatte ich mir gedacht“, flüsterte sie.

„Was siehst du?“

„Ein Lager. Alles voller Audis. Die sehen alle gleich aus. So wie deiner. Die haben sich auf die Marke spezialisiert.“

„Siehst du meinen?“

„Habe ich nicht gerade erst gesagt, dass sie alle gleich aussehen? Die Nummernschilder sind auch alle ab.“

„Wir müssen da rein.“

„Ach was.“ Das Gewicht auf seinen Schultern verschwand. Sie war auf die Mauer geklettert.

„In meinem Auto liegt mein Handy“, rief er ihr zu. „Daran erkennen wir es. Komm runter. Ich erledige das.“

„Ich öffne das Tor von innen. Es ist mit einem Riegel verschlossen“, rief sie leise von oben herab. Er sah nur noch ein Stück von ihrem zierlichen Apfelpopo. Im nächsten Augenblick war sie ganz aus seinem Blickfeld verschwunden.

War die verrückt geworden? Er sah an der Mauer hoch. Das waren mindestens drei Meter. So sportlich er auch war, aber Weltmeister im Hochsprung war er nicht. Das war auch nicht notwendig, denn im nächsten Moment hörte er ein Poltern und dann öffnete sich das Tor einen Spalt und sie rief seinen Namen.

„Sag mal, hast du keine Angst?“, fragte er sie, denn er fühlte jetzt deutlich wie seine Knie zitterten.

„Frag lieber nicht“, gab sie zurück. „Du gehst jetzt da rein und holst dein Auto. Ich öffne das Tor, damit du rausfahren kannst.“

Doch dazu kam es nicht mehr. In dem Moment tauchten von irgendwoher zwei Kerle mit vorgehaltenen Gewehren auf.

Ihm gefror das Blut in den Adern.

„Weg hier“, zischte er. Er griff nach ihrer Hand und zog sie mit sich. Die ersten Meter bis in den Wald schlichen sie, um nur ja kein Geräusch zu machen. Doch dann rannten sie um ihr Leben.

„Meinst du, dass sie uns gehört haben? Oder gesehen?“ Sie wartete nicht auf seine Antwort. „Die merken garantiert, dass jemand da war. Spätestens wenn sie den Abdruck von deinem Rücken in dem Efeu entdecken.“ Ihr keuchender Atem in seinem Nacken wurde immer lauter.

„Wenn. Vielleicht sehen sie ihn ja nicht. Vielleicht denken sie, der Riegel am Tor hätte sich von allein gelöst“, hoffte er.

„Schwachsinn.“ Sie überholte ihn. Jetzt zog sie ihn mit sich.

„Wenn einer von den Typen ihn nicht sorgfältig vorgelegt hat. Das könnte doch sein“, gab er zu bedenken. Auch er keuchte. Es war fürchterlich anstrengend über all das Geäst und den unebenen Boden zu rennen. Und es verursachte eine Menge Lärm.

„Das glaubst du selbst nicht.“

Stimmt. Das glaubte er selbst nicht. Und damit meinte er nicht, dass er Händchen haltend mit einer sechsfachen Kinderdorfmutter durch den Wald lief, auf der Flucht vor einer Autoknackerbande. „Sag mal, weißt du eigentlich den Weg zu deinem Wagen?“

„Sicher, du Blindfisch“, keuchte sie. „Da vorn steht er.“

Es waren nur noch wenige Meter bis zu dem babyblauen Multivan, der unter dem Geäst, mit dem Eve und die Kinder ihn getarnt hatten, kaum auszumachen war.

„Steig ein und mach die Tür zu“, schnauzte sie ihn an. „Sie sind hinter uns her.“

Was glaubte sie, was er sonst vorgehabt hatte? Vor der Abfahrt noch schnell ein paar Pilze suchen, während die Typen mit den vorgelegten Gewehren auf sie zuliefen? Gott, er konnte sich gut vorstellen, wie es passierte, dass sich erwachsene Männer in die Hosen machten. Er sprang auf den Beifahrersitz.

Bitte, lieber Gott, betete er, mach, dass sie die Kiste nicht wieder festfährt! Er betete, obwohl er seit den ersten Prügeln, die er von seinem Vater bezogen hatte, nicht mehr gläubig war. Doch seine Sorge war unbegründet. Der Van setzte sich ruckelnd in Bewegung, noch bevor er sich angeschnallt hatte.

Eve nahm keine Rücksicht auf die Beschaffenheit des Untergrunds. Ihr kleiner Fuß drückte das Gaspedal bis zum

Anschlag durch. Der Motor heulte auf und sie schossen aus dem Versteck heraus auf den Waldweg.

Das Gestrüpp, mit denen die Kinder den Wagen getarnt hatten, stob zur Seite. Schüsse fielen. Der Wagen schlingerte, doch Eve hatte dazugelernt und hielt das Gefährt geschickt in der Spur.

Sie rasten mit hundertvierzig Sachen über die rumpelige Landstraße, von der sie vor Stunden gekommen waren. Im Wageninnern war es mucksmäuschenstill.

„Die hatten echte Knarren", sagte Kev mit weit aufgerissenen Augen. Er war der erste, der die Sprache wiederfand. Allerdings war er in seine Muttersprache verfallen. Amy übersetzte tonlos.

„Es ist ja nichts passiert. Wir haben Jesses kleinen, unvergesslichen Ausflug in die Welt der bewaffneten Autoknacker überlebt. Das wird uns auf ewig zusammenschweißen", sagte Eve in übertrieben ruhigem Ton. Ihr andauernder, hektischer Blick in den Rückspiegel strafte ihre vorgetäuschte Gelassenheit Lügen. Das hielt sie allerdings nicht davon ab, ihm einen Seitenhieb zu verpassen, obwohl der Sarkasmus auch dieses Mal nicht überzeugend rüberkam. „Leider muss der Herr Professor noch immer in unserer Familienkutsche mitfahren. Wie leid mir das tut."

„Einen Versuch war es jedenfalls wert", murmelte er. „Immerhin kennen wir jetzt das Versteck dieser Verbrecher. Wenn du mir dein Handy gibst, rufe ich die Polizei in Deutschland an."

„Das erledige ich für dich, sobald wir in Deutschland sind, denn die Roaming-Gebühren kann ich mir leider nicht leisten."

„Gern", sagte er einfach, da er nach der Aktion einfach keine Lust auf einen weiteren Streit hatte. Abgesehen davon fand er es höchst bewundernswert, wie sie den Weg zurück nach Deutschland fand. Er selbst hätte ohne Navi nie im Leben zurückgefunden. Sie dagegen hatte plötzlich eine Orientierung wie eine Brieftaube.

Nach einer weiteren Stunde erreichten sie deutsches Staatsgebiet.

Eve fuhr an den Straßenrand, um mit der Berliner Polizei zu telefonieren. Er reichte ihr das Protokoll, damit sie Telefonnummer und Aktenzeichen durchgeben konnte.

Das Telefonat war ziemlich schnell zu Ende. Zufrieden nickte sie ihm zu. „Alles erledigt. Ich schicke denen noch die Geo-Daten und ein paar Fotos."

„Du hast Fotos gemacht?"

„Ja, als ich oben auf der Mauer war. Die Jungs von der Polizei regeln das. Du kriegst deinen Audi wieder, wenn wir von unserer Reise zurückkehren. Dieses Mal bedient Leo das Navi." Sie ließ den Wagen wieder an und warf ihr Handy zu seinem Neffen.

19

Leopold

Diese Reise hatte er sich verdammt nochmal anders vorgestellt. Er mochte Amy. Sie sprach ein saubereres Englisch als er, war verdammt mutig. Vor allem dafür, dass sie erst dreizehn war. Im Grunde kam sie ihm sogar älter vor als er sich selbst. Und sie hatte gute Ideen. Zum Beispiel die coole Frisur, die er jetzt auf dem Kopf hatte, war ihre Empfehlung gewesen. Außerdem war sie wahnsinnig intelligent. Seine Schwester war einfach der Hammer. Abgesehen davon, dass man ihr nicht zu nahe kommen durfte. Denn dann fing man sich leicht eine ein.

Nicht mal die Hand hatte er ihr geben dürfen. Er hatte zuerst geglaubt, dass sie ihn hassen würde. Aber das war eine Fehleinschätzung gewesen.

„Leo", hatte sie gesagt und dabei die Arme vor der Brust verschränkt, „ich bin so froh, dich zu kennen, aber fass mich einfach nicht an, denn dann flippe ich aus. Das Kindheitstrauma, du weißt schon. Der letzte, dem ich einen Stuhl über den Schädel gebraten habe, musste genäht werden. Okay?"

„Klar", hatte er nur gesagt. Er war auch froh, sie zu kennen. Außerdem mochte er, dass sie ihn Leo nannte. So wie ihre Tante Eve, die ihren normalen Job und ihr normales Leben aufgegeben hatte, damit Amy nicht in ein Heim musste. Amy hatte echt viel Scheiße erlebt. Und er hatte bisher gedacht, dass sein Leben ein einziger Dreck wäre. Seine Mutter mochte saufen, aber sie hatte sich nicht vor seinen Augen erhängt.

Das einzige, was ihm nicht behagte, war die Tatsache, dass Onkel Jesse und Eve sie in Berlin aufgespürt hatten. Nicht die Tatsache an sich war ihm peinlich, sondern dass er sich schon zweimal von seinem Onkel hatte erwischen lassen.

„Mach deswegen kein Theater", sagte Amy leise. Sie unterhielten sich fast ständig flüsternd, damit ihre dauernd anwesenden Geschwister, die wie unterschiedlich große Fünflinge durch die Welt rannten (leider machte auch Amy dabei mit, so dass er eigentlich mit Sechslingen unterwegs war), nichts mitbekamen. „Meine Tante würde mich sowieso überall aufspüren. Wenn uns diese Verbrecher vorhin gekidnappt hätten, dann hätte sie uns garantiert da rausgeholt. Zur Not hätte sie die Typen umgelegt."

Leo verzog das Gesicht. „Deswegen ist es mir auch peinlich, dass wir sie nach Spanien fahren lassen."

Amy zuckte mit den Schultern.

„Ehrlich jetzt", beharrte er. Er wollte die Freundlichkeit dieser Frau, die ständig daran dachte, die Kinder und auch seinen Onkel mit Essen und Getränken zu versorgen und nie ein böses Wort sprach, nicht länger missbrauchen. Es tat ihm schon furchtbar leid, dass er überhaupt mit Amy aus dem coolen Holzhaus getürmt war. „Wenn wir mit ihr geredet hätten, wäre sie mit uns losgefahren, um unseren Vater zu finden."

„Kann schon sein."

„Warum bist du ihr gegenüber so unfair, Amy?“

„Bin ich das?“

Er nickte langsam.

„Sie hat ihr Leben für dich aufgegeben.“

„Jetzt redest du schon wie mein Psychiater.“

„Wo er recht hat ...“

„Mein Gott, dann sprich doch mit ihr!“

Und dann sprach er sie an, bevor sie noch länger in Richtung Spanien fuhr.

20

Eve

„Ich kann keinen Meter weiter. Jesse, such bitte ein Hotel für uns. Eine einfache Unterkunft, nur was zum Schlafen. Für mehr reicht mein Geld nicht.“ Sie war fix und alle. An der nächsten Autobahnabfahrt fuhr sie kurzentschlossen ab.

„Es ist noch früh. Ich könnte fahren“, bot Jesse an.

„Du bist nur Rechtsverkehr und spritzige Cabrios gewöhnt und ich hänge an meinem Leben, so langweilig es bis zu unserem Sondereinsatzkommando auch war.“

Natürlich ignorierte er ihren kleinen Hinweis auf die unverantwortliche Aktion hinter der tschechischen Grenze und konzentrierte sich darauf, ihr unter die Nase zu reiben, dass er sehr wohl mit dem Linksverkehr klarkam. „Immerhin habe ich es von Cambridge nach Deutschland geschafft. Außerdem besitze ich nicht nicht nur den Audi. Ich habe auch noch einen Wagen für Einkaufsfahrten.“

„Du hast zwei Autos?“ Was für ein Angeber! Sie hatte es gewusst.

„Der Audi ist unpraktisch, wenn man etwas transportieren will.“

„Ah ja. Egal. Wir haben es nicht eilig, Jesse. Leo, Amy, haben wir es eilig?" Als die beiden die Köpfe schüttelten, sagte sie: „Gehen wir die Sache langsam an. Oder willst du immer noch lieber gestern als heute zurück in dein schönes, ruhiges Haus nach Cambridge, *Onkel Jesse*?"

Das hatte sie ihn schon mehrmals gefragt. Wie sie an seiner versteinerten Miene ablas, mochte er diese Frage nicht. Obwohl oder weil sie damit genau ins Schwarze traf.

Und dann erhob Leo das Wort. Und da fiel sie aus allen Wolken. Nicht nur sie. Auch Jesse neben ihr entglitten zusehends die Gesichtszüge.

„Wir müssen nicht nach Spanien fahren. Auch nicht nach Paris. Nur nach Österreich und nach Albanien." Er fuhr sich durch die Haare, die ihm seit Berlin nicht mehr ins Gesicht fielen, sondern in einem Pferdeschwanz auf den Hinterkopf.

Als Eve fragend in den Rückspiegel sah, fügte Amy erklärend hinzu: „Berlin, Paris und Barcelona wollten wir uns nur so angucken. Als Touristen. Für unsere Vatersuche wirklich wichtig sind nur Wattens in Tirol und Durrès in Albanien."

Eve und Jesse wechselten Blicke, schüttelten wortlos die Köpfe und dann besorgte Jesse endlich eine Unterkunft für die Nacht.

Er trieb ein Motel auf, dessen einzige beiden Pluspunkte es waren, dass außer ihnen niemand dort abstieg und das praktischerweise nach hinten raus keine Fenster hatte, durch die Amy und Leo verschwinden könnten. Als sie das sahen, checkten sie sofort ein, fuhren für eine Stunde in eine nahe gelegene Imbissbude, in der sie das Öl für die Pommes höchstens einmal pro Monat wechselten, stopften sich die Bäuche voll mit Essen, das nicht nur ungesund war, sondern obendrein erbärmlich schmeckte. Danach fuhren sie zu dem Motel zurück, verteilten die Kinder auf drei schäbige Zimmer und schlossen sie ein. Das war nicht Eves Stil, aber sie war am Ende. Erst die idiotische Sache in Tschechien, dann diese erfrischende Information. So langsam reichte es wirklich und sie hatte nichts dagegen, dass Jesse den Van nahm und zu der

Tankstelle fuhr, an der sie auf dem Weg zum Motel vorbei gekommen waren, um ein paar Erwachsenengetränke zu besorgen.

Als er mit zwei Flaschen Rotwein mit Schraubverschluss und einer Tüte Chips wiederkam, hatte Eve dem Motel-Betreiber zwei verrostete Klappstühle abgeschwatzt und diese auf der plattgetrampelten Wiese vor den Zimmern der Kinder aufgestellt.

Im Hintergrund rauschten die Autos über die Autobahn. Über ihnen befanden sich die Flieger im Landeanflug. Es war überhaupt nichts Romantisches an der ganzen Situation. Das musste es auch nicht, nach dem Abstecher nach Tschechien war ihr schon gar nicht mehr danach.

Eve musste zugeben, dass Jesse wenigstens versuchte, ein bisschen Stil in die Angelegenheit zu bringen, als er zum Motel-Besitzer ging und nach Gläsern fragte. Doch als sie die trüben Wassergläser sahen, nahmen sie sich jeder eine Flasche, drehten die Verschlüsse ab und warfen sie achtlos in die Dunkelheit.

„Cheers“, sagte Jesse und knallte den Flaschenhals seiner Flasche an den ihrer Flasche.

Sie musste lachen. Sogar ihre Ausflüge als Jugendliche, als sie mit einem Jungen, der nicht wusste, das es Deo gab, im Dunkeln an der Niers gesessen und Cidre getrunken hatte, hatten mehr Stil gehabt. „Ich nehme an, du steigst sonst in anderen Hotels ab, Nobelpreisträger Graham.“

Das fahle Licht der einzigen Lampe an dem Motel beleuchtete sein Gesicht von einer Seite. Darum sah sie sein breites Grinsen, verstand es aber nicht.

„Immerhin können Amy und Leo uns hier nicht entkommen.“ Er setzte seine Flasche an, hielt inne, wie um Mut zu sammeln und trank dann einen großen Schluck.

Sie machte es ihm nach. Der Fusel schmeckte tausendmal schlimmer als die Pommes aus dem ranzigen Fett. Wenn sie schon spucken musste, wie schlimm musste der Wein dann für Jesse sein? Doch der kniff nur die Augen zusammen und kippte gleich noch einen Schluck hinterher.

„Je eher die Wirkung eintritt, desto eher merkst du den Geschmack nicht mehr“, meinte er.

„Das ist nicht dein Ernst.“

„Was denkst du, warum ich so viel auf einmal trinke?“

„Es härtet die Geschmacksnerven ab?“

„Du bist schlau, Aprikosenfrau.“

Beinahe wäre ihr die Flasche aus der Hand gefallen. „Wie hast du mich gerade genannt?“

Er trank noch einen ordentlichen Schluck. Wenn sie in der Geschwindigkeit trinken würde, wäre sie binnen weniger Minuten blau.

„Wegen der Farbe deiner Haare und deiner Haut.“

„Ah.“ Seine Erklärung machte sie augenblicklich verlegen und sie nahm lieber auch mal einen kräftigen Schluck. „Willst du mich anmachen?“

Er schwenkte seine Flasche, so dass der Hals auf das vergammelte Motel zeigte. „Dafür hätte ich wohl eine etwas angenehmere Umgebung gewählt.“

Ob sie wollte oder nicht, es schmeichelte ihr, dass er sich anscheinend vorstellen konnte, mit ihr zu flirten. „Gestern Abend die Umgebung beispielsweise war hochgradig romantisch.“

„Abgesehen von den Schlafkojen“, knurrte er.

Sie lachten beide.

„Hast du noch nie mit einer Frau auf einer sechzig Zentimeter breiten Pritsche gekuschelt?“, kam es über ihre Lippen. Der Wein löste ihre Zunge. Zudem konnte sie sein Gesicht im Dunkeln nicht erkennen, darum ging sie davon aus, dass er auch ihres nicht sehen konnte, was sie zusätzlich mutiger machte.

„Ehrlich gesagt nicht. Schon gar nicht auf einer, die unter einem Meter achtzig lang, beziehungsweise kurz war. Ich musste die ganze Zeit die Beine aufstellen. Was ist mit dir? Hast du mal was auf einer solchen Liege mit jemandem gehabt?“ Er bewegte sich unbehaglich in seinem Klappstuhl. „Sag mal, willst du deine Füße auf meine Oberschenkel legen?“

Hilfe. Was für ein Gespräch war denn das? Sie musste dringend das Thema wechseln. „Frage eins: Ich verrate dir bestimmt nicht, in welchen unsäglichen Situationen ich mit einem Vertreter des männlichen Geschlechts gekuschelt habe. Frage zwei: Nein! Warum sollte ich meine Füße auf deine Oberschenkel legen wollen?“

„Damit ich meine Füße auf die Lehnen deines Stuhls legen kann. Ich finde meinen Stuhl nämlich unsagbar unbequem. Oder ist deiner gemütlicher? Dann lass uns tauschen.“

In dem gruseligen Licht, erkannte sie nur das Blitzen seiner Zähne. „Lachst du?“

„Wir Engländer lachen immer, wenn es besonders ungemütlich ist. Cheers.“

„Ich dachte, du bist Ire.“

„Verdammt, das hatte ich vergessen. Legst du nun bitte deine Füße auf meine Beine oder soll ich das für dich übernehmen?“

„Wie soll ich denn das verstehen?“

Mit dem, was dann kam, hatte sie nie im Leben gerechnet. Sie hatte Jesse Graham für einen Flachleger gehalten, ja, aber sie hätte nicht geglaubt, dass er nach den Füßen einer sechsfachen Mutter griff und sie sich auf die Oberschenkel legte. Aber das war ja nur, damit er es sich auf ihren Armlehnen bequem machen konnte, beruhigte sie sich selber. Oder weil er glaubte, bei ihr leichte Beute zu haben, dachte sie. Das war’s dann mit der Ruhe.

„Ist das jetzt so schlimm?“, knurrte er. Dann wechselte er das Thema. „Ich finde es bewundernswert, wie du das alles schaffst.“

Vor lauter Verblüffung über das Kompliment nahm sie noch einen Schluck von dem billigen Rotwein und ließ ihre Füße dort, wo er sie hingelegt hatte. So war es in der Tat ein wenig bequemer. „Wie meinst du denn das?“

„Aaah“, er lachte heiser, „du verstehst ganz genau, was ich meine. Ganz im Ernst, es gibt sicher nicht viele Frauen wie dich.“

„Oh doch, die gibt es", widersprach sie. „Das trifft ungefähr auf alle Kinderdorfmütter zu, die ich kenne."

„Leben die alle monogam?"

„Wie bitte? Wie kommst du denn darauf, dass Kinderdorfmütter monogam leben? Manche sind sogar verheiratet."

„Wie halten die Männer das nur aus?"

„Wie bitte?"

„Schon gut. Tut mir leid. Ich wollte dich nicht kränken. Ich bewundere das wirklich, was du leistest."

„Kinder sind nicht gerade dein Fall, was?" Sie wusste, dass es falsch war, aber irgendwie war sie ein wenig eingeschnappt. Vielleicht hatte sie sich ein wenig zu viel eingebildet, nur weil ihre Füße auf seinen muskulösen Oberschenkeln lagen. Sie zog sie zurück und stieß seine von den Lehnen ihrer schäbigen Sitzgelegenheit. „Aber das ist deine Sache. Ich lege mich jetzt jedenfalls hin. Wir haben morgen eine lange Fahrt vor uns. Gute Nacht."

Als sie am nächsten Morgen Jesses dicke Augen sah, war sie froh, dass sie nach nicht ganz der Hälfte ihres Weins ins Bett gegangen war. Das Zimmer war zwar eine Bruchbude gewesen, die Matratze dünn, das Bettzeug schmuddelig und die Luft abgestanden. Aber geschlafen hatte sie trotzdem erstaunlich gut und nach einer schönen, lauwarmen Dusche, bei der sie einer Kakerlake ins Auge geblickt hatte, war sie endgültig hellwach.

„Sogar Amy und Leo sind noch da." Obwohl Jesse breit grinste, als er das sagte, und offensichtlich geduscht und die Klamotten gewechselt hatte, sah er grauenvoll aus.

„Du solltest weniger trinken", sagte sie, als sie an ihm vorbeiging, um sich hinter das Steuer zu setzen.

Er ignorierte ihren Einwand. Allerdings fragte er die Kinder, ob sie nichts vergessen hätten. Eve erschrak beinahe über so viel Mitdenken. Das hätte sie Jesse nun bestimmt nicht zugetraut.

Die Kinder stöhnten einfach nur genervt auf, weil Eve sie bereits mehrmals danach gefragt hatte.

Die Fahrt nach Österreich hätte acht Stunden gedauert, wenn sie durchgefahren wären. Aber neben einer Frühstückspause in einem Stehimbiss und einigen Pinkelpausen machten sie einen beachtlichen Abstecher nach Dresden, um sich den Zwinger und die Semper-Oper anzusehen. Die Nacht verbrachten sie in einem billigen, aber sehr sauberen Hotel in Chemnitz. Eve schlief mit Mel und Amy in einem Zimmer, Jesse nahm seinen Neffen zu sich. Die anderen Jungs bekamen das Zimmer neben Eve.

Auf diese Weise waren auch am nächsten Tag alle Kinder ausnahmslos anwesend. Und Jesse war so nüchtern und sah so gut aus, dass sie seinem Vorschlag zustimmte, sich mal ein paar Kilometer hinters Steuer zu setzen, damit sie sich ausruhen konnte.

„Wenn jemand uns sieht, denkt er wir wären eine richtige Familie", sagte Momo, als der Van mit der zusammengewürfelten Fracht mit exakt 100 km/h über die A9 an Ingolstadt vorbeirauschte.

Momos Worte hingen in der Luft wie das sprichwörtliche Schwert.

„Leo, Eve und ich sind Familie."

Sämtliche Augenpaare richteten sich auf Amy.

„Amy, Jesse und Leo sind auch Familie", bemerkte Speedy. Er versuchte sich cool zu geben, doch Eve sah an seinen leicht zusammengekniffenen Augen, dass ihm seine eigene Bemerkung einen Stich versetzte.

„Und Momo, Kev, Fab, Speedy, Mel, Amy und ich sind auch Familie", kam Eve auch denjenigen zur Hilfe, die keine Blutsverwandten hatten, indem sie die Mannschaft aus Haus 9 aufzählte.

„Eigentlich hat Momo recht", meldete sich plötzlich Jesse zu Wort.

Eve spürte, wie sich die Härchen auf ihren Armen aufrichteten. Mit einem Wortbeitrag von Jesse hatte sie ganz bestimmt nicht gerichtet. Die übrigen Fahrgäste schienen nicht minder erstaunt.

„Was guckt ihr mich so an?“ Jesse spürte die Verwunderung. „Irgendwie sind doch in diesem Auto alle miteinander verbandelt. Leo mit mir, Amy mit Leo und mit Eve – und dadurch mit mir. Und alle anderen sowieso. Leo und ich sind ja eigentlich nur Eindringlinge.“

„Amys Bruder ist doch kein Eindringling“, Mel strahlte Leo verzückt an.

„Du bist auch kein Eindringling“, sagte Kev. Er saß auf dem Sitz hinter Jesse. Vertrauensvoll legte er seine kleine Hand auf die Schulter des Mannes.

Eve musste schmunzeln. Zugleich breitete sich in ihr so etwas wie Stolz aus. Sie musste zugeben, dass es ihr schmeichelte, dass Jesse sie alle als eine Familie bezeichnete. Irgendwie. Aber er tat es. Und wenn es nur war, weil er Speedys Traurigkeit gespürt hatte.

Sie konnte nicht anders. Sie warf ihm einen anerkennenden Blick zu, dem er allerdings auswich. Und das gab ihr seltsamerweise einen empfindlichen Stich.

Um sich abzulenken und damit die Kinder nichts davon mitbekamen, wie betroffen sie war, begann sie mit *Ich sehe was, was du nicht siehst*. Doch schon nach kurzer Zeit, hatten die Kinder keine Lust mehr auf das Spiel, mit dem sie sich sonst über Stunden beschäftigen konnten. Es gab auch erstaunlich wenig Pinkelpausen auf der Fahrt nach Österreich. Zwar sprach niemand darüber, doch alle Gedanken konzentrierten sich auf ihre nun anstehende Mission.

Eve versuchte das Thema anzusprechen, doch bei dem ersten zarten Hinweis, schimpfe Amy drauflos.

„Wir gehen hin, wir sehen uns den Typen an. Und mit WIR meine ich Leo und mich. Okay?!“

„Aber wir dürfen schon Anteil nehmen?“

Eves Kopf schoss zu Jesse herum. Was war denn heute mit dem los? Hatte er über Nacht so etwas wie Feingefühl entwickelt? Zuerst die Frage nach vergessenen Gepäckteilen, dann die Sache mit der Familie. Er half ihr schon zum dritten Mal. Aber schon wieder flatterten seine Lider, als sie ihm einen dankenden Blick zuwarf und er wich ihr aus. Vermutlich hatte er immer noch ein schlechtes Gewissen wegen Tschechien.

Und dann brach im hinteren Teil des Wagens der Tumult los.

„Mamas Füße LAGEN auf Jesses Beinen!“, schmetterte Kev.

„Ich habe es auch gesehen.“ Fab nickte heftig.

„Und ich auch“, meldete sich Momo entrüstet.

„Ihr seid doch bescheuert, ihr kleinen Pimpfe“, keifte Amy. „Mama ist vielleicht scharf auf Jesse, so wie Mel auf Leo. Aber umgekehrt wird da kein Schuh draus.“ Sie lachte schallend. Ihre Geschwister amüsierten sich über den Schuh.

Es war höchste Zeit einzugreifen.

„Fährst du bitte rechts ran, Jesse?“ Das war keine Frage und Jesse kapierte es sofort. Zumindest als sie andeutete, dass Amy gleich um sich schlagen würde. Alle außer Leo waren auch schon in Deckung gegangen.

Energisch schob Eve die breite Tür an der Seite des Vans auf. „Raus mit dir, Amy. Sofort!“

Amy stieg aus. Und dabei stieß sie Eve mit beiden Händen so heftig gegen die Schultern, dass sie strauchelte.

Jetzt nur nicht emotional werden, zischte Eve sich selbst zu. Aus den Augenwinkeln heraus sah sie Jesse den Fahrersitz verlassen. Der hatte ihr gerade noch gefehlt. Ausgerechnet jetzt, wo Amy geradewegs auf einen ihrer Anfälle zusteuerte.

„Amy, du weißt, dass du dich auf den Boden legen musst“, sagte sie streng. Sie blendete Jesse für einen Moment aus. Sie brauchte ihre volle Konzentration, wenn sie den Tobsuchtsanfall abwenden wollte. Das ganze Familiengerede, diese Fahrt – das alles war zu viel für Amy. Es war unwahrscheinlich, dass die neuen Medikamente schon richtig wirkten. Vielleicht war all das hier ein Fehler.

Inzwischen stand Jesse vor Amy. Und das Mädchen machte noch immer keine Anstalten, sich auf den Boden zu legen, wo

Eve sie fest in die Arme nehmen konnte, um sie so lange gegen den harten Asphalt zu drücken, bis sie erschöpft aufgab.

„Zisch ab!“, keifte Amy Jesse an.

„Leo!“ Jesse nickte seinem Neffen zu, der daraufhin ebenfalls den Wagen verließ.

„Du auch! Weg! Geht alle weg!“ Amy stapfte mit beiden Beinen abwechselnd auf den Boden. Sie sah aus wie ein Giftzwerg, das Gesicht hasserfüllt verzogen, die Mundwinkel zeigten nach unten.

Und dann streckte Jesse eine Hand nach Amy aus.

War der wahnsinnig geworden? Hatte er vergessen, was sie ihm über Amy gesagt hatte?

Nein, das hatte er nicht. Er umklammerte das Mädchen, drückte es zu Boden, aber nur so, dass Amy zum Sitzen kam. Leo setzte sich auf die andere Seite und legte einen Arm um seine Schwester, die wild um sich schlug und mit den halb angezogenen Beinen strampelte.

Leo begann auf Amy einzureden. Leise, beschwörend.

Eve hätte kreischen können. Kreischen und toben. Was taten die beiden da mit ihrem Kind? Es gab ein ausgeklügeltes Verfahren, um Amys Anfälle abzuwenden. Ein jahrelang erprobtes Vorgehen. Davon abzuweichen war idiotisch. Sie warf einen Blick über ihre Schulter hinter sich. Die Autobahn war ziemlich voll. Wenn Amy sich losriss ...

Eve stürzte auf Amy zu, doch in dem Moment, wo sie auf die Knie gehen wollte, schnellte zuerst Jesses Arm hoch. Dann richtete er sich selber auf und umklammerte sie, als wäre sie diejenige, die einen Anfall hatte.

„Jesse! Lass mich sofort los! Wenn sie auf die Fahrbahn läuft!“ Der Schrei gellte in ihren Ohren, ließ fast ihr Trommelfell platzen. Doch es war nicht Amys Schrei, es war ihr eigener. Sie selbst hatte geschrien.

„Eve, krieg dich ein“, hörte sie Amys leicht kratzige Stimme an ihrem Ohr.

„Eve, es ist alles gut“, raunte Jesse an ihrem anderen Ohr.

Sie öffnete die Augen, die sie in ihrer Panik geschlossen hatte, sah in die drei Gesichter dicht vor ihrem, die sie besorgt ansahen, und notierte die Nasen, die von innen gegen die Scheiben des Vans gedrückt wurden.

„Kann ich dich loslassen?“, fragte Jesse ernst.

„Sie ist okay“, sagte Amy. „Eve, Mama, Mama Eve. Mir geht es gut. Es ist schon vorbei.“

Eve schossen Tränen über die Wangen.

„Die Medikamente wirken“, keuchte sie. „Gott sei Dank, die Medikamente wirken.“

„Wenn du so weitermachst, brauchst du wohl welche“, grinste Amy. Doch es war nicht dieser aggressive Unterton in ihrem Blick und in ihrer Stimme, vor dem Eve solche Angst hatte. Es war Besorgnis, die ihr entgegenkam.

„Schau mal, Mama Eve: Ich nehme Leo bei der Hand. Und dich auch. Es geht.“

Mit weit aufgerissenen Augen ließ Eve sich zum Wagen bringen, wo sie sich auf den Beifahrersitz fallen ließ. Sie fühlte sich so schwach, so unendlich schwach.

Den Rest der Fahrt spielten die Kinder wieder ihr *Ich sehe was, was du nicht siehst.* Doch die fröhliche Stimmung der vergangenen Tage, zumindest an denen, wo sie nicht auf der Suche nach Amy und Leo gewesen waren, war weg. Es lag eine stille Anspannung im Innenraum des blauen Multivans. Jeder hoffte inständig, dass Amy und Leo ihren Vater finden würden. Was für ein Mensch er war, wie er aussah, was er in seinem Leben tat, ob er eine Familie hatte, das war zweitrangig. Amy und Leo hatten das Thema offenbar millionenfach durchdiskutiert und ihre Einstellung dazu gefunden.

„Ich erwarte gar nichts“, erklärte Amy schulterzuckend.

„Bei einer saufenden Mutter kann es kaum schlimmer kommen“, meinte Leo.

„Bei einer, die sich an der Heizung stranguliert hat, auch nicht“, sagte Amy.

„Aber du hast deine Tante ...“, begann Jesse.

Eve würgte den sich ankündigenden Appell mit einem schwachen Kopfschütteln ab. Es war gut. Sie wollte nicht, dass er Amy nötigte, ihr dankbar zu sein. Sie tat das alles nicht, um Lorbeeren wegen Gutmütigkeit zu ernten. Sie tat es für ihre Schwester und ihr Kind. Aus Liebe zu ihren Angehörigen.

Natürlich tat sie es auch für sich selbst, um sich nichts vorwerfen zu müssen. Aber Jesse hatte recht, das musste sie zugeben. Er hatte ihr gesagt, was auch Rita immer wieder betonte und worauf die Experten von der Supervision, die sie so gern schwänzte, immer wieder herumritten: Jeder Mensch ist auch für sich selbst verantwortlich, muss darauf achten, dass es ihm gut geht. Wenn sie wieder im Kinderdorf war, würde sie regelmäßig zur Supervision gehen. Nicht, dass sie einen Burnout herannahen spürte, aber ihre Reaktion auf dem Fahrstreifen war schon nah dran gewesen an einem Nervenzusammenbruch.

Sie griff nach ihrem Handy. „Ich schau mal, ob ich im Internet eine bezahlbare Unterkunft in Wattens oder Umgebung finde."

„Ich habe gestern Abend für uns alle gebucht." Jesses Blick war starr auf die Autobahn gerichtet.

„Was hast ..."

„Bevor du wieder aufbraust, Eve: Ich hatte gestern Abend in dem sehr preiswerten Hotel in Dresden Langeweile, weil ich nämlich weder Fernsehen, noch Handy hatte. Und da bin ich in die Lobby runtergegangen und habe mich mit der netten Dame am Tresen unterhalten."

„Mit welcher ..."

Um Jesses breiten Mund herum zuckte es amüsiert. „Mit der Rezeptionistin. Karin. Sie war sehr nett und hat mich zu sich hinter den Tresen gelassen. Wir haben dann zusammen im Computer gesucht und sie hat für mich ein paar Hotels meiner Wahl angerufen. Nett, was?"

Eve tat als würde sie die vorüberfliegende Landschaft beobachten. Sie waren jetzt schon weit hinter München, die Grenze zu Österreich hatten sie längst hinter sich gelassen und die Berge wurden immer höher. „Du hast Leo allein auf dem Zimmer gelassen?“

„Ich habe ihm versprochen, nicht wieder abzuhauen.“

„Weil Amy eingeschlossen war?“

„Mama Eve! Was soll das? Wir sind doch hier. Außerdem hält Leo IMMER sein Wort.“

„Na, dann ist es ja gut“, rutschte es ihr heraus. Es klang ziemlich giftig. Sie bemerkte es selbst. Und was dieses Mama Eve sollte, wusste sie auch noch nicht. Sie hoffte, dass sich die immense Anspannung, die auf ihr lag, nachher löste. Ihr wurde klar, wie sehr sie sich wünschte, den Vater der Kinder anzutreffen. Am besten noch heute. Gleich nach ihrer Ankunft in Wattens. Auch wenn sie nicht wusste, was erst wurde, wenn Victor Visosevic aus Wattens sich als der leibliche Vater entpuppen sollte.

Als sie die 8000-Seelen-Gemeinde in Tirol gegen 18 Uhr erreichten, waren die Bürgersteige bereits hochgeklappt. Vermutlich seit Stunden. Dass dies eine Touristenregion war, bemerkte man nur an den vielen Seilbahnen, die ins Karwendel-Gebirge hochführten. Vermutlich war hier eher im Winter was los.

„In welches Hotel fahren wir eigentlich“, fragte Eve.

„In gar keins“, entgegnete Jesse. „Als erstes statten wir Herrn Visosevic einen Besuch ab. Er ist nämlich der Besitzer eines Restaurants und ich komme um vor Hunger.“

„Wir auch“, verkündete Momo lautstark und Fab und Kev nickten heftig.

„Wann hast du das entschieden?“, meldete sich Amy.

„Wir haben es gestern Abend im Hotel besprochen“, sagte Leo. „Das habe ich dir doch gesagt.“

„Wann denn das?“ Sie funkelte ihren Bruder giftig an.

„Vor deinem Anfall auf der Autobahn?“

Ein merkwürdiges Knurren kam über Amys Lippen. Sie schluckte. Dann sagte sie: „Aber wir zwei gehen allein.“

„Das könnt ihr gern tun“, sagte Jesse. „Aber ihr könnt uns nicht daran hindern in dem Restaurant zu essen.“

Eve staunte nur noch. Aber da sie sich so furchtbar schlapp fühlte, ließ sie es geschehen, dass Jesse das Kommando übernahm. Und Amy hielt überraschenderweise die Klappe.

Wenig später parkten sie auf dem Schotterparkplatz vor einem am Rande des Ortes gelegenen Restaurant. Eve spürte, wie ihr Herzschlag sich beschleunigte. Besorgt suchte sie Leos und Amys Blick, doch die beiden hatten nur noch Augen für das weiß gestrichene Flachdachgebäude.

„Okay", sagte Jesse. „Dann mal los mit euch. Wir suchen uns einen großen Tisch und bestellen schon mal. Wenn was ist ..."

„Kommen wir zu euch und holen uns professionelle Hilfe", fiel Amy ihm ins Wort. Dann sprang sie zusammen mit Leo aus dem Wagen. Entschlossen schritten die beiden auf das Restaurant zu.

21

Jesse

Er lag auf diesem dreihundert Jahre alten Einzelbett und die Knödel lagen ihm im Magen wie Steine. Als hätte er sie komplett runtergeschluckt, als Kugeln. Was war das nur für ein Volk, das Kanonenkugeln aß? Kanonenkugeln aus altem Brot, mit weichem statt knusprigem Speck und mit wabbeligen Pilzen, die sie Schwammerln nannten. Schwammerln. Allein das Wort ... Unaussprechbar.

„Das kommt von der fettigen Sahnesoße", sagte Eve.

Täuschte er sich oder grinste sie?

„Du hättest die Reste, die die Kinder übrig gelassen haben, liegen lassen sollen", fuhr sie gnadenlos fort, obwohl er sich den Bauch hielt vor Schmerzen. Der Vorwurf in ihrer Stimme war unüberhörbar. Und auch das Schmunzeln bildete er sich nicht nur ein. Das war vermutlich eine Art verspäteter Rache für irgendetwas.

„Hier, leg dir das auf den Bauch." Sie beugte sich zu ihm hinunter und reichte ihm ein plattes Schaf.

„Was zum Teufel ist das?"

„Eine Wärmflasche. Ein Modell für Kinder, aber das Design wird deinen überfüllten Magen wohl kaum stören", fügte sie hinzu.

Vorsichtig legte er sich das warme Schaf auf die Stelle, an der sein Magen rumorte. Das mit Wasser gefüllte Ding übte zusätzlichen Druck auf seinen Bauch aus.

Sie zuckte mit den Schultern und steckte sich andeutungsweise einen Finger in den Hals. „Das wäre vermutlich wirkungsvoller, aber du bist ja nicht nur verfressen, sondern auch ein Weichei. Mach einfach die Augen zu und schlaf. Ich gehe zu den Mädchen und schlafe ebenfalls. Ich bin nämlich zufällig hundemüde."

„Wenn du bei der Heulerei schlafen kannst." Er klopfte schwach gegen die Wand über dem hölzernen Betthaupt. Nicht etwa Amy und Leo weinten, obwohl die allen Grund dazu gehabt hätten, denn Victor Visosevic, Besitzer eines österreichischen Landrestaurants, war erst 29 und konnte nicht ihr Vater sein. Es sei denn, er hatte bereits im zarten Alter von 13 losgelegt. Es war Mel, bei der die Tränen flossen, seit Leo ihr gesagt hatte, dass er nichts mit der Schwester seiner Schwester anfangen würde. Zumal sie ja irgendwie auch seine Schwester wäre.

„Das mit der Heulerei ist wirklich schlimm. Du hast wahrscheinlich recht. Ich setze mich unten an die Bar und komme rauf, wenn das Gebrüll aufgehört hat."

„Was sind denn das für Töne? Vorhin hast du noch versucht, sie zu trösten." Er wusste nicht warum, aber es behagte ihm nicht, wenn er sich vorstellte, dass sie da unten allein an der Bar saß und in ein Glas starrte.

Sie hob eine Augenbraue. „Sag mal, geht es dir wieder besser?"

„Das nicht, aber als du Bar gesagt hast, kam mir der Gedanke, dass mir ein Schnaps gut tun könnte. Soviel ich weiß, brennen die Österreicher ganz hervorragende Obstler. Würdest du mir einen holen?“

„Die Österreicher sind auch ganz bekannt für ihre Knödel und Schwammerln und ihre fetten Saucen“, kam es zurück. „Wenn du deinem Magen unbedingt noch mehr zumuten willst, kannst du dir gern einen vom Zimmerservice bringen lassen.“ Sie reichte ihm den Hörer von dem seltsamen roten Tastentelefon, das auf dem Nachttisch stand. So ein Modell hatte er zuletzt bei seiner Oma gesehen – und die lag seit zwanzig Jahren unter der Erde.

Er machte eine abwehrende Bewegung mit der Hand. „Ich dachte eigentlich, du würdest mich ein bisschen bemuttern, wo ich schon solch ein hübsches Hotel besorgt habe.“

Sie lachte laut auf. „Alles klar. Ich eile.“

„Wenn sie haben, bring mir doch bitte auch gleich noch einen Fernseher mit, ja?“, rief er ihr nach.

„Sehr wohl, Sir. Vielleicht haben sie ja noch einen alten Volksempfänger in der Scheune rumstehen.“ Kopfschüttelnd stapfte sie aus seinem Zimmer.

Er wartete einen Moment ab, dann kletterte er aus dem Bett. Im Gegensatz zu ihr wusste er, wo das Bad war. Zum Glück, denn die Knödel drängten auf Freilassung.

Er schaffte es gerade noch bis zum Klo, das er inniglich umarmte. So mies hatte er sich zuletzt gefühlt, als er als Kind zu Weihnachten heimlich den Plumpudding für die ganze Familie weggegessen hatte.

Das Würgen wollte gar nicht aufhören.

„Jesse? Bist du da drinnen?“ Das war Eves Stimme. Sie klopfte von außen an die Tür des Gemeinschaftsbades. „Soll ich reinkommen?“

Abgesehen davon, dass er sich dringend die Zähne putzen und das Gesicht waschen musste, fühlte er sich ganz gut, als er vom Boden aufstand. „Moment. Ich komme besser raus. Nur noch schnell die Hände waschen.“

Als er aus der engen Kabine austrat, stand sie direkt vor ihm. Ihr besorgter Blick rührte ihn. So sah sie auch die Kinder an, wenn sie sich Sorgen machte. Vielleicht sollte er die Stimmung noch ein wenig ausnutzen. Aber sie hatte die Lage bereits erkannt.

„Du hast wieder Farbe im Gesicht“, bemerkte sie zufrieden. „Ich glaube, den Schnaps brauchst du nicht mehr.“

Mit offenem Mund sah er zu, wie sie die bräunliche Flüssigkeit in einem Zug hinunterkippte.

„Das war meiner, oder? Hat's gemundet?“

„Sagen wir, das Zeug ist gewöhnungsbedürftig.“

„Würdest du noch einen mit mir gemeinsam nehmen? Unten an der Bar?“

„Gerade eben bist du noch fast gestorben, Jesse.“

„Und jetzt geht's mir blendend. Komm, Eve, wir kosten die österreichischen Spirituosen. Ich habe keine Lust, auf mein Zimmer zu gehen.“ Er überlegte, ob er sie einfach an der Hand nehmen sollte, so wie sie es getan hatte, als er vor ein paar Tagen vor ihrem Haus gestanden hatte. Doch das wäre dann doch etwas zu viel gewesen.

„Jetzt guck mich nicht mit diesem Dackelblick an“, murrte sie.

„Hilft das?“

„Ich sage nur kurz bei den Mädels Bescheid, damit sie mich nicht vermissen.“

„Ich putze mir schnell die Zähne.“ Leo musste er nicht Bescheid sagen. Sein Neffe teilte sich ein Zimmer mit Speedy und hatte sich gleich nach der Rückkehr aus dem Restaurant hingelegt. Im Gegensatz zu Amy, die gejubelt hatte, weil ja nun nur noch der Herr Visosevic aus Albanien ihr Vater sein konnte, schien Leo traurig zu sein. Er wollte nur noch schlafen, damit ihm die Zeit bis zur Abfahrt nicht so lang vorkam.

Mit frisch geputzten Zähnen und einem sauberen T-Shirt begab er sich an die Bar, die in Wirklichkeit eine altertümliche Kneipe war, in der die Dorfbewohner ihr Bier tranken.

Eve erwartete ihn bereits.

Er schmunzelte, denn sie stand an der Tür, weil sie sich anscheinend nicht allein in die Kneipe gewagt hatte. Erst als er sich ihr näherte, setzte sie sich an die Theke.

Außer ihnen waren nur drei Männer und der Wirt in dem holzvertäfelten Raum. Urig war was anderes. Die muffige Pinte konnte nicht annähernd mit den Pubs in seiner irischen Heimat mithalten, nicht einmal mit dem Irish Pub in Cambridge, aber das Licht war schummrig und der Wein vorzüglich. Sie schien genauso wenig Lust zu verspüren, ins Bett zu gehen und zu schlafen wie er selbst.

„Ich finde unsere kleine Reise gar nicht mal so übel", gab er zu.

Sie prostete ihm zu. „Ich hätte nicht gedacht, dass du so lange durchhältst."

„Wie meinst du denn das?"

Sie lächelte schwach. „Als eingefleischter Junggeselle, Flachleger und Kinderhasser ..."

„Jetzt mach aber mal halblang", beschwerte er sich, obwohl er schon zugeben musste, dass sie nicht ganz unrecht hatte. „Es sind ja nicht alle Kinder so nett wie deine."

„Sag das nochmal."

„Deine Kinder sind gut erzogen." Das fand er wirklich. „Sie sind höflich und freundlich. Sie gehorchen dir. Der Lärm, den sie veranstalten, hält sich meist in Grenzen. Abgesehen davon, dass Leo und Amy aus dem Ferienhaus getürmt sind, gab es keinen einzigen Zwischenfall."

„Ach was. Und was ist mit dem Theater, das Kev auf der Hinfahrt nach Dänemark aufgeführt hat?"

„Du meinst, als du mir den Jungen ins Auto gesetzt hast? Er braucht halt ein männliches Vorbild."

„Und du glaubst, du wärst ein Vorbild? Ich lach' mich tot. Was hast du eigentlich mit ihm angestellt?"

Er zuckte mit den Schultern. „Nichts. Er war einfach brav."

„Na ja, vielleicht weil du fremd warst. Da hat er sich noch nicht getraut, deinen Wagen auseinander zu nehmen. Aber was ist mit Amys Anfall?", kramte sie noch ein Ereignis heraus.

„Also, ich fand deinen Anfall weitaus besorgniserregender." Er lehnte seinen Oberkörper nach hinten, denn sie schlug ihm mit der flachen Hand auf die Brust. „Willst du streiten?"

Sie schnaufte. „Wenn es sein muss. Aber danke für das Kompliment. Ich meine das Kompliment wegen meiner wohlerzogenen Kinder."

Sie steckte die Nase in ihr Weinglas. Da waren viele, feine Sommersprossen auf ihrem Nasenrücken. Nicht diese dicken Flecken, die Leos und Amys Gesicht übersäten, sondern richtig hübsche Pünktchen.

„Willst du ein anderes Kompliment?" Er beugte sich so weit vor, dass er den Duft des Shampoos riechen konnte, der von ihrem Haar ausging. „Dein Aussehen betreffend? Oder doch lieber bezüglich deiner Fähigkeiten als Lara Croft?"

„Sehr witzig." Obwohl es in der Kneipe ziemlich düster war, sah er wie sie rot anlief. Aber anscheinend glaubte sie, dass er es nicht bemerkte, denn anstatt den Blick zu senken, sah sie ihm offen ins Gesicht.

Er wusste auch nicht, was in ihm vorging, aber dann sprach er es einfach aus: „Ich finde deine Sommersprossen sexy."

„Bitte?" Sie hüstelte ein wenig gekünstelt.

„Ehrlich. Sexy Sommersprossen, sehr, sehr hübsches Gesicht, tolle Figur. Und ich liebe deine Aprikosenhaare."

„Jetzt hör aber auf", schimpfte sie, doch es war scherzhaft gemeint. Sie hatte ganz offensichtlich einen kleinen Schwips.

Er bestellte noch zwei Gläser von dem leckeren Weißwein, obwohl sie protestierte. Doch dann trank sie ihr Glas schnell aus und schnappte sich das neue, um mit ihm anzustoßen.

„Auf ein, äh, erhellendes Erlebnis", sagte er.

„Ich glaube, du bist besoffen", kicherte sie leise.

„Hm?"

„Von welchem erhellenden Erlebnis sprichst du?"

Er überlegte, wie er es am besten ausdrückte, ohne sie zu brüskieren und ohne ihr falsche Hoffnungen zu machen. Denn falsche Hoffnungen machten sich die Frauen leicht. Damit hatte er reichlich Erfahrung. Doch dann sagte er es einfach so, wie es war: „Du hattest recht: Ich hatte Vorbehalte gegenüber Kindern und Familienleben. Dank dir finde ich beides nun gar nicht mehr ganz so schlimm."

„Das hast du aber nett gesagt." Sie verdrehte die Augen und nahm einen Schluck Wein. Plötzlich sah sie aus, als überlegte sie etwas. Und er wollte wissen, woran sie dachte.

„Moment", sie leerte ihr Glas, überlegte nochmals einen kurzen Moment, räusperte sich und sagte dann: „Ich habe da mal eine Frage, Jesse. Darf ich dir eine Frage stellen?"

„Klar. Frag, was immer du fragen willst. Ich werde dir eine ehrliche Antwort geben."

„Hm."

„Was überlegst du noch?"

„Nun ja, es ist eine etwas, äh, seltsame Frage."

„Seltsame Fragen mag ich am liebsten. Schon von Berufs wegen. Als Forschungsprofessor ..."

„Ja, ja, schon gut. Ich will jetzt nicht gerade das Universum erkunden oder die Welt erklärt haben. Meine Frage ist ... ehrlich gesagt ... intim."

Er musste schmunzeln. Sie hatte wirklich ganz schön einen im Kahn. „Eine intime Frage? Das klingt interessant. Also dann, raus damit."

„Okaaaay ... Hast du je daran gedacht, mit mir zu schlafen?"

Das saß. Er schluckte hörbar.

„Ehrlich, Jesse. Hast du?"

Er war froh, dass sie schön brav auf ihrem Hocker sitzen blieb. Wenn sie sich jetzt, so wie manche Frauen das gern taten, an ihn geschmiegt hätte. Oh, oh. Dann hätte er vermutlich das Versprechen gebrochen, das er sich selbst gegeben hatte, als er mit ihr auf diese Reise gegangen war, nämlich nichts mit ihr anzufangen.

„Also nicht. Schon okay. Du musst nicht lügen. Einer wie du will von einer wie mir nichts. Das war mir von Anfang an klar." Sie prostete ihm zu. „Mütter sind nicht gerade Sexbomben."

Wenn sie wüsste, was für eine Sexbombe sie war. Aber sie hatte keine Ahnung und zog das übliche Selbstzweifelgeschwafel der Frauen ab. Er seufzte.

„Siehst du."

„Es hat nichts mit dir zu tun, Eve."

„Mit wem denn sonst?"

„Du bist süß, klug, ein super Kumpel."

„Ein süßer, kluger Super-Kumpel? Ehrlich, ich mag ein Promille zuviel im Blut haben, aber so ein Kompliment hab ich nicht mal gehört, als ich noch jung und kinderlos war."

„Ich finde dich extrem sexy, Eve."

„Und warum willst du dann nicht mit mir ins Bett, Jesse? Ich kann mich schon nicht mehr daran erinnern, wie vögeln geht. Weißt du eigentlich, wie ... irritierend das ist, wenn man noch eine junge Frau ist, aber bereits für die Männerwelt tabu? Absolut tabu. Tot."

„Du lebst in Deutschland, ich lebe in England", sagte er. „Wir haben keine Chance."

„Ich will keinen Heiratsantrag, Jesse. Ich will Sex. Wir sind zwei erwachsene Menschen, mit erwachsenen Bedürfnissen. Sag mir nicht, du wärst noch eine männliche Jungfrau. Aber ich fürchte, dass ich mich langsam in eine zurückverwandele, wenn ich nicht langsam ..."

„Eve, ich glaube, du hast ein bisschen zu viel getrunken."

„Was machst du denn plötzlich für ein Theater? Du hast doch den Wein bestellt."

„Leider kann ich es nicht rückgängig machen, Eve."

„Eve, Eve, Eve. Ich denke, du nennst mich die Aprikosenfrau? Das hat wenigstens Stil." Sie rutschte von dem Hocker und landete mit einem lauten Geräusch auf dem Holzboden. „Jetzt bin ich gekränkt. Träum' was Schlechtes!"

Er sah ihr nach, wie sie die Kneipe verließ und er war froh, dass sie seine Gedanken nicht lesen konnte. Denn dann wüsste sie, wie gern er sie erlösen würde. Es wäre so einfach. Er brauchte bloß aufzustehen und ihr zu folgen. Aber das würde nur Ärger geben. Und er traute ihr einen One-Night-Stand nicht zu. Sie würde mehr wollen und leiden. Und sie war einfach zu nett, als dass er ihr den Kummer zumuten wollte. Soviel Verantwortungsbewusstsein besaß sogar er.

22

Eve

Jetzt war es amtlich: Evelyn Schneider war zu blöd, einen Mann zu verführen.

Wütend ließ sie sich auf das Beistellbett fallen, das einen ähnlich erbärmlichen Ton von sich gab wie der rostige Klappstuhl in dem Drecksmotel. Amy und Mel schliefen in dem Doppelbett. Wann hatte sie zuletzt eine Nacht in einem Doppelbett verbracht? Nicht allein, sondern mit einem Mann? Ab wann funktionierte das Langzeitgedächtnis so gut, dass sie sich wieder daran erinnern würde?

Sie zog sich das Kissen über das Gesicht. Die Gelegenheit war so günstig gewesen wie ewig nicht. Warum hatte sie nichts Schickes angezogen, etwas mit Ausschnitt, die hohen Schuhe. Sie hätte den weißen T-Shirt-Rock anziehen können und das trägerlose Top mit den eingearbeiteten Körbchen. Ohne Jacke oder Tuch oben drüber. Und ohne was drunter.

Würde sie nicht dauernd rumlaufen wie eine abgewrackte Mutter, hätte sie ihn ins Bett gekriegt. Jesse war schließlich auch nur ein Mann.

Vielleicht sollte sie wieder aufstehen.

Sie schob das Kissen zur Seite und schnappte nach Luft. Warum eigentlich nicht?

Sie würde einfach zu Jesse gehen. Er wusste doch nicht, dass sie bereits in ihrem unbequemen Bettchen gelegen hatte. Und warum musste das Familienoberhaupt eigentlich in dem

Notbett schlafen? Alle anderen lagen in normalen Betten. Außer Momo. Aber der war sechs.

Ja, so weit war es mit ihr gekommen. Sie hatte die Privilegien eines Sechsjährigen.

Vorsichtig krabbelte sie von der Pritsche und schlich zu ihrer Reisetasche. Es fiel ihr verdammt schwer, sich einzureden, dass das aufregend war. Entwürdigend traf es schon eher. Ihr nächstes Hotelzimmer würde ein Einzelzimmer werden. Und wenn es nur so eine Schlafkoje war wie in dem Haus in Dänemark.

„Mama?“ Es war nur ein Flüstern. Exakt in dem Moment, in dem sie eine Hand in die Reisetasche versenkte.

Ihr Herz machte einen Satz. Schon wieder dieses *Mama*. Das Mädchen war vollkommen durcheinander. „Amy?“

„Wer sonst? Meine liebeskranke Schwester hat sich längst in den Schlaf geheult“, kam es in Amys gewohnt genervtem Ton zurück.

„Und du bist wach?“

„Nein, ich schlafe. Willst du ausgehen?“

„Nein“, log sie.

„Was machst du dann an deiner Tasche? Ich dachte schon, du wolltest zu Jesse schleichen.“

„Wie kommst du denn auf die Idee?“, fragte sie leicht hektisch.

„Das wäre doch mal eine Gelegenheit für ein amüsantes Abenteuer.“ Leises Kichern. „Jesse sieht echt gut aus. Erzähl mir nicht, dass dir das nicht aufgefallen wäre.“

Was zum Teufel verstand Amy von amüsanten Abenteuern? Mit dreizehn war es dafür wohl noch ein wenig früh. Sie kramte ihr Waschzeug aus der Tasche. „Ich habe vergessen, mir die Zähne zu putzen. Bis gleich, Amy. Versuch' zu schlafen. Morgen ist ein großer Tag.“

„Eve?“

Sie hatte bereits die Klinke in der Hand. „Ja?“

„Ich habe Angst.“

Eves Arme sanken nach unten.

Amy hatte noch nie zugegeben, dass sie Angst hätte. Sie hatte überhaupt die allergrößten Probleme, Gefühle auszudrücken. Nur mit der Wut funktionierte es, allerdings auf eine Weise, die sie meist in Schwierigkeiten brachte.

Mit wenigen Schritten war Eve an dem hölzernen Ehebett. „Soll ich mich zu dir legen?“

„Nur auf die Bettkante setzen, bitte. Im Moment bin ich mir nicht sicher, ob die Medikamente wirken.“ Amys Stimme klang gebrochen.

Als Eve klar wurde, dass Amy weinte, konnte auch sie ihre Tränen nicht zurückhalten. Wie gern hätte sie das Mädchen in ihre Arme geschlossen. Der Tag an dem Amy dies ohne Wenn und Aber zulassen würde, wäre der Durchbruch. Dann könnte man fast sagen, sie wäre geheilt. Oder besser gesagt, sie hätte den Tod ihrer Mutter verarbeitet.

„Glaubst du, es wird besser mit mir, wenn ich meinen Vater kenne?“

Eve fuhr sich mit dem Unterarm über das tränennasse Gesicht. „Möglich wäre es.“

„Aber es ist auch möglich, dass ich komplett durchdrehe, oder?“

„Was machst du dir für Gedanken?“ Eve versuchte, ihre Stimme nicht so klingen zu lassen wie ihr zumute war. Sie war ebenfalls aufgewühlt und voller Angst. Dennoch entschied sich zu sagen, was sie wirklich dachte. „Ich weiß es nicht. Ich denke, es wühlt dich auf. Vielleicht reißt es dich vorübergehend aus der Bahn, aber nach einer Weile wird alles wieder normal.“

„Normal?“

„Im Grunde lebst du wie ein ganz normales Mädchen. Du hast ein eigenes Zimmer, Geschwister, ein Zuhause. Das ist schon was.“ Den Hinweis, dass sie sogar ein Gymnasium besuchte, verkniff sie sich im letzten Augenblick. Denn zum jetzigen Zeitpunkt traf es schon gar nicht mehr zu. Noch so ein Problem, von dem sie nicht wusste, wie es ausging.

„Ich wünschte, ich hätte mich so unter Kontrolle wie Leo.“

„Du magst deinen Bruder sehr, nicht wahr?“

„Ich wünschte, er könnte für immer bei uns bleiben. Von mir aus zusammen mit Jesse. Der ist voll okay."

Eve erstarrte. Sie wollte nicht mit Amy über dieses Thema sprechen, nicht zu dieser Stunde. Dann wäre die Nacht gelaufen. Morgen lag schließlich ein harter Tag vor ihnen. Und eins war klar: Dieser Wunsch von Amy würde garantiert nicht in Erfüllung gehen. Sie wusste ja nicht mal, ob sie selbst diesen Wunsch hegte. Jesse gehörte einfach in eine andere Welt als sie.

„Lass uns das Thema besprechen, wenn wir ausgeschlafen sind", sagte sie so fest sie konnte.

„Daraus wird sowieso nichts", zischte Amy und drehte sich um.

„Amy?"

„Ach, lass mich doch in Ruhe."

Es zerriss Eve das Herz zu hören, wie Amy die Tränen hinunterschluckte. Aber sie hatte ihre Erfahrungen im Umgang mit dem Mädchen. Das Problem war nur, dass sie selbst jetzt noch schwerer einschlafen würde. Aber wenigstens lenkte sie die Sorge um Amy von ihrer Scham wegen ihres unmöglichen Verhaltens Jesse gegenüber ab.

Welcher Teufel hatte sie nur geritten, sich ihm an der Bar zum Fraß vorzuwerfen?! Wie billig. Und dann hatte er sie nicht mal gewollt. Wie peinlich, wie überaus peinlich!

„Mama, aufwachen."

Vorsichtig blinzelte sie ins Licht. Ein Stöhnen kam über ihre Lippen und ihre Rechte fuhr unwillkürlich an ihren Kopf. Darin ratterte ein Presslufthammer.

„Was ist los, Mama? Jesse hat gesagt, ich soll dich wecken. Wir sitzen schon alle am Frühstückstisch." Momo lächelte sie mit seinen Milchzähnen gefällig an. Noch immer kein Wackelzahn.

„Wie spät ist es denn?" Sie wollte hochschießen, doch der Schmerz in ihrem Schädel fesselte sie ans Bett.

„Jesse hat gesagt, es ist schon tierisch spät und du sollst dich beeilen, weil die Wirtsleute schon schräg gucken. Er hat gesagt, du musst nicht duschen und dir die Haare machen. Du siehst auch so gut aus. Einfach nur rein in die Klamotten und ab an den Tisch."

Langsam rappelte sie sich von der unbequemen Pritsche hoch, die sie an eine uralte Klappsonnenliege erinnerte. „Ach, hat er das gesagt?"

„Ja, das und dass du dich nicht schminken brauchst", gab Momo treuherzig zu.

Sie verdrehte die Augen. „Okay, richte Jesse aus, dass ich nicht vorhatte, mich in eine Sexbombe zu verwandeln. Ich bin in drei Minuten bei euch."

Momo machte große Augen und trampelte davon.

Als die Tür hinter ihm ins Schloss fiel und sie frische Sachen aus ihrer Tasche kramte, sah sie, dass die Taschen der Mädchen bereits aus dem Zimmer verschwunden waren.

Verdammt, wie spät war es? Sie hatte ihre Armbanduhr zu Hause vergessen und in diesem antiquierten Raum gab es nicht mal einen dieser hässlichen Radiowecker, die sonst die Nachttische verschandelten.

Seufzend schlüpfte sie in Jeans und T-Shirt, packte ihre gebrauchten Klamotten ordentlich weg und verließ das Zimmer nach einem prüfenden Blick. Zu ihrer Verwunderung hatten die Mädchen nicht mal ein Haargummi liegen lassen.

Sie machte kurz Station an dem Bad, in dem Jesse gestern Abend die Knödel versenkt hatte. Erleichtert notierte sie, dass frisch geputzt worden war und machte sich rasch an dem winzigen Waschbecken einigermaßen salonfähig. Zum Schluss befestigte sie ihre total zerwühlten Haare mit Klammern. Trotz der hämmernden Kopfschmerzen huschte ihr ein Lächeln über das Gesicht. Sie sähe auch so gut aus, hatte er gesagt.

Als sie den Frühstücksraum betrat, empfingen die Kinder sie mit tosendem Applaus. Nur Mel sah ähnlich abgestanden aus wie sie.

Automatisch wanderte ihre freie Hand an ihren Kopf. „Bitte nicht, Kinder, ich habe fürchterliche Kopfschmerzen."

„Ooooh", erklang es im Chor.

„Ehrlich. Ich brauche eine Tablette. Hast du vielleicht eine?“ Sie richtete ihre Frage an Jesse, ohne ihn wirklich anzusehen. Stattdessen fixierte sie das Tohuwabohu auf dem so gut wie abgegrasten Frühstückstisch. Sie hatten also bereits gegessen. Ohne sie.

„Guten Morgen, Eve.“ Jesse lehnte gelassen in seinem Stuhl. Er sah aus wie der frische Tag. Blendend wie immer. Reserviert für zwanzigjährige, kinderlose Blondinen mit langen Beinen und Silikonbrüsten.

„Guten Morgen, Jesse. Mein Kopf platzt. Ich frage an der Rezeption nach.“ Sie stellte ihre Tasche hinter den einzigen freien Stuhl an dem Frühstückstisch und schickte sich an, den Raum zu verlassen.

„Setz dich und trink einen Kaffee. Ich besorge dir Aspirin“, hielt Jesse sie auf.

Die Schmerzen waren so stark, dass sie es nicht mal schaffte, ihm zu widersprechen. Erschöpft ließ sie sich auf den Holzstuhl fallen. Leo reichte ihr eine Thermoskanne. „Danke, Leo.“

Die dampfende Flüssigkeit plätscherte in die angeschlagene Tasse. „Warum seid ihr schon alle auf?“

„Schon?“, prustete Speedy und die anderen Kinder fielen in sein Lachen ein. Sogar Mel rang sich ein Grinsen ab.

„Es ist gleich neun“, sagte Fab entrüstet.

„Wir fahren heute nach Albanien. Hast du das vergessen?“ Kev schmiegte sich an Leo. Er suchte den Blick des großen Jungen und lächelte glücklich, als der ihm anerkennend zunickte.

„Natürlich nicht. Aber neun ist für Ferien nicht gerade spät.“ Der Kaffee schmeckte erstaunlich gut.

Jesse reichte ihr ein Glas, in dem ein Aspirin dabei war, sich aufzulösen.

„Ich habe mir erlaubt, die Kinder aus dem Bett zu scheuchen. Amy und Leo haben es ein wenig eilig. Verständlicherweise“, fügte er hinzu und die beiden, die es besonders betraf, nickten heftig.

„Er hat uns richtig angetrieben. Schlimmer als du, Mama“, sagte Fab, aber es klang nicht mal empört.

Sie kippte das Aspirin-Wasser in einem Zug runter. „Dann lasst uns losfahren."

„Willst du nichts essen?", fragte Jesse.

„Danke, aber ich habe keinen Appetit." Sie erhob sich und ließ ihren Blick über Eierschalen, vollgekrümelte Teller und mit Marmelade verschmierte Messer wandern.

„Okay", Jesse klatschte in die Hände, „auf nach Albanien."

„Ja, sehen wir uns Amys und Leos Vater an", jubelte Kev und stürmte zusammen mit den anderen Kindern aus dem Hotel.

„Ich begleiche dann mal die Rechnung", murmelte Eve, als Jesse vor ihr zum Ausgang schritt.

„Die ist bereits bezahlt."

„Wie bitte?" Für einen Moment traten die pochenden Kopfschmerzen ein wenig in den Hintergrund.

„Die wollten das Geld schon gestern beim Einchecken."

„Wieviel bekommst du von mir?"

„Eve, das hier zusammen hat weniger gekostet als eins von den Zimmern, in denen ich normalerweise auf meinen Vortragsreisen absteige. Betrachten wir die beiden Zimmer als Gratiszugabe zu der Luxussuite, in der ich die vergangene Nacht bereut habe, dass ich dich habe abblitzen lassen."

Ohne sie weiter zu beachten, stapfte er aus dem Hotel und pflanzte sich wie selbstverständlich auf den Fahrersitz.

Mit offenem Mund sah sie ihm nach. Und ihre Verblüffung ließ nicht gerade nach, als sie bemerkte, dass die Kinder das Gepäck bereits im Wagen verstaut hatten.

„Woher hast du meinen Autoschlüssel?" Eve hielt den Kopf krampfhaft gesenkt, während sie sich anschnallte, damit Jesse ihr breites, zufriedenes Lächeln nicht sah.

„Ich habe ihn aus deiner Tasche stibitzt", antwortete Amy an Jesses Stelle.

„Ich habe sie dazu genötigt", nahm Jesse die Schuld auf sich. „Sind alle bereit?" Er sah sich um.

„Wir sind alle ordentlich angeschnallt", trötete Kev.

Der Wagen sprang an und Jesse fuhr vom Parkplatz. „Wenn du nachher Hunger bekommst, Eve, dann wende dich an Fab. Er ist der Verantwortliche für den Reiseproviant."

Fab hielt ein kleines Päckchen hoch. Eindeutig ein einzelnes, in eine Papierserviette eingewickeltes Brötchen.

„Das sieht ja üppig aus. Ich nehme an, du verlost das Brötchen später, wenn die Raubtiere gefüttert werden müssen." Sie war schon fast in Ehrfurcht versunken, ob Jesses unerwarteten Organisationstalents. Aber es war wohl doch nur ein kurzfristiges Aufflackern gewesen. Den Rest der Fahrt wollte er wohl bei Mac Donald's für viel Geld Junior-Tüten ordern.

„Leute", sagte Jesse drohend. Er warf einen kurzen Blick über seine rechte Schulter in den Raum hinter ihm.

„Wir schweigen wie Pharaogräber", grinste Kev.

„Vor allen Dingen du", knurrte Fab und fröhliches Lachen erschallte.

„Was zum Teufel geht hier vor?" Spätestens jetzt war Eve hellhörig. „Hier stimmt doch was nicht. Wo ist überhaupt mein Handy? Willst du ohne Navi fahren?"

Ohne eine Miene zu verziehen, lenkte Jesse den Wagen durch die österreichische Landschaft. Die Kinder sahen demonstrativ zu den Fenstern hinaus und begannen ein angeregtes Gespräch über Skilifte.

„Wie lange dauert die Fahrt nach Albanien eigentlich? Das sind doch mindestens zehn Stunden." So langsam fühlte sie sich verarscht.

„Achtzehn Stunden, fünfzehn Minuten. Wenn man durchfährt", gab Jesse gelassen zurück.

„Was hast du dir gedacht, wann wir uns abwechseln?" Er hatte ja wohl nicht vor, die ganze Strecke allein zu fahren. Das würde sie auf gar keinen Fall zulassen. Viel zu gefährlich. „Und Pausen. Wir brauchen Pausen. Das heißt, wir werden noch einmal übernachten müssen."

„Wir übernachten in Albanien. Die Zimmerpreise dort sind ein Witz. Jedenfalls verglichen mit west-europäischen Preisen.

Du wirst begeistert sein. Ein Doppelzimmer in einem 4-Sterne-Hotel kriegst du schon für 30 Euro. Das ist der Wahnsinn."

„Ja, der Wahnsinn", sagte sie leicht verärgert. Was plapperte der Mann denn plötzlich so? „Übernachten wir gleich hinter der Grenze?"

„Meinst du die albanische Grenze?"

„Sag mal, Jesse, was ist los?"

„Was denn?" Er schickte ihr einen Blick, als könnte er kein Wässerchen trüben, was sie nur noch misstrauischer machte.

An einem Kreisverkehr folgte er dem Schild zum Flughafen. Das war der Punkt, an dem ihr gründlich dämmerte, dass hier etwas lief, was so nicht abgesprochen war.

„Warum fahren wir zum Flughafen?", fragte sie. „Ich habe es genau gesehen: Diese Straße führt zum Flughafen in Innsbruck."

„Amy hat dir sogar alle Ausweise aus der Tasche geklaut", kicherte Kev. „Und zwar schon vorgestern."

„Mensch, Kev", maulten die anderen Kinder.

„Der kleine Idiot kann nichts für sich behalten!", schnauzte Fab.

„Ich hab's dir doch gesagt", brummte Speedy.

„Immerhin hat er es bis hier geschafft", sagte Leo beschwichtigend. Da fuhr Jesse bereits in das Parkhaus für Langzeitparker.

„Inklusive Zwischenlandung in Wien sind es mit dem Flugzeug drei Stunden gegenüber achtzehn Stunden mit dem Auto. Also Eve, ich weiß nicht, was es da noch zu überlegen gibt. Und dein Wagen in allen Ehren, aber ..."

„Du hättest mich fragen müssen, bevor du die Tickets kaufst! Ich kann mir die Flüge nicht leisten! Verdammt!"

„Es geht hier nicht nur um dich, Madame Oberfeldwebel", schnauzte er zurück.

Die Leute in der Schlange am Check-in-Schalter drehten sich bereits nach ihnen um. Neun Leute auf einen Haufen, die

Kinder alberten herum oder kebbelten sich, und die mutmaßlichen Eltern stritten lautstark.

„Aber es geht auch um mein Geld, um meine Verantwortung. Du kannst nicht einfach ankommen, dich hinter das Steuer meines Wagens pflanzen, meinen Job tun und hinter meinem Rücken Flüge buchen. Einer von uns hätte Flugangst haben können. Oder eine Trombose-Neigung. Wir haben keine Stützstrümpfe dabei."

Jesse lachte laut auf.

Er machte sich über sie lustig, dabei war das hier alles andere als lustig. „Lach nicht!"

„Eve, es geht hier auch um meinen Neffen. Er ist von der Geschichte ebenso betroffen wie deine Nichte."

„Wem sagst du denn das?"

„Und dann geht es auch noch um mich. Ich habe ehrlich gesagt keine Lust zwei Tage auf fünf Quadratmetern zu verbringen, mit neun Leuten, von denen zwei vor Aufregung fast platzen."

„Das habe ich mir fast gedacht!", zischte sie.

„Dann ist dein Bild von mir ja wieder im Lot", knurrte er.

„Gnädigste, mein Herr", meldete sich die junge Frau am Check-in-Schalter. „Dürfte ich bitte die Tickets sehen?"

Weil Jesse die Flüge mehr oder weniger im letzten Moment gebucht hatte, hatte er nur drei nebeneinanderliegende Plätze bekommen. Und auf denen saßen er, Kev und Momo. Die Jungen hatten es so gewollt und Jesse tat nichts, um sie davon abzubringen.

Dauernd suchte sie über die Köpfe der anderen Passagiere hinweg ihre Kinder, die mit der Situation anscheinend kein Problem hatten. Sobald die Anschnallzeichen erloschen waren, stand sie auf und besuchte sie an ihren Plätzen. Nur um erkennen zu müssen, dass sie die einzige von ihnen war, die sich unbehaglich fühlte. Sogar Mel war guter Dinge. Sie saß nämlich direkt hinter Leo und er sah nach hinten zu ihr und plauderte mit ihr.

Amy schlief an ihrem Fensterplatz. Speedy unterhielt sich mit seinem Sitznachbarn, einem Albaner in ungefähr seinem Alter, der in Deutschland lebte und gerade auf dem Weg zu seinen Großeltern war, wo er die Sommerferien verbringen wollte.

Kev und Momo spielten Käsekästchen. Jesse sah ihnen zu. Seine zuckenden Finger verrieten, dass er die Kreuze und Kreise am liebsten selber setzen würde. Offensichtlich war er mit der Taktik der beiden Jungen nicht einverstanden.

„Alles klar?“ Sie tippte an seine Schulter.

Sein Kopf schoss zu ihr herum. Er war mindestens so vertieft in das Spiel gewesen wie die Jungs.

„Ich wollte nur mal fragen, ob ich dich ablösen soll?“ Sie lächelte auf ihn hinunter. Seit er zugegeben hatte, dass er es bereute, sie in der Hotelbar abgewiesen zu haben, ging es ihr bedeutend besser. Nur die Sache mit dem Flug wurmte sie noch ein wenig. Aber wenn sie ehrlich war, nur deshalb, weil er sie ausgetrickst hatte. Und auch weil es ihr unangenehm war, dass er so viel Geld für sie ausgegeben hatte.

„Ich dachte schon, du wolltest mich ins WC locken“, grinste er.

„Würdest du denn mitkommen?“

„Ich müsste tatsächlich mal.“

„Nur zu“, forderte sie ihn auf.

Er schnallte sich ab und erhob sich.

„Geh du vor“, flüsterte sie ihm zu. Sie hatte große Mühe, ihr Grinsen zu unterdrücken.

Als er den schmalen Gang hinunterlief, setzte sie sich schnell auf seinen Platz.

„Da sitzt Jesse“, sagte Kev drohend.

„Ich weiß“, lächelte sie, lehnte sich zurück und schloss die Augen. So war es schon besser.

Jesse ließ sie bei ihren Jungs sitzen, die sich nach einer Weile wieder auf ihr Spiel konzentrierten, und nahm dafür ihren Platz ein.

Eve ließ zunächst die vergangenen Tage und ganz besonders Jesses Bemerkung beim Verlassen des Hotels in Österreich vor ihrem inneren Auge Revue passieren. Nach einer Weile schlummerte sie ein. Zwischendurch flackerte im Halbschlaf immer mal wieder eine Szene wie aus einem Film auf, irgendeine Episode seit Jesses und Leos Eintreffen im Kinderdorf. Und dann war es schon Zeit für die Landung in Tirana.

Sie standen ziemlich lange Schlange vor dem einzigen geöffneten Einreiseschalter für Ausländer, der aussah wie die Fahrkartenbude an einem Kinderkarussell. Jesse, Amy und Leo gingen voran, die übrigen fünf Kinder folgten, Eve bildete das Schlusslicht.

Amy und Leo standen hektische rote Flecken im Gesicht. Sie waren auffällig still, während sich vor allem die kleinen Jungs den Kopf über Victor Visosevic zerbrachen.

„Vielleicht ist er ja ein Verbrecher, so wie mein Vater", mutmaßte Kev.

„Ein Verbrecher mit Hotel, du Dumpfbacke", grunzte Fab. „Das glaubst du selbst nicht. Aber ein Vater, der einen nicht will, kann genauso gut ein ganz normaler Autoschlosser sein oder so."

„Oder er ist schwarz", trug Momo zum Gespräch bei. Nachdem er allseitiges Augenrollen erntete, korrigierte er sich selber: „Ist er bestimmt nicht, aber es wäre schön."

„Es gibt Fälle, wo weiße Eltern ein schwarzes Kind bekommen", sagte Leo plötzlich.

„Ehrlich?" Momos Augen nahmen die Größe von Spiegeleiern an.

„Wenn zum Beispiel die Oma schwarz war und das Kind ihre Erbanlagen mitbekommen hat", erklärte Leo.

„Dann könnte ich also doch weiße Eltern haben." Momo war ganz aufgeregt.

„Aber die Wahrscheinlichkeit ist gering", dämpfte Mel Momos freudige Erregung.

Endlich hatten sie alle ihre Visa und verließen das überraschend moderne Flughafengebäude. Eve hatte keinerlei Vorstellung von Albanien gehabt und war ehrlich erstaunt, dass sie es mit einem modernen Land zu tun hatte. Noch erstaunter war sie nur noch über Amys Albanisch-Kenntnisse. Das Mädchen beherrschte die Sprache fließend. Sie orderte ein Großraumtaxi, wechselte nicht wenige Worte mit dem Fahrer. Eine halbe Stunde später standen sie vor dem Hotel Bonita.

„Das ist es.“ Leo sah an dem schmalen, sieben Stockwerke hohen Gebäude hoch und sein Gesicht wurde noch eine Nuance blasser als es ohnehin schon war.

Amy schluckte. Sie war ebenfalls bleich wie die Außenwände des Hotels.

Eve überlegte, ob sie die Initiative ergreifen sollte, als Jesse sie am Ellbogen berührte. Er nickte ihr aufmunternd zu und sie lächelte dankbar. Für Zickereien war jetzt nicht die Zeit.

„Seid ihr bereit?“, fragte er die beiden Geschwister. „Ich nehme an, dass wir hier mit Englisch nicht weit kommen, ich brauche also deine Unterstützung, Amy.“

Amy nickte zaghaft.

„Dann lasst es uns angehen. Je eher ihr es hinter euch bringt, desto besser. Schlimmstenfalls erschießt er euch.“

„Jesse!“, rief Eve entsetzt.

„Lass, Mama Eve. Das hat er nicht so gemeint.“

„Dann soll er es nicht so sagen“, regte sie sich auf. Also ehrlich. Seine Hilfe war ja toll, aber solche Aussagen konnte er sich getrost sparen.

„Komm“, Leo ergriff Amys Hand und zog sie die Eingangsstufen hinauf.

Jesse, Eve und die übrigen Kinder setzten sich ebenfalls in Bewegung.

„Vielleicht sollten wir nicht alle ...“, begann Eve, doch Amy winkte ab und so verstopften sie schließlich die kleine Lobby.

„Euer Vater ist reich“, staunte Kev.

„Das ist ein 3-Sterne-Hotel“, blaffte Speedy ihn an. „Er ist also nur mittelreich.“

„Reicher als wir“, versetzte Kev.

„Klappe“, kam es zurück.

In dem Moment begann Amy zu sprechen.

Die Frau hinter dem kleinen Marmortresen schüttelte freundlich den Kopf und sagte ein paar Worte.

Amy redete weiter. Erneutes Kopfschütteln. Amy wurde lauter. Plötzlich erstarrte der Gesichtsausdruck der schwarzhaarigen Schönheit.

„Sie ruft ihn", sagte Amy zu Leo.

„Wen ruft sie?" Eve schluckte.

„Victor Visosevic, den Direktor des Hotels."

„Unseren Vater", sagte Leo und übergab sich direkt über Amys blaue Turnschuhe.

23

Leopold

Entweder war Amys Albanisch doch nicht so perfekt. Oder der Hoteldirektor, beziehungsweise ihr Vater war ein echtes Arschloch, was sowieso anzunehmen war. Er war ein kleiner, rundlicher Mann mit einem fast quadratischen Schädel, den er heftig schüttelte, als Amy ihm erklärte, wer sie waren.

Sie zog es genau so durch wie sie es abgesprochen hatten. Sie machte das alles ganz allein, während er sich und Amys Schuhe auf dem WC sauber machte. Er beeilte sich und stellte sich dann wieder neben seine Schwester. Es war ihm egal, dass er nach Kotze stank. Die ganze Geschichte stank doch sowieso zum Himmel.

Doch dann sagte der Albaner plötzlich in einem ganz ordentlichen Englisch: „Ich bin Tibor Visosevic. Victor ist mein Bruder. Was hat er wieder angestellt?"

„Seine Samen in die Welt versprüht." Amys Englisch hatte sich, seit sie sich vor fast einem Jahr im Internet begegnet waren, von gut zu nahezu perfekt entwickelt. Und im Gegensatz zu ihm schien es sie überhaupt nicht zu erschüttern, dass der Kerl nun nicht ihr Vater war.

„Wo ist er?", fragte sie.

„Wir sind seine Kinder. Wir haben Beweise", übersetzte Leo die nicht gerade feine Ausdrucksweise seiner Schwester, als der Hoteldirektor sie weiterhin kopfschüttelnd anstarrte. „Sein Name steht in meiner Geburtsurkunde." Zum Beweis zückte er seine Geburtsurkunde, die er vorsorglich seit der Ankunft in diesem Hotel bereit hielt.

Der Albaner verzog die Lippen zu einem breiten Lächeln. „Victor hat keine Kinder."

„Anscheinend doch. Er hat es bloß niemandem erzählt", parierte Leo. Ihm war immer noch schlecht.

„Er hat unsere Mütter geschwängert und sich anschließend aus dem Staub gemacht", sagte Amy. „Ist Victor Ihr Bruder?"

„Es gibt nicht nur einen Victor Visosevic auf der Welt."

„Wir haben zwei gefunden. Und der andere ist nicht unser Vater."

Die Frau an der Rezeption trat neben den Albaner. Sie sagte irgendwas auf Albanisch zu ihm, danach wechselten die beiden ein paar Worte. Amy meinte, sie würden streiten, weil die Frau sich sehr wohl vorstellen könnte, dass ihr Schwager ein paar *Schnecken* geschwängert hatte.

„Mein Bruder ist nicht hier", sagte der Hoteldirektor mit vor der Brust verschränkten Armen.

„Wo ist er?" Amy hatte eine Art die Augen zu verdrehen, die echt cool war. Total respektlos, aber irgendwie lustig.

„Keine Ahnung." Er sagte es, als wenn er was zu verbergen hätte.

„Sie lügen", sagte Amy ihm auf den Kopf zu. „Ihr Bruder hat zwei Kinder. Mindestens. Aber keine Angst. Wir wollen ihn nicht auf Unterhaltszahlungen verklagen. Wir wollen ihn bloß kennenlernen. Mach schon, Onkel Tibor, sag uns, wo unser Papi ist."

Amy war sensationell. Aber anscheinend wollte Onkel Tibor nicht mit Kindern verhandeln. Er fragte Onkel Jesse ganz ruhig, ob er das Familienoberhaupt sei. Onkel Jesse erklärte kurz die Situation, was ehrlich gesagt ziemlich durchgeknallt klang. Daraufhin zählte Onkel Tibor alle Kinder, Jesse und Eve zusammen und sagte was zu der schwarzhaarigen Frau. Die blätterte daraufhin in einem Buch herum und sagte etwas zu Onkel Tibor.

Dann sagte der Hoteldirektor: „Ich habe ehrlich keine Ahnung, wo Victor momentan ist. Aber da ihr vielleicht wirklich zur Familie gehört, lade ich euch alle in mein Hotel ein. Hinter dem Hotel ist gleich ein Strand. Unser Koch macht das beste Essen der Welt. Seid meine Gäste!“ Er lachte und tat plötzlich ganz freundlich.

„Und unser Vater?“

„Ich kümmere mich um Victor. Versprochen!“

Doch Amy ließ sich nicht abwimmeln. „Wenn Sie nicht wissen, wo er ist – wie wollen Sie ihn auftreiben?“

„Mach dir keine Sorgen, meine Kleine. Ich rufe jemanden an, der weiß, wo Victor ist.“

„Wen?“

„Einen Freund.“

Amy wollte immer noch keine Ruhe geben, aber Onkel Jesse überzeugte sie davon, dass es besser wäre, jetzt die Zimmer zu beziehen, etwas zu essen und abzuwarten. Wenn der Hoteldirektor bis zum Abend noch nicht mit einer Information aufgekreuzt wäre, könnte man ihn immer noch in die Mangel nehmen. Damit war sie Gott sei Dank einverstanden, denn in dem Moment schoss es schon wieder in hohem Bogen aus ihm heraus.

24

Eve

Das war alles nicht mehr lustig.

Nicht die Sache mit dem Hotel. Die Unterkunft war sogar richtig nett. Dieser Onkel Tibor hatte ihnen vier Zimmer im vierten Stock überlassen, mit Klima-Anlage, nagelneuem Duschbad, kleinem Balkon und seitlichem Meerblick. Hinter dem Hotel gab es einen wunderschönen Garten mit Schatten spendenden Bäumen, dahinter lagen der breite, helle Sandstrand und das Meer. Es gab bunte Liegestühle und Schirme, die ein Angestellter einem aufspannte. Es gab hervorragendes italienisches Essen à la carte, kühle Getränke und Eis. Und das alles gratis.

Ihre Flüge gingen erst in zwei Tagen. Fab, Kev und Momo bauten Sandburgen, Speedy und Mel brutzelten in der Sonne. Und Jesse und sie erwischten Leo und Amy beim Kiffen.

Als ob das nicht bereits genug war, erwischten sie die beiden ausgerechnet in dem Moment, als Tibor Visosevic mit der frohen Botschaft durch den Garten eilte, dass er seinen Bruder gefunden hätte.

Während Eve noch nach Luft schnappte, verzog der Hoteldirektor das Gesicht, als er den Joint in Leos Hand entdeckte. Und er handelte. Als einziger. Er nahm Leo das Ding aus der Hand, trat es am Boden aus und sagte so ruhig als hätte er selber eine Dosis THC im Blut: „Drogen haben Victor dorthin gebracht, wo er jetzt ist. Wenn ihr nur eure glasigen Augen und euren weggetretenen Blick sehen könntet. Das ist der Anfang vom Ende."

Tibor entpuppte sich zunehmend als ein netter, patenter Kerl, fand Eve. Besser hätte sie es nicht sagen können. Wenn ihr die Geschichte nicht die Sprache verschlagen hätte.

„Wo ist unser Papilein denn?", kicherte Amy.

„Auf dem Mond?“ Leo und Amy klatschten ihre Hände aneinander. Beim zweiten Versuch verpassten sie sich allerdings und lachten sich darüber halb tot.

Tibor wandte sich direkt an Eve und Jesse. Seine Miene war so finster wie es eine Miene nur sein konnte. „Victor ist in Dublin. In Irland.“

„Scheiße“, lachte Leo.

„Ja, Super-Scheiße“, pflichtete Amy ihm kichernd bei, „da kommt Leo nämlich her.“

„Aus Dublin? Ehrlich?“

Jesse nickte. „Er lebt mit seiner Mutter in Dublin.“

„Das Mädchen auch?“

„Nein, die kommt aus Deutschland.“

„Was für ein Durcheinander“, der Hoteldirektor schüttelte den Kopf, stöhnte kurz auf und behauptete: „Wenn ihr Victor treffen wollt, müsst ihr nach Dublin.“

„Warum kommt er nicht her?“, fragte Eve.

„Augenblick.“ Tibor Visosevic zog sich einen Stuhl an den Gartentisch, an dem Amy und Leo es sich ein wenig zu gemütlich gemacht hatten, und legte sein Handy auf den Tisch. Im Schatten der Bäume konnte man das Gesicht des Mannes im Display hervorragend erkennen. Es war genauso rund und sommersprossig wie das von Amy und Leo und das breite, strahlende Lächeln hatten die Kinder eindeutig von ihm. Nur der dunkle, gelockte Haarkranz legte nahe, dass die Kinder ihre Haarfarbe von ihren Müttern geerbt hatten. Anscheinend stand der Mann auf blonde Frauen.

„Wohnt Victor in Dublin?“, fragte Jesse.

„Wohnen?“, Tibor verzog das Gesicht, als hätte er fürchterliche Schmerzen. Er winkte dem Kellner. „Kaffee?“ Als Eve und Jesse nickten, bestellte er drei doppelte Espresso Macchiato und drei Tre Leche. Dann fuhr er grimmig fort: „Victor sitzt dort im Kittchen. Wegen, äh, soviel ich weiß wegen Dealerei. Wollen wir also hoffen, dass es einen weiteren Victor Visosevic gibt und dieser Taugenichts nicht der Vater dieser eigentlich sehr netten Kinder ist.“ Er betonte das eigentlich. „Aber ich fürchte, soviel Glück habt ihr nicht. Victor war früher Pilot. Er hatte in jedem Hafen ein Mädchen."

„Sophia ist Kellnerin in einer Flughafenbar." Jesse schob Eve einen Stuhl hin, als der Kellner mit dem Kaffee und drei Tellern mit etwas anrückte, das so ähnlich aussah wie Tiramisu.

„Danke", murmelte sie noch immer erschüttert. „Meine Schwester war Stewardess. Willst du dich nicht setzen, Jesse?"

Jesse war hinter ihrem Stuhl stehen geblieben, die Hände auf die Rückenlehne gestützt. Plötzlich hieb er mit der Faust ein Loch in die Luft und schnaufte: „Setzen? Momentan würde ich viel lieber meine Schwester erwürgen. Du glaubst gar nicht, wie wütend ich bin!"

„Hah!", machte Eve und sprang wieder auf. Wenn sie es recht bedachte, dann konnte sie ebenfalls nicht ruhig herumsitzen, Kaffee trinken und dieses leckere Tiramisu auf Albanisch löffeln. „Weißt du was, Jesse? Ich verrate dir was: Ich habe keine Lust, jetzt schon wieder nach Dublin zu düsen und außerdem mit Amy ein einfühlsames, therapeutisches Gespräch wegen der Kifferei zu führen. Am liebsten würde ich das Miststück ersäufen."

„Geht mir genauso." Jesse hieb noch ein Loch in die Luft. „Nur, dass ich meinen Neffen ersaufen will."

Tibor starrte sie erschrocken an. „Das sind Kinder. Die machen dauernd dummes Zeug."

„Genau das mache ich jetzt auch", knurrte Jesse. Er zog Leo und Amy aus ihren Stühlen. „Ja, kichert ihr ruhig verstrahlt herum. Das wird euch noch vergehen. Das, was jetzt kommt, ist immer noch besser als später im Knast zu sitzen." Und dann trieb er die beiden zur Abkühlung und zur Ausnüchterung ins Meer. Angezogen wie sie waren.

Eve rieb sich die Hände. „Super! Da mach' ich doch glatt mit!"

„Geht es dir jetzt auch besser?" Jesse schüttelte seinen durchtrainierten Körper und ließ sich auf eine grün-gelb-blau gestreifte Liege fallen, die aussah, als stammte sie aus Zeiten, als es noch keinen Pauschaltourismus gab.

Eve lachte. Sie war genauso klatschnass wie Jesse, Amy und Leo. Nur dass sie einen Bikini trug. Und ihr ging es ebenfalls besser. Jesse hatte vollkommen recht: Es tat gut, sich Luft zu verschaffen. Amy und Leo dagegen saßen wie zwei begossene Pudel am Meeresrand und warteten ab, dass die Wirkung von dem Kraut, das sie geraucht hatten, verflog. Ganz so wie Jesse es ihnen befohlen hatte. Fast schon hatten ihr die beiden leid getan. Aber dann war Jesse auf sein Zimmer gegangen und hatte sich die Badehose übergezogen. Amy hatte es ihm nachgemacht. Speedy und Mel genossen sowieso schon die ganze Zeit das Strandleben, und Fab, Kev und Momo tobten seit Fertigstellung von drei Sandburganlagen mit Graben und allem drum und dran in den Wellen. Alle drei konnten schwimmen und gingen trotzdem nur bis zum Po ins Wasser. Das war die Abmachung und an die hielten sie sich. Genauso wie sie ihre T-Shirts anbehielten, damit sie sich nicht den Rücken verbrannten. Sie hatten ja gesehen, was passierte, wenn man dummes Zeug machte.

„Cremst du mir mal den Rücken ein?“ Jesse blinzelte sie an. Es war zwar schon später Nachmittag, aber die Sonne brannte immer noch kräftig.

Sie hatte gar nicht gesehen, dass er Sonnenmilch dabei hatte. Jetzt streckte er ihr die gelbe Flasche entgegen.

„Ich habe sie da vorn an dem Strandwagen gekauft, als du dich umgezogen hast. Die Kinder haben sie bereits auf Gesicht und Armen. Ich war so frei. Du solltest dich auch eincremen. Du hast ...“

„... eine genau so helle Haut wie du. Ich weiß. Aber vielen Dank, dass du die Kinder eingecremt hast.“ In Gedanken sah sie ihre Hände bereits über seinen muskulösen Rücken streichen und die Milch einmassieren.

„Kalkeimer unter sich“, grinste Jesse ahnungslos. „Aber nicht mehr lange, denn dann sind wir rot wie Tomaten.“

Sie nahm die Flasche mit dem Sonnenschutz. Sie zögerte, mit dem Eincremen zu beginnen. „Du bist noch ganz nass.“

„Aber du nicht", sportlich sprang er von seiner Liege und nahm ihr die blaue Flasche wieder aus der Hand, „dreh dich um."

Trotz der Hitze lief ein Schauder über ihren Körper. Wann hatte sie Jesse verführen, beziehungsweise zum Sex überreden wollen?

Als könnte er plötzlich Gedanken lesen, sagte er: „Stell dich nicht so an, Eve. Ich will dich schließlich nicht vernaschen. Nur eincremen." Im Nu stand er hinter ihr und klatschte ihr eine Ladung Sonnenmilch auf die Schultern.

„Sehr erotisch", rutschte es ihr über die Lippen.

„Ich kann auch anders." Sein Gesicht tauchte links neben ihrem auf.

Schnell bog sie ihren Kopf in die entgegengesetzte Richtung, doch das hatte er vorhergesehen und nun war sein Gesicht auf dieser Seite.

„Willst du einen Kuss, kleine Aprikosenfrau?"

Eve machte einen Satz nach vorn. „Bist du verrückt geworden?"

„Hm." Er kam bereits wieder auf sie zu.

„Bitte, Jesse, nicht vor den Kindern."

Er sah zum Meer. „Die sind beschäftigt."

„Ja, aber nur die Kleinen und die Kiffer. Schwenke deinen Blick mal auf zehn Uhr. Da haben zwei aber ganz weit die Augen auf."

Jesse grinste breit. „Und wenn Mel und Speedy nicht da wären, dann ...?"

Eve zog ihre Liege so über den Sand, dass sie vollständig im Schatten des Sonnenschirms stand. Dann streckte sie sich auf dem festen Baumwollstoff aus. Sie war es nicht mehr gewohnt zu flirten, aber gerade eben war sie ganz nah dran, und zwar an einem verdammt heißen Flirt. Um das zu erkennen, musste sie nicht in Übung sein.

Aber die Situation war nun wirklich alles andere als perfekt. Kinder auf zehn Uhr, Kinder auf elf Uhr und Kinder auf zwölf Uhr.

„Das ist gemein", maulte Jesse.

„Aber siche", sie konnte sich das Lachen nicht verkneifen, „Was willst du überhaupt plötzlich von mir? Gestern Abend hast du mich eiskalt abblitzen lassen."

Ächzend zog Jesse auch seine Liege unter den Schirm und machte es sich ebenfalls bequem. „Weil ich es für eine idiotische Idee hielt, mit dir einen One-Night-Stand zu veranstalten."

„Wie lange dauert unsere Reise inzwischen?" Sie legte sich den Unterarm über die Augen, um Jesse, der sich auf die Seite gelegt hatte und sie interessiert musterte, nicht ansehen zu müssen. Unter den gegebenen Umständen war es mit Sicherheit besser, seinem Blick auszuweichen, als in seinen Augen zu versinken.

„Willst du damit andeuten, dass wir jede Nacht, wenn unsere Kinder in den Betten lagen, hätten Sex haben können?"

Wenn sie es richtig deutete, klang seine Stimme nicht nur amüsiert. Meine Güte. Jetzt wollte er plötzlich doch. Ihr Herz hüpfte vor Genugtuung, doch sie ließ sich nichts anmerken. „*Unsere* Kinder?"

„Deine sechs und mein Neffe. Aber jetzt weiche nicht aus." Er tippte mit einem Finger an ihren angewinkelten Ellbogen.

„Wie war nochmal die Frage?", neckte sie ihn.

„Bist du sicher, dass du das trennen kannst?", fragte er rau. „Sieh mich bitte an." Er griff nach ihrem Arm.

Sie drehte sich auf den Bauch und vergrub ihr Gesicht in ihrem zusammengeknüllten Handtuch. „Was trennen?"

„Es wäre nur Sex, Eve."

„Klar. Was sonst? Und sobald die Reise vorbei ist, ist das zwischen uns ebenfalls vorbei. Der Deal klingt gut. Damit könnte ich leben."

„Mein Leben findet in England statt, deines in einem Kinderheim." Der raue Ton war aus seiner Stimme verschwunden.

„Machst du jetzt wieder einen Rückzieher? Weißt du was, Jesse: Das hatten wir bereits. Und weißt du noch was? Bei der ganzen Rederei ist mir die Lust vergangen. Such' dir doch jemand anderen zum Vögeln." Sie richtete sich ruckartig auf und spähte zum Strand, denn ihr war, als hätte ein Kind Mama gerufen. Doch ihre drei Jungs spielten gestrandeter Wal und Amy und Leo leisteten ihnen Gesellschaft.

Sie kletterte ganz von der Liege und schlüpfte in ihre Flipflops, denn der Sand war verflucht heiß. „Ich sehe nach den Kindern, bevor sie noch glauben, ich hätte sie hier ausgesetzt, damit sie von den Wellen davongespült werden. Damit ihre Mama einem Flachleger zu Diensten sein kann."

Die Liege klapperte, als Jesse aufsprang und ihr mit langen Schritten folgte. „Mal sehen, ob Leo inzwischen wieder klar im Kopf ist. Ich habe das Gefühl, dass ich jetzt doch ein ernstes Wort mit ihm reden will."

„Tu, was du nicht lassen kannst", schnappte Eve und legte einen Schritt zu.

Während Jesse ein ausführliches Onkel-zu-Neffe-Gespräch führte, hielt Eve sich kurz.

„Hast du das schon mal gemacht, Amy?"

„Was? Kiffen?"

„Was sonst?"

Amy schüttelte den Kopf. „Ehrlich nicht. Ich habe auch nur zweimal gezogen. Leo wollte es nicht, aber ich habe ihm den Joint aus der Hand gerissen."

„Wirst du es wieder tun?"

„Nein."

„Bist du sicher?"

„Ja. Es schmeckt eklig."

„Okay. Ich vertraue dir." Gern hätte sie einen Arm um Amys Schultern gelegt, aber sie traute sich nicht und so beließ sie es dabei, Seite an Seite mit Amy den Jungs beim Plantschen zuzusehen.

Als die Sonne langsam unterging, zogen sie alle zusammen ins Hotel, um sich auf das Abendessen vorzubereiten.

Die Kinder hatten eine ordentliche Portion Farbe abbekommen. Speedy und Mel hatten sich zum Glück schon zu Hause an die Sonne gewöhnt und darum nur einen ganz leichten Sonnenbrand bekommen. Die drei kleineren Jungs waren dank der T-Shirts und Jesses Voraussicht ganz ohne Verbrennungen davongekommen. Amy und Leo hatten es ja vorgezogen, im Schatten zu kiffen und ihr Ausflug ans Meer hatte ihnen lediglich die Gesichter mit dicken Sommersprossen übersät, sodass kaum noch ein Fleckchen von der hellen Haut sichtbar war.

Nur Eve war rosa wie ein Schweinchen. Zu ihrem Leidwesen bildete die frische Farbe einen kräftigen Kontrast zu dem weißen Minirock und dem trägerlosen Top, sodass sie eine dünne Stickjacke überziehen musste, um den Sonnenbrand zu verdecken. Eine lange Hose wollte sie wegen der Hitze allerdings nicht anziehen. Es war schon spät und in der Dunkelheit würde die Farbe hoffentlich nicht allzu sehr auffallen.

„Ab mit euch zum Abendessen“, trieb sie die Kinder an. Die ganze Bande war hundemüde, aber Fab und Kev waren immer noch nicht müde genug, um Streiche zu spielen. Der kleine Aufzug, mit dem sie in die Lobby runterfuhr, hielt auf jeder Etage und das Gelächter der Jungen schallte durch das ganze Hotel.

Die Schwarzhaarige hinter der Rezeption schmunzelte.

Eve warf ihr einen entschuldigenden Blick zu. Sie hätte gern ein paar Worte mit Tibors Frau gewechselt, doch Hona sprach nur Albanisch und Amy, die hätte übersetzen können, war bereits voraus gegangen.

Das Hotel war zwar nicht annähernd ausgebucht, aber es war doch voller, als es tagsüber den Anschein hatte. Die Tische im Hotelgarten waren fast alle besetzt. Für ihre Kinder, Leo, Jesse und sie hatte Tibor zwei Tische zusammenschieben lassen. Die Kinder stippten Brot in eine Quarkmasse.

„Tut mir leid, die Kinder haben nur diese beiden Stühle freigelassen. Also musst du wohl oder übel neben mir sitzen.“ Jesse schob ihr einen Stuhl zurecht.

„Mach dir keinen Kopf“, sagte sie leicht dahin und zog sich den Stuhl selbst unter den Hintern. Dann wünschte sie allen einen guten Appetit und mahnte die Kinder, nicht so zu schlingen, da es vermutlich noch weitere Gänge geben würde.

Ein Kellner brachte Getränke und erklärte Amy, die übersetzte, dass der Hoteldirektor für sie gewählt hatte und sie nur zu warten brauchten.

„Er sagt, es gibt noch eine Überraschung“, sagte Amy schulterzuckend. „Deswegen dauert es noch ein paar Minuten mit dem Essen.“

„Was für eine Überraschung?“, krähte Kev. Aber da trugen zwei Kellner einen weiteren Tisch herbei. In ihrem Windschatten kam Tibor auf sie zu. Er war nicht allein. Ein Mann, der ihm auffällig ähnelte, zwei Frauen mittleren Alters, vier Kinder und eine ältere Frau mit einem schwarzen Kopftuch waren bei ihm.

Tibor stellte sich hinter Amy und Leo und legte jedem eine Hand auf die Schultern. „Meine lieben Kinder, das ist euer Onkel Gazmend, ein Bruder eures Vaters. Die Frau mit dem roten Kleid ist eure Tante Adnana, eine Schwester eures Vaters. Die andere Frau ist ihre Schwägerin Loressa. Dann haben wir noch eure Cousinen Lule und Luam und eure Cousins Lum und Lundrin. Und schließlich Noun, eure Großmutter. Und das hier sind Amy und Leo. Unser Bruder hat sich in Deutschland und in England vermehrt. Und er hat sich nie um seine Kinder gekümmert.“

Nachdem Tibor seine Ansprache auf Albanisch wiederholt hatte, brach ein richtiger Tumult aus.

Amys und Leos Verwandte waren freundliche Leute, die in einer Tour redeten, jeden umarmten, herzten und küssten. Die Frauen weinten sogar. Eve zuckte zusammen, als die alte Frau Amy umarmte. Doch ihre Besorgnis war überflüssig. Amy ließ sämtliche Küsse und Umarmungen tapfer über sich ergehen.

„Das ist unglaublich. Das hat Amy noch nie mit sich machen lassen.“ Über ihr Staunen vergaß Eve, dass sie eigentlich sauer war auf Jesse.

„Wahnsinn. Und diese Gastfreundschaft“, zischte Jesse ihr zu. „So etwas habe ich noch nie erlebt“, er hielt einen Moment inne, dann fügte er hinzu: „Außer bei dir.“

„Schleimer," zischte Eve und knöpfte ihre Strickjacke zu. „Ich kann das hier alles noch gar nicht begreifen."

„Wir sollten uns einfach für Amy und Leo freuen."

Es wurde noch ein Tisch herbeigeholt, Stühle wurden gerückt und Unmengen an Getränken und Speisen herbeigetragen. Zwei Musiker bauten neben einer rechteckigen Betonfläche Instrumente, Boxen und ein Mikrofon auf. Während Onkel, Tanten, Großmutter und die albanischen Cousinen und Cousins Fragen um Fragen auf Amy und Leo abfeuerten, erklang albanische Musik.

„Das sind Liebeslieder", verkündete Tibor und biss in ein Cevapcici. „Nachher wird getanzt. Wenn meine neugierige Mutter und meine Schwester alles über Amy und Leo und euch wissen, zeigen sie euch wie es geht."

Wenn Eve sich gefragt hatte, wie sie die Essenszeit neben Jesse überstehen sollte, so erwies sich ihre Sorge als vollkommen unbegründet. Sie kamen nämlich gar nicht dazu, sich zu unterhalten, da die neuen Familienangehörigen sie mit Fragen löcherten und bereitwillig über sich selbst und Amys und Leos Vater Auskunft gaben.

Sie waren erbost über Victors Verhalten und schämten sich für ihn. Obwohl es nicht ihre Schuld war, entschuldigten sich sogar die Kinder für Victor Visosevic. Und sie waren erschüttert über Amys Schicksal.

Tante Adnana und die Noun schlossen Amy in ihre Arme, streichelten ihr über den Kopf und redeten aufgeregt auf sie ein.

„Wenn Dr. Pedersen das sehen könnte." Eve schnappte nach Luft, während sie abwesend in ihrem Risotto herumstocherte.

„Mach Fotos davon", schlug Jesse vor und teilte seine gegrillte Dorade gekonnt in zwei Hälften.

Eve ließ Messer und Gabel sinken und zückte ihr Handy. Sie hätte allerdings nicht gedacht, was sie damit auslöste. Im nächsten Moment zog praktisch jeder der Anwesenden ein Handy aus der Tasche und machte Fotos. Am Ende war wahrscheinlich jeder einmal mit jedem fotografiert worden. Zusätzlich zu all den Gruppenfotos.

Die Zeit verflog. Die jüngeren Kinder spielten Fangen, die größeren saßen zusammen und unterhielten sich. Amy übersetzte schon fast wie eine Synchron-Dolmetscherin. Die Musik wurde lauter. Tibor und seine Schwester Adnana begannen zu tanzen. Die Oma lockte die Kinder – auch die von Eve – auf die Tanzfläche und führte mit ihnen einen Kreistanz auf.

Plötzlich stand Tibor vor Eve. „Darf ich bitten?"

Sie machte dem Hoteldirektor die kleinen Schritte nach und drehte ihre Hände. Aus dem Augenwinkel heraus beobachtete sie Tibors Frau Hona, die die Rezeption verlassen hatte und Jesse zum Tanzen animierte. Zuerst wirkte er ein wenig steif, besonders im Vergleich zu den albanischen Männern, die die Hüften locker schwangen, aber nach einer Weile sah es auch bei Jesse ein wenig nach Tanzen aus.

„Dir ist wohl warm?", fragte er lachend, als er in einer Art Steppschritt an ihr vorbei galoppierte.

Und ob ihr warm war. Der Schweiß lief ihr unter der Strickjacke nur so über die glühende Haut. Aber für sie war jetzt sowieso Schluss. Momo war auf seinem Stuhl eingeschlafen und Kev raufte mit Fab. Die beiden waren vollkommen übermüdet. Amy und Leo tanzten noch immer mit ihrer Familie.

„Ich bringe die Jungs ins Bett", zischte Eve Amy zu. „Weißt du, wo Speedy und Mel sind?"

Über Amys verschwitztes Gesicht huschte ein breites Grinsen. „Das willst du nicht wissen."

„Was ...?" Sofort tauchte das Bild von Amy und Leo und dem Joint vor ihrem inneren Auge auf.

„Ah, Mama, nichts passiert. Speedy hat sich bloß in Luam verknallt. Und Mel himmelt schon die ganze Zeit Lundrin an. Aber der will genauso wenig von ihr wie Leo."

Eve verdrehte die Augen. Das hatte ihr gerade noch gefehlt, dass ab morgen Speedy und Mel wegen Liebeskummer heulten.

„Okay", sagte sie seufzend, „ich bringe dann die Kleinen ins Bett. Bis nachher. Mach' keine Dummheiten."

„Ich doch nicht, Mama." Amy zwinkerte ihr zu.

Wie erwartet maulte Kev, als er ins Bett musste, aber er lag kaum unter dem weißen Laken, als er auch schon seine typischen leisen Schnarchgeräusche von sich gab. Momo war schon im Aufzug auf ihrem Arm eingeschlafen und sie legte ihn ausnahmsweise ohne Zähneputzen ins Bett.

„Gute Nacht, Mama“, sagte Fab. „Das ist echt ein toller Urlaub. Ich wünschte, ich hätte eine Familie wie Amy und Leo.“

Sie strich dem Jungen über den Kopf und drückte ihm einen Kuss auf die Wange. „Aber das hast du, Fab. Wir sind alle deine Familie. Schlaf jetzt.“

Als Eve in den Aufzug steigen wollte, um wieder nach unten zu fahren und sich zu den anderen zu gesellen, kamen ihr Amy, Leo, Mel und Speedy entgegen.

„Wir gehen aufs Zimmer“, verkündete Mel sauer. „Da unten ist nämlich Schluss.“

„Plötzlich war die Musik aus und dann hieß es: Miröpafschim. Auf Wiedersehen“, knurrte Speedy.

„Um Mitternacht ist hier alles vorbei. Toll, was?“, maulte Mel.

„Jetzt heult nicht. Ich besorge euch Luams und Lundrins E-Mails, What's App-Namen, was ihr wollt.“ Amy verdrehte die Augen. „Alter, bin ich froh, dass ich nicht verknallt bin! Eh, Mama. Oma hat Leo und mich für die nächsten Sommerferien zu sich nach Hause eingeladen. Sie hat einen kleinen Bauernhof. Und Onkel Tibor hat gesagt, wir könnten jederzeit mit der ganzen Familie herkommen. Toll, was? Apropos ... Mama, Jesse sitzt noch da unten. Er sagt, ich soll dir sagen, er hat noch was mit dir zu besprechen.“

Unter lautem Gelächter stapfte sie mit ihrem Bruder davon. Speedy und sogar Mel, die eben noch sauer gewesen war, liefen ihnen giggelnd nach. Die Vier verschwanden zusammen in einem Zimmer. Bevor die Tür hinter ihnen ins Schloss flog, drehte Speedy ihr seinen Kopf zu und rief über den langen Flur: „Wir sind ganz leise und gehen nachher brav in unsere Betten. Mach keine Dummheiten, Mama!“

Im nächsten Moment tauchte Amys lachendes Gesicht hinter dem Türrahmen auf. „Viel Spaß, Mama!“

25

Jesse

Er hatte ehrlich nicht erwartet, dass sie noch einmal nach unten kommen würde. Höchstens gehofft. Aber da kam sie. Mit ihren kurzen Schritten eilte sie über den schmalen Steinweg durch den Garten, in dem nur noch ein paar Kellner aufräumten und bloß noch die scheußliche Neonbeleuchtung an war. Ihr weißes Kleid leuchtete mit ihren orangenen Haaren und ihrer verbrannten Haut um die Wette. Als er hinter der Baumgruppe, wo er auf sie gewartet hatte, heraustrat, erstarrte sie vor Schreck.

„Was lauerst du mir auf?" Über ihrer Nase entstand ein steiles Fältchen.

„Ich habe dir nicht aufgelauert. Ich dachte bloß nicht, dass du noch runterkommst und ich hier einsam und allein ein Bier trinken müsste." Das glaubst du doch selbst nicht, dachte er bei sich.

Ihr spöttischer Blick sprach Bände. Sie glaubte ihm natürlich kein Wort, ließ sich davon aber überraschenderweise nicht beirren. „Warum nicht? Auf den Zimmern ist es unerträglich heiß, hier draußen ist es so schön lau."

Oh oh, ein gutes Zeichen, dachte er zufrieden und ging noch einen Schritt weiter. „Am Meer weht sogar ein zartes Lüftchen."

Sie lachte leise über seine Ausdrucksweise, aber sofort wurde sie wieder ernst. „Was wolltest du mit mir besprechen?"

Hilfe. Jetzt glaubte sie den Quatsch, den er ihren Kindern zur Übermittlung aufgetragen hatte, ja doch. „Besprechen? Wer sagt, dass ich etwas mit dir besprechen will? Ich wollte nur nicht allein spazieren gehen. Immerhin sind wir in Albanien."

„Stimmt", grinste sie. „Hier lauert hinter jeder Pinie ein Schuft." Sie winkte ihm zu. „Komm, dann lass uns gehen."

Sie wollte spielen. Okay. Das gefiel ihm. Auch wenn er damit schon gar nicht gerechnet hatte. Aber damit kam er klar. Gern sogar.

Ihre Flipflops verursachten bei jedem Schritt ein klatschendes Geräusch, als sie mit wiegenden Hüften vor ihm in Richtung Strand lief. Die kleine Schlange, dachte er leicht amüsiert.

„Die Kinder schlafen?"

„Die Kleinen. Die Großen hocken noch zusammen auf dem Zimmer und", sie machte eine kurze Pause, „machen hoffentlich keinen Unsinn."

„Zumindest pennen sie danach bis zum Mittag."

„Mach' mich nicht wahnsinnig", zischte sie, doch dann lachte sie leise. „Weißt du eigentlich, dass du ganz schön gemein bist, Jesse Graham?"

Sie waren am Ende des Gartens angelangt, wo sie durch eine kleine Pforte auf eine provisorische Promenade aus einfachen Holzplanken traten. Eve blieb stehen und sah ihren Begleiter fragend an.

„Ich dachte eigentlich, ich wäre ein kleiner Wohltäter."

„Und ich wollte von dir eigentlich nur wissen, ob wir nach links oder nach rechts wandern." Ihre Augen funkelten neckisch. Es war zwar Nacht, aber die Hotels sorgten mit ihren Beleuchtungsorgien für so viel Licht, dass man die Milliarden von Sternen am Himmel leicht übersah.

„Weder, noch. Nebenan ist ein großes Hotel. Dort spielen sie richtige Musik, nicht dieses antiquierte Kreistanzzeug." Er legte eine Hand auf ihre Schulter und drehte sie ein wenig nach rechts. Ihre Haut brannte förmlich. Dass er nicht daran gedacht hatte, Creme mitzunehmen. Ein bisschen After Sun Lotion funktionierte immer. Er war gerade mal ein paar Tage von zu Hause weg und schon hatte er seine besten Tricks vergessen.

„Du willst tanzen?" Sie sah immer noch zu ihm auf.

„Warum nicht?" Er bemühte sich um ein ermutigendes Lächeln.

„Ja, warum eigentlich nicht. Die Tanzfläche ist an der frischen Luft, die Musik klingt gut. Lass uns gehen."

Sein Vorhaben endete keine fünfzig Meter weiter. Der Pförtner wollte All-Inclusive-Bändchen sehen.

Was war nur heute mit ihm los? Er war so schlecht vorbereitet wie nie. Ausgerechnet bei dieser Frau, die er nicht so einschätzte, als würde sie ihn bei der erstbesten Gelegenheit auf eine Liege ziehen. Die kleine Aprikosenfrau wollte erobert werden. Trotz der vielen Kinder, die für eine eventuelle Männersuche so hilfreich waren wie eine fetter Herpes, wenn man jemanden küssen wollte.

„Ich könnte versuchen, ihn zu bestechen“, schlug Jesse vor. „Oder“, er nahm ihre Hände in seine, „du gibst mir deine Tanzkarte einfach hier.“

„Ah ja.“ Sie musterte ihn schräg.

Durchschaut, dachte er nur und setzte sein vielfach erprobtes Welpen-Lächeln auf.

„Ich kann nicht tanzen. Lass uns lieber an den Strand gehen und aufs Meer sehen“, schlug sie munter vor, zog sich die Flipflops aus und ging auch schon los.

Nichts lieber als das, triumphierte er innerlich und schlüpfte ebenfalls aus seinen Badelatschen. In dem Moment erinnerte er sich an eine kleine, wackelige Holzbank, die im Garten ihres Hotels, gleich am Hintereingang stand. Als er das Stück Sperrmüll zum ersten Mal gesehen sah, hatte er sich gefragt, wer zum Teufel sich darauf niederlassen sollte.

„Wartest du eine Sekunde auf mich?“, rief er Eve hinterher, die so kraftvoll durch den Sand stapfte, als gäbe es am Meeresrand irgendwas umsonst. „Ich besorge uns eine Sitzgelegenheit.“

„Hier sind doch überall Liegen“, rief sie ihm verständnislos zu.

„Das ist mir zu ...“

„Intim?“ Sie lachte schallend. „Wir müssen uns ja nicht übereinander auf eine legen.“ Dann setzte sie ihren Weg in Richtung des Wassers fort.

Er sprintete zum Hotel, packte sich die kleine Bank auf die Schultern und holte sie nach einer Weile keuchend ein. Eve war ein paar Meter vor dem Meeresrand stehen geblieben.

„Was ist das?“

Er ließ die Bank runter und drückte die Beine ein Stück in den Sand, damit das Ding wenigstens den Anschein erweckte, als wäre es stabil. „Bitte sehr. Nimm Platz."

„Du bist ja verrückt", lachte sie. Aber dann setzte sie sich kichernd und klopfte mit ihrer linken Hand auf den Platz neben sich.

„Meinst du die hält, wenn ich mich mit meinen 94 Kilo auch noch darauf niederlasse?"

„94 Kilo? Du Elefant!"

„Ich habe eine Menge Muskeln."

„Angeber!", prustete sie.

„Fitnessstudio."

„Sag ich doch: Angeber."

Vorsichtig ließ er sich neben ihr nieder. Es ging. Das Teil hielt sie beide. Bloß viel bewegen durfte man sich nicht.

Er sah in dieselbe Richtung wie sie. Vor ihnen war nichts als das Meer. Es lag so ruhig und still da wie ein See, nur dass es kein anderes Ufer gab. Und dass darin wegen der exzessiven Fischerei vermutlich genauso viel los war wie in Loch Ness.

„Eigentlich ist es ja ein Kompliment, wenn jemand einen als Elefanten bezeichnet", plapperte sie plötzlich drauflos. „Elefanten sind starke, mächtige Herdentiere, besonders die Bullen und die Muttertiere."

„Ach? Ich dachte immer, die Bullen wären Einzelgänger."

„Nur während der Musth oder wenn sie alt werden."

„Musth?"

„Phasen erhöhter Testosteronproduktion ab dem 25. Lebensjahr." Sie kicherte.

„Du scheinst dich ja gut auszukennen mit Elefanten."

„Fab hat eine Zeit lang alles über Elefanten in Erfahrung gebracht und es mir schon zum Frühstück haarklein erzählt. Gern auch mehrfach. Ich hoffe nur, du vergleichst mich nicht mit einer Elefantenkuh."

Er musste lachen. Und dann sagte er ganz was Blödes. „Du erinnerst mich eher an ein Känguru."

„Wie bitte?", platzte sie lachend heraus. „Ein Känguru? Hüpf hüpf?"

„Na ja, wegen des Beutels“, sagte er ein wenig irritiert. „Du weißt schon: Da sind die Kleinen drin.“

„Oh, Jesse, du hast wirklich keine Ahnung von Tieren!“, machte sie sich über ihn lustig. „Kängurus bringen nur ein einziges Junges zur Welt. Ganz selten auch mal Zwillinge.“

„Hat Fab etwa auch alles über Kängurus aufgesogen?“

„Ja!“ Eve nickte heftig. „Sogar, dass Kängurus zwei Gebärmuttern haben.“

„Mit zwei Eingängen?“

„Jesse, du Ferkel!“

„Gerade hast du mich noch als Elefant bezeichnet.“

Sie kicherte. Und dann krachte die Bank zusammen und sie landeten auf den hölzernen Trümmern im feuchten, warmen Sand.

„Oh, Mann, Jesse!“, stöhnte Eve.

„Das klingt gut“, sagte er leise lachend, beugte sich über sie und näherte sich ihren verlockenden Lippen.

„Was wird das?“, murmelte sie. „Kreuzung der Tiergatten?“ Doch im gleichen Moment schloss sie die Augen und ließ es zu, dass er sie sanft in seine Arme schloss und sie innig küsste.

26

Eve

Eigentlich hätte sie auf 8 C sitzen sollen, doch nun guckte Jesses kurzgeschorener Schopf über die hohe Lehne rüber. Wie auf dem Hinflug hatten sie keine zusammenhängenden Plätze bekommen, bis auf die drei, auf denen Momo, Kev und sie selbst saßen. Sie hatte darauf bestanden, bei den Kindern zu sitzen. Diese Reise war so gut wie zu Ende. Das bedeutete auch, dass Jesse bald aus ihrem Leben verschwinden würde. Leo würde sie in den nächsten Ferien besuchen. Nach allem, was der Junge über seine Mutter erzählt hatte, würde sie nichts dagegen haben, wenn Amy ein oder zwei Wochen im Jahr bei ihnen verbrachte. Und dann konnten sie noch alle zusammen nach Albanien fliegen. Doch so langsam wurde es Zeit, zur Normalität zurückzukehren. Die Kinder wären nur umso enttäuschter, wenn sie sich noch mehr an Jesse gewöhnten und ihn dann nie wieder sahen.

Sie selbst kam klar. Sie war ein großes Mädchen.

Für sie kam Jesse sieben Jahre zu spät. Noch dazu wohnte er im falschen Land. Das hätten sie vermutlich noch hinbekommen. Aber falsche Zeit und falscher Ort – das ging nicht. Wäre sie ihm vor sieben Jahren begegnet, gleich nach Thomas und vor dieser grauenvollen Sache mit ihrer Schwester, hätte sie in Erwägung gezogen, auszuwandern. Für Jesse hätte sie vermutlich alles getan. Und das nicht nur, weil Thomas sie verlassen hatte, weil er nicht wollte, dass sie sich um Amy kümmerte.

Sie musste daran denken, wie sie Seite an Seite auf dieser Schrottbank gesessen hatten. Der Elefant und das Känguru. Unwillkürlich dichtete sie dem Elefanten einen riesigen, leuchtenden Luftballonmond in Herzform an, den er mit einem Bindfaden festhielt. Aber der Sex in der vergangenen Nacht war verdammt noch mal das gewesen, was in manchen Filmen scherzhaft als LCS bezeichnet wurde. Life changing sex. Die vergangene Nacht hatte ihr Leben verändert. Definitiv. Rita würde sagen: Warte ein paar Wochen ab, dann verblasst die Erinnerung. Aber Rita hatte keine Ahnung, was geschehen war. Auf ihrer Haut standen ja jetzt noch alle Härchen aufrecht und sie wünschte sich an diesen Strand, wollte sich an Jesse schmiegen, wollte, dass seine Hände ihren Rücken hinunterwanderten, über ihre Brüste streichelten, wollte, dass seine Lippen ihren Bauch liebkosten ...

„Eve?“

„Was ...?“

„Jesse will mit dir reden.“

Sie fühlte, wie ihr das Blut in den Kopf stieg. „Schon gut, Momo, du kannst aufhören an meinem T-Shirt zu ziehen."

„Liebling", hauchte Jesse an ihrem Ohr und jetzt wanderte das Blut auch noch in alle anderen Regionen, dorthin, wo sie es in dem Moment ganz und gar nicht haben wollte, „Leo und Amy tauschen für zehn Minuten die Plätze mit uns. Ich muss mit dir reden."

Liebling ... Sie schüttelte sich. Das konnte er nicht ernst meinen. Sie war für ihn ein Ausrutscher. Ihretwegen auch ein Sexobjekt. Er durfte sie nicht so nennen. Um ihretwillen. Sie wollte nicht, dass es weh tat. Sie wollte diese Nacht verbuchen als eine Nacht voller gigantischem Sex. Es sollte lange nachprickeln. Sie wollte keinen schalen Nachgeschmack. Sie wollte sich einreden, sie hätte einen Gigolo für eine Nacht gebucht. Einen der einfühlsamsten Liebhaber der Welt.

„Worum geht es?" Sie sprach mit distanziertem Tonfall.

„Mach' kein Theater. Amy und Leo kommen schon."

Das hatte sie sich gedacht. Dass er jetzt dachte, sie würde Theater machen. Um sich keine Blöße zu geben, schnallte sie sich ab und stand auf.

„In zehn Minuten ist Mama wieder da", sagte sie.

„Lass dir Zeit", sagte Momo großzügig. „Leo passt auf uns auf."

Sie hätte Jesse für sein süffisantes Grinsen treten können.

„Okay, zehn Minuten Jesse", sagte sie, als sie auf den Plätzen von Amy und Leo saßen.

„Ich fühle mich benutzt." Ein breites Grinsen zog über Jesses Gesicht, das genau wie ihr eigenes von der Sonne gerötet war.

„Hör auf mit diesen Spielchen", sie bemühte sich um einen ärgerlichen Ton in der Stimme, was gar nicht so leicht war, da die Wärme seines Oberarmes, der gegen ihren stieß, heftige Erinnerungen an die vergangene Nacht weckte.

„Du kannst doch jetzt nicht einfach so über das, was geschehen ist, hinweggehen", zischte er ihr zu. Seine Augenbrauen zogen sich in der Mitte zusammen.

„Was ist schon geschehen? Wir haben gevögelt. Dank deiner Potenz drei Mal. Vielleicht hast du auch nur Viagra geschluckt. Oder bist du einer von den Sexsüchtigen."

„Sag mal, Eve, spinnst du?"

„Bist du jetzt eingeschnappt, weil ich dir zutraue, dass du kleine, blaue Pillen schluckst? Ist ja auch egal. Machst du so etwas wie letzte Nacht nicht dauernd? Leo hat mir von der Blondine erzählt, die in deinem Haus war, als seine Mutter ihn zu dir brachte. Und wie du sie abserviert hast. Also spiel nicht den Unschuldigen." Sie blinzelte die Träne in ihrem rechten Auge weg. Sie musste diese Gefühle zurückdrängen. Es gab keine Zukunft für sie und diesen Mann. Also musste die Sache hier und jetzt ein Ende haben.

„Das mit Summer ist etwas vollkommen anderes. Sie ist ... Egal. Ich werde mich nicht rechtfertigen. Es ist, wie es ist. Ich habe eine Vergangenheit, wir beide haben eine. Summer ist eine von vielen Affären. Aber wäre sie nicht gewesen, wären wir uns nie begegnet."

„Wofür Affären doch gut sein können." Sie hatte keine Ahnung, worauf das hier hinauslaufen sollte. Für sie war die Sache klar: Jesse und Eve – das war ein Ding der Unmöglichkeit. „Was willst du von mir, Jesse? Ich meine, was willst du wirklich?"

Er schluckte. Dann schnellte sein Kopf plötzlich vor.

„Oh nein", sie rückte so weit von ihm ab, wie sie nur konnte. Blöderweise knallte sie dabei gegen das Fenster. Sie rieb sich den Kopf, presste sich aber weiterhin gegen die Flugzeugwand. „Lass das. Ich will nicht, dass du mich küsst."

„Das glaube ich dir nicht", sagte Jesse leise. „Ich denke, du hast ein Problem mit mir, mit uns. Du denkst, dass es für uns beide keine Zukunft gibt. Weil du in Deutschland lebst und die Verantwortung für so viele Kinder übernommen hast. Und weil ich mein Zelt in Cambridge aufgeschlagen habe."

„Jesse, du weißt nicht, was du redest." Plötzlich war sie ganz klar. Zwar hatte ihr Herz im ersten Moment einen Luftsprung vollführt, doch dann wurde ihr alles klar. Sie würde ihn jetzt sofort mit den Realitäten konfrontieren. Sie war sich sicher, dass er danach umstandslos nach dem Fallschirm unter dem Sitz greifen würde. „Du müsstest Deutsch lernen, du müsstest dir einen Job in Deutschland suchen, möglichst nahe am Kinderdorf. Du müsstest zu uns ziehen, Jesse, in das Backsteinhaus mit den vielen Herzchen. Du müsstest dir mit mir ein zwölf Quadratmeter großes Zimmer teilen. Tag und Nacht Kinderlärm. Masern, Arztbesuche, logopädische Übungen, Ärger über nicht gemachte Hausaufgaben, Erbrochenes in der Nacht, Läuse ..."

„Und das traust du mir nicht zu?" Er ließ sich schwer in seinen Sitz fallen.

„Nein, Jesse. Nein, das traue ich dir nicht zu." Sie wandte ihr Gesicht von ihm ab und sah zum Fenster hinaus. Der strahlend blaue Himmel über der weißen, flauschigen Wolkendecke passte so gar nicht zu ihrer Stimmung. Oh Mann, sie hätte sich nicht auf diese Nacht einlassen sollen. Sie packte es einfach nicht. Sie war nicht in der Lage, sich einzureden, dass Jesse für sie nicht mehr war als ein Gigolo. Als ob sie je einen Mann für gewisse Stunden mieten würde!

„Mama Eve?"

Scheiße. Unauffällig hob sie ihren nackten Unterarm und trocknete sich das Gesicht. Jesse hatte sich unbemerkt davon geschlichen. Das war's dann. Sie hatte es gewusst.

„Weinst du etwa, Mama Eve?"

„Was?" Sie tat überrascht. „Oh, ich bin nur müde. Ich habe ganz vergessen, dass das nicht mein Platz ist. Moment. Ich räume ihn sofort."

Mit gesenktem Kopf quetschte sie sich an dem einzelnen Mann vorbei, der auf dem Gangplatz saß.

„Mama Eve?"

„Ich gehe zu meinem Platz und schlafe weiter", sagte sie so fest sie konnte. Sie konnte jetzt niemandem in die Augen sehen. Auch nicht Amy.

Bevor sie zu ihrem Platz und damit zu Kev und Momo zurückging, suchte sie die Toiletten auf, um ihr Gesicht zu waschen. Sie hielt sich für ausgesprochen clever, den

Waschraum im hinteren Teil des Fliegers zu benutzen, um nicht an Jesses Platz vorbeigehen zu müssen. Doch als sie zu Kev und Momo ging, saß Jesse auf ihrem Platz und spielte mit den beiden Jungs Mau-Mau.

„Willst du mitmachen?“ Er strahlte sie an, als hätte ihr Gespräch nie stattgefunden.

Die Jungs strahlten sie ebenfalls an.

„Wie wäre es, wenn ihr Fab mitspielen lassen würdet? Der sitzt nämlich schon den ganzen Flug allein herum und langweilt sich.“

Drei Augenpaare starrten sie betroffen an und sie hätte sich selbst ohrfeigen können, dass sie so etwas wie Schadenfreude verspürte.

„Soll ich Fab fragen, ob er herkommen möchte?“, fragte sie schnell.

„Wenn du willst ...“ sagte Kev. Begeisterung sah anders aus.

„Okay. Ich gehe zu ihm.“

Fab saß ziemlich weit vorn, in Reihe vier – und er spielte mit einem Mädchen, das ein wenig älter war als er selbst, ein Spiel an einem kleinen, schwarzen Gerät. Gegen solche Geräte wehrte sie sich seit Jahren. Sie wollte nicht, dass die Kinder sich in Videospielen verloren oder den ganzen Tag an der X-Box hingen und ihre komplette Konzentration verloren. Aber sie konnte es sich abschminken, Fab von hier wegzulocken. Stattdessen winkte sie Jesse zu und gab ihm zu verstehen, dass Fab keine Lust auf Mau-Mau hatte und dass sie sich auf seinen Platz setzen würde.

Sie ärgerte sich über sich selbst, dass sie eine solche Welle gemacht hatte, pflanzte sich auf Jesses Platz und schloss die Augen. Das leise Schnarchen ihres Sitznachbarn hinderte sie allerdings daran, selbst einzuschlafen. So schloss sie zwar die Augen, schlief aber nicht. Dafür konzentrierte sie sich umso mehr darauf, dass keine Tränen unter ihren geschlossenen Lidern herauskrochen.

Bis plötzlich Speedy neben ihr auftauchte. „Mama?“

„Was ist los, Speedy? Ist was passiert?“

„Mel hat Bauchschmerzen. Jesse sagt, ich soll dir Bescheid sagen. Er hat sich bereits darum gekümmert."

Mit einem Satz war Eve auf den Beinen. Das schlug ja wohl dem Fass den Boden aus. Wollte er ihr tatsächlich beweisen, dass er in der Lage war, Verantwortung für eine Familie zu übernehmen? Der spinnte doch wohl. Im Moment meinte er es vielleicht sogar ernst. Aber das würde gerade so lange vorhalten, bis sein Interesse an ihr verflogen war.

„Was ist los, Mel?"

„Die Stewardess hat ihr bereits ein mildes Schmerzmittel gegeben und ein heißes Kirschkernkissen", sagte Jesse, der sie neben Mels Sitzreihe erwartete.

„Ach ja", sie warf Jesse einen giftigen Blick zu und wandte sich dann an die beiden Leute, die zwischen ihr und Mel saßen. „Würden Sie bitte aufstehen, damit ich mich um meine Tochter kümmern kann."

„Mama, es ist schon gut. Ich habe einfach nur Bauchschmerzen bekommen."

„Ich würde trotzdem gern mit dir reden."

„Es ist wirklich gut. Das Kissen wirkt schon. Jesse war so nett ..."

„Okay", gab sie klein bei, „aber du sagst mir sofort Bescheid, wenn noch etwas sein sollte. Versprich mir das, Mel."

„Ja, Mama. Aber es ist wirklich gut. Danke. Dir auch, Jesse."

„Kein Problem. Hauptsache, dir geht es wieder besser, Mel."

Eve warf Jesse einen giftigen Blick zu, ging aber erst ein paar Schritte über den Gang, bevor sie zischte: „Das sind meine Kinder!"

„Ich weiß", er nickte freundlich lächelnd, „aber ich habe einen Erste-Hilfe-Kursus besucht. Wenn Not am Mann ist, helfe ich. Außerdem hast du geschlafen und ich wollte dich nicht wecken. Vermutlich ist es nur die übliche kleine, monatliche ..."

„Pass auf, Jesse", begann sie, doch mitten im Satz stoppte sie. Es hatte ja doch keinen Zweck. Sie würde diesen Flug hinter sich bringen und dann auf dem schnellsten Wege nach Hause fahren.

„Was wolltest du sagen, Eve?"

„Nichts, Jesse. Gar nichts. Ich setze mich wieder hin. Da war der Gong. Das ist bestimmt schon der Landeanflug." Sie ging zu der Dreier-Reihe, in der Kev und Momo saßen.

„Nein, Mama, bitte. Wir müssen noch ein Spiel beenden. Jesse hat uns eine Revanche versprochen."

„Okay." Sie blinzelte. „Okay. Macht ihn fertig!"

Den Rest des Fluges verbrachte sie auf Jesses Platz, während er mit ihren Jungs zockte.

Sie war heilfroh, als sie endlich in Innsbruck landeten. Aber wenn sie geglaubt hatte, jetzt endlich wieder die Zügel in ihren Händen zu halten, so hatte sie sich geirrt. Sie fühlte sich weiterhin wie das fünfte Rad am Wagen. Während sie nach einem Ansatzpunkt suchte, um das Kommando an sich zu reißen, unterhielten sich die Kinder auf dem Weg zum Parkhaus fröhlich und lautstark mit Jesse. Es klang, als planten sie eine größere Reise.

So langsam wurde sie richtig, richtig sauer. Er verstand es verdammt gut, die Kinder zum Reden zu bringen. Nicht, dass sie das nicht auch von sich aus geschafft hätten.

„Wir fahren auf dem schnellsten Weg nach Hause", donnerte sie schließlich dazwischen. Paris, London, Rom und Dublin waren Städte, deren Namen gefallen waren. Anscheinend wollte er mit den Kindern eine Europa-Reise unternehmen. Der hatte doch wohl nicht alle Tassen im Schrank.

„Das kannst du vergessen, Mama Eve! Ich werde auf jeden Fall meinen Vater besuchen", sagte Amy bestimmt. Es fehlte nur noch, dass sie mit dem Fuß aufstapfte.

„Ich kann doch nicht allein dahin", protestierte Leo.

„Jesse lädt uns nach Disneyland Paris ein", sagte Speedy mit verzücktem Gesichtsausdruck.

„Das besprechen wir in Ruhe", entgegnete Eve. Disneyland Paris. Er wollte die Kinder kaufen – und am Ende ließ er sie wieder fallen. Nicht mit ihr!

„Wann soll denn das sein?“, sagte Amy patzig. „Mehr Ruhe als jetzt herrscht bei uns nie.“

„Wir haben doch noch das Ferienhaus in den Dünen“, meldete sich Fab. „Eigentlich wären wir noch dort. Amys Psychodoktor hat es uns doch geliehen.“

„Ich will auch noch nicht nach Hause“, murrte Kev. „Mit Jesse zusammen machen die Ferien viel mehr Spaß.“

Er griff vertrauensvoll nach Jesses Hand, der sich nicht wehrte und dem Jungen auch noch zuzwinkerte.

Fast war sie froh, als ihr Handy klingelte. Die Sache war nur die, dass selbst der Anruf nicht für sie war, sondern für Jesse.

„Die Berliner Polizei“, knurrte sie und gab ihr Handy gleich weiter.

Sofort verstummten die Kinder. Mit großen Augen und offen stehenden Mündern versuchten sie, so viel wie möglich von dem Telefonat aufzuschnappen.

„Okay“, sagte Jesse. „Sie haben meinen Wagen? Und mein Handy? – Sehr gut. – Ohne Reifen? – Hmh. – Wo steht er denn? – Bei Ihnen in Berlin. Alles klar. – Ich denke, ich kann in spätestens neun Stunden da sein. – Ich reise mit Kindern, wir brauchen Pinkelpausen. – Okay. – Vielen Dank. – Bis später.“

„Wenn du vorhast, mit uns und mit meinem Wagen nach Berlin zu rasen, um deinen zerlegten Audi einzusammeln – vergiss es!“

Die Kinder starrten sie mit schreckensweit geöffneten Augen an und ein unglaublicher Tumult brach los. Sie hob beide Hände. „Moment, Kinder! Jetzt spreche ich.“

„Mama.“

„Nein, Mel, jetzt nicht. Ich bin an der Reihe“, sie schob Mel zur Seite und richtete ihre Augen fest auf Jesse. „Jesse, ich schlage vor, du nimmst einen Flug nach Berlin. Dann bist du in drei oder vier Stunden dort, holst dein Auto und lässt es reparieren. Ich fahre mit den Kindern nach Hause. Ich nehme auch Leo mit, damit er und Amy noch Zeit miteinander verbringen können. Dann musst du außerdem nur einen Flug bezahlen.“

„Das ist doch bescheuert," maulte Amy. „Wir könnten alle zusammen die Hauptstadt besichtigen."

„Mama, die Bauchschmerzen sind wieder da."

War sie eigentlich in einem Irrenhaus? „Kinder, Schluss jetzt! Jesse, wir machen es wie ich es gesagt habe. Hier, nimm mein Handy, damit du handlungsfähig bist. Wenn du deinen Wagen sofort reparieren lässt, bist du spätestens in drei Tagen im Kinderdorf. Dann überlegen wir, wie wir die Geschichte mit Amys und Leos Vater regeln. So, Mel, Zähne zusammenbeißen und ab ins Auto."

27

Jesse

Abserviert. Sie hatte ihn eiskalt abserviert. So nannte man das wohl. Mit ihrem wundervollen Lächeln im Gesicht. Sie hatte ihre Brut, an deren ewigen Einheitslook er sich inzwischen gewöhnt hatte, in den Van gescheucht und war abgedüst. Wenn er Pech hatte, bekam er heute nicht mal mehr einen Flug nach Berlin.

Eine Stunde darauf saß er in der Bahn. Bis er am Abend endlich in der deutschen Hauptstadt eintraf, war er vier Mal umgestiegen.

„Das ist nicht mein Wagen!" Mit schon leicht nassen Augen wanderte er um den Fahrzeugrest herum, zu dem ihn die beiden Polizisten, die er schon vom letzten Mal kannte, freundlicherweise mit ihrem Dienstwagen gefahren hatten. Der Kofferraum war leer, sein Laptop verschwunden.

Der Schnauzbart und der Muskelprotz beobachteten seine Wanderung mitleidig. „Es ist Ihre Fahrgestellnummer. Hier haben wir auch Ihr Handy. Es lag unter dem Fahrersitz. Bedanken Sie sich bei Frau Schneider, dass Sie Ihren Wagen überhaupt wiedersehen. Ohne die Fotos, die Ihre Freundin gemacht hat, hätten unsere tschechischen Kollegen das Räubernest niemals aufgespürt."

Jesse steckte sein Handy in die Hosentasche und kramte Eves hervor. Er tippte auf das Foto, das sie von der Mauer in der tschechischen Pampa aus geschossen hatte. „Hier sind die Reifen noch dran. Sehen Sie!"

„Zu dem Zeitpunkt hatte Ihr Wagen auch noch ein Nummernschild und war silber. Tut uns wirklich leid", entgegnete der Muskel-Cop.

Langsam streichelte er über die Abdrücke von Fabs Fettfingern hinten an der Scheibe. „Wie kriegen wir das wieder in Ordnung? Und was tun wir, um den Laptop zu finden?"

Der Muskel-Cop übersetzte die Frage für seinen Kollegen. Nach einem kurzen Wortwechsel sagte er: „Den Laptop können Sie vergessen. Was Ihren Wagen angeht: Wir kennen da eine Werkstatt, die holen ihn auch gleich ab."

„Und wann ist mein Auto wieder fahrbereit?"

„Moment. Ich rufe Karl an." Der Polizist diskutierte eine Weile mit diesem Karl. „Wenn sie nur neue Reifen aufziehen und ein vorübergehendes Nummernschild besorgen, können Sie morgen Mittag fahren. Vorausgesetzt, dass sonst alles in Ordnung ist. Wenn der Wagen lackiert ..."

„Sagen Sie Ihrem Freund bitte: Nur Reifen und Nummernschild. Und wenn es irgendwie geht, dass mein Wagen als erster drankommt, würde ich mich nicht lumpen lassen."

„Alles klar, Karl." Der Muskel-Cop legte auf. „Was ist denn lumpen lassen?"

Jesse rieb Daumen und Zeigefinger aneinander, das international gültige Zeichen für Geld, woraufhin beide Männer augenblicklich erstarrten.

„Wir sind hier nicht in Tschechien, Mister. Das ist Beamtenbestechung." Der Muskel-Cop ließ ihm die Wahl, ob er Eves Handy bemühte, um sich ein Taxi zu rufen oder mit zur Polizeiwache zu fahren und sich von dort nach einer

Übernachtungsmöglichkeit umzusehen. Oder in einer Zelle zu übernachten.

„Ich wollte nicht Sie bestechen, sondern Ihrem Freund von der Werkstatt den Arbeitsantritt erleichtern", versicherte er, als er wieder wie ein Verbrecher auf der Rückbank des Polizeiautos saß.

„Schon gut, das sollte ein Scherz sein", grinste der Fahrer.

„Ha ha ha ha ha", lachte sein Kollege schallend. „Schwarzer Humor. Ihr Engländer seid doch berühmt dafür."

„Haha", machte Jesse. „Der war gut. Ich bin nämlich Ire."

Sie setzten ihn vor dem Kempinski ab und Jesse war einmal mehr dankbar für seine goldene Kreditkarte, die er der hübschen Rezeptionistin reichte. Weiß Gott, er war weder ein Angeber, noch ein Geldsack, aber Geld erleichterte so einiges. Da er in den vergangenen Jahren ein regelmäßiges Gehalt bezogen und zusätzlich ein paar Preisgelder und Tantiemen für seine Fachbücher und diverse Aufsätze kassiert hatte, war auf seinem Konto ein hübsches Sümmchen angelaufen. Zumal er – außer dem Bungalow, den er für einen Schnäppchenpreis erworben und dann fast in Eigenregie renoviert hatte – nicht viel von dem Geld ausgegeben hatte. Was brauchte er als Einzelperson schon? Einen schicken Wagen, einen Ausweis für's Fitnessstudio, Corn Flakes und hin und wieder eine nette Frau.

„Bitte sehr, Mr. Graham, Ihre Kreditkarte. Ich bräuchte dann noch den Ausweis." Die Rezeptionistin lächelte ihn strahlend an, doch ihr Lächeln konnte mit Eves nicht mithalten.

Er bedankte sich höflich, als sie einen Pagen rief, der ihn auf sein Zimmer bringen sollte. „Ich finde mein Zimmer schon allein."

„Haben Sie kein Gepäck, Mister?"

„Das befindet sich leider in meinem gestohlenen Wagen."

„Kein Problem, Mister. Wir versorgen Sie mit allem Notwendigen. Nennen Sie mir einfach Ihre Kleidergröße und was Sie wünschen."

Seit einer Stunde wälzte er sich in dem luxuriösen Boxspring-Bett herum und fragte sich, warum Eve ihn nicht angerufen hatte. Es war schon nach Mitternacht. Sie musste längst in ihrem totdekorierten Haus sein.

Jesse schnappte sich die Fernbedienung und zappte durch die Programme. Doch er konnte sich weder für einen der angeglotzten Filme erwärmen, noch konnte er sich auf die Nachrichten konzentrieren. Entweder schlief er jetzt endlich oder er ging runter an die Bar.

Er knipste das Licht an und blickte sich unschlüssig in dem luxuriösen Hotelzimmer um. Nach dem Dauertrubel der vergangenen Tage fühlte er sich hier wie lebendig begraben. Er würde sie anrufen.

Sein Handy machte die gewohnten Piepgeräusche, als er ihre Nummer wählte. Hoffentlich weckte er die Kinder nicht auf. Verdammt, daran hatte er nicht gedacht. Aber es musste sein. Er hielt die Spannung nicht mehr aus, er musste wissen, ob es ihr gut ging. Außerdem hatte sie ja noch seinen Neffen dabei. Er würde fragen, ob alles okay war und ob sie die Fahrt gut überstanden hatten.

Nach dem siebten Freizeichen sprang der Anrufbeantworter an. „Der Teilnehmer ist zur Zeit nicht erreichbar. Hinterlassen Sie ...“

Er legte auf. Und rief gleich noch einmal an, um eine Nachricht zu hinterlassen.

„Hallo Eve, hallo Kinder! Ich bin im Hotel, mein Wagen wird morgen Mittag fertig. Seid ihr gut angekommen? Ihr erreicht mich unter der Nummer ... äh ... die ihr auf dem Display seht und auf den beiden Handys. Ciao.“

Dann rief er Will an.

„Mein Freund, du hast schon auf die Uhr gesehen?“, brummte Will.

„Hast du geschlafen?“

„Schon gut. Hast du deinen Neffen gefunden? Deine Perle, also diese Summer hat mir erzählt, was passiert ist.“

„Summer ist nicht meine Perle.“ Er stöhnte genervt auf.

„Oh oh, das klingt bei ihr aber ganz anders. Aber wenn du sie nicht willst, ich helfe gern aus."

Das konnte er sich gut vorstellen. „Wir haben uns ein paar Mal privat getroffen. Sie ist ganz nett. Aber das war's auch schon. Wenn sie täglich im Fitnessstudio auftaucht, lade sie doch mal auf einen Drink ein."

„Das habe ich bereits versucht. Leider sie ist nur an dir interessiert."

„Richte ihr einen schönen Gruß von mir aus und erzähl ihr einfach, was für ein Idiot ich bin. Und dann tröste sie." Er wechselte das Thema und erzählte seinem Freund, was er in den vergangenen Tagen erlebt hatte.

„Sag mal, Jesse, diese Eve hat sechs Kinder? Und deinen Neffen hat sie auch bei sich?"

„Hm."

„Und ihr seid tagelang zusammen in einem babyblauen Volkswagen-Bus unterwegs gewesen?"

„Du müsstest erst sehen, wie die Kiste innen aussieht."

„Ist sie hübsch? Nicht die Kiste. Eve."

„Sehr."

„Aber sie ist Deutsche."

„Hm."

„Und sie lebt in Deutschland. Als eine Art Heimleiterin."

„Mein Gott, Will, sag schon, was du sagen willst!"

„Du kannst dich doch nicht in eine Frau verlieben, die ihr Land nicht verlassen kann, weil sie sechs Kinder hat, um die sie sich kümmern muss."

„Das sehe ich ganz genauso", stöhnte er leise.

„Aber es ist trotzdem passiert." Will stöhnte ebenfalls. „Oh Mann, oh Mann, Jesse, oh Mann, oh Mann. In deiner Haut möchte ich nicht stecken."

„Krieg dich ein, Will. Sie hat null Interesse an mir."

„Ah."

„Und es ist auch besser so."

„Ja, sicher."

„Ich meine, sie kann die Kinder nicht dort lassen, sie kann nicht zu mir ziehen, ich kann nicht zu ihr ziehen. Und ich will es auch gar nicht. Ich meine, sechs Kinder ... Die Kinder sind es nicht. Also, die sind nett. Gut erzogen. Sie hat sie voll im Griff. Sie hat sogar ein Haus. Nichts Besonderes, so einen Klinkerkasten mit Dach oben drauf. Grauenhafte Tapeten, scheußliche Möbel, alles voller Herzen. Jedes Kind hat ein kleines Zimmer. Sie hat auch eins. Und dann arbeitet da noch eine Frau, die beim Saubermachen und bei der Erziehung hilft. Die sicher auch schon mal den Babysitter gibt."

„Ah ja."

„Sie könnte sogar eine eigene Wohnung haben und dort ihre Wochenenden verbringen. Ich habe im Internet nachgesehen: Kinderdorfmütter haben einen freien Tag pro Woche. Außerdem haben sie Urlaub."

„Das hätte ich nicht gedacht."

„Hm. Aber sie nimmt ihre Rechte nicht in Anspruch. Sie führt sich auf, als wäre sie die leibliche Mutter. Sie passt auf die Kinder auf wie eine Löwin auf ihre Jungen."

„Klingt nach einem richtig anständigen Menschen."

Er seufzte. „Sie liebt die Kinder. Sie würde sie nie im Stich lassen. Ich glaube, sie liebt sogar meinen Neffen."

„Und jetzt bist du sauer, weil es dir lieber wäre, sie würde ihre Liebe mit einem riesigen Füllhorn über dir ausschütten."

„Oh Mann, Will. Du bist so ein Affe! Warte mal, ich glaube ihr Handy ..."

„Wieso *ihr* ...?"

„Will, ich melde mich später wieder. Ich muss da ran." Er legte auf und riss sich Eves Handy ans Ohr. „Ja?

„Onkel Jesse?"

„Leo! Wo zum Teufel bist du? Seid ihr etwa wieder abgehauen? Du und Amy? Hast du wieder gekifft?"

„Nein, verdammt! Wofür hältst du mich? Eve hat Amy und mir versprochen, dass wir zusammen mit dir nach Dublin fahren dürfen. Zwei oder drei Tage, um unseren Vater zu besuchen. Sobald du hier bist."

„Ich soll mit euch nach Dublin fahren? Nur mit euch beiden?"

„Eve ist mit Mel ins Krankenhaus gefahren. Mel ist die mit den langen, braunen Haaren."

„Ich weiß, wer Mel ist. Was ist passiert?"

„Mel wird gerade operiert."

„Wie bitte?"

„Reg dich ab, Onkelchen. Sie kommt durch. Es ist bloß der Blinddarm. Meiner ist auch schon raus. Aber ich kann mir vorstellen, dass Eve den Beistand eines Erwachsenen gebrauchen könnte."

„Okay, Leo. Danke, dass du zurückgerufen hast. Aber was, denkst du, sollte ich jetzt tun? Morgen Mittag ist mein Wagen fertig ..."

„Eve hätte auf den Scheiß-Wagen geschissen. Sie hätte sich einen Mietwagen genommen ..."

„Okay, Leo", sagte er wieder. „Versprich mir, dass du dich wieder ins Bett legst und keine Dummheiten machst."

„Alles klar, Onkel Jesse. Mum hat recht: Du bist ein Idiot!"

28

Eve

„Du bist sowas von unmöglich, Eve", schnauzte Amy.

„Wieso denn das? Jesse muss sich um seinen Wagen kümmern, ich kümmere mich um euch. Arbeitsteilung nennt man das."

„Leo gehört zu seiner Familie. Aber Leo gehört auch zu meiner Familie. Also gehört auch Jesse zu meiner Familie. Und da ich zu deiner Familie gehöre, gehört Jesse zu uns allen."

„Du solltest Logik studieren", machte Speedy sich über seine älteste Schwester lustig.

„Idiot!", gab die zurück.

„Ich finde, Amy hat recht“, meldete sich Kev zu Wort. „Einer für alle und alle für einen. Das sagst du selbst immer, Mama. Du hast Jesse im Stich gelassen. Das ist gemein.“

„Dem Idioten ist sein Scheißauto und sein superwichtiger Forschungsantrag doch wichtiger als Menschen. So einen sollte man grundsätzlich aussetzen“, meldete sich Leo zu Wort.

„Das übersetze ich nicht. Aber aussetzen ist genau das richtige Wort“, blaffte Amy den Bruder an. Ihr war die Verletzung, die in Leos dunkler Stimme mitschwang, vollständig entgangen.

„Der von euch so genannte *Idiot* hat zufällig ziemlich viel Geld für uns ausgegeben. Flüge und so. Und alles nur, damit sein undankbarer Neffe und dessen Schwester ihren Vater kennen lernen können“, nahm Speedy Jesse in Schutz.

„Hört auf zu streiten. Ich habe wieder Bauchschmerzen“, jammerte Mel.

„Du kriegst bestimmt deine Tage.“ Amy war mal wieder die Feinfühligkeit in Person. In den vergangenen Tagen hatte Eve schon fast vergessen, wie verletzend ihre Nichte sein konnte. Sie hoffte nur, dass sich da nicht wieder ein Anfall ankündigte.

„Was für Tage?“, fragte Momo neugierig.

„Ja, Amy, was für Tage?“, wollte nun auch Kev wissen.

„Boah, ihr Babies“, spielte sich Fab auf, „Frauen und Mädchen kriegen einmal pro Monat ein Ei und wenn es nicht fruchtet, kommt es mit viel Blut aus ihnen raus. Aus dem Arsch, wenn ihr es genau wissen wollt.“

Lachen erschallte in dem Kleinbus. Nur Kev fand das nicht lustig.

„Etwa wie bei einem Huhn?“, rief er entsetzt.

„Bei denen kommt nur das Ei, ohne Blut“, sagte Momo hinter vorgehaltener Hand.

„Gack-gack-gack“, machte Speedy. „Wann lernt man eigentlich die Sache mit den Bienen und den Blumen?“

„Ha ha, Bienen und Blumen!“, grölte Fab. „Ich weiß genau, was du meinst, Speedy. Ich hatte es in der dritten.“

„Und jetzt kommst du mit Ach und Krach in die Vierte und hältst dich für einen Experten, oder was? Lies dir dein Bio-Buch lieber noch mal durch, bevor du Müll quatschst", verwies Amy ihn in seine Schranken.

„Kinder, Ruhe da hinten! Aber alle!", donnerte Eve, der die kleine Unterhaltung im Grunde ganz gelegen kam, auch wenn der Umgangston sie nicht begeisterte. Aber sie hatte sie zumindest vorübergehend von ihren trüben Gedanken abgelenkt. Vielleicht hätten sie wirklich alle zusammen über Berlin fahren sollen. Wo wäre das Problem gewesen? „Wir kommen von einer aufregenden, kleinen Reise", fuhr sie fort, um die meuternde Bande zu beruhigen, „Diese Reise hätten wir ohne Jesse nicht erlebt. Trotzdem hat er nun seine Dinge zu erledigen und wir unsere." Möglicherweise wollte sie auch nur sich selbst beruhigen.

„Du meinst wohl ohne Leo und Amy wären wir nicht von zu Hause weggekommen", sagte Fab vorwitzig.

„Ist doch egal, ob die Henne oder das Ei zuerst da war", knurrte Speedy.

„Ich sterbe vor Bauchschmerzen", sagte Mel in kläglichem Flüsterton. Aber wenigstens herrschte jetzt Ruhe im Wagen. Allerdings war es ein betroffenes Schweigen.

„Wo tut es denn weh, meine Süße?" Eve versuchte, einen Blick auf das Mädchen zu erhaschen, doch der Verkehr war zu dicht. Sie musste sich konzentrieren. Und sie waren gerade erst an einer Raststätte vorbei gefahren.

„Im Bauch."

„Wo genau? Tipp mit dem Finger auf die Stelle", mischte sich Amy ein.

„Jetzt gerade hier."

„Also links."

„Ich glaube ja."

„Dann kriegst du nicht deine Periode. Dann ist es vermutlich der Blinddarm", diagnostizierte Amy. „Am besten legst du dich hin und versuchst zu schlafen."

„Im Sitzen ist es aber besser."

„Dann ist es garantiert der Blinddarm. Also bleib sitzen. Wenn dein Appendix nicht gerade kurz vor dem Durchbruch steht, lässt der Schmerz gleich wieder nach, nur um eine Weile darauf wieder zu kommen. Sag Bescheid, wenn es soweit ist.“

„Dr. Amy, ich habe Bauchschmerzen“, jaulte Fab auf.

„Und mir tut der Wackelzahn weh“, jammerte Speedy theatralisch.

„Nein, mir“, mischte sich Momo ein. „Aber wirklich.“ Zu Beweis riss er den Mund sperrangelweit auf und wackelte an einem Schneidezahn.

„Reiß ihn einfach raus. Oder soll ich ihn dir ausschlagen?“ Kev hob seine Faust, woraufhin Momo laut kreischend das Gesicht hinter den Händen versteckte.

Und so ging das zehn Stunden lang. Inklusive unzähliger Pinkelpausen. Momo wackelte mimosenhaft an seinem Zahn, die anderen sparten nicht mit bescheuerten Ratschlägen, wie er das Ding los würde, woraufhin er jedes Mal theatralisch kreischte. Wenigstens verhielt es sich mit Mels Schmerzen genau so wie Amy es prophezeit hatte: Sie kamen und gingen.

Eve war fix und alle, als sie das Kinderdorf erreichten. Am liebsten hätte sie sich in voller Montur ins Bett gelegt und vierundzwanzig Stunden am Stück geschlafen. Doch Mel war weiß wie eine Wand und weigerte sich aus dem Wagen zu steigen.

„Ich kann mich nicht aufrichten.“ Dicke Tränen liefen ihr über die Wangen.

„Okay, Kinder, ihr geht allein ins Haus, packt eure Sachen aus, duscht und macht euch was zu essen. Jeder ist für sich selbst verantwortlich. Ich fahre mit Mel zur Klinik.“

„Einer für alle, alle für einen“, tönte Fab.

Also fuhren sie Mel mit der kompletten Mannschaft zum Krankenhaus. Unterwegs wurden die Schmerzen immer schlimmer. Mel liefen die Tränen nur so über die Wangen. Sie konnte weder sitzen, noch liegen. Aufstehen konnte sie auch nicht. Jede Bewegung verursachte ihr Schmerzen.

„Blinddarm“, bestätigte die Ärztin in der Notaufnahme Amys Diagnose. Mel musste sofort operiert werden.

Eve nahm das Mädchen, die auf einer fahrbaren Liege lag und inzwischen anscheinend die wenigste Angst von allen hatte, in die Arme. „Du machst das schon, mein Schatz. Alles wird gut.“

„Ja, Mama. Beruhige dich“, gab Mel zurück.

„Wir müssen jetzt los“, sagte die Krankenschwester, die Mel wenige Minuten zuvor ein Beruhigungsmittel gespritzt hatte. „Sie dürfen in einer Stunde in den Aufwachraum, wenn Sie möchten. Ansonsten in drei Stunden auf dem Zimmer. Aber bitte allein.“

Als sie die Kinder nach Hause brachte, war es still im Auto. Die allgemeine Gereiztheit, die während der Heimfahrt aus Innsbruck geherrscht hatte, war einer betroffenen Besorgnis gewichen. Niemand wagte es, Ansprüche zu stellen oder irgendwelche Streitgespräche anzuzetteln. Momo hatte sogar aufgehört an seinem Zahn zu wackeln.

Aus Mangel an frischen Lebensmitteln gab es zum Abendessen Spaghetti mit Tomatensauce aus dem Glas, die Eve routiniert zubereitete. Jetzt, wo Mel im Operationssaal lag, räumte jeder ohne zu murren sein Reisegepäck aus und brachte die Schmutzwäsche in die Waschküche.

Leo fügte sich perfekt in die Gemeinschaft ein. Da Eve gleich noch einmal in die Klinik fahren wollte, bot er von sich aus an, sein Nachtlager in Kevs Zimmer aufzuschlagen. Und Kev hatte nichts dagegen, dass Momo sich zu ihnen gesellte. Am Ende brachten auch Fab und Speedy ihr Schlafzeug zu ihnen.

„Jungen“, sagte Amy naserümpfend, als sie das Matratzenlager in Kevs doch eher kleinem Zimmer sah. Aber das blieb dann auch der einzige kleine Ausrutscher in Sachen Frieden, denn als Leo fragte, ob sie sich nicht auch noch in Kevs Zimmer quetschen wollte, stimmte sie gnädig zu und rückte mit Alibaba und den sieben Räubern an. Sie versprach so lange aus dem Buch vorzulesen bis auch der letzte von ihnen eingeschlafen war.

Als Eve losfahren wollte, um bei Mel zu sein, wenn sie aufwachte, warf Momo sich weinend in ihre Arme und ließ sich nicht mehr beruhigen. Eve redete eine geschlagene Stunde auf ihn ein, bis er endlich den Mund aufmachte. Da war der Wackelzahn verschwunden.

„Ich habe ihn nicht verschluckt“, sagte Momo und öffnete seine braune Patschhand. Darin lag das strahlend weiße Zähnchen.

Um neun lag zwar endlich der ausgefallene Zahn unter Momos Kopfkissen und der Junge sah alle zehn Sekunden nach, ob die Zahnfee ihn schon gegen einen Euro eingetauscht hatte. Ansonsten schlief immer noch niemand und Amy las und las.

„Kinder, ich fahre zur Klinik.“ Die Schwester hatte zwar gesagt entweder in einer Stunde im Aufwachraum oder in drei Stunde auf der Kinderstation, aber sie hielt das Warten nicht mehr länger aus und hier im Haus waren alle versorgt. „Vielleicht ist Mel schon wach. Ich rufe sofort an, wenn ich etwas weiß, okay?“

Speedy begleitete sie zur Tür, um den Telefonhörer zu holen. „Richte Mel gute Besserung aus.“

„Mach’ ich. Und mach’ du dir keine Sorgen. Es wird alles gut. Du hast selbst gehört, wie die Schwester gesagt hat, dass Blinddarm eine reine Routine-Operation ist.“

„Ja, Mama, ich weiß.“

Bis zur Klinik war es nur ein Katzensprung. Um ihre rotierenden Gedanken zu stoppen, nahm Eve das Fahrrad. Es tat gut, kräftig in die Pedale zu treten, doch das Gedankenkarussell ratterte weiter. Vor ihrem inneren Auge sah sie den Narkosearzt mit dem Tubus abrutschen. Vielleicht wirkte die Narkose nicht und Mel bekam mit, wie die Ärzte an ihr herumschnippelten. Und was, wenn Mel verblutete? Oder wenn es gar nicht der Blinddarm war und sie einen Tumor in dem Mädchen entdeckten oder eine Schere in ihrem Bauch vergaßen?

Zum Glück erreichte sie bald die Klinik. Eine Schwangere schlich am Arm ihres Mannes schwerfällig durch den Haupteingang. Die beiden gingen gleich durch zu den Aufzügen. Eve folgte ihnen. Sie kannte sich aus in dem Gebäude. Im Fahrstuhl drückte sie auf die 3. Sie hatte nicht zum ersten Mal mit der Kinderstation zu tun. Wenn ihre sechs auch meist gesund waren, so hatte sie doch schon eine Mandelentfernung (Speedy), dreimal Polypen (Speedy, Kev und Momo), zwei Beinbrüche (Fab) und einen Fehlalarm (Mel) begleitet. Daran musste sie denken, als sie an der Kinderstation klingelte, die ab sieben Uhr abends abgeschlossen war.

Die Nachtschwester öffnete ihr.

„Guten Abend. Ich bin ...“

„Guten Abend, Frau Schneider. Wir kennen uns aus der Psychiatrie. Ich habe früher dort gearbeitet. Schwester Adelheid. Treten Sie ein. Ich soll Ihnen von der Ärztin ausrichten, dass alles perfekt gelaufen ist. Der kleine Wurmfortsatz war fürchterlich entzündet. Kein Wunder, dass die Kleine solche Schmerzen hatte.“ Sie hielt Eve die Tür auf. „Wie geht es Amy?“

„Seit sie ihren Bruder kennt, besser als je zuvor.“ Erleichtert betrat Eve den mit bunten Bildern geschmückten Flur der Kinderstation.

„Das freut mich“, entgegnete die Schwester. „Mel geht es, den Umständen entsprechend, sehr gut. Sie ist schon auf ihrem Zimmer. Kommen Sie.“

„Ich habe nicht bemerkt, dass es ihr schlecht geht. Erst heute. Dabei hat sie schon vor ein paar Tagen über Bauchschmerzen geklagt.“ Eve folgte der Schwester. Sie hatte das Gefühl, sich erklären zu müssen.

„Machen Sie sich keine Vorwürfe. Mit dem Blinddarm ist das so eine Sache. Er führt einen gern an der Nase herum. Manchmal geht es dann Hopplahopp, von einen Tag auf den anderen. Bei Melanie ist alles gut verlaufen.“ Die Schwester öffnete sacht die Tür zu Raum 412. „Zur Überwachung ist sie gleich neben dem Schwesternzimmer. Morgen kommt sie dann zu zwei anderen Blinddärmen."

Mel lag allein in dem schmalen Zimmer. An ihrem Bett waren Gitter angebracht und sie hing am Tropf. Von Amy war Eve den Anblick eines blassen, in einem Klinikbett schlafenden Kindes gewöhnt. Trotzdem versetzte ihr dieser Anblick jedes Mal wieder einen Schlag. „Sie sieht so krank aus."

„Ach, was. Morgen früh bekommt sie schon Wackelpudding. Danach steht sie auf und ab Mittag ist sie fast wieder die Alte. Sie werden schon sehen." Die Schwester überprüfte den Tropf, streichelte Mel sanft über eine Wange und ging dann zur Tür. „Nehmen Sie sich einen Stuhl. Bleiben Sie so lange wie Sie wollen. Wenn etwas ist, drücken Sie auf den Schwesternknopf am Nachttisch. Ach, was erzähle ich? Sie kennen sich doch aus. Ich muss auf meine Runde. Bis nachher."

„Danke, Schwester."

„Nichts zu danken, Frau Schneider." Die schwere Zimmertür fiel leise hinter der Schwester ins Schloss.

Eve stellte einen Stuhl neben das Krankenbett. Sie wollte sich gerade setzen, als ihr einfiel, dass sie versprochen hatte, die Kinder zu Hause zu informieren. Rasch huschte sie aus dem Zimmer, hinter der Schwester her, die sie vom Empfangstresen aus telefonieren ließ.

„Sie überlebt es", rief Speedy seinen Geschwistern zu.

„Das kann man auch anders ausdrücken, du Idiot", hörte Eve Amy im Hintergrund schimpfen.

„Super. Jetzt bin ich wieder wach. Liest du noch eine Geschichte?", quengelte Kev.

„Du hörst, was hier los ist, Mama", stöhnte Speedy. „Außerdem guckt Momo immer noch alle drei Sekunden unter sein Kopfkissen."

Eve musste lachen. „Also ist alles beim Alten. Na, dann gute Nacht. Ich bleibe eine Stunde bei Mel, dann komme ich auch nach Hause. Gib den anderen noch einen Gutenachtkuss von mir."

„Ganz bestimmt nicht“, knurrte Speedy. „Ciao, Mama. Eh, warte. Amy will dich noch sprechen.“

„Tante Eve?“, schallte ihr im selben Moment Amy entgegen. Sie klang ganz schmusig.

„Amy, mach’ schnell. Ich rufe von dem Apparat im Schwesternzimmer aus an.“

„Schön, dass es Mel gut geht. Mir ist da nur eine Sache eingefallen. Wenn Mel jetzt im Krankenhaus liegt, können wir nicht nach Dublin fahren.“

„Amy! Hast du keine anderen Sorgen? Mel wurde gerade erst operiert.“

„Ich habe im Internet nachgesehen: Wenn alles gut verläuft, muss sie fünf Tage in der Klinik bleiben. Und auch danach kann sie nicht gleich Bäume ausreißen.“

„Amy ...“

„Ich weiß, dass das jetzt nicht der günstigste Zeitpunkt ist, jetzt wo Mel krank ist. Aber ...“

„Du willst wissen, was aus der Dublin-Reise wird.“ Oh Gott. Nahm das denn heute überhaupt kein Ende mehr?!

„Ich muss es einfach wissen.“

„Das verstehe ich, mein Schatz. Wir holen die Reise sobald wie möglich nach. Versprochen. Und jetzt geh wieder ins Bett.“

„Tante Eve? Eins noch ...“

„Was ist, Amy? Ich kann hier nicht ewig das Telefon belegen. Sag einfach, was du willst. Du kennst mich: Wenn es irgendwie geht, sage ich Ja. Wenn nicht, dann weißt du ebenfalls sofort, was los ist.“

„Angenommen, Jesse würde mit Leo und mir hinfahren. Würdest du erlauben, dass wir zusammen fahren? Die anderen sind auch dafür. Alle meinen, das wäre eine gute Lösung.“

„Nach Dublin?“

„Mama, ich habe die Hoffnung, dass mit mir alles gut wird, wenn ich meine Herkunft kenne.“

„Ausgerechnet jetzt setzt du mir die Pistole auf die Brust. Das ist unfair! Lass uns morgen darüber reden. Bitte, Amy.“

„Ich wusste, dass du dagegen bist!“

„Amy, jetzt reg dich nicht gleich wieder auf.“

„Dann sag Ja. Bitte. Es ist ja auch noch nicht sicher, ob Jesse sich darauf einlässt. Vermutlich nicht. Aber wenn, dann könnten wir ...“

„Okay, Amy. Wenn mit dir alles in Ordnung ist, Dr. Pedersen sein Einverständnis gibt und wenn Jesse einwilligt, dann habt ihr meinen Segen. Aber erst ...“

„Danke, danke, danke, danke! Du weißt gar nicht, wie glücklich du mich machst. Gib Mel einen dicken Schmatz von mir. Und dir selbst auch. Ich lese dem Kindergarten hier noch eine Geschichte vor. Gute Nacht, Tante Eve, Mama.“

Klack. Aufgelegt.

Eve ließ den Hörer in die Gabel sinken und ging wieder zurück zu Mel. Nicht wesentlich beruhigter als bei ihrem Eintreffen in der Klinik, setzte sie sich auf den Stuhl neben dem Krankenbett. Jesse würde sich vermutlich sowieso nicht auf diese Reise einlassen. Und wenn doch ... Darüber konnten sie immer noch reden. Jetzt war Mel an der Reihe.

Die Wangen der Kleinen hatten ein wenig Farbe und sie war zumindest zuversichtlich, dass die Schwester recht hatte und Mel schon morgen wieder fast die Alte sein würde. Nur, dass sie dann die Bauchschmerzen los war.

Vorsichtig nahm sie die freie Hand des Mädchens zwischen ihre Hände. Dabei schlich sich schon wieder die Sache mit Amys und Leos Vater in ihren Kopf. Es war zum Verrücktwerden. Sobald man eine Sorge los war, jedenfalls soweit das zu diesem Zeitpunkt sicher war, tauchte mit Sicherheit irgendwo ein neues Problem auf.

Die vergangenen Tage hatten sie und ihre Familie ordentlich durchgeschüttelt und sie hatte keine Ahnung, wie es weitergehen sollte. Sie hätte nichts dagegen, wenn Leo noch eine Weile bei ihnen blieb. Von ihr aus bis zum Ende der Sommerferien. Aber was war dann? Wie würde Amy die Trennung verkraften, die unweigerlich folgen würde? Und was war mit Jesse? Würde er nicht vielmehr sofort nach England zurück wollen? Was hielt ihn in Deutschland? Hatte er wirklich vor, mit den Kindern nach Dublin zu fahren? Vielleicht weil ihm nichts anderes übrig blieb, solange er die Verantwortung für seinen Neffen trug. Aber er würde ja wohl den Teufel tun, sich auch noch die Verantwortung für Amy aufzuhalsen. Und dann stand ja immer noch das Problem mit Amys Schulverweis an.

Während ihre Gedanken darum kreisten, wie sie Amy hinhalten konnte, mit der Reise nach Dublin zu warten bis Mel wieder auf den Beinen war, musste sie eingenickt sein. Ein seltsam flackerndes Licht ließ sie hochschrecken. Kurz darauf vernahm sie ein Geräusch. Ein Klacken, danach Schritte.

Mel lag friedlich schlafend unter der weißen Decke. Ihr Brustkorb hob und senkte sich regelmäßig. Auf ihrem Gesicht lag ein zufriedener Ausdruck. Erschrocken fuhr Eve herum. Das war bestimmt die Nachtschwester, die schimpfen würde, wenn sie immer noch hier saß.

Aber es war nicht Schwester Adelheit, die auf sie zukam und ihre Hände auf ihre Schultern legte.

„Jesse! Was tust du ...? Woher ...?“

„Pssst, ganz ruhig“, er beugte sich zu ihr hinunter und küsste sie sanft auf die Wange. Dann schob er seine Hände unter ihre Achseln und zog sie zu sich hoch. Entschlossen zog er sie an sich und hielt sie fest in seinen Armen.

Sie dachte gar nicht erst darüber nach, sich zu wehren oder warum Jesse plötzlich hier auftauchte. Es tat einfach zu gut, den Kopf an eine starke Schulter zu lehnen. Und wenn es nur für die nächsten Minuten war. Nach allem, was in der vergangenen Nacht in Albanien geschehen war, wäre das ohnehin lächerlich gewesen.

„Mel geht es gut“, flüsterte sie in sein T-Shirt, das intensiv nach Mann roch, aber es störte sie nicht. „Morgen steht sie schon wieder auf.“

„Ich weiß“, er gab ihr einen Kuss auf die weiche Haut ihres Halses, „die Nachtschwester hat es mir gesagt. Wie geht es dir?“

Sie seufzte die Gänsehaut weg, die ihren Körper überfallen hatte. „Ganz gut. Abgesehen von der Sorge um Amy. Sie hat mich zu einem Versprechen genötigt und jetzt weiß ich nicht, wie ich ihr begreiflich mache, dass das nicht geht.“

Jesse legte seinen Daumen unter ihr Kinn und hob ihren Kopf leicht an. „Alles wird gut, Eve. Du musst jetzt schlafen. Lass uns morgen über Dublin reden. Bis dahin laufen uns die beiden Teenies schon nicht davon. Komm jetzt."

Sie verfrachteten ihr Fahrrad in Jesses Mietwagen und fuhren ins Kinderdorf.

So leise sie konnte, öffnete Eve die Haustür. „Komm rein, aber sei um Himmels Willen leise."

Jesse zog seine Chucks aus und folgte ihr auf Zehenspitzen. „Aber ich schlafe nicht auf dem Sofa", flüsterte er, als sie durch die Diele schlichen.

„Auf zwei zusammen geschobenen Sesseln?"

„Bitte?"

„Wir haben kein Sofa, bei uns hat jeder einen Sessel in seiner Farbe. Ist dir das nicht aufgefallen?"

„Plus ein paar bunt gemusterten."

„Gut aufgepasst. Die vier bunten Sessel sind für Besucher", sie kicherte leise, „warte mal. Ich sehe oben nach, ob ..."

„Die Luft rein ist?" Seine Augen funkelten sie im Dunkeln an.

Sie verzog den Mund zu einem gespielt vorwurfsvollen Lächeln, während er ihr einen lautlosen Klaps auf den Po gab. So schnell es unter den gegebenen Umständen möglich war, huschte sie hinauf in die obere Etage. Die Türe zu Kevs Zimmer stand sperrangelweit offen. Leise Schnarchgeräusche drangen bis in den Flur.

Die Kinder schliefen wie die Murmeltiere auf ihrem Matratzenlager. Sogar Kev hatte seine Matratze auf den Boden gelegt, damit er auf einer Höhe mit den anderen schlafen konnte. Eve zog leise die Türe zu und schlich zurück zur Treppe. Sie wollte nach unten gehen, um Jesse zu holen, doch der hatte sich bereits selbständig gemacht und schlang seine Arme um ihre Taille.

„Wo ist dein Zimmer?", flüsterte er dicht an ihrem Ohr.

„Pssst." Sie nahm seine Hände zur Seite und zog ihn mit sich. „Das ist es."

„Hm. Du hast ein breites Bett.“ Überrascht blieb er am Eingang ihres Zimmers stehen.

„Hast du gedacht, ich schlafe in einer Art Kinderzimmer?“ Und wieder drückte sie eine Tür zu. Sie war versucht, den Schlüssel umzudrehen, ließ es aber. Besser Momo sah, dass Jesse in ihrem Bett schlief, als dass er vor verschlossener Tür weinte.

„Ehrlich gesagt ...“, er strahlte sie an.

„Was?“

„Ehrlich gesagt: Ja. Genau das habe ich gedacht. Aber das ist natürlich eine großartige Überraschung.“

„Zieh dich aus. Duschen, Zähneputzen fällt aus. Ich will nicht, dass eines der Kinder aufwacht.“

„Du willst nur nicht, dass einer von ihnen sieht, dass ich bei dir schlafe.“ Er zog sich das T-Shirt über den Kopf und ließ es fallen.

„Das auch.“ Sie hob das Shirt auf und legte es demonstrativ über einen Stuhl. „Vor allem will ich nicht, dass einer weiß, dass ich mit dir schlafe.“

„Tut mir leid, Eve. Daraus wird nichts.“

Erschrocken sah sie ihn an.

„Meinen Kondomvorrat haben wir schon in der vergangenen Nacht aufgebraucht. Außerdem wusste ich ja nicht, dass du mehr willst als einen One-Night-Stand.“

„Auch kurze Sex-Affären kann man abrupt beenden“, sagte sie fröhlicher als ihr zumute war.

„Eve, Eve“, flüsterte er. Mit wenigen Schritten war er bei ihr und zog sie in seine Arme. „Komm her.“

„Ich habe Kondome.“

„Pssst. Ganz still. Du hast einen harten Tag hinter dir. Lass uns einfach schlafen.“

29

Jesse

Zwischen Berlin und diesem Ort, dessen Namen er nicht aussprechen konnte, war er mindestens dreimal kurz davor gewesen, umzukehren und wieder in das schöne Hotel zurückzugehen. Aber jedes Mal, wenn er sich vorstellte, wie er allein in dem dicken, weichen Bett lag, unter der federleichten Decke, die teure Bose-Fernbedienung in der Rechten, überfiel ihn eine Art Wehmut, die er so gar nicht kannte. Sie äußerte sich in einem unbestimmten Druck in der Brust bei gleichzeitig merkwürdig gesenkter Stimmung.

Er hatte dieses Gefühl zum ersten Mal in sich verspürt, als sie ihn in Innsbruck abgekanzelt hatte. Da war ihm klar geworden, dass er ein Fremdkörper war in ihrem nicht ganz so kleinen Kreis. Und dass er im Grunde überhaupt keine tiefere Anbindung an irgendeinen Menschen hatte, nicht mal an seine eigene Schwester oder an Will. Und dass er das nicht mehr wollte. Und diese Erkenntnis hatte ihn am meisten getroffen.

Doch er verdrängte den Gedanken daran, wie es in seinem Leben weitergehen sollte und konzentrierte sich auf die nächsten Schritte. Genau so hielt er es bei seinen Forschungsarbeiten. So lange er auch über das Thema nachdachte, er fand keinen einzigen Grund, warum das nicht auch in seinem Privatleben funktionieren sollte. Immer ein Schritt nach dem anderen war die Devise, manchmal ging es auch nur einen Schritt voran und drei zurück. Auf der Arbeit ließ er sich von Misserfolgen nicht beirren. Und auch dort wusste er am Anfang nie, was am Ende herauskam.

Dank Leos Informationen wusste er immerhin, wohin er fahren musste. Und das war schon wesentlich mehr als bei einem Forschungsprojekt, wo selten klar war, in welche Richtung die Reise überhaupt ging. Und klar, würde er das tun: Er würde mit seinem Neffen und dessen Schwester nach Dublin fahren, zu ihrem Vater. Und wenn es das erste, letzte und einzige Sinnvolle war, das er in seinem Leben zustande brachte.

Er hatte mit Will wegen des verschwundenen Laptops telefoniert. Will hatte nur gelacht und gefragt, welcher Autodieb was mit dem Krempel auf Jesses Festplatte anfangen könnte. Schließlich handelte es sich bei dem halbfertigen Forschungsantrag nicht um einen neuartigen Entwurf für eine Bombe, die aus im Supermarkt erhältlichen Backzutaten hergestellt wurde und trotzdem ganze Landstriche in Schutt und Asche verwandelte. Außerdem waren nur Jesses Ergänzungen weg. Der Grundentwurf des Antrags lag in der Uni. Und er würde sich ja wohl an das erinnern, was ihm an Wills Aufzeichnungen gestört hatte. Dann hatte Will Schluss gemacht, weil er noch etwas vorhatte. Um elf Uhr abends. Will. Seit wann hatte der ein Privatleben? Zudem eins, über das er Jesse kein Wort verriet?

Trotz allem fühlte er sich geschmeichelt, dass Eve seinem Neffen und Amy versprochen hatte, dass er mit ihnen zu ihrem Vater fahren dürfte. Hätte ihn irgendjemand gefragt, ob er ihr das zugetraut hätte, er hätte keinen einzigen Cent darauf verwettet.

Er stellte den Mietwagen, einen weißen Audi A 3, auf den Klinikparkplatz, schloss ab und ging los, um ... Ja, um was zu tun? Jetzt, wo er am Ziel war, jedenfalls örtlich gesehen, wurde ihm klar, dass er darüber zwar seit Stunden nachdachte. Doch dabei war ihm lediglich klar geworden, dass er einsam war.

Aber stimmte das wirklich? War da nicht noch etwas anderes? Etwas, das er sich bloß nicht eingestehen wollte?

Weil er feige war.

Und da war er wieder, dieser unangenehme Druck auf seiner Brust, ähnlich wie der Gurt, den er sich beim Joggen umschnallte, nur dass der Druck dieses Mal von innen kam. Von sehr tief drinnen. Verdammt, er musste den Tatsachen ins Auge sehen. Will hatte recht: Er hatte sich in Eve verliebt.

Diese unendliche Liebe und Geduld, mit der sie sich um andere kümmerte, hatte ihn direkt ins Herz getroffen. Ihr wundervolles Lächeln, ihre Kratzbürstigkeit, die Art, wie sie ihn berührte, ihr Mut. Sie kam ihm einfach perfekt vor.

Er musste wahnsinnig sein. Ausgerechnet er verliebte sich in eine Frau mit einem halben Dutzend Kindern. Selbst seine Schwester würde ihm empfehlen, sich einweisen zu lassen oder sich zu besaufen, den Rausch auszuschlafen, und sofort nach dem Aufwachen einzusehen, dass er auf dem Holzweg war. Aber er marschierte in diese Klinik, ließ sich an der Pforte den Weg zur Kinderstation erklären, stieg in den Aufzug und zögerte nicht einen Moment, an der Kinderstation zu klingeln.

„Also, Sie sind der Onkel von dem Bruder von Frau Schneiders Nichte. Verstehe ich das richtig?“ Die umständliche Ausdrucksweise der Nachtschwester lag vermutlich an ihrem nicht ganz so perfekten Englisch.

„Ja. Exakt so ist es. Ich will nach Mel sehen und Frau Schneider nach Hause bringen. Sie kann schließlich nicht die ganze Nacht in der Klinik verbringen.“

„Da haben Sie wohl recht. Kommen Sie. Ich bringe Sie ins richtige Zimmer.“

Er spürte die Augen der Nachtschwester auf seinem Rücken, als er das Zimmer betrat, in dem Mel in einem vergitterten Bett lag und Eve mit nach vorn gekipptem Kopf auf dem Besucherstuhl hockte und tief und ruhig atmete. Vorsichtig legte er seine Hände auf Eves schmale Schultern. Sie trug ein helles T-Shirt mit einem einzigen, kleinen Herzen auf dem linken Schulterblatt, wie ein Tattoo.

Das Lächeln huschte ihm einfach so über das Gesicht, als er sie sah. Er hatte keine Ahnung, was aus ihnen werden sollte. Mit dem Verstand betrachtet war es hoffnungslos, die reinste Idiotie, aber aus einem geheimen Grunde, den wohl nur der liebe Gott kannte, ging es nicht anders. Er hatte herkommen müssen, um ihr beizustehen. Seinen Wagen konnte er auch in ein paar Tagen noch holen. Das hier konnte er nur jetzt tun.

„Jesse! Was tust du ...? Woher ...?“

Er erschrak nicht weniger als sie, als sie ihn mit ihren großen Augen ansah und er sie von dem Stuhl hochzog und in seine Arme schloss.

Eine halbe oder eine ganze Stunde später schmiegte sie sich in ihrem Bett an ihn. Zuerst hatte sie allein auf einer Seite des Doppelbettes gelegen, nachdem er gesagt hatte, dass sie ihren Schlaf brauchte und er selber hundemüde war. Dass sie ein großes Bett besaß, hätte er auch nicht erwartet. Die Erkenntnis, dass sie keine Heilige war, versetzte ihm einen leisen Stich in der Herzgegend. Im selben Moment schalt er sich einen Idioten. Sie hatte diesen Job, der ihm zwar wie eine Berufung vorkam, aber sie war keine Nonne.

Zum Glück.

Er wusste nicht, ob es richtig war oder falsch, als er sie dieses Mal in seine Arme zog. Sein Körper allerdings funktionierte wie üblich, wenn er eine schöne Frau in den Armen hielt. Doch da war noch etwas. Seine Haut schien mit einer elektrisierenden Schicht überzogen. Und er spürte, wie er liebevoll auf ihren Scheitel sah, seine Lippen in ihr weiches, duftendes Haar drückte. Was zum Teufel war mit ihm los? Was war das? Was erlebte er da gerade?

Und es waren nicht ihre kleinen, weichen Hände, die ihm geschickt ein Kondom überstreiften, die ihn so irritierten. Da war etwas anderes als pure Lust, auch wenn die auch da war. Als sie zu ihm aufsah, ihm in die Augen blickte, vergaß er alles um sich herum, sah nur noch sie, wurde eins mit ihr, wie er seit Jahren mit keiner Frau verbunden gewesen war. Das hier war eindeutig mehr als Sex. Das begriff sogar er.

„Hey, Jesse“, er spürte einen weichen Kuss auf seinen Lippen und erschnupperte den frischen Duft von gerade erst verwendetem Haarshampoo und frischer Zahnpasta. Aprikose und Minze. Eindeutig. Oder war es Pfirsich? „Ich will nicht, dass sie uns in meinem Schlafzimmer sehen.“

„Wie spät ...?“ Er blinzelte. Sonnenlicht fiel durch das Fenster und kitzelte in seiner Nase. Schnell presste er den Unterarm dagegen, um nicht niesen zu müssen.

Sie zog sich von ihm zurück. „Kaffee?“, fragte sie, als der Niesanfall vorüber war.

„Du hast mir nicht etwa Kaffee ans Bett gebracht?“ Er richtete sich auf. Nein, sie hatte keinen Kaffee gebracht. Aber sie steckte bereits in ihren ewigen Leggings und einem riesigen Herzchen-T-Shirt. Anfangs fand er ihre Herzchen-Shirts einfach nur albern. Doch er hatte sich daran gewöhnt und dieses hatte sogar etwas. Unten an dem kupferfarbigen Herz war eine rote Spitze. Diese Herzen gehörten zu ihr wie ihr aprikosenfarbiges Haar. Er konnte sie sich gar nicht anders vorstellen.

„Das Bad befindet sich am Ende des Ganges. Nimm das weiße Handtuch. Komm nachher in die Küche“, sagte sie fast schon förmlich. Das innige Lächeln der vergangenen Nacht war aus ihrem Gesicht verschwunden.

Er duschte schnell, aber gründlich und konnte nicht wiederstehen, an ihrem feuchten Handtuch zu schnuppern, als er es über einer Stange entdeckte. Es war ihres, denn es war das einzige, das nass war und überdies ordentlich aufgehängt. Die übrigen Handtücher, alle in einer unterschiedlichen Farbe, baumelten sämtlich von einem eigenen Haken, der dieselbe Farbe hatte wie das jeweilige Handtuch. In dem Moment hatte er das Gefühl, dass es in dieser Großfamilie mehr Ordnung gab als in seinem eigenen Leben. Sieben bunte Haken, daneben ein grauer und ein weißer. Der graue war bestimmt für Leo. Ob die beiden neutralen Haken schon hier gehangen hatten, bevor Leo und er aufgetaucht waren? Das war die erste Frage, die er ihr stellte, als er die Küche betrat, in der sie mit einem zierlichen Milchaufschäumer zugange war.

„Bekommst du Angst, wenn ich dir sagen würde, dass ich den weißen Haken erst heute Morgen an die Wand geklebt habe?“, fragte sie, ohne ihn anzusehen.

„Sollte ich?“ Ein wenig unschlüssig blieb er gleich hinter dem Eingang zur Küche stehen und sah zu, wie sie den Milchschaum auf Festigkeit überprüfte, indem sie das Glas auf den Kopf drehte.

Sie verteilte den Schaum auf zwei Tassen. Eine war weinrot, die andere weiß. „Weil es so aussieht, als wollte ich dich angeln.“

„Du hast mich doch längst am Haken“, murmelte er. Er wollte auf sie zugehen, sie in die Arme schließen, sie küssen. Doch mitten in der Bewegung hielt er inne.

Mit je einer Tasse in jeder Hand drehte sie sich abrupt um und wich ein paar Schritte zurück. Einen Moment lang starrte sie ihn sprachlos an, bevor sie leise sagte: „Es ist wirklich schade, dass unsere Wege sich trotzdem an dieser Stelle trennen. Ich fand dich eigentlich ganz nett.“

Ihm war tatsächlich, als hätte sie ihm eine eiserne Faust in den Magen gerammt. „Meinst du nicht, du übertreibst es ein wenig?“

„Sprich ein bisschen leiser, Jesse.“ Mit einem besorgten Ausdruck im Gesicht linste sie an ihm vorbei in das Treppenhaus, das hinter ihm lag. Sie hatte wirklich eine fürchterliche Angst, dass eins der Kinder sie zusammen erwischte. Dabei standen sie nur ganz züchtig und in voller Montur in dieser mit Möbeln, vor allem mit Stühlen, vollgepackten Küche herum, meilenweit voneinander entfernt.

„Bitte, Jesse, such dir einen Platz. Lass uns bei einem Kaffee über deine Fahrt mit Leo und Amy sprechen.“

Er setzte sich auf den nächstbesten Stuhl. Es war ihm sowieso klar, dass sie sich nicht auf seinen Schoß setzen würde. Und richtig. Gleich nachdem sie die Kaffeetasse vor ihn gestellt hatte, setzte sich so hin, dass sie zugleich die Küchentür und ihn im Blick hatte. Sie meinte es wirklich ernst. Dies hier war eines dieser Abschiedsgespräche, für die sonst er der Experte war.

30

Leopold

Der Knast, in dem Victor Visosevic saß, hatte nichts mit dem berühmten Kilmainham Jail gemein, in das Onkel Jesse Amy und ihn im Anschluss an den Abstecher in sein armseliges Zuhause geschliffen hatte, um ihnen ein bisschen Kultur einzubläuen. Er hatte echt die Hosen voll, als ihn ein paar Wachleute durchsuchten, als hätte er selber drei Frauen vergewaltigt und eine davon abgestochen.

Und dann befanden sie sich in dem Besucherraum. Es war ein ganz normales, mittelgroßes Zimmer ohne diese seltsamen Schalter, die man immer in Filmen sah. Der Wärter, der sie da rein ließ, meinte, es gäbe sogar einen Besucherraum mit einem Ehebett für verheiratete Häftlinge.

Amy saß neben ihm auf einem bräunlichen Sofa und zappelte nervös herum, Onkel Jesse hatte sich in den Sessel ihnen gegenüber gepflanzt. Sein Onkel ließ sich nicht anmerken, was er von der Sache hielt. Die ganze Zeit ließ er seinen Blick durch den kahlen Raum schweifen, der in etwa so aussah wie das Wartezimmer beim Schulzahnarzt. Nur, dass dort wenigstens noch ein paar Poster an den Wänden hingen, die man sich ansehen konnte, auch wenn es dabei nur um Zähne und Kiefer ging.

„Warum dauert das so lange?" Amys rechtes Knie zuckte auf und ab.

„Vielleicht müssen sie ihm noch Knebel und Elektrofesseln anlegen, weil er uns sonst frisst." Leopold war zwar nicht nach scherzen zumute, aber normalerweise half es ihm, wenn er nervös war. Und er war weiß Gott nervös!

Am liebsten wäre er von hier verschwunden, hätte sich in den dunkelgrünen Mini Cooper gesetzt, den sein Onkel gemietet hatte, weil das Amys absolutes Lieblingsauto in ihrer absoluten Lieblingsfarbe war und sich von ihm durch langweilige Museen treiben lassen. Er wäre sogar lieber auf eine Bergwanderung gegangen.

Sie mussten eine halbe Stunde warten, bis Victor Visosevic endlich kam.

Als die schwere Metalltür aufging und ein wenig behaarter, sommersprossiger Riese mit leichten Segelohren hereinkam, wussten sie sofort, dass sie sich weitere Reisen und den Vaterschaftstest schenken konnten. Die Ähnlichkeit war verblüffend.

Leo vernahm sein eigenes Schlucken so laut, als käme es aus der Dolby-Surround-Anlage im Multiplex-Kino. Der Typ war ein Widerling und er wünschte, dass er niemals hergekommen wäre. Er hätte gern weiterhin die Hoffnung gepflegt, dass sein Vater ein netter Kerl war, zu Unrecht verurteilt wegen eines Justizirrtums und den seine Mum ihm nur verschwiegen hatte, weil er verheiratet war oder so etwas.

„Scheiße", flüsterte Amy. Sie warf ihm einen komischen Blick zu.

Victor Visosevic machte keine Anstalten, Amy oder ihn zu begrüßen. „Wie heißt die Schlampe, die behauptet, dass ich sie geschwängert hätte?", fragte er mit nach unten gezogenen Mundwinkeln. Seine Stimme war rau und sehr, sehr dunkel.

Leo erstarrte. Er wollte nichts mit diesem Kerl gemein haben, der vor der Tür stehen geblieben war und sie von dort aus mit seinem finsteren Blick anglotzte.

„Waren die beiden Frauen, die sie nicht umgebracht, sondern nur vergewaltigt haben, unsere Mütter?", hörte er Amy neben sich. Ihre Stimme klang fest und absolut neutral.

Leo hätte nie so gefasst sprechen können wie sie. Amy war wirklich kalt wie eine Hundeschnauze. Nur zu ihm und ihrer Family war sie nett. Jedenfalls meistens, wenn ihre Pillen wirkten. Vielleicht war das, was aus seinem Vater ein Monster gemacht hatte, auch in ihr. Und in ihm selbst.

Victor Visosevic lachte höhnisch und hämmerte mit der Faust gegen die Tür.

Als Leo seinen Onkel zum ersten Mal gesehen hatte, dachte er nur: Was für ein Arschloch! Bis gestern war er immer noch dieser Meinung gewesen. Jedenfalls meistens. Aber Onkel Jesse war echt unglaublich. Er war mitten in der Nacht quer durch Deutschland gefahren, um Eve beizustehen und dann hatte er auch noch die Tickets nach Dublin gekauft, obwohl es nur welche zu Horrorpreisen von der Lufthansa gab. Anschließend hatte er den Besuchstermin im Knast ausgemacht. Und alles nur für die Kinder eines Schwerverbrechers. Amy meinte, er hätte wohl endlich den Knall gehört. Leo glaubte allerdings, sein Onkel hätte sich verknallt. Und zwar in Eve. Und nun glaubte er, dass dieser Mann, der eine Woche lang kaum ein Wort mit ihm gewechselt hatte, obwohl er in seinem Gästezimmer geschlafen hatte, ein unglaublich anständiger Kerl war.

„Halt, Mr. Visosevic“, hielt Onkel Jesse diesen widerlichen Typen auf, der leider ihr Vater war. „Bitte, reden Sie mit Ihren Kindern. Sie haben ein Recht darauf zu erfahren, wer ihr Vater ist.“

„Wer sind Sie überhaupt?“

„Ich bin Leos Onkel.“

„Leo heißt der Knabe? Interessant. Er kann mir mal ein paar Wixvorlagen schicken.“ Er lachte schallend und ließ sich von dem Wachmann, der vor der Tür gewartet hatte, abführen.

„Was für ein elender Pisser“, sagte Amy, während sie darauf warteten, dass man sie raus ließ.

„Ich wünschte, ich hätte nie nach ihm gesucht.“ Leo stand auf und hämmerte wie zuvor sein Vater gegen die Tür.

„Spinn nicht rum“, Amy nahm seine Hand, „dann wären wir zwei uns niemals begegnet. Aber mit so einem Wixer wie unserem Erzeuger will ich nichts zu tun haben. Das zieht mich nur runter.“

„Glaubst du etwa mich nicht?“ Leo starrte auf seine Schuhe. Die neongrünen Schuhriemen lösten sich langsam auf.

„Vergessen wir das hier.“ Amy sah ihn eindringlich an.

„Wie willst du das jemals vergessen, he?“

„Wir sind nicht wie er. Wir haben uns gesucht, Leo“, beschwor sie ihn. „Er hätte das niemals getan. Kannst du mir folgen.“

Langsam nickte er. Was sollte er auch sonst tun? Amy würde ja doch keine Ruhe geben. Nicht, dass sie hier noch einen Anfall bekam.

Der Gefängniswärter kam, um sie rauszulassen.

„Dann sind wir uns ja einig." Amy legte ein ziemliches Tempo vor, so dass er Mühe hatte, mit ihr Schritt zu halten, ohne zu rennen. „Niemand", rief sie ihm über ihre Schulter zu, „auch wir nicht, muss sich wegen seiner Herkunft schämen. Bevor du das nicht kapierst, Leo, kannst du kein normales Leben leben. Lass dir das von deiner Psycho-Schwester gesagt sein."

Er hätte gern gelacht, aber ganz ehrlich, den Spruch mit der Herkunft konnte er nicht mehr hören, denn er stimmte einfach nicht. Er schämte sich unendlich und hätte jetzt gern was geraucht.

31

Eve

Eve fiel aus allen Wolken, als plötzlich Rita in der Küche stand. Mit einer neuen Frisur, streichholzkurz und in knielangen Leggings und Schlabber-T-Shirt. Was für ein Anblick im Vergleich zu den schicken Kostümen, Hosenanzügen und Hemdblusenkleidern! Und überhaupt ... Sie hatte die Freundin in Portugal gewähnt, irgendwo an der Algarve, in ihrem komischen Wohnmobil, das auf dem Dach so eine Vorrichtung hatte, die man ausklappen konnte, um dort zu schlafen, obwohl das in einem heißen Land wie Portugal bestimmt nicht sinnvoll war. Sie ließ die Spülbürste sinken, mit der sie bis dahin die Unterseite einer Pfanne bearbeitet hatte.

„Ich war gestern schon hier. Hast du nicht gesehen, dass ich den Rasen gemäht habe?" Rita umarmte die Freundin als hätten sie sich seit Weihnachten nicht gesehen. Sie wurde nicht müde, ihr links und rechts Küsse auf die Wangen zu drücken, was sich nach all dem Ärger verdammt gut anfühlte. Fast schon zu gut. Eve musste fein aufpassen, dass sie nicht sentimental wurde.

„Oh, du Liebe!“, sagte sie schnell, um nicht wieder an Jesse denken zu müssen. „Vielleicht haben die Kinder es bemerkt. Sie sind im Garten, sie bauen die Zelte auf. Oh, Rita. Ich freue mich so, dich zu sehen! Du siehst so ... so ...“

„... seltsam aus?“ Rita holte eine Flasche Apfelsaft aus dem neuen Kühlschrank. „Ich habe vielleicht einen Durst! Willst du auch ein Glas?“

Sie nickte. „Du siehst anders aus. Das Lässige steht dir sehr gut. Wirklich hübsch bist du. Also, du hast immer hübsch ausgesehen. Aber jetzt siehst du eher aus wie eine Erzieherin. Und jünger. Es gefällt mir wirklich.“ Sie nahm das Glas entgegen, das Rita ihr reichte. „Nicht, dass ich es nicht schätze, wenn du hier bist, aber warum bist du nicht mit deinem Mann im Urlaub und warum hast du nicht angerufen? Ist irgendwas passiert? Ihr habt euch doch wohl nicht etwa ...“

„Getrennt?“ Rita schüttelte grimmig den Kopf. „Aber das könnte durchaus bald passieren. Jürgen meint nämlich, beides hängt miteinander zusammen, also meine Frisur und sein Zustand. Er findet es scheußlich. Zum Gallensteine kriegen. Mein Mann hat nämlich Gallensteine“, sie tippte sich mit einem Finger zwischen die Brüste, wo sie die Galle vermutete, „Aber wozu sollte ich anrufen? Ich habe doch einen Schlüssel. Und dann habe ich gesehen, dass der Bus weg war und noch so einiges anderes. Da hab ich eins und eins zusammen gezählt und mir gedacht, ihr seid doch noch verreist. Cordula hat mir dann erzählt, dass ihr nach Dänemark gefahren seid, in das Ferienhaus von Dr. Pedersen. Und da wollte ich niemanden stören. Bei was auch immer. Wie geht es übrigens dem Engländer?“

Eve ignorierte den gesamten letzten Teil von Ritas Vortrag und auch ihr neugieriges Gesicht. „Ist Jürgen etwa in der Klinik?“

Rita nickte, als wollte sie sich den Kopf vom Hals schütteln. „Jawoll. Liegt da und führt sich auf wie der krankste Mann der Welt. Dabei sind die Steine längst raus. Zwischendurch glaubt er auch noch, die Schwestern wären nur für ihn da. Und das Schlimmste: Zum Wochenende kommt er schon wieder nach Hause. Ich möchte gar nicht dran denken, was mir dann erst blüht."

„Mel ist auch in der Klinik."

Rita schlug sich eine Hand vor den Mund, als Eve ihr die Geschichte erzählte. Noch größer wurden die Augen allerdings, als sie erfuhr, was sich in der vergangenen Woche ereignet hatte. Gewisse Einzelheiten Jesse und sie selbst betreffend ließ sie aus. Es war überhaupt besser, nicht über Jesse zu reden, denn allein der Gedanke an ihn trieb ihr die Tränen in die Augen. Sie vermisste ihn und wusste doch, dass das nicht sein durfte, konnte, würde. Sie hatte ihn ja selbst weggeschickt und es ihm deutlich zu verstehen gegeben. Es war aus, bevor es begonnen hatte. Weil es unmöglich war.

„Und jetzt ist der Prachtkerl mit unserer Amy und ihrem neuen Bruder in Dublin? Jetzt wundert mich nicht, dass du die alten Pfannen schrubbst. Das sind ja Neuigkeiten. Aber ich würde mir keine überflüssigen Gedanken machen. Der Nobelpreisträger ist ein netter Kerl und ich finde es im Grunde unmöglich, dass du nicht mit ihm und Amy und dem Jungen zusammen nach Irland geflogen bist."

„Kannst du mir mal erklären, was ich in der Zwischenzeit mit den anderen Kindern anstelle?"

„Hör mal? Wozu bin ich da?"

Eve seufzte. „Hatten wir das nicht schon mal? Du hattest Urlaub?"

„Das ist ein Notfall. Dafür kannst du mich zurückrufen. Und ich war ja sowieso schon hier. Also das ist wirklich dumm gelaufen. Du könntest ihnen ja jetzt noch hinterher fliegen. Was ist übrigens aus den Toys geworden?" Sie zwinkerte Eve zu. Als Eve wegsah, schien Rita sich plötzlich an etwas zu erinnern: „Übrigens, falls du noch einen Schock brauchst: Ich habe den Briefkasten geleert. Da war ein Brief vom Schulamt dabei."

Augenblicklich wurde Eve so schwindlig, dass sie sich setzen musste. „Hast du ihn geöffnet?"

Rita nickte traurig. Sie hätte nicht zu sagen brauchen, was in dem Brief stand. Eve las es aus ihrem Gesichtsausdruck.

„Cordula und Konsorten wissen auch schon Bescheid."

Ausgerechnet. Aber was hatte sie anderes erwartet?

„Das Schreiben von der Sonderschule ist auch schon da."

„Oh nein!"

„Leider doch." Rita goss Eve und sich noch einen Apfelsaft ein und setzte sich ebenfalls. „Ich habe mit der Sekretärin von der Sonderschule gesprochen. Du kennst sie auch. Das ist die Frau mit den dunkelroten Haaren. Die, die wir mal beim Bowlen getroffen haben. Sie wohnt gleich bei uns um die Ecke. Ich habe euch vorgestellt."

Eve erinnerte sich schwach.

„Vielleicht wäre die Sonderschule gar nicht die verkehrteste Lösung."

„Oh, Rita, nicht du auch!" Eve stürzte den ganzen Saft in einem Zug hinunter und sprang auf. Im letzten Moment fing sie den Stuhl auf, bevor er auf den Boden knallte.

„An der Marienschule sind einige Aspies."

Verärgert schob Eve den Stuhl unter den Tisch, dass die Lehne dagegen knallte. „Es ist doch überhaupt nicht klar, ob Amy Asperger hat." Sie machte sich wieder an den Pfannen zu schaffen. Aber sie hatte keine Lust mehr, sie zu schrubben und spülte einfach nur das Scheuermittel ab.

„Wenn interessiert schon, ob es Asperger ist oder sonstwas. Ich sehe doch die Symptome und ich sehe, dass sie an einem regulären Gymnasium nicht klar kommt. Die Kinder an der Marienschule sind größtenteils normal intelligent. Sie differenzieren nach Leistungsfähigkeit. Da nur zwölf Kinder in eine Klasse gehen und sie mit zwei Lehrkräften in einer Klasse sind, ist das kein Problem. Amy würde die maximale Förderung bekommen."

„Das erkläre mal Amy." Eve stopfte die halbwegs sauberen Pfannen in den Schrank. Sie sah es schon vor sich, wie ihre Nichte nach dem nächsten Stuhl griff.

„Das sagt doch schon alles!" Rita sah ihre Freundin an, als würde sie sie am liebsten schütteln, um sie zur Vernunft zu bringen. „Wir nehmen sie uns gemeinsam vor. Aber im Grunde ist die Sache besiegelt. Es sei denn, du bringst sie an einem anderen Gymnasium unter. Das nächste ist allerdings über eine Stunde Busfahrt entfernt, wie du selbst weißt. Und ob das die Lösung ist ... Du solltest es dir sehr gut überlegen, Eve."

In dem Moment kamen die Kinder herein. Sie hatten mitbekommen, dass Rita da war und begrüßten sie stürmisch. Damit war das Thema Amy und die Schule vorerst beendet, denn ab jetzt wurde geplappert, was das Zeug hält. Die Kinder überschlugen sich dabei, Rita selbst die kleinsten Kleinigkeiten ihrer abenteuerlichen Reise zu berichten und Rita hörte staunend zu. Am Nachmittag gab es ebenfalls keine Gelegenheit, darüber zu sprechen, denn da besuchte Eve Mel im Krankenhaus, während Rita, die ihren Urlaub offiziell für beendet erklärt hatte, die Kinder hütete.

Wie die Nachtschwester es am Vorabend angekündigt hatte, ging es Mel gut. Sie war bereits aufgestanden und konnte allein zur Toilette gehen. Die Schmerzen waren vollständig verschwunden und die beiden Mädchen, mit denen sie auf dem Zimmer lag, kannte sie aus der Schule. Eine der beiden besaß ein Handy und hatte sämtliche Freundinnen, auch die von Amy, informiert. Es sah fast aus, als würde hier heute noch eine Party steigen.

„Kein Problem", sagte die freundliche, kleine Ärztin, mit der Eve über Mel sprach. „Freunde tun den Kindern gut. Wenn es zu wild hergehen sollte, schieben wir einen Riegel davor. Aber bisher hat das noch immer funktioniert."

Eve blieb bis Mels Freundin mit einem winzigen Strauß Buschrosen kam. Danach wollten die Mädchen unter sich sein. Ein bisschen wehmütig verabschiedete sie sich. „Unterhaltet euch gut. Ich besuche dich morgen wieder, meine Süße. Ist das okay, Mel?"

„Super. Ciao, Mama. Und bestell Amy schöne Grüße, wenn du was von ihr hörst."

„Mach' ich. Erhol' dich gut, mein Schatz, und – das geht jetzt auch an dich, Kirsten – nicht auf dem Tisch tanzen. Mel braucht noch Ruhe."

Mel verdrehte genervt die Augen, lächelte dann aber. „Ciao, Mamilein. Bis morgen."

„Ich setze mich nur neben ihr Bett", versprach Kirsten.

Halbwegs beruhigt fuhr Eve wieder nach Hause. Dort empfing Rita sie mit der Nachricht, dass Amy angerufen hätte.

„Jesse wollte dich auch sprechen, aber du warst ja nicht da."

„Hat er eine Nummer hinterlassen?" Eve unterbrach sich selbst. „Blödsinn. Ich rufe ihn einfach auf dem Handy an." Sie eilte bereits ins Wohnzimmer, wo sie das Telefon zuletzt gesehen hatte.

„Ist das nicht furchtbar teuer?" Rita folgte ihr mit dem Kochlöffel in der Hand. Als Eve das Haus betreten hatte, war sie gerade dabei gewesen, das Abendessen vorzubereiten, aber anders als sonst trug sie heute keine Schürze. Die hatte sie anscheinend mit den Kleidern und Kostümen abgeschafft.

„Ich klingel nur kurz durch. Er kann zurückrufen. Dann hat er die Kosten. Außerdem kommt es doch darauf überhaupt nicht an! Dass sie aber auch überhaupt keine Nachricht hinterlassen haben." Kopfschüttelnd suchte sie die Nummer von Jesse raus, die sie sich zum Glück auf einem Zettel notiert hatte.

„Aber sie haben eine Nachricht hinterlassen."

Eve starrte Rita entgeistert an. „Und damit rückst du erst jetzt raus? Ja, los, mach schon, sag, was sie gesagt haben!"

„Sie waren im Gefängnis. Die Kinder haben es gut verkraftet. Sie sind bereits auf dem Weg nach Cambridge."

„Wo sind sie?"

„Der Engländer will sich saubere Sachen holen."

„Was? Sie fahren von Irland bis nach England mit dem Auto, damit Jesse sich dort saubere Sachen holen kann?"

„So habe ich es verstanden."

„Ich kann nicht glauben, dass das stimmt."

Rita zuckte mit den Schultern.

„Und dann? Wann kommen sie zurück?"

„Danach. Wenn er sich saubere Sachen geholt hat, nehme ich an."

„Sie übernachten doch sicher bei ihm? Falls das überhaupt stimmt."

„Ich weiß es nicht, Eve. Ruf ihn an. Aber ich meine, er hätte erwähnt, dass sein Akku leer wäre und das Ladegerät nicht greifbar ist oder so etwas. Ich weiß nicht, ob ich ihn richtig verstanden habe. Ich bin keine Fremdsprachensekretärin, Eve. Auf alle Fälle wollte er sich melden, sobald sie in Cambridge sind. Sie sind so an die neun Stunden mit einem Auto unterwegs und müssen wohl auch die Fähre nehmen."

„Und wann kommen sie dann in Cambridge an?"

„Woher soll ich das wissen?"

„Wann sind sie denn in Dublin losgefahren?"

„Eve, ruf ihn einfach an!", sagte Rita und entschwand mit dem Kochlöffel in der Küche, aus der verdächtige Rauchschwaden kamen.

Und dann kam Momo die Treppe herunter, mit ausgestreckter Hand, mit der anderen zog er seine Oberlippe hoch. „Ich habe genau gemacht, was Jesse gesagt hat: Bindfaden um die Zähne gewickelt, an die Türklinke geknotet, Tür zugeknallt."

Eve starrte auf die drei kleinen Zähnchen in seiner Hand. „Dreimal?"

„Nö", sagte er kopfschüttelnd und mit einem sehr breiten, zahnlosen Grinsen. „Drei auf einen Streich. Jesse hat gesagt, ich bin schließlich ein Mann."

32

Jesse

Sämtliche Flüge nach London waren auf fünf Tage ausgebucht gewesen und keiner von ihnen hatte bis zum Wochenende in Dublin bleiben wollen. Seine Heimatstadt deprimierte ihn zutiefst. Nicht umsonst war er von dort weggezogen. Und auch Leo hatte kein gesteigertes Interesse gezeigt, Amy mehr von seiner Stadt zu zeigen als sein armseliges Zimmer in der kleinen Wohnung in einem heruntergekommenen 12-Familien-Haus, das in einem Häuserblock lag, der eigentlich nur noch eins brauchte: Die Wucht einer Abrissbirne. Und Sophia hatte noch immer absolutes Besuchsverbot.

Es hielt sie also nichts in dieser Stadt, in der es eigentlich mehr als genug Interessantes zu sehen gab. Die Touristen jedenfalls waren dieser Meinung. Aber die verbanden mit diesem Ort auch keine Erinnerungen an seinen saufenden und prügelnden Vater. Oder noch schlimmer, an einen Vergewaltiger und Mörder.

Auf der Rückbank des grünen Mini (für die lange Fahrt hätte er gern einen bequemeren Wagen gehabt, aber die waren ebenfalls ausgebucht) unterhielten sich Amy und Leo. Viel bekam er nicht mit, weil sie so leise sprachen und weil er nach der Ankunft im walisischen Holyhead außerdem den Fehler gemacht hatte, sich für die kürzere Strecke zu entscheiden, die aber leider mit Baustellen gespickt war. Entsprechend voll war es auf Englands Straßen und das Fahren war extrem anstrengend.

Wenigstens musste er mit den beiden Teenagern nicht dauernd an Autobahnraststätten anhalten. Sie hatten weder Hunger, noch Durst, sondern ausschließlich diesen unendlichen Diskussionsbedarf. Und auch das nur untereinander. Aber sie schienen die Konfrontation mit ihrem kriminellen Vater ganz gut zu verpacken, wenn das überhaupt möglich war. Amy hatte sogar gesagt, dass ihr der Besuch vorkäme wie ein Traum, woraufhin Leo kurz nachgedacht und sich dann bei ihm dafür bedankt hatte, dass er von seinem gewalttätigen Vater erzählt hatte und davon, dass aus ihm trotzdem noch ein ganz ordentlicher Mensch geworden war. Zumindest einer, der nicht um sich schlug. Wenngleich er daran denken musste, dass er vor einigen Jahren entschieden hatte, selber keine Kinder in die Welt zu setzen und sich auch nicht mit einer Frau einzulassen, die Kinder mit in die Beziehung brachte. Vielleicht sollten Amy und Leo zu einem Psychologen gehen. Er wusste es nicht. Eve würde Rat wissen. Sie hatte reichlich Erfahrung mit Kindern aus verkorksten Verhältnissen.

Dummerweise war der Akku seines Handys leer, so dass er allein auf sich und das Radio angewiesen war.

Schließlich hielt er dann doch an einer Raststätte. Kurz vor Northampton hatte sich ein elf Kilometer langer Stau gebildet. Da konnte er genauso gut eine Pause einlegen, um einen Tee zu trinken, eine Kleinigkeit zu essen und von einer Telefonzelle aus Eve anzurufen. Außerdem war der Tank fast leer.

„Sucht schon mal einen Platz und besorgt uns was zu essen und zu trinken. Ich muss telefonieren“, er drückte Leo fünfzig Pfund in die Hand. Im Keller der Raststätte gab es außer einem Dutzend Toiletten vier altertümliche Telefonapparate, einer davon funktionierte tatsächlich mit Münzen. Für die anderen benötigte man Telefonkarten, die es aber seit ein paar Monaten nicht mehr zu kaufen gab, erklärte ihm die Toilettenfrau. Zum Dank gab er ihr einen Euro Trinkgeld für die Auskunft, worüber er sich gleich darauf ärgerte. Denn jetzt hatte er bloß noch Münzen im Wert von acht Euro vierzig im Portemonnaie, wovon auch noch zwei Euro einfach durch den Münzschacht fielen und unten klimpernd wieder rausfielen. Doch die nette Klofrau konnte seltsamerweise nur noch Scheine wechseln. Der kleinste Schein, den er hatte, war ein Fünfziger und die Frau behauptete, bloß etwas über elf Euro in der Kasse zu haben.

„Wo seid ihr?“, rief Eve ihm entgegen, sobald er seinen Namen genannt hatte. Gleich nach dem ersten Klingelton hatte sie abgenommen. „Geht es euch gut? Wie spät ist es bei euch?“

„Wir sind an einer Autobahnraststätte kurz vor Northampton. Es geht uns gut. Und bei uns ist es genauso spät wie bei euch. Wir sind immer noch in Europa“, antwortete er leicht amüsiert. „Wie geht es Mel? Wie geht es den anderen Kindern? Und wie geht es dir? Und beeil dich mit der Antwort, ich telefoniere von einem altmodischen Münztelefon aus, denn der Akku des Handys ist leer und mein Münzvorrat ist auch gleich zu Ende.“

„Gut, alles gut. Versprich mir, dass du sofort bei mir anrufst, wenn ihr bei dir zu Hause seid, ja? Und pass um Himmels willen gut auf Amy auf. Ich werde hier verrü...“

Die Münzen waren durch. Er hängte den schweren, schwarzen Hörer auf die Gabel und ging in die Gaststätte. Was für ein Telefonat, dachte er kopfschüttelnd. Er kam sich vor wie in einer Radiosendung, wo man mal eben noch seine zehn engsten Freunde grüßt. Und die Oma. Er überlegte kurz, ob er an der Kasse im Restaurant Geld wechseln und erneut zu dem Münzapparat gehen sollte, doch die Kinder hatten Fish und Chips besorgt und er wollte das Zeug zu sich nehmen, so lange es noch warm war. Andererseits hätte er jetzt sowieso alles gegessen, selbst Bohneneintopf. Er war vollkommen ausgehungert und stopfte das für eine Raststätte überraschend gute Essen geradezu in sich hinein.

„Deine Mutter meint, ich soll gut auf dich aufpassen“, sagte er kauend zu Amy.

Das Mädchen nickte, sagte aber nichts.

Eine Weile aßen sie schweigend, dann stieß Leo seine Schwester an. Jesse beobachtete verwundert, wie sie ihr Besteck weglegte und ihren Mund mit der dünnen Papierserviette abwischte. Anscheinend wollte sie ihm etwas sagen.

„Wir wollen etwas mit dir besprechen“, kam es auch prompt aus dem Mund des Mädchens.

Er wünschte augenblicklich, er hätte sich verhört, denn Amy sah nicht aus, als ob sie einen Witz reißen wollte. „Hier? Sofort?“

„Warum nicht?“

Er zuckte mit den Schultern. Ja, warum eigentlich nicht? Die Antwort konnte er sich leicht selber geben: In seinem ganzen Leben hatte noch kein Kind etwas mit ihm besprechen wollen. Ein bisschen unbehaglich legte auch er sein Besteck nieder. Er war ohnehin satt. „Was gibt's?"

„Wir werden zusammen bleiben", verkündete Leo.

Jesse hatte keine Ahnung, was er mit dieser Information anfangen sollte. Darum wartete er ab, was noch kam.

„Anscheinend hast du nichts dagegen", vermutete Amy. Sie beobachtete ihn lauernd.

Jetzt musste er sich aber doch etwas einfallen lassen. „Ich fürchte schwer, dass ihr euch unter diesem Zusammenbleiben etwas wesentlich Tiefgreifenderes vorstellt als ich. Eine Autobahnraststätte scheint mir kein geeigneter Ort für dieses Gespräch. Lasst uns weiterfahren. Reden wir im Auto."

Die Autobahn war jetzt wesentlich freier und er konnte schneller fahren. Außerdem konnten sich die Kinder nicht plötzlich abseilen, wenn sich das Gespräch nicht in die von ihnen gewünschte Richtung entwickelte. Als er den Tempomat eingestellt hatte, nahm er das Gespräch wieder auf. Immerhin hatte er es versprochen. „Also, dann schießt mal los. Ich höre."

„Wir werden zusammenbleiben", wiederholte Leo den Satz von vorhin.

„Im Klartext: Ich werde in Zukunft leben, wo Leo lebt", sagte Amy.

„Und ich dort, wo Amy lebt", sagte Leo.

„Das war's?"

„Im Großen und Ganzen war's das. Ja." Amy fixierte seine Augen im Rückspiegel.

Er checkte kurz die Verkehrslage und überholte dann den LKW, der seit mehreren Kilometern vor ihnen fuhr. „Da bin ich aber gespannt, was eure Mütter dazu sagen."

„Das ist uns egal", verkündete Amy.

Leo nickte bekräftigend.

„Meint ihr das ernst?"

„Sehen wir aus, als würden wir Scherze machen? Immerhin stammen wir von einem Schwerverbrecher ab." Amy verzog den Mund zu einem seltsamen Grinsen. Fast hätte er gelacht, aber die Sache erschien ihm dann doch zu ernst.

„Ihr seid noch minderjährig. Eure Mütter haben das Sorgerecht und somit das Aufenthaltbestimmungsrecht für euch.“ Er nahm an, dass das so in etwa hinkam. Familienrecht war nicht gerade das Fachgebiet eines Langzeit-Junggesellen.

„In der Klinik habe ich ein Mädchen kennengelernt, dessen Eltern haben sich scheiden lassen. Der Richter hat sie gefragt, bei wem sie leben will. Die Mutter hat natürlich Theater gemacht, dass das Mädchen zu ihr kommen soll. Aber das Mädchen – ich sage jetzt immer das Mädchen, weil ich ihren Namen vergessen habe – wollte zum Vater. Und da hat der Richter gesagt: Der Kindeswille entscheidet, wenn das Kindeswohl gewährleistet ist. Das war zwar nicht wörtlich, aber sinngemäß.“

„Wollt ihr zu eurem Vater?“ Jesse kratzte sich am Hinterkopf. Was zum Teufel war hier los? Was wollten die Kinder von ihm?

„Natürlich nicht. Wir wollen einfach nur zusammen aufwachsen.“

„Ihr seid so gut wie erwachsen“, gab er zu bedenken.

„Das erkläre mal Eve. Die wird mich nicht einfach zu Leo ziehen lassen.“ Amy lachte bitter.

„Willst du etwa zu Leo ziehen?“

„Nein.“

„Also will Leo zu dir?“

„Das auch nicht.“

Ein kalter Schauder kroch ihm über den Rücken. „Ihr habt nicht etwa vor, euch bei mir einzunisten?“, platzte er heraus. „Also, Leute, ich habe nichts gegen euch, aber das ist eine verdammt bescheuerte Idee. Nicht, weil ihr zu mir wollt. Nein, das sollte mir ja sogar schmeicheln. Aber eure Mütter ...“

„Onkel Jesse, halt mal bitte einen Moment die Luft an! Entschuldige vielmals, aber wir wollen nicht zu dir. Amy und ich würden gern in ein Internat gehen.“

„In ein Gemischtes, also in eins, wo sie Jungen und Mädchen zulassen“, führte Amy die Sache weiter aus. „Dann könnten wir zusammen sein. Leo könnte mir helfen, Kontakte zu knüpfen und ich könnte ihm helfen, seine Schulleistungen zu verbessern. Er ist nämlich eine ziemliche Niete in der Schule.“

„Und in den Ferien gehen wir abwechselnd zu Sophia und zu Eve. Ruhig auch mal einzeln, damit die alte Situation wieder hergestellt ist. Also, das würden wir für unsere Mütter tun.“

„Ich fasse es noch einmal zusammen: Leo und ich wollen in ein Internat, um dort das Abitur zu machen und unsere Geschwisterbeziehung auszuleben. Wir wollen niemandem weh tun, aber Leos Mutter ist eh nicht in der Lage, so für Leo zu sorgen, dass er sich ordnungsgemäß entwickelt. Und Eve“, Amy seufzte, „hat ja noch die anderen Kinder.“

Jesse schaltete den Tempomat aus und übernahm die Geschwindigkeitssteuerung wieder selbst. Das wäre zwar nicht nötig gewesen, aber er musste irgendetwas tun. Denn was er zu dem Anliegen der Kinder sagen sollte, wusste er beim besten Willen nicht.

„So, Leo, Amy“, sagte er nach einer Weile. „Wo komme ich bei der Sache ins Spiel?“

„Wir haben uns in den vergangenen Tagen im Internet umgesehen. Gerade in dem Teil Englands, in dem du lebst, wimmelt es nur so vor Internaten“, antwortete Leo.

„Davon kommen drei infrage: Stonefridge, Leicester House und die Francy Garden School.“

„Ihr habt ja gut recherchiert. Nicht, dass ich damit meine Meinung zu eurem Vorhaben kundtun will, aber habt ihr auch nachgesehen, was das kostet?“

„Für Hochbegabte und für Bedürftige gibt es Stipendien.“

Jesse musste lachen. „Und ihr glaubt, dass ihr in diese Kategorien fallt?“

„Amy spricht sieben Sprachen. Mit dreizehn. Außerdem hat sie die siebte Klasse übersprungen“, Leo pustete einen großen Schwall Luft aus. „Also wenn Amy nicht hochbegabt ist, dann weiß ich es nicht. Ich dagegen bin zum Glück wenigstens bedürftig.“

„Ihr macht mich fertig“, stöhnte Jesse. „Wie soll es denn jetzt weitergehen? Was habt ihr konkret vor?“

„Du bist Professor an der Cambridge University. Du hast all diese Preise gewonnen“, begann Leo.

„Das heißt, du bist nicht irgendwer. Du weißt, wovon du redest“, fuhr Amy fort. „Abgesehen von den Momenten, in denen du ein Cabrio mit Schlüssel und so weiter in einer Gegend stehen lässt, wo es vor Verbrechern nur so wimmelt.“

Er schüttelte den Kopf. „Kinder, ich weiß immer noch nicht, was ihr von mir wollt.“

„Gott, ist der schwer von Begriff“, zischte Amy ihrem Bruder zu.

„Das habe ich gehört“, brummte Jesse. „Aber wenn ihr wollt, dass euch jemand versteht, dann müsst ihr Klartext reden. Andeutungen bringen euch nicht weiter.“

„Du sollst uns helfen, Onkel Jesse.“

„Das habe ich kapiert, Leo“, erwiderte er leicht ungehalten. „Aber wie?“

„Indem du erstens mit uns die Internate abklapperst. Zweitens sollst du uns mit den Anträgen helfen, denn die wollen bestimmt jede Menge Papiere ausgefüllt haben. Drittens werden unsere Mütter nicht damit einverstanden sein.“

„Bei Letzterem stimme ich euch zu.“

Den Rest der Fahrt erbat er sich Ruhe, um nachzudenken. Die bekam er sogar. Allerdings dachte er nicht nach. Er konnte es nicht. Immer wieder musste er an Eve denken, wie sehr sie an diesen Kindern hing. Sie würde ihm den Kopf abreißen, wenn er mit dieser Sache ankam. Oh Mann. In was für einen Schlamassel hatte er sich bloß reingeritten? Wenn er schon mal tiefere zwischenmenschliche Beziehungen knüpfte. Gott, er wusste, warum er es die ganzen Jahre bei One-Night-Stands und seinen Kumpeln aus dem Fitnessstudio belassen hatte.

Er war heilfroh, dass sie erst nach Mitternacht in Cambridge eintrafen. Das war ein guter Grund, nicht vor Sonnenaufgang bei Eve anzurufen. Bis ihm klar wurde, dass sein

Haustürschlüssel bei seinem Autoschlüssel war – in Berlin. Wo er zudem heute dringend hätte anrufen müssen. Sein Wagen war nämlich inzwischen bestimmt mit einem Satz Rädern ausgestattet.

„Hat einer von euch eine Idee, wie wir in ein mit einer Alarmanlage der allerneuesten Generation abgesichertes Haus einsteigen, ohne dass wir dort landen, wo euer Vater wohnt?"

„Oh nein! Du hast deinen Schlüssel in deinem geklauten Auto", stöhnte Amy auf. „Wo hast du den Ersatzschlüssel deponiert?"

„Den gibt es nicht."

„Wir müssen irgendwie rein und dann sofort die Alarmanlage abschalten", wusste Leo. Leider wusste er nicht, dass das nur mit einem speziellen Gerät möglich war, das an demselben Ring befestigt war wie seine anderen Schlüssel. Und das Sicherungsduplikat lag in einem Schließfach seiner Bank.

Jesse klärte ihn auf.

„Wohin gehen wir jetzt?", fragte Leo.

„Ins Hotel." Jesse ließ den Wagen an.

„Hast du keine Freunde?" So wie Amy ihn ansah, traute sie ihm keine zu.

Und so landeten sie bei Will. Jesse hoffte, dass sein Assistent glaubte, dass sie gute Freunde wären und nicht nur Arbeitskollegen und Buddies.

„Da oben brennt Licht", stellte Amy richtig fest.

Da oben waren Wills Arbeitszimmer und das Schlafzimmer. Soviel wusste Jesse. Sie hatten Wills achtunddreißigsten Geburtstag in dem Haus gefeiert. Und er blickte auf ein Erlebnis in Wills Schlafzimmer zurück, auf das er nicht stolz war. Es hatte etwas mit der sehr vollbusigen Frau eines entfernten Arbeitskollegen zu tun.

Er drückte seinen Zeigefinger auf die Türklingel. Wenig später erschien hinter dem Vorhang in dem beleuchteten Zimmer ein Schatten.

„Wie heißt dein Freund?", wollte Amy wissen. „Wir könnten seinen Namen rufen, damit er endlich aufmacht."

„Untersteh' dich", warnte Jesse dieses wahnsinnige Kind. „Ich klingele lieber noch einmal."

„Am besten so." Leo legte eine Hand auf die Klingel und ließ sie dort, bis Jesse sie wegriss.

„Wenn ihr so weitermacht, ist Will die längste Zeit mein Freund gewesen." In dem Moment ging die Außenbeleuchtung an und im Haus erklangen Schritte. Viele Schritte. Zumindest waren da mehr als zwei Füße unterwegs. Will, der sonst stets jammerte, dass er nie eine Frau abbekommen würde, war nicht allein. Ausgerechnet heute.

Und die Frau, die sich hinter Will versteckte, war ausgerechnet Summer.

„Es ist nicht so wie du denkst", rief sie ihm entgegen.

„Leider nicht", knurrte Will. „Was machst du mitten in der Nacht hier, Jesse? Und wer sind die beiden?"

„Das ist Will, mein Freund", sagte Jesse. „Die Frau hinter ihm ist Summer, die Sekretärin des Dekans. Und das hier sind mein Neffe Leo und seine reizende Schwester Amy."

„Kommt rein", Will machte eine einladende Bewegung mit der rechten Hand. „Herzlich Willkommen!" Er drückte den Kindern die Hand. „Woher kommt ihr? Wollt ihr eine Pizza? Coke? Eiscreme?"

„Du hast auch eine Nichte?" Summer umarmte erst die Kinder, dann fiel sie Jesse um den Hals und küsste ihn ab.

Darauf war er überhaupt nicht gefasst gewesen. Nicht auf ihre Anwesenheit und nicht auf diese lächerliche Begrüßung. Er schob sie von sich.

„Du tust mir weh, Jesse", jaulte sie auf. „Es ist wirklich nichts zwischen Will und mir vorgefallen. Wir haben nur geredet. Ich war einsam und er ist ein sehr guter Zuhörer. So glaub' mir doch." Sie blickte ihn flehentlich an.

Glücklicherweise bugsierte Will die Kinder, die sich den Hals nach Summer und ihm verrenkten, in die Küche.

„Summer, selbst wenn ihr vierundzwanzig Stunden am Tag gevögelt hättet – es wäre mir egal. Du kannst tun und lassen, was du willst."

Ihre flache Hand landete mit einem solchen Wums auf seiner Wange, dass ihm die Luft wegblieb. Als er wieder zu sich kam, riss sie ihre Jacke von der Garderobe und stürmte heulend aus dem Haus.

„Was hast du denn mit der gemacht?“ Will drückte ihm ein kühles Bier in die Hand.

„Er hat sie abserviert“, sagte Leo trocken.

„Und sie hat ihm deswegen eine geklatscht. Wie im Film“, kicherte Amy. „Und alles wegen meiner Tante Eve.“

Will sah von einem zum anderen. Sein Blick blieb heftig grinsend an Jesse hängen. Aber er sagte kein Wort. Das musste er auch nicht. Jesse wusste sowieso, was Will dachte.

„Kann ich dein Telefon zum Telefonieren benutzen?

„Ich wüsste nicht, was du sonst damit treiben solltest“, gab Will zurück.

Die Kinder lachten.

„Hey, Jesse, willst du nach dem Telefonat auch eine Pizza?“

Er winkte ab. Eve hatte bereits abgehoben.

33

Eve

„*Was* ist los, Jesse? *Was* erzählst du mir? Ich glaube, ich kriege einen Nervenzusammenbruch“, brüllte sie ins Telefon, während sie sich langsam aufsetzte. Ihr Herz klopfte bis zum Hals und sie fühlte, wie die Hand, die das Telefon hielt und die Hand, mit der sie sich auf der Matratze abstützte, nass und nässer wurden. Als es geklingelt hatte, war sie hochgeschossen. Sie hatte sowieso nicht geschlafen. Wenn sie nicht genau wusste, wo ihre Kinder waren und dass es ihnen gut ging, konnte sie kein Auge zutun. Und so wälzte sie sich, seit sie im Bett lag, nur herum. Nun war sie mehr als hellwach.

„Eve, bitte, wir sind nicht bei mir zu Hause. Der Schlüssel …"

„Oh, nein! Und dir habe ich mein Kind mitgegeben! Hast du ihr den Floh ins Ohr gesetzt?" Gott, sie wusste nicht, was sie sagen, denken, glauben sollte. Amy wollte in ein Internat. Die ganze Welt brach in dem Moment für sie zusammen. Sie hatte versagt, und zwar auf ganzer Linie.

„Eve, ich würde niemals irgendwem irgendwas ins Ohr setzen. Sie haben diese Idee ganz allein ausgebrütet und sie sind auch schon bestens informiert. Das Internet macht's möglich."

„Ich dreh' durch! Die können doch nicht ernsthaft glauben, dass sie das machen können. Was soll denn das? Die haben sich vor etwas mehr als einer Woche zum ersten Mal gesehen. Die können doch nicht ihr ganzes Leben in Frage stellen. Die können nicht ihre Familien sitzen lassen und allein in die Welt ziehen. Mein Gott! Jesse, jetzt sag' doch was!" Sie schluckte die aufkommenden Tränen zurück, was schwer genug war.

„Ich könnte mir selber in den Hintern treten, dass ich es dir jetzt gesagt habe. Eigentlich wollte ich dich um diese Uhrzeit gar nicht mehr anrufen."

„Das wolltest du tun? Ich fasse es nicht. Ich hätte die ganze Nacht zitternd vor Angst im Bett gesessen und geglaubt, euch wäre etwas zugestoßen! Ich hätte kein Auge zutun können."

„Als ob du das jetzt könntest."

„Da hast du allerdings recht! Weißt du, was es für eine Mutter bedeutet, wenn ihr Kind freiwillig ins Internat will?"

„Eve, ich entnehme es der Panik in deiner Stimme. Aber nun versuche zu schlafen. Lass uns bitte morgen darüber reden. Wir nehmen uns ganz viel Zeit, wenn wir beide ausgeschlafen sind und ein gutes Frühstück im Bauch haben."

„Du kannst mich doch jetzt nicht so hängen lassen. Nicht nach dieser Information." Eine panische Angst, dass er auflegen könnte überfiel sie.

„Eve, ich glaube, du reagierst entschieden zu hysterisch."

„Hysterisch? Ich?" Sie schnappte nach Luft. So etwas konnte nur von einem Mann kommen. „Bitte, lass uns jetzt reden. Was weißt du? Du weißt doch noch mehr? Was war mit dem Vater der Kinder? Oh Gott. Vielleicht liegt es daran. Die beiden müssen vollkommen fertig sein."

„Eve, die sind nicht fertig. Denen geht es gut. Du kannst sie gern bei einem Psychiater vorstellen, aber ich sage dir, die haben das besser verpackt, als du und ich uns das vorstellen können. Wir reden morgen. Amy und Leo werden nicht heute Nacht in ein Internat ziehen. Du kannst also schlafen und dir gemeinsam mit mir morgen Vormittag überlegen, wie wir vorgehen, um die beiden zur Vernunft zu bringen."

„Ich bin froh, dass du das so siehst", sagte sie ein klitzekleines bisschen erleichtert. Am Ende hätte Jesse die Sache noch unterstützt. Amy konnte sehr überzeugend sein, wenn sie erst einmal argumentierte. Doch dann kam ihr ein weiterer Gedanke in den Sinn und der beunruhigte sie noch mehr. Was, wenn Jesse doch was mit der Sache zu tun hatte? Wenn er ihr heimzahlen wollte, dass sie ihn hatte abblitzen lassen. Sie konnte nicht wirklich glauben, dass er das tat. Oh Mann. Was war nur los in ihrem Leben? Sie wollte ihn nicht zurückweisen, aber was hätte sie denn sonst tun sollen? Eine Beziehung, die über das hinausging, was sie miteinander gehabt hatten, war schlichtweg unmöglich.

„Um in ein Internat zu gehen, muss man dort angemeldet und aufgenommen werden. Das ist eine Tatsache. Dazu braucht es die Unterschrift der Erziehungsberechtigten. Im Fall von Amy bist du das. Ohne deine Unterschrift wird gar nichts laufen. Wir reden morgen. Okay?"

Das klang nun nicht mehr nach der Heimzahlungstheorie. „Okay", sagte sie matt.

„Wirklich, Eve?"

„Ja. Es ist okay." Jetzt war sie wenigstens schon mal nicht mehr ganz in Panik. Amy brauchte ihre Unterschrift.

„Ich muss Schluss machen, Eve. Du weißt schon: Wir sind bei meinem Freund und die Kinder müssen ins Bett. Und ich brauche etwas zu essen."

„Okay." Amy würde nicht über Nacht ins Internat gehen. Sie würden morgen reden. Vor allem würde sie morgen mit Amy reden. „Danke, Jesse."

„Danke wofür?"

„Dass du Amy mitgenommen hast, damit sie ihren Vater kennenlernt. Und dass du mich dabei unterstützt, ihr die Schnapsidee von dem Internat auszureden. Bis morgen. Morgen früh, ja? Gib mir deine Nummer, Jesse." Sie notierte die vielen Ziffern und verabschiedete sich auf zivilisierte Art und Weise von diesem Mann, der in den vergangenen Tagen so viel für Amy, für sie und für ihre ganze Familie getan hatte.

Sie saß noch eine ganze Stunde aufrecht in ihrem Bett, starrte auf den Telefonhörer und dachte darüber nach, was wohl in Amys Kopf vor sich ging. Dann löschte sie das Licht und legte sich hin, ohne daran zu glauben, dass sie in dieser Nacht noch ein Auge zutun würde.

„Was für eine Nacht", stöhnte sie, als Rita am nächsten Morgen putzmunter mit einer großen Tüte voller warmer Brötchen in die Küche stürmte. Sie hatte die Freundin bereits um sechs Uhr per Telefon über die neuesten Geschehnisse in Kenntnis gesetzt. Nun saß sie mit aufgestützten Armen und geschwollenen Augen am Küchentisch. Drei Stunden Schlaf waren entschieden zu wenig. Noch dazu hatte sie nicht mal ein Ergebnis vorzuweisen.

„Guten Morgen, meine Süße", Rita umarmte sie herzlich, küsste sie auf die Wangen und plapperte gut gelaunt weiter: „Neuer Tag, neues Glück."

Obwohl sie wie gewohnt begann das Frühstück vorzubereiten, war Eve die neue Rita mit den ultrakurzen Haaren und dem Casual Look fremd. Sie sah gut aus, jugendlicher, frischer, keine Frage, doch sie vermisste die alte Rita. In ihrem Leben war sowieso schon alles durcheinander, da wäre ihr der gewohnte Anblick der akkuraten Betonfrisur und der allzeit korrekten Kleidung lieber gewesen.

„Worüber denkst du nach?“ Sechs Teller landeten scheppernd auf dem großen Holztisch.

„Ach, nichts. Oder doch. Ich habe hin- und herüberlegt. Immer wieder“, seufzte Eve. „Und komme doch immer nur zu ein und demselben Ergebnis.“

Rita stopfte eine Filtertüte in den billigen Plastikfilter und setzte das Arrangement auf die Warmhaltekanne. „Und das wäre?“

„Ich ertrage das nicht. Und ich verstehe es nicht. Ist Amys Leben bei mir wirklich so schlecht? War alles umsonst? Aber was hätte ich denn tun sollen? Hätte ich sie fremden Menschen überlassen sollen? Ich bin doch ihre einzige Verwandte.“

„Sie ist deine einzige Verwandte“, bemerkte Rita. Das Wasser kochte inzwischen sprudelnd und sie schaltete den Kocher aus und setzte sich zu Eve an den Tisch. „Stell dir vor, du findest plötzlich deinen Bruder. Dann bist du auch erst mal durch den Wind. Du willst ihn kennenlernen, Zeit mit ihm verbringen, nichts anderes ist mehr wichtig.“

„Ach, Rita.“ Eve lehnte ihren Kopf an Ritas Schulter. Wenigstens das fühlte sich noch wie immer an.

„Habe ich recht oder habe ich recht?“ Die Freundin legte ihr einen Arm um die Schultern.

„Natürlich hast du recht. Aber deswegen kann sie doch nicht plötzlich in ein Internat gehen.“ Eve schüttelte den Kopf und richtete sich wieder auf, um den aufkommenden Tränen keine Chance zu bieten. In der vergangenen Nacht hatte sie mehr als genug geweint. Jetzt musste sie endlich wieder ihren Verstand einschalten. Nur war das leichter gesagt als getan. Sie blinzelte eine Träne weg.

„Bei Amy ist zur Zeit nichts so wie es sein sollte“, sagte Rita sanft. „Alles ist durcheinander. Das komplette Leben. Alle Sicherheiten weg. Sie hat nicht nur einen Bruder dazu bekommen, sondern sie hatte auch einen Schub und sie ist von der Schule geflogen. Weiß sie das überhaupt schon?“

Eve schüttelte den Kopf. „Ich habe es ihr nicht gesagt.“

„Ich auch nicht. Aber was bitte erwartest du von ihr.“ Rita stand auf.

„Ich muss dringend mit ihr reden."

„Siehst du", köstlicher Duft breitete sich in der Küche aus, als die Freundin langsam kochendes Wasser über das Kaffeepulver goss. „Da kommen wir der Sache doch schon näher."

Doch das leckere Kaffeearoma konnte sie nicht trösten. Sie sah Rita erschrocken an. „Du machst mir Angst. Was noch?"

„Da sieht man wieder, wie sehr persönliche Betroffenheit einem den Verstand vernebelt." Ein Pott mit Kaffee landete in Eves bebenden Händen. „Wäre Amy nicht die Tochter deiner Schwester, wärest du wesentlich gelassener. Aber so überreagierst du. Vielleicht ist die Idee mit dem Internat ja gar nicht so verkehrt."

„Rita!", kreischte Eve auf. Die Tasse landete mit einem Knall auf der Tischplatte.

„Amy ist von der Schule geflogen. Richtig?", fuhr Rita gelassen fort.

Eves Augen wurden immer größer. Sie konnte die aufsteigenden Tränen kaum noch zurückhalten.

„Willst du, dass sie in die Sonderschule geht? Nein, du willst es nicht. Richtig?"

„Wie kannst du so reden?"

„Willst du, dass Amy die bestmöglichen Chancen der Welt bekommt?"

„Was soll das, Rita? Was willst du von mir?"

„Dass du mit Verstand an die Sache rangehst und nicht mit so einem Betroffenheitsgedusel. Amy ist deine letzte Verwandte und die willst du nicht verlieren. Um nichts anderes geht es. Um dich, Eve. Du hast eine Scheißangst, sie zu verlieren. Aber irgendwann ist sie sowieso erwachsen. Und, glaube mir, der Tag ist nicht mehr fern. Dann musst du sowieso loslassen. Nicht Amy ist im Moment das Problem. Ich glaube, sie ist auf einem guten Weg. Du musst dich um dich selbst kümmern, Eve. Jetzt bist du dran."

Eve nahm die Kaffeetasse und schleuderte sie gegen die Wand. Dann stapfte sie aus dem Haus und fiel über den Vorgarten her.

Verdammt, Jesse hatte versprochen, sie gleich heute Morgen anzurufen! Und was hatte er getan? Nichts. Er hatte sein Wort nicht gehalten. Er hatte sie versetzt! Vielleicht hatte er diese Idee mit dem Internat doch mit zu verantworten. Blödsinn, schrie sie sich selbst an. Vollkommener Quatsch. Er hatte schließlich gesagt, dass Amy ihre Unterschrift brauchte. Sie wurde noch wahnsinnig. Sie wusste nicht, was sie tun sollte, um sich zu beruhigen.

Sie rupfte nicht nur das Unkraut aus der Erde, sondern warf auch alle Herzchenständer auf einen Haufen. Es hatte sich ausgeherzt und sie riss auch noch die Blumen raus. Sie machte sich fürchterliche Vorwürfe, dass sie Amy hatte gehen lassen.

„Moin, Eve."

Sie knallte ein Büschel stinkende Tagetes auf den Haufen mit den ausgerissenen Blumen. „Basti. Was gibt's?"

„Hast du Stress?" Der Gärtner trat von einem Fuß auf den anderen.

„Wie kommst du denn da drauf? Also, wenn du nicht willst, dass ich dich zu dem ganzen Mist auf den Haufen werfe, sprich!"

„Entschuldigung! Wie bist du denn drauf? Ich wollte dich eigentlich fragen, ob wir mal zusammen ins Kino ..."

„Basti, mein Lieber, da drinnen", sie zeigte auf ihr Haus, „sind vier Kinder. Ein weiteres liegt im Krankenhaus und noch eins stromert durch England, nachdem sie ihren Vater besucht hat, der ein zu lebenslanger Haft verurteilter Mörder ist, und ich habe nicht den Hauch einer Ahnung, was sie da treibt! Und da fragst du mich, ob ich ins Kino will?"

Er nickte mit großen Augen.

„Sorry, Basti. Frag Daniela. Soviel ich weiß, ist die dauernd auf der Suche." Danach ging sie in den Garten hinter dem Haus und schnitt die Hecke. Bis das Telefon klingelte, hatte sie die Hälfte abgesäbelt. Schön sah es nicht aus.

„Eve", Rita wedelte mit dem Hörer. „Es war der Engländer."

„War?", kreischte Eve. „Wieso war? Hat er etwa schon wieder aufgelegt."

„Er kommt her. Mit Amy und mit Leo. Heute Abend. Du kannst sie um 22:30 am Flughafen abholen. Dann kannst du persönlich mit den Dreien reden." Rita ging zurück ins Haus, während Eve wie angewurzelt auf der frisch gemähten Wiese stand.

Wenige Minuten später riss Ritas fröhliches Pfeifen sie aus der Starre. Sie ließ die Heckenschere fallen und stapfte ins Haus.

„Warum pfeifst du? Ich bin vollkommen durch den Wind und du trillerst wie ein Kanarienvogel. Das ist unpassend. Hör auf damit! Wo ist das Telefon?"

„Es ist sogar sehr passend. Und ich höre erst damit auf, wenn mir danach ist. Jürgen bleibt nämlich drei Tage länger in der Klinik." Rita fuhr fort mit dem Liedchen.

„Das Telefon, Rita! Wo ist es?"

Die Freundin drückte es ihr pfeifend in die Hand.

„Hörrrr auuuuf damit!"

„Tirili, tirili."

Eve trampelte die Treppe hoch und schloss sich in ihrem Zimmer ein.

„Jesse! Wir hatten eine Verabredung!"

„Bist du Eve?"

„Wer ist da?"

„Diese Frage stelle ich mir jeden Tag. Meine Name ist Will. Ich bin Jesses Freund. Und Sie sind die Frau, in die Jesse sich Hals über Kopf verliebt hat?"

„Wie bitte?"

„Hat er Ihnen das etwa verschwiegen? Was für ein feiger Hund."

„Will oder wie auch immer Sie heißen ..."

„Ich heiße Will. Will Coleman. Assistent von Professor Graham. Aber nennen Sie mich Will."

„Bitte, geben Sie mir Jesse."

„Der ist leider ausgeflogen. Zusammen mit Ihrer hübschen Amy und mit Leo."

„Was? Sind die drei etwa schon auf dem Weg zum Flughafen?"

„Das wäre wohl ein wenig früh. Der Flieger geht erst heute Abend. Sie machen einen Ausflug."

„Wohin?!" Eve lief plötzlich wieder der kalte Schweiß in Strömen über den Rücken, der kurzfristig aufgehört hatte zu fließen, nachdem sie mit der Gartenarbeit aufgehört hatte.

„Sie sehen sich ein bisschen die Gegend an."

„Sie besichtigen nicht zufällig ein Internat?"

„Ein Internat?"

„Mein Gott, Will, verarschen Sie mich nicht!"

„Nein, soviel ich weiß, sehen sie sich die Gegend an."

„Schwören Sie!"

„Rufen Sie ihn doch einfach auf seinem Handy an. Ich habe ihm über Nacht mein Ladegerät geliehen. Er ist jetzt wieder erreichbar."

„Danke, Will. Es war nett, Sie kennenzulernen."

„Gleichfalls, Eve. Sie klingen richtig nett. Halten Sie die Ohren steif."

„Halten Sie die Ohren steif", wiederholte Eve kopfschüttelnd, als sie den Zettel mit Jesses Nummer von ihrem Nachttisch grabbelte. Aber nett hatte sie ganz bestimmt nicht geklungen.

Ein paar Sekunden später ertönte es aus dem Hörer: „Der gewünschte Teilnehmer ist zur Zeit leider nicht erreichbar. Hinterlassen Sie eine Nachricht nach dem Piepton."

„Jesse!!! Wo seid ihr? Ruf mich SOFORT an!!!"

34

Jesse

„Ich mag sie nicht." Amy schürzte die Lippen auf eine Weise, die er schon bei Leo gesehen hatte, als Sophia ihm erklärt hatte, dass er nicht allein zu Hause bleiben könnte, weil er erst fünfzehn war.

„Du magst sie nur nicht, weil sie seine Freundin ist", entgegnete Leo. „Aber sie hat Kontakte und der Zweck heiligt die Mittel. Also, in diesem Fall. Nicht, dass noch jemand glaubt, ich wäre wie mein Vater."

„Sie ist nicht meine Freundin." Jesse lenkte den Wagen auf einen kleinen, unter Bäumen mit komischen flachen Kronen liegenden Parkplatz. Durch das Blätterdach fielen vereinzelte Sonnenstrahlen und malten Punkte auf das Pflaster. „Wir hatten mal ganz kurz was miteinander. Außerdem hat sie mich wachgerüttelt, wofür ich ihr sehr dankbar bin. Das war's."

„So wie mit Eve?", fragte Amy spitz. „Ein One-Night-Stand? Einmal Spaß und dann weg?"

„Das mit Eve ist anders, aber es geht dich nichts an. Oder kümmert es dich, was du ihr mit dem Internat antust?", entgegnete er barsch und stieg aus dem Wagen.

„Sorry, Jesse. Du hast vollkommen recht. Eve hat ein Anrecht auf ein eigenes Leben", parierte das Mädchen. Sie und Leo standen bereits auf dem Parkplatz und suchten nach dem Fußweg, der zu dem viktorianischen Gebäude führte, das inmitten eines üppig wuchernden Gartens stand. Leicester House stand auf dem hölzernen Wegweiser. Die beiden waren fest entschlossen, ihren Lebensweg gemeinsam fortzusetzen.

Summer, mit der er in der vergangenen Nacht erst telefoniert und die er dann auf ein Glas Wein getroffen hatte, weil er die Sache wie ein Gentleman über die Bühne bringen wollte, hatte den Termin mit dem Vertrauenslehrer des kleinen Internats vermittelt. Der Mann war über sämtliche Umstände informiert. Es hatte keinen Zweck, den Kindern die Sache auszureden. Nach dem Gespräch würden sie selbst einsehen, dass das keine gute Idee war.

Mr. Albright war ein normalgroßer, extrem schlanker Mann mittleren Alters, der Typ Marathonläufer. Er trug lässige Jeans mit einem kurzärmeligen Hemd oben drüber, begrüßte sie freundlich per Handschlag und bat sie in sein Büro.

Amy und Leo machten den Eindruck, als würden sie lieber allein mit dem Mann reden, doch Jesse ließ sich nicht abwimmeln und setzte sich neben Leo an den runden Besuchertisch.

„Ihr beiden seid also Geschwister und möchtet Leicester House besuchen", sagte er fragend.

Die Kinder nickten

„Warum soll es ausgerechnet diese Schule sein?"

Jesse dachte zufrieden, dass die Sache sich gut anließ. Mr. Albright würde die Kinder in die Mangel nehmen und am Ende würden sie eine Absage bekommen. So war es abgesprochen.

Doch schon im nächsten Augenblick klappte Jesse die Kinnlade runter, nämlich als Amy dem Lehrer erklärte, warum Leo und sie das Internat besuchen mussten. Dabei verknüpfte sie ihre wohl überlegten Gründe so geschickt mit ihrer und Leos wenig erfreulicher Kindheit, dass Jesse Hören und Sehen verging. Das Mädchen war so klar in ihren Gedanken und so redegewandt, dass ihm angst und bange wurde.

Und dann ging es richtig ans Eingemachte. Mr. Albright war nicht nur Vertrauenslehrer, sondern unterrichtete auch Französisch und Latein. Als Amy das Gespräch auf Französisch fortsetzte, entglitten auch ihm die Gesichtszüge.

„Amelie spricht nicht nur perfekt Englisch, ihr Französisch steht dem in nichts nach", sagte er kopfschüttelnd zu Jesse. „Sie beherrscht die Sprache besser als ich. Wesentlich besser, um ehrlich zu sein."

„Sie kann auch Latein, Spanisch, Niederländisch und Albanisch. Innerhalb von drei Wochen bringt sie sich eine Sprache selber bei, so dass sie sich gut verständigen kann", lieferte Leo dem Lehrer weitere Beweise für die beeindruckende Begabung seiner Schwester.

„Mein Bruder kann dasselbe in Informatik“, sagte Amy mit einem lässigen Schulterzucken. „Sein Onkel kann das bezeugen. Mr. Graham ist Forschungsprofessor für Informatik in Cambridge. Sie müssten ihn aus dem Fernsehen kennen. Er spricht nicht gern darüber, aber er hat ein paar Preise gewonnen. Nicht wahr, Jesse? Leo hat dein preisgekröntes Sicherheitssystem geknackt, an dem sich deine Kollegen die Zähne ausgebissen haben.“

Schmerzhaft verzog Jesse das Gesicht. Er hoffte, dass der Vertrauenslehrer die Vereinbarung nicht vergaß. „Wie läuft das mit dem Aufnahmeverfahren? Haben Sie überhaupt zwei Plätze frei? Diese beiden benötigen ein Vollstipendium. Besteht da eine Chance?“

„Sie sind tatsächlich der Nobelpreisträger. Beeindruckend.“ Mr. Albright verschränkte die Arme vor der Brust und lehnte sich zurück. Einen ziemlich langen Moment sah er grübelnd von einem zum anderen. „Eigentlich sind wir voll. Aber ... Wir machen einen Aufnahmetest. Dann sehen wir weiter.“

Die Kinder wechselten zufriedene Blicke, während Jesse sich in seinem Stuhl aufrichtete. „Noch für dieses Jahr?“

„Ja. Ich muss allerdings mit meinen Kollegen sprechen. Da zurzeit Sommerferien sind, ist nur eine Notbesetzung hier. Die Kollegen, die für diese Sache wichtig sind, sind im Urlaub.“

Mr. Albright gab den Kindern einen Haufen Unterlagen mit, unter anderem Vorbereitungsbögen für die Aufnahmeprüfung und Informationsblätter zur Aufnahme in das Stipendiatenprogramm.

„Mr. Albright“, sagte Amy bittend. Dann stellte sie eine Frage auf Lateinisch, die, wie Jesse kurz darauf feststellte, dazu führte, dass sie einen Rundgang durch das Internat unternahmen.

„Es ist ausschließlich der Wille der Kinder, auf das Internat zu gehen“, sagte Jesse in einem ungestörten Moment zu Mr. Albright, „Die Mütter sind vermutlich nicht damit einverstanden ...“

„Ich weiß, ich weiß“, sagte der Vertrauenslehrer im Flüsterton. „Summer hat mich instruiert. Aber lassen Sie die Kinder doch erst mal den Test absolvieren. Bei dem Mädchen denke ich allerdings, dass sie ihn besteht. Ihre Begabung ist nun wirklich nicht zu leugnen. Bei dem Jungen werden wir sehen.“

„Ich glaube, Sie verstehen nicht richtig, Mr. Albright.“

„Doch, doch. Ich verstehe absolut richtig, Professor Graham. Der Aufnahmetest wird vermutlich in zwei Wochen stattfinden. Hier in der Schule. Wer weiß, ob die Beiden bis dahin noch interessiert sind. Das ist die eine Frage. Die andere Frage ist die, ob die Kollegen glauben, dass die Kinder von ihrer Persönlichkeit her in unsere Schule passen. Abgesehen davon, dass wir eigentlich ausgebucht sind, haben wir hier jede Menge Spielraum, Professor.“

Jesse nickte zufrieden. „Lassen Sie den Professor mal weg.“

„Wenngleich“, fuhr der Lehrer ungerührt fort, „wenngleich ich es für ein Verbrechen halte, Begabungen verkümmern zu lassen, nur weil den Eltern die Weitsicht fehlt. Nicht, dass wir uns falsch verstehen: Es geht mir nicht darum, die Angehörigen eines Nobelpreisträgers an meine Schule zu locken. Vielleicht haben Sie ja einen Einfluss auf die Mütter dieser Kinder – immer vorausgesetzt, dass Amy und Leo unsere Prüfungen bestehen.“ Er wandte seinen Blick in Richtung der Sportanlagen. Die Kinder, um die es gerade ging, verließen gut gelaunt das Cricket-Feld. „In diesem Sinne, Mr. Graham. Wir hören voneinander. Ihre Telefonnummer und Ihre E-Mail habe ich. Auf Wiedersehen.“

„Auf Wiedersehen.“ Vorsichtshalber warf er dem Lehrer noch einen eindringlichen Blick zu, den er hoffentlich verstand.

„Es hat mich gefreut, Sie kennenzulernen, Mr. Albright“, verabschiedete sich Amy höflich, als wäre das bei ihr der Normalzustand.

„Danke, Mr. Albright, dass Sie sich Zeit für uns genommen haben“, sagte auch Leo formvollendet.

Der Lehrer lächelte und verabschiedete sich so freundlich von den Kindern wie er sie empfangen hatte. „Nehmt die

Prüfungen nicht auf die leichte Schulter. Sie sind wirklich schwer."

„Natürlich", sagte Amy.

„Ich werde lernen wie nie zuvor", versprach Leo.

Mr. Graham nickte Jesse zu und entließ die Dreiergruppe.

Als sie das Gebäude verließen, war Jesse plötzlich sehr unbehaglich zumute. Hätte er ausdrücken müssen, wie er sich in dem Moment fühlte, dann hätte er gesagt: wie deutsche Leberwurst zwischen zwei Brötchenhälften.

35

Eve

„Sie sind vor einer Stunde zum Flughafen aufgebrochen", antwortete Will fröhlich.

„Warum hat Jesse sich nicht bei mir gemeldet? Er hat es versprochen!"

„Das kann ich Ihnen leider nicht sagen, Eve. Aber in wenigen Stunden schon können Sie Ihre Lieben am Flughafen in Empfang nehmen. Wie spricht man das eigentlich aus: Dusseldoff?"

„Düsseldorf", sagte sie und legte auf. Sie stapfte sofort wieder in den Garten. Die Hecke war geschnitten. Was jetzt? In welcher Jahreszeit beschnitt man eigentlich einen Apfelbaum?

„Eve, krieg dich mal wieder ein. Und hör' endlich auf, andere Menschen anzupflaumen und den Garten zu zerstören!" Rita stand in roten Shorts auf der Terrasse, mit der zusammengeknüllten Herzchentischdecke unter dem einen und einer nagelneuen, lindgrünen Tischdecke unter dem anderen Arm, deren Aufdruck in dem zusammengefalteten Zustand nicht erkennbar war. Aber Ritas Beine waren verdammt schlank. Dünner als die von Eve.

„Der hat schon lange nötig, dass hier jemand was tut. Und schmeiß ruhig alles raus, was Herzchen hat." Eve schnappte sich den Rechen, um die umherliegenden Ligusterblätter zusammenzukehren.

„Du machst den Kindern Angst, Eve. Sie haben sich schon auf ihre Zimmer verkrochen. Mir machst du übrigens auch Angst."

„Erst soll ich mich um mich selbst kümmern und dann vermittelst du mir ein schlechtes Gewissen. Was willst du eigentlich?" Die Metallstreben des Rechens rasselten über den Rasen. „Es wird den Kinderchen gut tun, wenn sie mich mal wütend erleben. Immer nur Friede, Freude, Eierkuchen härtet sie nicht für's Leben ab."

„Jetzt mach aber mal halblang. Und hör endlich auf mit diesem Theater! Du machst mich ganz kirre." Rita schüttelte die neue Decke aus und warf sie geschickt über den Tisch. Die pastellfarbigen Comic-Figuren mit den dicken Köpfen und kurzen Beinen sollten wohl gute Laune verbreiten.

„Totenköpfe wären mir lieber." Eve fuhr sich mit der Hand über das erhitzte Gesicht.

„Eve, jetzt komm doch mal her", vorsichtig nahm Rita ihr den Rechen aus der Hand und zog sie in die Arme. „Alles wird gut."

„Bestimmt", sagte Eve patzig. Sie machte sich sofort wieder von Rita los, denn wenn sie sich jetzt fallen ließ, war es endgültig vorbei mit ihr. Dann würden die Tränen fließen und sie würde heulen wie ein Schlosshund. Vermutlich tagelang. „Ich fahre jetzt ins Garten-Center. Vorher besuche ich Mel. Kommst du mit?"

„Ich war schon. Bevor ich Jürgen besucht habe. Die Kinder waren übrigens mit. Das war, als du unsere schöne Hecke verstümmelt hast."

„Rita, es tut mir leid, aber ich muss was tun, denn sonst ... Vergiss es. Wie lange bleibst du heute hier?"

Rita streichelte Eve über den Arm. „So lange wie nötig. Zu Hause wartet ja doch niemand auf mich. Ich kümmere mich in der Zwischenzeit um das Abendessen. Eve, wenn ich dir einen Rat geben darf?"

„Was?" Sie wandte sich ab, denn noch länger konnte sie Ritas besorgten Gesichtsausdruck und diese verdammte Einfühlsamkeit nicht ertragen.

„Nimm dir eine Auszeit. Zwei, drei Tage. Du bist urlaubsreif."

„Lass mich erst mal den Vorgarten neu bepflanzen. Dann hole ich Amy vom Flughafen ab und dann geht es mir schon wieder gut."

„Freust du dich auf den Engländer?"

„Mann, Rita! Geh mir aus dem Weg!"

„Du magst ihn."

„Die Frage stellt sich nicht! Er dort in England, ich hier in Deutschland. Er erfolgreich, gutaussehend, der geborene Single. Ich abgewrackte Mutter. Ich hab's ihm bereits so gesagt und er hat's geschluckt. Bis nachher." Sie zog die Haustür hinter sich zu und rannte beinahe zu ihrem Wagen.

Bis zum Krankenhaus hatte Eve sich mit Hilfe einer Tüte Lachgummi und einer Schachtel Toffifee oberflächlich beruhigt. Eve sprach kurz mit der Ärztin, die sicher war, dass das Mädchen am Freitag entlassen werden könnte.

Eine der Krankenschwestern erklärte Eve, wo sie Mel fand.

Dem Mädchen ging es in jeder Hinsicht hervorragend. Sie hatte schon wieder Besuch von Kirsten. Die beiden saßen auf einer Bank im Klinikgarten und steckten die Köpfe über dem Handy der Freundin zusammen.

„Was macht ihr da, ihr beiden Hübschen?", fragte Eve und streckte eine Hand nach Mels Haar aus.

Die Mädchen schreckten hoch.

„Nichts", sagte Mel. Angewidert sah sie auf Eves von der Gartenarbeit schwarz geänderte Fingernägel.

„Wir chatten", sagte Kirsten.

„Ach, mit wem denn? Kenn ich ihn?“ Sie zwinkerte ihrem Kind fröhlich zu.

„Mama? Kirsten ist gerade erst gekommen ...“

„Okay, okay, ich verstehe schon. Ich störe. Ich komme morgen wieder. Wenn es recht ist.“

„Sei doch nicht eingeschnappt. Um die Mittagszeit herum ist es immer günstig. Gib mir einen Kuss, Mama.“

Sie gab Mel den Kuss und verabschiedete sich. Um die Mittagszeit war es also günstig. So so. Die Nächste, die sich von ihr löste. Sie würde eine weitere Tüte Lachgummi brauchen.

Da sie ja jetzt mehr als genug Zeit hatte, ging sie zu dem Gebäude, in dem die Psychiatrie untergebracht war. Vielleicht konnte sie ein paar Worte mit Dr. Pedersen wechseln.

Sie wollte gerade an der Rezeption fragen, als er ihr entgegenschlenderte.

„Hallo, Frau Schneider. Sorgen?“

„Das können Sie laut sagen“, schnaufte Eve. „Kann ich Sie kurz sprechen?“

„Ich wollte mir ein wenig die Beine im Park vertreten. Kommen Sie mit mir. Wie ich sehe, sind Sie sowieso gerade bei der Gartenarbeit. Das passt doch.“ Der Psychiater schnippte ein Blatt von der Ligusterhecke aus ihrem Haar.

Eve schlucke und begleitete Dr. Pedersen dorthin, wo sie gerade herkam. Sie setzte ihn über die Geschehnisse der vergangenen Tage in Kenntnis und berichtete über Amys neueste Pläne.

Der Arzt rieb sich das Kinn. „Und jetzt plagen Sie welche Sorgen, Frau Schneider?“

„Bitte?“

„Ehrlich, Frau Schneider, das klingt alles sehr gut.“

Eve schnappte nach Luft. „Nicht für mich.“

„Schicken Sie Amy morgen zu mir. Dann sehe ich sie mir an. Kommen Sie ruhig mit, dann kann ich Ihnen meinen Eindruck gleich schildern.“

„Machen Sie sich über mich lustig, Dr. Pedersen?“

„Ganz und gar nicht. Das sind wirklich sehr gute Nachrichten. Damit hätte ich im Leben nicht gerechnet, als ich Ihnen mein Ferienhaus überließ. Also, Frau Schneider, morgen Vormittag, elf Uhr, in meinem Behandlungszimmer? Übrigens – wie hat es Ihnen denn in Blåvand gefallen? Haben Sie den Rasen gemäht?“

„Und den Schuppen gestrichen? Bis Morgen dann, Doktor. Dann reden wir mal in Ruhe miteinander. Auf Wiedersehen.“

Eve machte einen Großeinkauf im Garten-Center und bepflanzte dann den Vorgarten vollständig neu mit niedrig wachsendem Nadelholz. Als Rita ihren Kopf zum Küchenfenster hinausstreckte, um sie zum Abendessen zu rufen, prangten, von oben gesehen, auf der rechteckigen Fläche vor dem Haus drei große, grüne Herzen.

„Wie ich sehe, geht es dir wieder besser“, freute sich Rita. „Und fertig bist du auch. Komm rein. Es gibt Kirschpfannkuchen. Duschen kannst du später.“

Es ging ihr mitnichten besser. Das einzige, das besser war, war die vorgerückte Zeit. Und eigentlich hatte sie das Grünzeug einfach nur in die Erde stopfen wollen, dabei war automatisch ein Muster entstanden, das aussah, als wären es drei Herzen. Anscheinend konnte sie nichts dagegen tun.

Nachdem sie mit Mühe und Not einen Pfannkuchen heruntergebracht hatte, duschte sie ausgiebig und spielte mit den Jungs Mau-Mau. Doch schon nach fünf Runden wollten die Kinder lieber zum nahe gelegenen Spielplatz, wo im Sommer die meisten Kinder des Dorfes bis zum späten Abend Fangen spielten.

Eine halbe Stunde früher als nötig, brach sie zum Flughafen auf. Sie hatte fast eine Stunde im Bad verbracht, noch länger wäre gar nicht mehr vertretbar gewesen.

„Du siehst hübsch aus“, grinste die neue, lässige Rita, als sie das Haus verließ. „Amy wird sich über die Herzen im Vorgarten freuen. Das ist eine schöne Begrüßung. So herzlich.“

Eve verdrehte die Augen. Noch hatte sie genügend Zeit, das Grünzeug umzupflanzen. Nicht, dass da noch jemand auf falsche Gedanken kam. Doch dann ging sie zum Wagen und fuhr los. Sollten sie doch alle denken, was sie wollten.

An ihrer Stamm-Tankstelle legte sie einen Stopp ein, um sich mit Süßigkeiten zu versorgen. Vollgestopft mit der zweiten Lachgummi-Tüte des Tages war sie nicht mehr ganz so nervös und konnte sich auf den Verkehr konzentrieren. Sie kam besser durch als erwartet, was bedeutete, dass es schon wieder hieß: warten.

Sie brachte den Wagen ins Parkhaus und begab sich zur Ankunftshalle. Das Flugzeug aus London würde mit zehn Minuten Verspätung landen. Noch mehr warten. Bis das Zeichen aufleuchtete, dass die Maschine gelandet war, hatte sie einen Cheeseburger, eine heiße Apfeltasche und zwei Donuts intus. Normal war sie sehr geduldig, aber heute war es ihr unmöglich.

Vor der Schiebetür, aus der Amy, Leo und Jesse herauskommen würden, ging sie auf und ab wie ein Löwe im Käfig. Wie würde Amy drauf sein? Was würde sie über ihren Vater berichten? Und wie? Welche Worte würde sie benutzen? Würde Amy explodieren, wenn sie sie berührte? Wie hatte Leo die Begegnung mit seinem Vater verkraftet? Würde er eine Weile bei ihnen bleiben? Und wie würde Jesse sie begrüßen? Ihr Kopf rauchte

„Tantilein!!! Hier, wir sind hier."

Eve schoss herum. Tantilein? Damit konnte unmöglich sie gemeint sein. Aber es war Amys Stimme, die durch die Ankunftshalle schallte. Und es waren ihre blauen Turnschuhe, die über den glänzenden Fliesenboden trampelten.

„Oh, meine Kleine! Da bist du ja."

„Du darfst mich umarmen, Tante Eve. Keine Angst. Versuch's einfach." Amy strahlte über das ganze sommersprossige Gesicht.

Zaghaft breitete Eve ihre Arme aus, doch Amy warf sich gar nicht zaghaft hinein. Bei dem Aufprall machte Eve unwillkürlich ein paar Schritte rückwärts. „Also, wenn das deine Umarmung ist, dann ..."

„Hätte ich dich genauso gut anrempeln können?“ Amy lachte und legte ihre Arme um Eves schmalen Rücken. „Keine Angst, ich will nicht mit dir ringen. Es funktioniert, Tante Eve. Entweder wirken seit heute Dr. Pedersens Tabletten perfekt oder diese England-Tour und die Aussichten auf meine glorreiche Zukunft haben mich spontan geheilt.“

Als Amy ihr auch noch einen Kuss auf die Wange schmatzte, konnte Eve die Tränen nicht mehr zurückhalten.

„Wenn das solche Folgen hat, lasse ich diese Herzereien in Zukunft“, kicherte Amy.

„Nein, nein, mein Schatz“, schluchzte sie. „Das ist so schön.“

„So wunder-wunder-schön?“ Amy löste sich aus ihren Armen. „Jetzt ist es aber gut. Ich bin nicht allein. Komm, Bruderherz, ich gebe dir ein Stück von Tanti ab.“

„*Tanti*?“ Eve wischte sich die Tränen aus den Augen und sah Amy skeptisch an. Die grinste nur breit und so zog Tanti Leo an sich und drückte ihm einen schnellen Begrüßungskuss auf die Wange. „Hallo Leo, schön dich zu sehen.“

„Hi, Eve.“ Leo zog sich blitzschnell zurück, doch auf seinem Gesicht stand ein schiefes Grinsen.

„Und jetzt ich.“ Jesse steuerte mit ausgebreiteten Armen auf Eve zu.

Eve machte sich steif, als er seine Arme um sie legte. Sie erwiderte die Umarmung nur kurz, als wäre er ein entfernter Bekannter. Sie räusperte sich unsicher. „Ich bin froh, dass ihr gesund zurück seid.“

„Mama, du bist knallrot geworden.“

„Habt ihr alles? Dann mal los. Das Parken kostet ein Vermögen.“ Eve ignorierte die Äußerung und zwang sich, Jesse zu übersehen. Sie straffte ihren Rücken und blickte Amy und Leo fest in die Augen.

„Ihr habt wohl Streit, was?“, bemerkte Amy stirnrunzelnd. Dann ging sie los, setzte wieder ihr breites Lächeln auf und hielt Eve eine große, schwer aussehende Tüte unter die Nase. „Siehst du diese Tüte?“

„Blind bin ich nicht.“

„Alles Vorbereitungsmaterial. Für die Aufnahmeprüfung in Leicester House. Das ist ein hübsches, kleines Internat außerhalb von Cambridge.“

Eves Geschichtsmuskeln spannten sich noch einen Ticken an.

„Leo und ich haben das ganze Zeug gesichtet. Wenn wir uns gut vorbereiten, dürfte unserer Aufnahme nichts im Wege stehen, nicht wahr, Leo?“

„Deiner sowieso nicht. Bei mir bin ich mir da nicht so sicher.“

Am liebsten hätte Eve den Kindern die Tüten entrissen und in den nächsten Mülleimer gestopft. Das durfte alles nicht wahr sein. Hinter ihrem Rücken hatte der Mistkerl mit ihnen ein Internat besucht. Sie hätte explodieren können. Nein, nein, nein, hätte sie am liebsten gebrüllt. Aber so rief sie nur Trotz hervor. Sie musste die Sache jetzt ganz geschickt angehen. Vielleicht holte sie, wenn sie gleich zu Hause waren, auch einfach nur die Heckenschere aus dem Schuppen und metzelte Jesse ab. Anschließend verscharrte sie ihn unter dem Sandkasten. Doch als sie mit Giftblick zu ihm sah, zwinkerte er ihr vertraulich zu. Was wollte er ihr damit sagen? Das wird schon. Oder: Gut gemacht, dass du nicht ausflippst?

Sobald sie im Multivan saßen, kramten die Kinder Arbeitsblätter hervor und machten sich an die Arbeit.

„So geht das seit wir aus dieser Schule raus sind“, zischte Jesse ihr zu.

„Ihr habt euch ein Internat angesehen?“ Eve musste ganz schön an sich halten, um nicht hysterisch zu werden. Um die Sicherheit nicht zu gefährden, heftete sie ihren Blick krampfhaft auf die Straße.

„Ja, es sah sehr traditionell und solide aus“, sagte er laut. Im Flüsterton fügte er hinzu: „Wir sprechen nachher. Allein. Okay?“

„Okay“, gab sie gepresst zurück. Aber das klang schon besser. Und wenn nicht, dann hatte sie ja immer noch die Heckenschere.

Die Zeit bis endlich *nachher* war, schien ihr unendlich lang. Rita wartete mit einem kleinen, exklusiven Imbiss auf sie, den die Kinder gierig verschlangen. Natürlich bot sie auch Jesse von den Lachs-Canapées an, der ebenfalls ordentlich zulangte, nachdem er sich ziemlich langatmig über Ritas neuen Style ausgelassen hatte. Rita suhlte sich richtgehend in den Komplimenten und erklärte Jesse, dass sie das Gefühl gehabt hätte, sich häuten zu müssen.

„Mit 45 ist man schließlich noch nicht tot“, sagte sie zwinkernd.

„45 bist du schon?“, tat Jesse verwundert.

„Du Schmeichler“, lachte Rita. Danach startete sie gleich ein Verhör, worüber Eve ausnahmsweise sehr, sehr froh war, da Rita genau die Fragen stellte, die auch sie brennend interessierten.

„Ihr wollt also auf ein Internat, ihr zwei Süßen?“

„Damit könnten wir zwei Fliegen mit einer Klappe schlagen: Erstens könnten Leo und ich zusammen aufwachsen. Da Leo kein Deutsch spricht, ich aber Englisch, steht das Land schon mal fest. Zweitens wären sowohl Leos als auch meine Schulprobleme erledigt. Wir könnten noch einmal ganz von vorn beginnen. Ich würde mich vom ersten Tag an vorbildlich benehmen. Leo würde endlich mal in seine Schulbücher reinschauen.“ Amy strahlte über das ganze Gesicht.

Eve erkannte Amy nicht wieder. So hatte sie ihre Nichte zuletzt erlebt, als ihre Mutter noch lebte.

„Kostet das denn nicht fürchterlich viel Geld?“, setzte Rita die Befragung fort.

„Wir würden es gar nicht erst versuchen, wenn wir keine Aussicht auf zwei Vollstipendien hätten. Die gibt es für Hochbegabte und für Bedürftige aus irgendwelchen minderbemittelten Familien“, Amy verdrehte die Augen.

„Ist Leo denn auch so ein Schlaumeier wie du?“

„Was glaubst du, wie wir unseren herzallerliebsten Knacki-Daddy gefunden haben? Du müsstest sehen, wie Leo mit

Computern umgeht. Er hackt alles, Rita, alles. Frag seinen Onkel. Der kann ein Lied davon singen."

Jesse setzte eine zerknirschte Miene auf. „Ich habe jetzt noch zwei Europa-Tickets in der Tasche. Damit hätten wir übrigens auch zu eurem *Knacki-Daddy* fahren können."

Alle lachten.

„Sie prüfen, ob man programmieren kann. Wenn man die Programmieraufgaben löst, halten sie einen schon für hochbegabt", sagte Leo.

„Jetzt sei nicht so bescheiden, Bruderherz. Leo hat die Probeaufgaben und die Tests aus den vergangenen zwei Jahren auf dem Flug gelöst. Den Begabungstest besteht er mit links." Amy klopfte ihrem Bruder anerkennend auf die Schulter.

„Nur mit der Allgemeinbildung könnte es hapern", ein verlegenes Lächeln huschte über sein Gesicht, „Dummerweise habe ich bisher in der Schule gepennt."

„Der Test ist doch bestimmt sehr schwer", wagte Eve sich vor.

„Ach, Mama", seufzte Amy. „Nicht weil es schwer ist, wagen wir es nicht, sondern weil wir es nicht wagen, ist es schwer."

Alle starrten Amy an.

„Ein weiser Spruch", brummte Jesse. „Könnte man auf alle Lebenslagen übertragen."

„Wie wahr", murmelte Eve. Sie erhob sich, schob das Geschirr zusammen und trug es auf einmal ins Haus. Sie hoffte, damit das Ende des Abends einzuläuten. Sie brauchte dringend Ruhe zum Nachdenken, denn sie hatte das Gefühl, dass ihr gleich der Kopf platzen würde.

„Und morgen erzählt ihr mir ausführlichst, wie es bei eurem Vater war, ja? Das müsst ihr mir versprechen!" Rita erhob sich. Sie hatte Eves Geste verstanden und umarmte die beiden Teenager, die ebenfalls von ihren Plätzen aufstanden, zum Abschied.

„Klar doch, Rita, machen wir. Aber viel gibt es da nicht zu erzählen. Der Kerl ist einfach nur ein Arschloch", meinte Amy verächtlich. „Noch dazu ein kriminelles. Aber zum Glück muss man seinen Eltern nicht alles nachmachen."

„Das wäre fatal", grinste Leo, obwohl es da nun wirklich nichts zu grinsen gab. „Dann würden wir saufen wie die Löcher, dealen, Frauen vergewaltigen ..."

„... und uns erhängen. Aber das tun wir nicht, was Leo?"

„Nö. Wir orientieren uns an vorbildlichen Vorbildern."

„Exakt. Wir machen Karriere und retten die Welt. Wenn die Anwesenden verstehen, was gemeint ist."

Inzwischen war die gesamte Gesellschaft in der Eingangsdiele angelangt. Kichernd rannten die Geschwister die Treppe hinauf.

„Wo schläft Leo eigentlich?", rief Eve ihnen hinterher.

„Bei mir. Er kriegt die Freundinnen-Matratze unter meinem Bett. Den Rest regelt die Inzest-Schranke", rief Amy lachend zurück.

„Du bist unmöglich", stöhnte Eve auf. Dann drehte sie sich um zu Jesse, der ein paar Schritte von ihr entfernt stehen geblieben war und sie die ganze Zeit über gemustert hatte, und nun mit einem breiten Grinsen im Gesicht fragte, wo seine Freundinnen-Matratze war.

36

Jesse

Vor nicht allzu langer Zeit wäre er noch in der Küche aktiv geworden, wenn sich darin eine attraktive Frau befunden hätte. Auf gar keinen Fall hätte er die Arbeitsplatte mit einem rosa Lappen abgewischt und anschließend die Putzstreifen mit einem roten Geschirrtuch poliert.

„Sieh mich nicht so lüstern an", kicherte Eve, die ihn amüsiert bei seiner hauswirtschaftlichen Tätigkeit beobachtete. Sie hatte ihre Widerspenstigkeit in dem Moment abgelegt, als er ihr versprochen hatte, sich mit aller Kraft dafür einzusetzen, dass Amy und Leo nicht ins Internat gingen. Er bezweifelte zwar, dass ihm das gelang, denn Amy war ein extrem starker Charakter. Genau wie ihre hinreißende, kleine Tante.

„Ich gucke niemals lüstern. Schon gar nicht heute Abend. Wir haben etwas zu besprechen", entgegnete er und zwang sich, ihr nicht dauernd auf die festen, runden Brüste zu starren, die sich deutlich unter ihrem engen T-Shirt abzeichneten, auf dem kein einziges Herz aufgemalt, appliziert oder sonstwie gebannt war.

Sie hatte seinen Blick verfolgt und verdrehte die Augen. „Für heute habe ich genug von dem Gerede. Lass uns das auf morgen verschieben. Ich glaube, ich brauche Abstand, Erholung ... Wärst du so freundlich, etwas zu tun, bei dem ich alles um mich herum vergesse?"

Während er auf sie zutrat, faltete er das feucht gewordene Geschirrhandtuch zu einem kleinen Rechteck, warf es hinter sich und gab ihr einen zärtlichen Kuss auf den Mund. „Sprichst du von einer dieser Sex-bei-Gelegenheit-aber-ohne-Verpflichtungen-Nummer? So ähnlich wie in Albanien?"

Sie legte ihren Kopf in den Nacken, weshalb er sie gut festhalten musste, damit sie ihm nicht entwischte. „Ich denke eher an eine Nacht wie vor zwei Tagen."

„Als du mir nachher eröffnet hast, dass du nichts mehr mit mir zu tun haben willst?", brummte er.

Seufzend schlang sie ihre Arme um ihn, stellte sich auf ihre Zehenspitzen, küsste ihn und presste sich hemmungslos an ihn, sodass er augenblicklich steif wurde. „Egal. Ich will einfach nur für ein paar Stunden alle Sorgen vergessen", sagte sie leise.

„Was für Sorgen? Alles wird gut, Baby", murmelte er zu seiner eigenen Überraschung. Er konnte ja nicht ahnen, welchen Knopf er damit bei ihr drückte, aber dass er einen gedrückt hatte, war ihm klar, als sie ihn anstrahlte, als wäre er der Weihnachtsmann persönlich. Und dann zog sie ihn hinter sich die Treppe hinauf, schubste ihn in ihr kleines Zimmer und schloss die Tür zweimal hinter sich ab.

Eve lag halb über ihm, mit zerzausten Haaren, die Wimperntusche verschmiert und schlief. Er lag in ihrem ziemlich unbequemen Eisenbett, die Arme um sie geschlungen und konnte nicht schlafen. Es war nicht die reichlich dünne Schaumstoffmatratze, die ihn um den Schlaf brachte. Er konnte seinen Blick einfach nicht von ihrem schönen, glatten Gesicht lösen. Noch Stunden nachher grinste er wie ein Honigkuchenpferd. Wer hätte gedacht, was für ein scharfes Luder die süße, kleine Aprikosenfrau im Bett sein konnte?

Gleich nach dem Sex war sie eingeschlafen, doch im Gegensatz zu ihm strahlte sie keine wohlige Entspannung aus. Selbst im Schlaf sorgte sie sich noch um Amy. Sie hatte eine furchtbare Angst, diesem vom Schicksal so arg gebeutelten Mädchen nicht gerecht geworden zu sein. In dem Moment schwor er sich, dass er einen Weg finden würde, sie davon zu überzeugen, dass Amy nicht ihretwegen auf dieses Internet gehen wollte. Dass sie den Kindern eine wunderbare Mutter war und Amy es nur ihr zu verdanken hatte, dass sie wusste, was das Beste für sie war.

Sanft berührte er ihre Wange. Er wusste, dass er auf dem besten Wege war, etwas vollkommen Verrücktes zu tun.

Am nächsten Morgen musste er wieder viel zu früh das Bett verlassen. Wie bei seiner letzten Nacht in diesem Haus war Eve bereits angezogen und höchst besorgt, dass eines der Kinder sie zusammen in intimer Szene sah und einen Schaden für's Leben davontrug. Doch inzwischen konnte er sie verstehen. Diese Kinder hatten zu viel mitgemacht. Der einzige Mensch, der sich jemals bedingungslos um sie gekümmert hatte, wollte vermeiden, dass sie eine Beziehung zu einem Mann aufbauten, der sie unweigerlich verlassen würde.

All das dachte er, als er sich hinter dem kitschigen Herzchenvorhang mit dem Shampoo (Pfirsich war es, keine

Aprikose) einschäumte, dass er an Eve so mochte. Aber ihm ging noch mehr durch den Kopf. Fieberhaft suchte er nach einer Möglichkeit, wie er, ohne den Kindern zu schaden, herausfinden konnte, ob seine Gefühle für Eve mehr waren als ein Strohfeuer, denn er war sich zwar sicher, dass Eve seit sehr, sehr langer Zeit die erste und einzige Frau war, mit der er den Rest seiner Tage verbringen wollte. Aber er war nicht mehr zwanzig. In seinem Kopf gab es nicht mehr nur das Neandertaler-Gehirn, das ihn einige Jahre lang beherrscht hatte. In den vergangenen Tagen war so etwas wie Vernunft in ihm erwacht. Und die machte ihm das Leben nicht gerade leicht.

Die Rettung kam am Frühstückstisch, aus unerwarteter Quelle.

„Wie lange bleibst du eigentlich bei uns?" Momo krabbelte auf seinen Schoß und strahlte ihn aus seinen großen, dunklen Augen und mit seiner enormen Zahnlücke an. „Oder können wir vielleicht noch mal auf eine Abenteuerreise gehen?"

Möglichst unauffällig und ein wenig ratlos suchte er Eves Blick. Die hatte die Frage des Jungen zwar ganz genau verstanden, tat aber, als hätte sie kein Wort gehört, indem sie plötzlich fürchterlich geschäftig Brötchen aufschnitt, obwohl das jeder der Anwesenden selbst schaffte.

Er sah, wie ihre Freundin Rita, die Super-Köchin, die auch schon wieder da war, leicht den Kopf schüttelte. Aber wenigstens wusste sie Rat. „Wann willst du eigentlich deinen Wagen abholen, Jesse? Er steht doch immer noch in Berlin, oder?"

„Ich rufe nachher in der Werkstatt an. Er müsste schon seit zwei Tagen fahrbereit sein."

„Hast du eigentlich schon mal Berlin gesehen?" Die Frage ging an Eve.

„Wie bitte?" Eve biss krachend in ein Brötchen.

„Mama war zusammen mit uns in Berlin", warf Kev entrüstet ein.

„Außer dem Brandenburger Tor und der Bahnhofsmission hat sie aber nicht viel gesehen." Amy blickte munter in die Runde.

Rita nickte heftig. „Du hast seit Jahren keinen freien Tag gehabt, Eve. Ich bin hier, verzehre mich geradezu nach Arbeit. Ich sage nur eins: Zu Hause auf meinem Sofa liegt ein quietschfideler Mann, der so tut, als hätte er noch sämtliche Gallensteine im Bauch. Wie wäre es, wenn du Jesse begleiten würdest? Du könntest ihm mit der Sprache helfen. Warst du denn schon einmal in Berlin, Jesse? Ich meine, außer an dem Tag, an dem dein Wagen gestohlen wurde?"

Er hielt es für besser, nicht gleich laut loszujubeln. Denn worauf das hier hinauslief, sah ja wohl ein Blinder. Langsam schüttelte er den Kopf.

„Für die Hinfahrt könntet ihr die Europa-Tickets benutzen", schlug Amy vor. „Dann hätte Leo sie wenigstens nicht ganz umsonst besorgt."

Leo nickte gespielt zerknirscht. „Das würde mein Gewissen extrem entlasten."

„Dann hätten wir das geklärt", bestimmte Rita resolut. „Wir halten hier die Stellung, gehen ins Schwimmbad und besuchen einmal am Tag Mel. Und wenn ihr, sagen wir, am Wochenende zurück kommt, sehen wir alle weiter. Vielleicht könnten wir dann ein paar Tage in dieses Ferienhaus von Dr. Pedersen fahren? Wie mir zu Ohren kam, war der Preis dafür einmal Rasenmähen und den Schuppen anstreichen."

„Oder wir fahren alle nach England", platzte Amy heraus. „Es wäre toll, wenn ihr alle dabei wärt, wenn Leo und ich zur Aufnahmeprüfung in Leicester House antreten."

Dezember

37

Jesse

„Wenn du jetzt nicht endlich die Löcher bohrst, Will, dann nehme ich mir deine Super-Hilty und mache es selbst." Den ganzen Tag schon führte Summer sich auf wie ein Bauleiter. Er erkannte sein Wohnzimmer kaum noch wieder. Ach, was sagte er. Sein Haus. Er erkannte sein Haus kaum noch wieder.

Will stand in aller Seelenruhe am Fenster, trank widerlich süßen Eierpunsch und beobachtete, wie Summer eine scheinbar kilometerlange Lichterkette entknotete.

„Es ist nicht dein Kamin, den du mit Bohrlöchern verschandeln willst, Darling", kam es aus der Küche.

Wir recht Sophia doch hatte. Er hätte es nicht besser sagen können. Für seine Begriffe waren sie sowieso längst fertig mit allem. Er sah auf die Uhr. Heute verging die Zeit aber auch gar nicht. Noch eine Stunde. Er hatte das Gefühl, dass er sich zum ersten Mal in seinem Erwachsenenleben auf Weihnachten freute. Die Geschenke waren schon seit Tagen alle eingepackt. Darunter ein hübsches kleines Päckchen mit einer Überraschung, die zu kaufen ihm seltsamerweise überhaupt keine Überwindung gekostet hattet. Eingepackt in Papier mit als Weihnachtsmänner verkleideten Elefanten und Känguruhs darauf, das er von einer mit Summer befreundeten Künstlerin hatte anfertigen lassen. Summer kannte wirklich jeden einzelnen Einwohner in einem Umkreis von fünfzig Kilometern um das Unigelände herum. Auch sie selbst war bekannt wie ein bunter Hund. Kein Wunder, dass er damals mit ihr im Bett gelandet war. Er war der einzige gewesen, der sie bis dahin noch nicht gekannt hatte. Wundersamerweise.

„Aber bald ist es dein Kamin und du hast selbst gesagt, zu Weihnachten gehören Socken daran. Ich habe extra ein Dutzend wunderhübsche, silberne Vintage-Haken gekauft“, beharrte Summer.

„Nur dass dieser Kamin keines dieser klassischen Ungeheuer ist, durch die der Weihnachtsmann ins Haus rutscht, sondern ein hochmodernes Edelstahldings mit einem Rohr, durch das sich höchstens ein paar Spinnen abseilen“, gab Sophia lautstark zu bedenken. Sie klapperte geschäftig in der Küche herum. Inzwischen duftete, beziehungsweise stank es penetrant nach Dublin Stew.

Wenn er eins nie vermisst hatte, dann war es dieser traditionelle Eintopf. Lammfleisch und Bohnen aß er nur zur Not und er hoffte, dass Sophia sich mit dem Chili zurückhielt. Er schüttelte sich, wenn er nur an den Fraß dachte. Was hatten sich die Ur-Iren dabei gedacht, als sie das Zeug erfanden? Dass sie in Wirklichkeit Cowboys waren?

„Jesse“, knurrte Will, „hör endlich auf wie bestellt und nicht abgeholt in der Gegend herumzustehen. Oder sag wenigstens was zu dieser Bohrerei! Dieses als Sekretärin getarnte Deko-Monster macht mich wahnsinnig.“

„Mach, was du willst, Kumpel. Über kurz oder lang ziehst du doch sowieso hier ein“, Jesse zwinkerte seinem Freund zu und zog sich eine dicke Jacke über, „ich dreh’ eine Runde mit Paddy.“

Paddy war Sophias Hund. Sie hatte den Irish Terrier gleich im Anschluss an die Therapie angeschafft, vor ihrem Umzug nach Cambridge, als Erinnerung an ihre Heimat. Er würde das Tier vermissen, wenn er umzog, das wusste er schon jetzt. Der struppige Teufelskerl sprang ihm erwartungsfroh um die Beine. Er war offensichtlich ebenso froh, aus dem überhitzten und totdekorierten Haus rauszukommen wie er selbst.

Die Gegend, in der er mehr als drei Jahre gelebt hatte, war verdammt einsam, darum hörte er das Knattern des Mopeds lange bevor das alte Ding um die Ecke bog. Auch Paddy wusste, wer da kam, weshalb er plötzlich wie verrückt mit seinem rutenartigen Schwanz wedelte und an der Leine zerrte.

„Wir haben alles bekommen“, brüllte Amy aus Leibeskräften. Voll beladen mit Einkaufstüten umklammerte sie Leo, dem die Knatterkiste gehörte, die an ihm und dem Hund vorbeischoss. Er hatte die Geschwister gestern in Leicester House aufgeholt. Seitdem fuhren sie mit seinem alten Moped durch die Gegend.

„Frohe Weihnachten, Onkel Jesse“, rief Leo. Er saß vornübergebeugt auf dem Ding, grinste aus seinem schwarzen Vintagehelm heraus und jagte weiter.

Enttäuscht sah Paddy den Geschwistern nach. Einkaufstüten verursachten bei ihm Speichelfluss. Es könnte ja ein Leckerli darin sein.

„Jetzt willst du wieder nach Hause, was, Paddy? Aber das kannst du vergessen.“ Jesse kraulte dem verrückten Vieh den Hals und ging weiter. Er war froh, dass er sich die Beine vertreten konnte. Dies war vermutlich das letzte ruhige halbe Stündchen in seinem Leben und das sollte er wohl besser genießen. Auch wenn es ihm so verdammt schwer fiel.

38

Eve

„Wann sind wir daha?“

„Wenn noch ein einziger von euch noch ein einziges Mal fragt, wann wir endlich *daha* sind“, stöhnte Eve, „dann ...“

„Vorsicht, Mama, da kommt ein Auto“, kreischte Mel.

Sie riss das Lenkrad nach links, bevor der Fahrer des Wagens, dem sie soeben noch ausgewichen war, mit dem Hupkonzert loslegte. Diese Fahrerei auf der falschen Seite war die Pest. Das war mindestens das zehnte Mal seit London, dass ihr Herz bis zum Hals schlug. Sie atmete tief durch und achtete besonders peinlich darauf, links neben dem Mittelstreifen zu fahren. „Haben wir die Paris-Fotos dabei, Kinder?“

„Mama, du verbreitest eine Hektik, dass es nicht zum Aushalten ist.“ Mel stopfte sich auch noch das letzte Stück von ihrer Toblerone in den Mund, die sie sich alle im Flugzeug gekauft hatten. Ansonsten rührte sie sich ebenso wenig wie alle anderen.

„Vor allem fährt sie uns noch alle zu Matsch“, knurrte Speedy. „Pass auf, Mama! Du bist schon wieder mitten auf der Straße. Ich komme mir vor wie auf der Achterbahn.“

„Haben wir die Fotos oder haben wir sie nicht?“ Sie zog den Leihwagen ein Stück nach links. Speedy hatte recht. Wenn sie nicht besser aufpasste, kamen sie nie in Cambridge an. Zumindest nicht lebend.

„Ich habe jedenfalls die Barcelona-Fotos in meinen Koffer gepackt“, verkündete Fab, der ein bisschen sehr bleich um die Nasenspitze herum wirkte. Eve bezweifelte allerdings, dass das von der vielen Schokolade kam. Ihr Fahrstil war in der Tat unter aller Kanone. Sie hätte nie gedacht, dass das Fahren auf der linken Straßenseite so schwierig war. Zumal in einem Wagen, bei dem auch noch das Lenkrad auf der falschen Seite war.

„Sie hat aber nicht nach den Barcelona-Fotos gefragt, du Schleimer“, patzte Kev seinen Bruder an.

„Klappe, Mistbratze!“, gab Fab zurück.

„Kinder, nicht diese Ausdrücke!“

„Ich habe Rom im Koffer“, sagte Mel.

„Wien“, kam es von Speedy. „Auch das Foto in dem Behandlungszimmer von Freud, auf dem dein Traumprinz dich abknutscht. Das, das wir nicht sehen durften. Die Frage ist nur: Wer hat es geschossen?“

„Mit Zunge“, sagte Momo, dem inzwischen ziemlich große Schneidezähne gewachsen waren, angeekelt.

Die Kinder lachten sich halb tot.

Eve schämte sich jetzt noch, dass Jesse und sie tatsächlich geglaubt hatten, niemand hätte etwas von ihrer Liebelei bemerkt. Dabei lag ihre Europa-Reise, bei der es ursprünglich nur nach Disneyland Paris gehen sollte, inzwischen fast vier Monate zurück.

Ihr Blick huschte zu dem Navi. Wenigstens war das in der Mitte. Noch sieben Kilometer. Ihr Herz machte den nächsten Satz. Dieses Mal vor lauter Vorfreude.

„Dann muss Momo Paris haben“, kam Fab auf das ursprüngliche Thema zurück.

„Momo?“, fragte Eve.

„Ich weiß nicht“, sagte er kleinlaut.

„Boah, Mama. Selbst wenn er sie vergessen hat, können wir jetzt nichts mehr daran ändern. Entspann dich!“

„Sie hat Hormonüberschuss“, kicherte Fab. Und Speedy sagte: „Sei lieber still, Fab, sonst beziehst du heute die ersten Prügel deines Lebens. Sie will ihrem Schatzi doch das Eifelturm-Foto überreichen. Das Foto mit der größten Bedeutung von allen.“

Jetzt musste sie doch schmunzeln. Die gute Laune der Kinder war einfach ansteckend. Trotzdem war sie froh, dass sie jetzt endlich da waren. Nach tausenden von grünen Hügeln, am Ende einer langen Landstraße mit Wendehammer tauchte Jesses Bungalow vor ihnen auf. Sein Haus stand auf einer kleinen Anhöhe, inmitten eines Waldstückes und der Anblick verschlug ihr mal wieder schier die Sprache. Aber da war sie nicht die einzige.

„Oh, Mama, guck dir das an! Da ist ja ein Turm dran!“ Mel formte ihre mit Gloss auf Hochglanz polierten Lippen zu einem perfekten O.

„Jesses Haus ist viel schöner als unseres“, stimmte Momo ihr zu.

„Leider sind unsere Freunde dort, wo die hässlichen Häuser sind“, bemerkte Speedy, doch auch aus seiner Stimme sprach Bewunderung.

Eve seufzte. Sie kannte Jesses Haus bereits von ihrem Besuch im Oktober. Da hatte sie ein komplettes freies

Wochenende genommen, das sie zu neunzig Prozent im Bett verbracht hatten. Die restlichen zehn Prozent waren sie mit Amy und Leo durch die schöne Gegend gefahren.

Sie trieb den Mietwagen den letzten Hügel hoch und hielt direkt vor dem breiten Eingang. „Kinder, lasst uns Weihnachten in England feiern! Alle Mann aussteigen."

„Und guck gleich als erstes, wenn du deinen Koffer hast, nach, ob du *das* Paris-Foto findest. Das ist wichtig für Mama", zischte Kev seinem kleinen Bruder zu. „Da hinten kommt nämlich Jesse. Er hat einen Hund. Den hat er bestimmt für uns angeschafft. Und ich traue mich ganz bestimmt, ihn zu fragen, ob ich ihn Papa nennen kann. Also, Jesse. Nicht den Hund."

39

Jesse

„Bist du sicher, dass du das willst?", zischte Sophia ihm zu.

„Ja, überleg' es dir gut", sagte Eve warnend, während sie sich an ihn schmiegte.

„Was denn? Es ist fast sieben. Die Nacht ist vorbei. In Deutschland hätten sie ihre Geschenke schon gestern bekommen." Er sah amüsiert zwischen Sophia und Will hindurch ins Wohnzimmer, wo Momo, Kev und Fab auf Zehenspitzen vor dem Kamin herumschlichen und in jede einzelne Socke linsten, die dort aufgehängt war.

„Meine Süße hat das hinter sich", sagte Will, der den Arm um Sophias Schultern gelegt hatte. „Sich mit ihr einzulassen, ist kein Risiko. Außer wenn wir auf die Idee kommen, uns zu vermehren. Was sagst du dazu, Cherie?"

„Mach mich nicht fertig", stöhnte Sophia leise. „Ich bin froh, dass ich vom Alkohol los bin und aus Leo trotz seiner unmöglichen Mutter und diesem grauenvollen Samenspender etwas geworden ist."

„Du bist eine gute Mutter und Leo ist ein guter Junge." Will gab ihr einen tröstenden Schmatz auf den Mund.

„Du hast ja keine Ahnung", schnaufte Sophia. „Du kannst von Glück reden, dass du mich nur trocken kennst. Ich war eine lausige Mum. Und jetzt braucht Leo mich nicht mehr. Jetzt hat er seine geliebte Schwester und das Internat."

„Momo! Kev! Fab! Nasen aus den Socken und ab auf euer Zimmer!", donnerte Eves Stimme durch den Raum, woraufhin die Kinder unverzüglich aus dem riesigen Wohnzimmer stürmten und die Treppe in den Keller hinunterpolterten. Gleich darauf flog die Tür des Fitness-Raums ins Schloss, in dem die drei Jungs untergebracht waren.

„Die hören besser als Paddy", stellte Sophia lachend fest und verzog sich mit Will ins Gästezimmer. Am Abend zuvor war es spät geworden und die beiden waren über Nacht geblieben.

Jesse wickelte eine Locke von Eves fast schulterlangem Haar um seinen Zeigefinger. Er hatte etwas Dringendes mit ihr zu besprechen, und zwar bevor die allgemeine Bescherung und damit der übliche Tumult losgingen. „Eve?"

Sie hob erschrocken den Kopf. „Du hast es dir anders überlegt."

„Hm. Ich habe mir wirklich etwas anders überlegt", sagte er ernst. Und als er in ihre hellen Augen sah, wusste er vor allem, dass er das Richtige tat.

„Musst du mir das unbedingt am Weihnachtsmorgen eröffnen?", fragte sie gespielt eingeschnappt.

Er lachte amüsiert. Sie wusste ganz genau, dass sie ihn am Haken hatte. Er konnte nicht anders, er musste ihr schon wieder einen Kuss geben. Überhaupt wollte er sie immerzu küssen.

„Bring es hinter dich, Jesse." Sie boxte ihm leicht gegen die Brust.

„Also, wenn ich im März den Job an dieser deutsch-niederländischen Uni antrete, dann möchte ich nicht in einer kleinen Wohnung übernachten, um zu testen, ob das mit uns was Ernstes ist."

„Aber das haben wir so vereinbart. Wir wollten nichts überstürzen."

„Eve, wir feiern zusammen Weihnachten. Das mit uns ist etwas Ernstes." Ihm wurde immer schleierhafter, wie sie jemals auf die Schnapsidee mit den getrennten Wohnungen kommen konnten. „Guck dir Will und Sophia an. Und Summer und diesen australischen Geologen. Die wohnen längst zusammen und kaufen Häuser. Im Vergleich zu denen sind wir ein Langzeitpaar."

„Okaaay", sagte sie gedehnt und schenkte ihm dieses Lächeln, das ihn vom ersten Augenblick an verzaubert hatte. Das, bei dem zugleich die Winkel ihrer vollen Lippen sich hoben und aus den Winkeln ihrer hellgrünen Augen diese feinen sonnenstrahlähnlichen Fältchen wuchsen. „Du möchtest es also überstürzen. Was genau hast du dir überlegt?"

„Sag mal, Eve, meist du es eigentlich ernst mit mir?"

„Kommen dir etwa Zweifel?"

„Nicht wirklich", brummte er angesichts ihres neckischen Tons. „Ich möchte dir nur mitteilen, dass ich mein Haus an Will verkauft habe."

„Jesse! Warum hast du das getan?" In ihrem Gesicht stand das pure Entsetzen. „Ich könnte das nie. Es ist so ein schönes Haus. Du hast es mit deinen eigenen Händen renoviert ..."

„Nachdem Summer hier überall diesen Weihnachtskram verteilt hat und Sophia das Raumklima auf ewig mit Irish Stew verdorben hat, kann ich hier nicht mehr leben", grinste er.

„Veräppel mich nicht."

„Okay. Dann die Wahrheit: Will hat sein Haus an Summer und ihren Verlobten verkauft. Sollen meine Schwester und mein Freund auf der Straße leben? Wenn wir in den Ferien herkommen, um Amy und Leo zu besuchen, mieten wir uns ein Ferienhaus. Als armer Professor kann ich mir nämlich keine zwei Häuser leisten. Damit wir in Deutschland alle unter ein Dach passen, habe ich mir bei den Einstellungsverhandlungen gedacht, ich fordere einfach mal zwei statt einen Assistenten, ein mit weißen Rolladenschränken ausgestattetes Büro und zusätzlich soll die Uni für uns ein schönes Haus suchen, in dem wir alle genügend Platz haben."

„Jesse ..." Sie starrte ihn an, als wäre er ein Geist.

„Sollte ich die Schränke in einer anderen Farbe bestellen? Liebling, ich habe entschieden, dass wir zusammenziehen. Anders will ich es nicht. Getrennte Wohnungen ... So ein Shit! Das haben wir gehabt. Mir reicht das."

„Aber was, wenn es nicht klappt mit uns?"

„Also ehrlich, Eve. Jetzt müsste ich eigentlich beleidigt sein. Auf unserer Europa-Tour hat es auch geklappt."

„Jesse, sei vernünftig! Das Leben mit fünf Kindern ist keine Europa-Tour. Es kann verdammt hart werden."

„Das habe ich auf dieser Reise weiß Gott gelernt. Und: Hat es mich abgeschreckt?"

„Merkwürdigerweise nicht." Sie schüttelte den Kopf.

„Wo ist dann das Problem? Gib uns eine Chance, Eve. Lass uns alles geben."

„Und wenn alles nicht genug ist?"

„Warum gibst du nicht einfach Ruhe und freust dich mit mir? Es muss genug sein, Eve. Wenn ich in den vergangenen Wochen und Monaten eins gelernt habe, dann das: Was muss, das geht auch. Von dir habe ich das gelernt, du brauchst mich gar nicht so anzusehen." Er gab ihr einen Kuss auf die Nasenspitze. „Denk daran, wie du das mit Amys Auszug hinbekommen hast. Erst hast du Rotz und Wasser geweint. Jetzt bist du glücklich, weil sie glücklich ist. Ach, verdammt, ich habe keine Lust mehr auf diese Diskussion. Ich liebe dich! Schluss, aus, Nikolaus. Und jetzt machen wir Frühstück und dann bekommen die Kinder endlich ihre Geschenke."

„Wenn du immer so bestimmend bist, Jesse, dann ..."

Er verschloss ihren Mund mit einem Kuss.

„Dann ..."

„Klappe, Eve, sonst versohle ich dir ...!"

„Nur eins noch ..."

„Hast du das gehört, Eve?" Er hob den Kopf und lauschte.

„Was ...?"

„Man könnte auch sagen: Es erhob sich ein Gepolter ..."

„Momo!", brüllte Eve und rannte ins Wohnzimmer.

„Mama, bitte nicht schimpfen", erklang Momos kleine Stimme. „Ich habe doch nur DAS Paris-Foto im Kamin versteckt."

„Aber vorher hat er noch den Rahmen zerbrochen", verriet Kev.

„Kev, du verdammte Petze!" Fab ging auf Kev los.

„Eve?"

„Ja, Jesse?"

„Dürfte ich es mir vielleicht doch noch überlegen?"

„Nein."

„Okay. Was hältst du davon, wenn ich das Familienoberhaupt werde?" Er zog das Päckchen, das er in das von der Künstlerin handgefertigte Papier eingewickelt hatte, aus seiner Hosentasche.

„Was ist das?"

„Oh, Mama, du bist manchmal echt schwer von Begriff! Das war ein Heiratsantrag und in dem Päckchen ist der Ring. Was denn sonst?! Jetzt sag schon ja!"

„Und wenn ich Bedenkzeit ... Oh, Jesse, da sind ja wir zwei drauf. Du als Elefant und ich als Känguru ..."

„Mama!!! Sag schon ja!", maulte Kev. „Wir wollen endlich die Geschenke."

„Du hast gehört, was unsere Kinder gesagt haben, Eve. Ich zähle bis drei. Wenn du bis dahin nicht ..."

„Ja, Jesse. Ja. Natürlich. Wie könnte ich Nein sagen, wo du mir doch vor die Füße gefallen bist." Und dann küsste sie ihn so heiß, dass er gut aufpassen musste, dass er nicht auf nicht-jugendfreie Gedanken kam.

ENDE

Ich freue mich über Besuch

auf Facebook:
http://www.facebook.com/MajaKeatonAutorin

auf meiner Webseite:
http://www.majakeaton.de

Printed in Great Britain
by Amazon

37042336R00194